BASTEI
LÜBBE

THEODOR J. REISDORF
IM BASTEI LÜBBE TASCHENBUCH-PROGRAMM:

19 525 Friesen-Morde
19 540 Du sollst nicht begehren …
19 580 Die Tote vom Nordstrand
19 600 Noch mehr Friesenmorde
19 602 Mord im Fischerhafen
19 609 Todestörn vor Juist

THEODOR J. REISDORF

DAS DÜNEN-GRAB

KRIMINALROMAN

BASTEI LÜBBE

BASTEI LÜBBE TASCHENBUCH
Band 13 886

1. Auflage: Juli 1997
2. Auflage: September 1997
3. Auflage: April 2002
4. Auflage: Mai 2002

Vollständige Taschenbuchausgabe

Bastei Lübbe Taschenbücher ist ein Imprint
der Verlagsgruppe Lübbe

Lektorat: Monika Ohletz / Karin Schmidt
Titelfoto: SKN-Bildarchiv
Umschlaggestaltung: QuadroGrafik, Bensberg
Satz: Fotosatz W. Steckstor, Rösrath
Druck und Verarbeitung:
Brodard & Taupin, La Flèche, Frankreich
Printed in France
ISBN 3-404-13886-4

Rolf Kleedorf hatte das Abitur an der Steindorfschule in Emden bestanden und sich für das Studium der Wirtschaftswissenschaften entschieden, obwohl seine Eltern es lieber gesehen hätten, wenn er sich den Agrarwissenschaften zugewandt hätte, um den traditionsreichen Hof in der Krummhörn zu übernehmen, auf dem er groß geworden war.

Er hatte seinen Eltern, Gela und Tinus Kleedorf, nur Freude bereitet und ihnen bei der Ernte oder der Bestellung der Felder im Frühjahr immer tatkräftig zur Seite gestanden.

Rolf hatte das Studium mühelos geschafft und an der Kölner Universität sein Examen als Diplomkaufmann mit der Note Gut bestanden.

Kurz danach hatte er bei der ›Gesellschaft zur Exportförderung deutscher Agrarprodukte‹, der sogenannten ›DEDAP‹, als Marketingassistent seine erste Stelle angetreten, wo er schon bald zum Abteilungsleiter aufgestiegen war.

Er hatte eine Kommilitonin geheiratet, die ebenfalls in Ostfriesland zu Hause war und mit der ihn neben der Liebe zum Norden auch noch viele gemeinsame Interessen verbanden.

Wibke hatte Wirtschaftspädagogik studiert, das Studienseminar in Hannover besucht und danach vor allem als Leiterin von Ausbildungsseminaren gearbeitet. Sie sah gut aus, war sportlich und naturverbunden, und ihre Ehe mit Rolf gestaltete sich harmonisch und für beide Teile sehr zufriedenstellend.

Als Rolf bei seiner Firma keine Aufstiegschancen mehr sah und ihn nichts mehr in der Großstadt hielt, die er ohnehin nicht liebte, entschied er sich dafür, dem Drängen seines alten Vaters nachzugeben und den Hof der Eltern zu übernehmen.

Er zog mit Wibke nach Pilsum.

Rolfs Eltern erwarben eine Eigentumswohnung in Bad Zwischenahn und verließen den Hof.

Im Lauf der Zeit wurde daraus unter Rolfs umsichtiger Führung ein gutgehender Reiterhof. Wibke versah den Haushalt und erledigte die Büroarbeiten, und schon nach einigen Jahren konnten die erfolgreichen Jungunternehmer Wibke und Rolf Kleedorf vom erwirtschafteten Gewinn auf dem Gelände für sich einen Bungalow errichten, dessen Planung und Gestaltung sich Wibke mit großem Eifer widmete.

Gela und Tinus Kleedorf saßen an diesem Frühlingsabend auf dem Balkon ihrer Dreizimmerwohnung und nippten an ihren Weingläsern.

Die untergehende Sonne tauchte den Himmel in ein herrliches Abendrot, das sich auf dem Zwischenahner Meer spiegelte.

Sie saßen im Windschatten und genossen den Blick auf den See. Möwen segelten am Balkon vorbei.

»Rolf hat sich wirklich Zeit damit gelassen, uns zu Großeltern zu machen«, sagte Gela.

»Mutter, das Kind kommt zur rechten Zeit. Wir gehören schließlich noch nicht zum alten Eisen. Wir werden doch wohl noch einen Kinderwagen schieben können – und du liest unserem Enkel dann Geschichten vor«, sagte Tinus.

»Ich bin ja so glücklich!« Gela Kleedorf stieß einen tiefen Seufzer aus.

»Ich schenke Wibke die goldene Kette mit unserem Familienwappen, wenn es ein Junge wird«, sagte Tinus. Er hob sein Weinglas, nahm einen Schluck.

»Ich hätte auch nichts gegen ein Mädchen«, warf Gela ein.

»Mutter, ich auch nicht. Aber es muß weitergehen. Wir

schreiten dem Grab entgegen!« antwortete Kleedorf und blickte auf das Zwischenahner Meer, über dem jetzt die Dunkelheit aufzog. Die Cafés und Restaurants in Dreibergen hatten schon ihre Lichter eingeschaltet.

»Wir wollen Wibke und unser werdendes Enkelkind in unser Nachtgebet einschließen«, sagte Gela Kleedorf. Sie erhob sich mühsam, denn in letzter Zeit machte ihr die Gicht zu schaffen, und griff nach der leeren Weinflasche.

»Mutter, nach dieser guten Nachricht würde ich gern noch einen Schluck Wein mit dir trinken, um mit dir auf unsere Zukunft anzustoßen«, sagte Tinus und strich sich über seine grauen Bartstoppeln.

»Wenn du meinst ...«, Gela ächzte bei den ersten Schritten. »Der lange Spaziergang heute nachmittag war zuviel für meine Knie«, sagte sie und holte eine Flasche Wein aus der Küche. Tinus entkorkte sie und füllte die Gläser. Sie nahmen einen Schluck.

»Wibke lebt recht fortschrittlich, findest du nicht auch? Sauna, Tennis ... Das alles hat es zu unserer Zeit nicht gegeben«, sagte Gela nach einer Weile und stellte ihr Glas ab.

Inzwischen hatte sich Dunkelheit über den See gelegt.

»Es ist eine alte Weisheit unserer Familie, daß ein feuriger Bulle und eine geduldige Kuh Garanten für gute Kälber sind«, erwiderte der alte Tinus augenzwinkernd und hob sein Glas.

»Na dann – auf das Kälbchen!« sagte Gela lachend und prostete ihrem Tinus zu.

Wibke Kleedorf, geborene van Heesen, brachte nach sechs Jahrhunderten ununterbrochener Erfolge der Familie ihres Mannes dem Hof in Pilsum Unglück.

Wibke hatte einen Krüppel zur Welt gebracht, der nie auf einem Pferd würde sitzen können und nie imstande sein würde, die Worte Oma und Opa zu artikulieren. Wibke hatte ein Kind geboren, das sie selbst nicht betreuen konnte.

Im ganzen Ort wurde von nichts anderem gesprochen, überall hieß es: Eine Mißgeburt! Das hatte niemand erwartet!

Die unglückliche Mutter, die nur weinte, hatte darauf bestanden, daß ihr Kind bereits wenige Tage nach der Geburt getauft wurde und den Namen Marco erhielt.

Aus Angst vor neugierigen Blicken wurde der kleine Marco im Schutze der Nacht nach Ortel gebracht und in die Obhut der ›Gesellschaft Christlicher Nächstenliebe‹ gegeben.

Wibkes Tränen erregten nicht das Mitleid der Schwiegereltern und hielten Bekannte ab, ihr Trost zu spenden.

Gela und Tinus Kleedorf gingen auf Distanz und strichen den Enkel Marco aus ihrem Denken.

Für sie stand fest, daß Rolf sich von Wibke trennen mußte, um ihnen mit einer gesunden Frau Enkelkinder zu zeugen.

Wibke hatte der traditionsreichen Familie Schande gemacht und ihnen einen Bastard ins Nest gelegt.

»Entsetzlich!« stellte Gela Kleedorf ohne einen Funken Mitgefühl fest.

»Zum Teufel mit der Brut«, hatte der alte Kleedorf geschimpft.

Der Blick auf die Kinderwagen junger Mütter war für Wibke schmerzlich. Der Kontakt mit den Gästen, die Erholung suchten und mit gesunden Kindern anreisten, belastete Wibke in den folgenden Monaten ebensosehr wie die Tatsache, daß auch Rolf ihr die Schuld an dem zu geben schien, was geschehen war, und sich langsam von ihr zurückzog.

Wibke buchte eine Übernachtung im ›Westfälischen Hof‹ in Bielefeld und fuhr ohne Absprache mit Rolf an einem Frühlingstag dorthin, um Marco zu besuchen. In ihrer Verzweiflung wollte sie dem Sohn ihre Mutterliebe zeigen, denn er war der einzige, gegenüber dem sie tatsächlich ein Schuldgefühl empfand. Am Morgen führte eine Pflegerin sie zu ihrem Sohn.

Es war, als erlebe sie einen Alptraum! Marco lag in einem Bettchen, das sich in einem hellen Saal befand. Röcheln und monotone Schreie klangen ihr entgegen.

Die Pflegerin nahm ihren Arm und stützte sie, während eine Krankenschwester wäßrigen Schaum von dem entstellten Gesichtchen wischte, in dem nichts an ein gesundes Kind erinnerte. Marcos Körper war ein Klumpen mit Armansätzen, und der Kleine würde nie fähig sein, irgend etwas selbst zu tun oder Kontakt zu seiner Umwelt aufzunehmen.

Wibke schluchzte haltlos und blickte verzweifelt um sich.

Die Krankenschwester nahm ihren Arm. »Besuchen Sie uns nicht wieder! Suchen Sie lieber eine Kirche auf und beten Sie für Ihr Kind«, sagte sie.

Wibke ließ sich von der Schwester zur Cafeteria führen, setzte sich auf einen Stuhl und starrte blicklos auf das Waldgelände hinter der Panoramascheibe. Die Schwester brachte ihr einen Kaffee.

»Danke«, sagte Wibke mit verweinten Augen.

»Wenn Sie noch mal mit Dr. Bleek sprechen möchten, dann müssen Sie sich ein wenig gedulden. Er hat gerade Dienst in der Aufnahme«, meinte die Schwester.

Wibke winkte ab.

»Dann wünsche ich Ihnen eine gute Heimfahrt«, sagte die Schwester und ließ Wibke allein.

Über den Türmen der Sparrenburg hingen graue, tiefziehende Wolken. Wibke trank den Kaffee schwarz in kleinen Schlucken.

Sie hatte Marco neun Monate voll freudiger Erwartung

in sich getragen. Sie konnte sein Schicksal nicht ändern, aber dennoch war er für immer mit ihr verbunden. Sie mußte damit fertig werden. Rolf schien sie und das Kind aus seinem Leben streichen zu wollen. Er sprach nur das Nötigste mit ihr, arbeitete rund um die Uhr und ließ sich kaum noch in dem schönen Zuhause sehen, das sie für ihn geschaffen hatte.

Wibke beschloß, ihr Leben in die eigene Hand zu nehmen und einen neuen Anfang zu machen – auch wenn es fast über ihre Kräfte ging.

Pflegerinnen und Pfleger betraten die Cafeteria, setzten sich an die Tische und unterhielten sich lebhaft.

Wibke brach auf und grübelte während der ganzen Rückfahrt über ihre Zukunft nach. Als sie schließlich wieder in Pilsum ankam, war sie entschlossen, sich bei der Bezirksregierung Weser-Ems um eine Stelle im Schuldienst zu bewerben. Sie sah darin eine Aufgabe, die sie vor Depressionen schützen und ihr helfen würde, die Trennung von Rolf zu verkraften, dem sie kein zweites Kind gebären durfte.

Wibke Kleedorf betrat das Lehrerzimmer. Sie hatte in der zweiten Stunde Mathematik an der Fachoberschule.

Sie schaute sich um und stellte fest, daß sie allein war. Wibke trat vor den Spiegel, ordnete ihr langes blondes Haar, drehte sich seitlich und warf einen Blick auf ihren Po. Der Rock saß wirklich sehr eng.

In ihr Gesicht stieg eine leichte Röte, als sie an Hinni Synninga dachte.

Gestern hatte sie eine Klassenarbeit korrigiert und war dabei hin und wieder an das Fenster ihrer Eigentumswohnung getreten, um sich für Sekunden Ablenkung zu verschaffen.

Sie hatte in den Park geschaut und Hinni Synninga,

ihren Lieblingsschüler, bemerkt, als er langsam mit dem Fahrrad vorbeigeradelt war.

Wibke Kleedorf blieb einen Moment in Gedanken versunken stehen, dann verließ sie das Lehrerzimmer, um zum Unterricht zu gehen. Der Klassenraum der 12 A befand sich im Anbau.

Sie betrat die Klasse, stellte die Tasche auf das Pult und begrüßte die Schüler.

»Haben Sie unsere Arbeiten mit?« fragte eine Schülerin eifrig.

Wibke blickte in die erwartungsvollen Gesichter.

Sie nickte und schaute dabei Hinni Synninga an, der sie strahlend anlächelte. Er sah sehr gut aus und besaß eine athletische Figur.

»Die Arbeit ist gut ausgefallen«, sagte sie, nahm die Hefte aus ihrer Schultasche und teilte sie aus.

Anschließend setzte sie sich ans Pult. »Herr Synninga, hier ist mein Kopienzähler. Suchen Sie bitte den Schulassistenten und bitten Sie ihn, von Ihrer Arbeit Abzüge anzufertigen!« sagte sie und trug die Noten in die Zensurenleiste des Klassenordners ein.

Hinni Synninga kam nach zehn Minuten zurück und verteilte die Kopien.

»Wir sprechen jetzt die Aufgaben durch«, erklärte Wibke. Sie ging zur Tafel, griff zur Kreide, gab erklärende Hinweise und skizzierte einzelne Lösungsschritte.

Dann diktierte sie den Schülern noch einige Übungsaufgaben, und als es läutete, fügte sie rasch hinzu:

»Die Vorzensuren für die schriftliche Prüfung besprechen wir während der nächsten Stunden. Uns bleibt zum Üben nur noch wenig Zeit, ich plane deshalb eine kleine Generalwiederholung.«

Die Schüler stürmten aus dem Klassenraum.

Wibke trug das Klassenbuch ins Lehrerzimmer, wo

einige ihrer Kolleginnen bereits am Tisch saßen. Sie wirkten abgekämpft und müde.

»Der Mai ist gekommen«, sagte Wibke und setzte sich zu ihnen.

»Das hilft mir auch nicht weiter«, scherzte eine unverheiratete Kollegin.

»Das Maivergnügen ist was für die Jüngeren. Irgendwie vergehen einem langsam alle romantischen Gefühle«, warf eine andere Kollegin ein.

»Bei diesem herrlichen Frühsommerwetter könnte ich schon mal schwach werden«, meinte Wibke, stand auf und trug das Klassenbuch zum Schrank. »Viel Spaß noch«, rief sie und verließ das Lehrerzimmer, um sich nicht vom Mißmut ihrer Kolleginnen anstecken zu lassen.

In den Fluren standen noch Schüler und Schülerinnen herum, die auf den Nachmittagsunterricht warteten.

Wibke Kleedorf bahnte sich ihren Weg nach draußen, stieg in ihren Sportwagen und fuhr nach Hause.

Am Nachmittag setzte sie sich aufs Fahrrad und radelte in Richtung Bedekaspeler Meer. Auf den Wiesen wuchs zartes, frisches Grün. Der blaue Himmel spannte sich über heranreifende Rapsfelder, überall hörte man lautes Vogelgezwitscher.

Wibke blickte auf die weiten Felder, die bis zum Horizont reichten.

Am Bedekaspeler Meer stellte sie ihr Fahrrad auf dem Parkplatz ab und ging zu Fuß über den schmalen Weg zum Ufer.

Dort setzte sie sich auf den Holzsteg und schaute den Libellen zu, die sich nach kurzen Flügen auf den Schilfhalmen niederließen. Die Sonnenstrahlen spiegelten sich auf dem dunklen Moorwasser des Sees. Ein Entenpärchen schoß aus dem Dickicht und flog mit plumpen Flügelschlägen davon.

Wibke zog sich die Bluse über den Kopf, legte sich auf die Latten des Stegs und genoß die warmen Sonnenstrahlen auf ihrer Haut. Sie lauschte auf das leise Plätschern der Wellen, die der leichte Wind an die Böschung trieb, und hatte bald alles Düstere in ihrem Leben vergessen.

Oberstudienrat Hubertus von Kalksund war mit seinen zweiundvierzig Jahren Junggeselle geblieben. Er hatte seiner Mutter, die ihn allein großgezogen hatte, viel zu verdanken.

Die ehemals berühmte Pianistin hatte allerdings auch sehr großzügig über ihren Sohn und dessen Leben verfügt und von ihm erwartet, daß er ganz für sie da war.

Während der Ferien hatte sie sich von ihm durch Europas Hauptstädte kutschieren lassen. Sie war anspruchsvoll gewesen, was die Hotelunterkünfte betraf, und sie pflegte ihren Kaffee nur in den elegantesten Cafés auf den teuersten Boulevards einzunehmen. Sie hatte Hubertus immer als Bestandteil ihres eigenen Lebens betrachtet und ihm nicht viel Freiheit zugestanden.

Sie hatte jeweils nur wenige Tage oder sogar Stunden benötigt, um alle junge Frauen in die Flucht zu schlagen, die sich ihrem Sohn genähert hatten.

Das Geld war ihr reichlich zugeflossen, und immer zahlten die Rundfunkanstalten, wenn sie Aufnahmen aus ihrer Zeit sendeten, reichlich Tantiemen.

Bettina von Kalksund war inzwischen gestorben und hatte ihrem Sohn ein großes Vermögen hinterlassen. Dieser hatte schon als Kind seine berühmte Mama auf vielen Gastspielreisen begleitet.

Mit sechs Jahren war er selbst bereits als Solist gelegentlich bei Konzertabenden aufgetreten. Er hatte das musische Gymnasium besucht, Geigenunterricht bei Professor Günsterberg genommen und nach dem Abitur an der Musikhochschule in Lübeck studiert.

Doch ein Unfall hatte seiner Musikerlaufbahn ein jähes Ende gesetzt: An einem kalten Winterabend war sein Wagen bei Lübeck mit einer Panne liegengeblieben. Ein hilfsbereiter Polizist hatte den Wagen abschleppen wollen, und dabei war Hubertus das sich spannende Seil so durch die Finger gerutscht, daß er sich schwere Verbrennungen zugezogen hatte – ein Unfall, im Protokoll der Polizei eine Lappalie, der zur Folge gehabt hatte, daß die Bewegungsfreiheit des Handgelenks für immer eingeschränkt blieb. Aus war der Traum von der Virtuosenlaufbahn. Hubertus von Kalksund hatte danach in Hamburg Wirtschaftspädagogik und Betriebswirtschaft studiert und war Gewerbelehrer geworden.

Die Schüler mochten ihn, weil er freundlich und gerecht war, und auch bei den Kollegen war er sehr beliebt.

Hubertus von Kalksund sah mit seinen scharfgeschnittenen, markanten Zügen nicht schlecht aus. Seine Nase war ein wenig lang geraten, doch das verlieh seinem schmalen Gesicht mit den grauen Augen einen Hauch von Kühnheit.

Ein dichter, leicht ergrauter Schnurrbart und sein volles gewelltes Haar ließen ihn reif und männlich wirken. Er hatte, genau betrachtet, ziemlich viel Ähnlichkeit mit dem ehemaligen Landwirtschaftsminister.

Hubertus von Kalksund, befreit von den unersättlichen Wünschen und Meckereien seiner verstorbenen Mutter, schöpfte nach ihrem Tod Hoffnung, doch noch eine Lebensgefährtin zu finden, mit der er in dem für ihn allein zu groß gewordenen Bungalow gemeinsam leben konnte. Und tatsächlich schien auch für ihn das Leben noch ein Glück bereitzuhalten ...

Auf Anhieb fand er Gefallen an der jungen Kollegin,

die vor einiger Zeit neu an die Schule gekommen war. Es dauerte allerdings lange, bis er den Mut faßte, sich ihr zu nähern, obwohl sie es ihm keineswegs allzuschwer machte.

Wibke Kleedorf, von ihrem Mann zutiefst enttäuscht, fand zwar in ihrem Beruf durchaus Befriedigung, doch sehnte sie sich manchmal nach einer starken Schulter zum Anlehnen, einem Partner, mit dem sie reden konnte.

Allein schon die Sorgen um den kleinen Marco, der noch immer von den Schwestern in Ortel versorgt wurde, lagen ihr schwer auf der Seele und trieben ihr an langen, einsamen Abenden oft die Tränen in die Augen.

Dann trank sie ein Glas Wein, um ihren düsteren Gedanken zu entfliehen.

Die Bilder kamen und gingen, während Wibke sich auf dem Steg am Bedekaspeler Meer sonnte ...

Irgendwann fuhr sie hoch, weil sie ein Geräusch gehört hatte, und in ihrer Verwirrung vergaß sie völlig, sich wieder anzuziehen.

Vor ihr auf dem Steg stand Hubertus von Kalksund, dem die Verlegenheit deutlich anzusehen war, die ihr Anblick in ihm auslöste.

Hastig griff Wibke nach ihrem BH, zog ihn an und schlüpfte dann rasch in ihre Bluse. Hubertus, der sich verlegen abgewandt hatte, trat jetzt einen Schritt näher und setzte sich zu ihr auf den Steg. Er blickte auf das braune Moorwasser.

»Ich muß Ihnen etwas gestehen«, sagte er. »Ich bin Ihnen gefolgt.«

»Na so was!« erwiderte Wibke mit gespielter Empörung.

Von Kalksund lachte verlegen. Er wurde rot wie ein Schuljunge. »Ich ging spazieren und sah Sie radeln. Wissen Sie, ich bin viel allein. Ich habe meinen Wagen drüben vor dem Café geparkt, und als ich Sie sah, bin ich

Ihnen nachgegangen«, erklärte er und schaute die Lehrerin abwartend an.

Wibke blickte auf ihre Armbanduhr. »Ich war tatsächlich eingeschlafen! Das muß an der Wärme gelegen haben«, sagte sie.

»Und jetzt haben Sie Durst?« fragte der Kollege.

»Ja, wenn ich's mir recht überlege«, antwortete Wibke Kleedorf und schaute ihn leicht belustigt an. Er trug trotz der sommerlichen Temperaturen ein Jackett und eine unmoderne Tweedhose.

»Frau Kollegin, wie wäre es, wenn ich Ihr Fahrrad in den Kofferraum meines Mercedes packe und Sie zu mir zum Tee einlade? Seit dem Tod meiner Mutter vor einigen Monaten hat kein weibliches Wesen mehr mein Haus betreten«, sagte er.

»Ein Frauenheld scheinen Sie also nicht gerade zu sein«, gab Wibke lächelnd zurück.

»Das heißt, Sie würden es wagen, meine Einladung anzunehmen?«

»Das würde ich«, erwiderte sie. »Ich heiße übrigens Wibke.«

»Mein Vorname ist Hubertus«, antwortete er hocherfreut.

Sie unterhielten sich noch eine Weile, bevor sie aufstanden und Seite an Seite zum Parkplatz hinübergingen.

Hubertus von Kalksund lenkte den Wagen die Auffahrt hinauf.

»Eine schöne Wohngegend«, stellte Wibke Kleedorf fest, als sie ausstieg.

Überall blühten Ginstersträucher. Der Rasen war frisch gemäht, und an den jungen Birken zeigten sich die ersten grünen Blätter.

Das Haus, auf das sie nun zugingen, war mit blaßroten Blenden verklinkert und das Walmdach mit roten Dachpfannen gedeckt. Alles wirkte geschmackvoll und großzügig. Vögel zwitscherten in den Bäumen hinter der Garage.

Wibke warf einen Blick um die Kante der Hausfront herum. Eine Reihe von Tannen faßte das riesige Grundstück ein.

»Erledigst du die Gartenarbeit selbst?« fragte sie.

Hubertus schloß die Haustür auf. »Nein – ich habe mit dem Haus schon genug zu tun. Für mich alleine ist es im Grunde zu groß«, erklärte er.

Er nahm Wibke an die Hand und führte sie in die Diele, wo auf den roten Terracottafliesen wertvolle Perserteppiche lagen.

Die Küche mit massiver Holzverkleidung war so geräumig wie die eines kleinen Restaurants. Die Wände waren mit teuren Fliesen gekachelt, und mitten im Raum stand ein großer Tisch, an dem gut zehn Gäste Platz gehabt hätten.

»Hubertus, du kannst hier ja das ganze Kollegium bekochen«, rief Wibke.

Hubertus lachte. »Vielleicht ergibt sich dazu ja einmal ein Anlaß«, sagte er und führte sie weiter ins Wohnzimmer.

Wibke bestaunte die schweren flämischen Eichenmöbel mit dem reichverzierten Schnitzwerk und den alten Eisenbeschlägen.

Hubertus wies auf die Sitzecke vor dem Kamin, dessen Wände mit historischen Delfter Kacheln geschmückt waren.

Wibke ließ sich in einem Sessel nieder. »Einfach toll«, sagte sie überwältigt. An der Wand hing ein altes Ölgemälde, das einen Lotsensegler im hohen Seegang vor einem Windjammer zeigte.

»Ein Erbstück von meiner Mutter«, erklärte Hubertus stolz.

»Und deine verstorbene Mutter hat dieses Haus nach ihrem Geschmack eingerichtet?« fragte Wibke.

»Mutter hat bis zu ihrem Tode nichts anderes im Sinn gehabt, als ihr Umfeld zu verschönern. Je älter sie wurde, um so höher wurden ihre Ansprüche und um so stärker ihr Wille. Ich bin mit ihr, als sie dreiundachtzig wurde, noch nach Athen geflogen, weil es dort im Nationalmuseum eine berühmte Plastik gibt, die sie unbedingt haben wollte. Leider war das Stück aber unverkäuflich!«

»Und du hast ihre Vitalität geerbt?« fragte Wibke freundlich.

»Das hoffe ich. Meinen Vater habe ich nicht gekannt, und Mutter war nicht bereit, über ihn auch nur ein Sterbenswörtchen zu äußern«, sagte Hubertus trocken.

»Sicher hast du darunter sehr gelitten?«

»Nein, ich habe ihn nicht vermißt. Ich mache uns rasch einen Tee«, antwortete Hubertus und verschwand in der Küche.

Wibke schaute sich interessiert um, während er dort hantierte. Schließlich erschien er mit einer Schale voller Teegebäck wieder im Wohnzimmer, stellte sie auf den Tisch und holte dann Geschirr aus dem Schrank.

Wibke blickte nachdenklich aus dem Fenster in den parkähnlichen Garten. Hier mußte man sich trotz all der Schönheit manchmal einsam fühlen!

Hubertus trug die Teekanne zum Tisch und setzte sie auf das Stövchen. Wibke nahm ein Kluntje aus der Zuckerschale. Hubertus schenkte ihr Tee ein und bediente sich dann selbst. Wibke horchte auf, als die Wanduhr dumpf ertönte. Hubertus blickte stolz auf die Uhr, die sogar die Mondphasen anzeigte.

»Mutter hat das gute Stück von Großvater geerbt, der in Amsterdam eine Werkstatt besaß«, erklärte er.

Als sich ihre Blicke per Zufall trafen, schaute er sofort in eine andere Richtung und spielte nervös mit seinen Händen herum. Seine Verlegenheit war irgendwie rührend, und Wibke fragte behutsam: »Sicher hattest du zu ihren Lebzeiten wenig Gelegenheit, dein eigenes Leben zu führen, nicht wahr?«

Hubertus seufzte. »Mutter hatte mich ganz in ihren Klauen. Dabei war sie eine faszinierende Frau und mir gegenüber immer sehr großzügig.« Er stand auf, holte ein Album aus dem Eichenschrank und rückte seinen Sessel in Wibkes Nähe. Dann schlug er das Album auf, schenkte Tee nach und begann ihr anhand der Bilder vieles über das gemeinsame Leben mit seiner Mutter zu erzählen. Er übersah dabei, daß Wibke es viel lieber gehabt hätte, wenn er sich ihr zugewandt und ihr etwas von dem männlichen Trost gegeben hätte, nach dem sie sich so sehnte!

Irgendwann fiel ihm jedoch auf, daß sie nicht ganz bei der Sache war, und er schlug vor, das Album bei einer späteren Gelegenheit zu Ende anzusehen.

»Dank dir für den Tee«, sagte Wibke und stand auf.

»Ich hoffe, du kommst einmal wieder«, meinte Hubertus und blickte sie fragend an.

»Ich denke schon«, erwiderte sie lächelnd. Gemeinsam verließen sie das Haus und gingen zu seinem Wagen. Hubertus hob das Fahrrad aus dem Kofferraum und stellte es vor sie hin.

»Danke«, sagte Wibke und stieg auf.

»Einen schönen ersten Mai!« wünschte sie ihm noch und radelte davon.

Hubertus war glücklich. Er ging zurück ins Wohnzimmer und legte eine CD auf, um sich ganz seiner freudigen Stimmung hinzugeben. Es waren die ›Vier Jahreszeiten‹ von Vivaldi, eine historische Aufnahme, die er sehr liebte.

Wibke ihrerseits fuhr nach Hause, stellte das Rad in den Schuppen und betrat die Wohnung. Sie fühlte sich müde von der weiten Radtour, und ihre Beinmuskeln schmerzten. Sie hatte die Entfernung unterschätzt und war froh darüber, daß Hubertus ihr aufgelauert hatte.

Ein feiner Kerl, kein Draufgänger, dachte sie, während sie das Bad betrat, sich auszog und sich unter die Dusche stellte.

Sie genoß das prickelnde Wasser auf ihrer Haut, und als sie sich später abtrocknete und sich wieder anzog, fühlte sie sich angenehm erfrischt.

Eine Weile lang setzte sie sich in ihrem behaglichen Wohnzimmer auf die Couch und hing ihren Erinnerungen nach, die sie in letzter Zeit wieder häufiger überfielen: Die erste Zeit mit Rolf, ihrer großen Liebe, die Geburt des kleinen Marco, ihre Entscheidung, ein neues Leben zu beginnen ...

Die lauten Töne einer Blaskapelle draußen auf dem Platz rissen sie schließlich aus ihren Gedanken.

Sie trat ans Fenster und schaute in den Park, wo einige Feuerwehrmänner gerade einen Maibaum aufstellten.

Eine Schar von Neugierigen sah ihnen dabei zu; auf dem Rasen zwischen den Rhododendronsträuchern stand ein Zelt, und um einen riesigen Grill herum waren Tische aufgestellt worden.

Die Sonne ging gerade unter und tauchte den Park in rötliches Licht. Der Wind spielte mit den Bändern des Kranzes an der Krone der Birke.

Wibke verdrängte ihre trüben Gedanken vollends und verspürte plötzlich den Drang, unter fröhlichen Menschen zu sein. Sie steckte ihr Portemonnaie in die Tasche ihrer weißen Jeans und verließ die Wohnung, überquerte die Straße und betrat den Park. Die meisten Besucher saßen mittlerweile im Zelt vor vollen Gläsern. Einige Gäste warteten vor dem Grill auf Koteletts und Würstchen. Wibke entdeckte Hinni Synninga, der von jungen Mädchen umlagert wurde, während er Lose für die Tombola verkaufte. Sie betrat das Zelt, ging zum Tresen, ließ sich ein großes Bier zapfen und setzte sich auf eine Bank vor einen unbesetzten Tisch.

Girlanden hingen an den Holzverstrebungen des Zeltes. Bunte Glühbirnen warfen ihr Licht auf die Besucher, die Tische und die Holzbohlen des Bodens.

Die Kapelle auf dem Podium spielte einen Marsch. Langsam füllte sich das Zelt, und es waren nicht nur junge Leute, die sich an die Tische setzten.

Wibke ließ sich anstecken von der heiteren Atmosphäre, trank ihr Bier und holte sich sogar noch ein weiteres. Ihren Schüler hatte sie inzwischen aus den Augen verloren.

Draußen wurde es bereits dunkel. Vor dem Grill standen noch wenige Besucher, die im Dämmerlicht Würstchen und Koteletts verspeisten. Die Feuerwehrkapelle sorgte für Stimmung, und als sie das alte Volkslied ›Alle Vögel sind schon da‹ anstimmte, sangen und schunkelten die Gäste fröhlich mit.

Wibke saß noch immer ein wenig abseits, aber das störte sie nicht, denn so konnte sie in Ruhe alles beobachten und weiter ihren Gedanken nachhängen.

Sie dachte an Hubertus. Würde er nach den vielen Jahren der Zurückgezogenheit und des Alleinseins noch zu einer romantischen Beziehung fähig sein? Ob er sich in dieser Umgebung ebenso wohl fühlen würde wie sie?

Die Feuerwehrskapelle spielte das Ostfriesenlied, und Wibke summte leise mit.

»Wo die Nordseewellen trecken …« Mit ihren Blicken suchte sie Hinni Synninga.

Keinem Orchester von Weltruf, keinem berühmten

Dirigenten wäre es an diesem Abend gelungen, sie so froh zu stimmen, wie es diesem simplen Feuerwehrkapellmeister gelang. Wibke fühlte sich den Menschen nahe, die hier im Zelt auf ihre Art den Beginn des Wonnemonates feierten.

Als die Kapelle gerade eine kurze Pause einlegte, betrat Hinni Synninga das Zelt. Er hatte seine Uniformjacke aufgeknöpft, und Wibke sah, wie er zur Theke ging, um sich etwas zu trinken zu holen.

Sie unterdrückte den Wunsch, zu ihm zu gehen, und fragte sich gleichzeitig, was an diesem Jungen sie eigentlich so anziehend fand.

Ein Frauenchor formierte sich auf der Bühne, um ein Frühlingsständchen vorzutragen.

Wibke beobachtete Synninga. Er stand an der Theke, den Bierkrug in der Hand, und sein Blick glitt über die vollbesetzten Tische.

Wibke sah, wie er stutzte, als er sie entdeckt hatte. Sofort eilte er an ihren Tisch.

»Was eine Überraschung! Meine Mathelehrerin bei unserer Maifeier! Frau Kleedorf, das finde ich toll!« sagte er überschwenglich und reichte Wibke die Hand.

»Ich bin Ostfriesin und habe den ersten Mai immer gefeiert«, sagte sie. »Und oft verrückter als heute«, fügte sie lächelnd hinzu.

»Trinken Sie ein Bier mit mir?« fragte Hinni, der sein Glas mittlerweile ausgetrunken hatte.

»Gerne, aber das muß dann auch mein letztes sein«, antwortete sie.

Hinni eilte davon. Kurz darauf kam er mit zwei Gläsern wieder und setzte sich zu Wibke.

Der Chorleiter auf der Bühne gab den Frauen ein Zeichen, und es ging weiter.

Wibke und Hinni Synninga sangen mit: »Wir sind Ostfriesenkinder und haben guten Mut ...«

Nach dem Vortrag des Frauenchores spielte die Blaskapelle Volkstümliches. Wibke ließ sich von ihrem gutaussehenden Schüler zu einem weiteren Bier überreden, und im Laufe des Abends kamen sich die beiden jungen Menschen immer näher. Sie redeten und redeten, erzählten sich von dem, was sie bedrückte, und vergaßen die wenigen Jahre, die sie trennten.

Hinni berichtete von seinem Zuhause, seinen Eltern, seinen Plänen für die Zukunft.

Wibke sprach über Rolf, der es zum mehrfachen Millionär gebracht hatte, und von seinen Eltern, die nicht bereit gewesen waren, ihr Unglück mitzutragen, sondern ihren Sohn gedrängt hatten, ihnen mit einer anderen Frau gesunde Enkel zu zeugen.

Als die Morgendämmerung aufzog und nur noch wenige Besucher den Klängen der Musik lauschten, deutete Wibke an, daß sie nach Hause wollte.

Sie hatte nichts dagegen, als Hinni ihren Arm nahm und sie aus dem Zelt führte.

»Den schönen Maibaum kann ich jetzt dreißig Tage lang von meinem Fenster aus anschauen«, murmelte sie und lehnte sich haltsuchend an ihren Begleiter.

Hinni gab sich überrascht. »Ach, Sie wohnen in den Neubauten?« fragte er.

»Ja, gleich da drüben – es ist nur ein Katzensprung!«

Es war eine herrlich laue Nacht, fast windstill und sternenklar. Fast bedauerte Wibke, keinen längeren Heimweg zu haben, denn es tat gut, Hinnis starken Arm um sich zu fühlen, und seine Bewunderung für sie war wirklich rührend.

Vor der Haustür holte sie den Schlüssel aus ihrer Jeanstasche und blickte Hinni an.

Er stand vor ihr, die Uniformjacke lässig umgehängt, und sah Wibke zärtlich an, wobei sein Blick ihr all seine Wünsche verriet.

»Hinni, nur eine Tasse Kaffee, in Ordnung?« sagte sie leise, schloß die Tür auf und nahm ihm die Feuerwehrmütze ab.

Er nickte stumm und sah so niedergeschlagen aus, daß Wibke ihn am liebsten tröstend in den Arm genommen hätte. Sie legte ihren Zeigefinger auf seinen Mund. »Pst! Das Haus ist sehr hellhörig«, sagte sie leise.

Vorsichtig stiegen sie die Treppe hoch. Wibke schloß die Wohnungstür auf und führte Hinni in ihr Wohnzimmer.

»Gemütlich«, stellte er fest und schaute sich um.

»Setz dich ruhig – ich mache uns schnell einen Kaffee«, sagte Wibke und verschwand in der Küche.

Hinni Synninga trat an die Bücherwand und studierte die Buchrücken. Die Auswahl der Titel imponierte ihm. Er entledigte sich seiner Uniformjacke und setzte sich in einen Sessel.

Als Wibke wiederkam und den Tisch deckte, erhob Hinni Synninga sich, zog sie an sich und küßte sie.

Wibke wehrte sich nur sehr oberflächlich und erwiderte schließlich seine Küsse.

Hinni schob ihr den Pullover über die Arme, fand die Häkchen des BH, öffnete ihn und küßte ihre Brüste.

»Aber Hinni«, murmelte Wibke, ohne ihm jedoch Einhalt zu gebieten.

Hinni öffnete ihre Jeans und streifte sie von ihrem Körper, zog ihr den Schlüpfer aus, entledigte sich dann seiner eigenen Kleidung und preßte Wibke an sich.

Auch sie fühlte, wie sie immer erregter wurde, vergessen war alles andere, und schließlich gewann ihre Sehnsucht nach Zärtlichkeit die Oberhand. Sie liebten sich mit großer Heftigkeit.

Wibke Kleedorf war nicht nur beliebt wegen ihrer klaren, offenen Ansichten, mit denen sie nicht hinter dem Berge hielt. Auch ihr Engagement für ihre Schüler war außergewöhnlich groß.

Wenn Frau Kleedorf ›*mangelhaft*‹ unter eine Mathematikarbeit schrieb, gab es kein Lamentieren; die Schüler akzeptieten ihre Entscheidung, weil sie fair und korrekt war.

Wibke Kleedorf half den Schülern, sich eine eigene Meinung zu bilden, ohne in Fanatismus zu verfallen, und für ihre Grundsätze zu streiten.

Wibke nutzte auch die Konferenzen, um ihre Meinung kundzutun, und verstand die Kollegen nicht, die nur mit dem Blick auf die Uhr ihre Stunden abrissen und in Passivität fast zu ersticken drohten.

Der Direktor, ein dynamischer, weltoffener Pädagoge, war auf Frau Kleedorf aufmerksam geworden.

Er bemühte sich, in Gesprächen mit dem Personalrat die flotte Kollegin für eine in Zukunft zu besetzende besser dotierte Stelle zu favorisieren.

Wibke Kleedorf hatte ihr Referendariat in Hannover mit Bravour bestanden und erfüllte alle Voraussetzungen. Direktor Bornfeld war in Eilsum geboren und groß geworden und besaß als Einheimischer genügend Hintergrundinformationen über den holprigen Lebensweg seiner Kollegin. Wibke Kleedorf paßte in das Konzept seines Organisationsplanes, den es in den nächsten Jahren zu verwirklichen galt.

Der Ostwind brachte kühle Meeresluft. Er fegte mit Windstärke Sechs durch den Garten und rüttelte heftig an den Zweigen der großen, alten Tannen.

Hubertus verließ seinen Platz am Fenster, trat an den Kamin und zündete die Anthrazitwürfel an.

Er sah zu, wie die Flammen um die Birken- und Buchenscheite züngelten und allmählich die Glut entfachten.

Er hatte den Tisch gedeckt, Knabbereien auf Schälchen verteilt, einige Flaschen ›Umweger Stich den Buben‹ bereitgestellt und eine CD mit der Ouvertüre aus ›Ein Sommernachtstraum‹ von Felix Mendelssohn-Bartholdy bereitgelegt.

Seine Mutter hatte diese Musik sehr gerne gehört, wenn sie am Nachmittag im Sessel gelegen und in den Garten geschaut hatte. Doch an seine Mutter wollte er an diesem Abend nicht denken.

Er war überaus nervös und führte das auf seine fehlenden Erfahrungen im Umgang mit Frauen zurück.

Dabei war Wibke nicht irgendeine Frau. Sie sah bezaubernd aus und besaß genau die Art von Charme und Geist, nach der er sich stets gesehnt hatte. Er hatte sie für diesen Abend zu einem Glas Wein eingeladen. Als er einen Wagen die Auffahrt hinaufkommen hörte, verließ er das Wohnzimmer und öffnete die Haustür.

Wibke stieg gerade aus ihrem Golf. Sie trug weiße Jeans, einen weißen Pulli und darüber eine schwarze Wildlederweste. Ihr blondes Haar hatte sie zu einem Zopf geflochten.

»Hallo!« rief sie fröhlich und kam ihm entgegen.

Sie hielt ein kleines Usambaraveilchen in der Hand. »Große Stauden hast du ja genug im Garten. Das hier ist für den Tischschmuck«, sagte sie.

»Danke, ich mag kleine Blumen sehr«, erwiderte Hubertus und nahm ihr das Papier und die Blume ab. »Herzlich willkommen! Du kannst dich am Kamin aufwärmen«, fügte er hinzu und geleitete Wibke ins Wohnzimmer. »Bitte, nimm Platz!« Er stellte das Veilchen auf den Tisch. Wibke ließ sich in einem Sessel nieder.

Hubertus ging zum Schrank und stellte den Recorder

an. Gleich darauf war der ganze Raum von der leisen, getragenen Musik erfüllt.

Hubertus holte den Wein, füllte die Gläser und nahm im zweiten Sessel Platz.

Dann prosteten sie sich zu.

»Hier vor dem Kamin habe ich mit Mutter schöne Abende verlebt. Wibke, glaubst du an ein Leben nach dem Tode?« fragte Hubertus und schaute die junge Frau prüfend an.

Der Kamin strahlte eine angenehme Wärme aus. Die Flammen loderten. Wibke saß lässig im Sessel, die langen, schlanken Beine ausgestreckt. Ihr enger Pullover betonte ihre weiblichen Formen. »Irgendwie schon. Ich habe allerdings keine genaue Vorstellung vom Verbleib der Seele, und es fällt mir schwer, an einen gerechten Gott zu glauben!« Sie blickte geistesabwesend vor sich hin.

Hubertus riß sie aus ihren Gedanken. »Es gibt einen Gott, und unsere Seele lebt weiter«, sagte er überzeugt und erzählte ihr einiges über asiatische Philosophie, seine Meinung dazu und angeblich nachgewiesene Reinkarnationen.

Wibke hörte fasziniert zu. Einerseits war sie skeptisch, andererseits schienen ihr seine Argumente durchaus logisch.

Sie tranken den hervorragenden trockenen Wein, knabberten Gebäck, blickten in die knisternde Glut der Scheite.

»Unser Leben ist ein Karma. Wir müssen uns an gestellten Aufgaben bewähren«, sagte Hubertus überzeugt. Er erhob sich, ging zum Schrank und kam mit einem Packen Bücher zurück.

»Wibke, es lohnt sich, mit einem dieser Werke den Anfang zu machen, wenn dich dieses Thema wirklich interessiert«, meinte er.

Wibke nippte an ihrem Wein und studierte die Titel, während Hubertus die zweite Flasche entkorkte.

Er füllte die Gläser, sie tranken sich zu, und während er weitersprach, ließ die junge Lehrerin ihr bisheriges Leben vor ihrem geistigen Auge Revue passieren. Wenn es stimmte, was Hubertus da sagte, war dann all ihre durchlebte Verzweiflung, all ihr Kummer vorbestimmt gewesen? Diese Gedanken trieben ihr, ohne daß sie es wollte, die Tränen in die Augen.

Hubertus griff nach ihrer Hand und drückte sie. »Wibke, was ist?« erkundigte er sich besorgt und ein wenig schuldbewußt.

»Du weißt nur sehr wenig von mir«, schluchzte sie. »Willst du wirklich wissen, warum ich jetzt weine?«

Er nickte stumm.

»Hubertus, ich habe einen Sohn. Er ist mehr als nur behindert. Marco ist ein lebenslanger Pflegefall. Er kennt mich nicht. Er kann nicht einmal ›Mutter‹ sagen und wird es auch nie lernen. Er wird in einer Anstalt in Ortel am Leben erhalten – wenn man sein Dasein überhaupt Leben nennen kann«, fügte sie, noch immer schluchzend, hinzu.

»Und dein Mann?« fragte Hubertus.

»Seine Familie gibt mir die Schuld und hat uns beide auseinandergebracht. Jetzt frage ich mich, ob er mich überhaupt jemals geliebt hat, denn ich habe im nachhinein erfahren, daß er mir nicht treu war«, sagte sie stockend.

Hubertus stand auf, holte aus dem Bad Taschentücher und tupfte ihr liebevoll die Tränen aus dem Gesicht.

»Danke«, murmelte sie.

»Wenn du möchtest, begleite ich dich einmal nach Ortel«, sagte Hubertus.

»Das ist lieb von dir«, schluchzte sie.

»Und wenn du nicht gern allein bist und Trost und

Ansprache brauchst – mein Haus ist zu groß für mich. Zieh zu mir! Ich lasse dir Zeit. Überleg es dir«, fuhr er eindringlich fort und drückte Wibke das gefüllte Weinglas in die Hand. »Vergiß, was du nicht ändern kannst. Es ist das Karma deines Kindes. Gott hat es so gewollt.«

Wibke schaute ihn dankbar und voller Zuneigung an. Sie zwang sich ein Lächeln ab und trank einen Schluck Wein.

Die Musik von Mendelssohn-Bartholdy war verklungen.

Hubertus stand auf, griff in die Kassettenbox und entschied sich für die fünfte Symphonie von Ludwig van Beethoven.

Wibke empfand die Klänge wie sanft tröstende Berührungen, und ein starkes Gefühl der Geborgenheit ergriff von ihr Besitz, hüllte sie ganz ein. Hubertus hatte Worte gefunden, die ihr wohltaten, und die Wunden, die die Vergangenheit ihr geschlagen hatte, schmerzten auf einmal nicht mehr ganz so sehr ...

Noch lange saßen sie an diesem Abend zusammen, und da es spät geworden war und Wibke den Gedanken, allein in ihr leeres Apartment zurückzukehren, nicht ertragen zu können glaubte, ließ sich überreden, in Hubertus' Gästezimmer zu übernachten.

Sie ließ sich von ihm an der Hand über die Treppe in den ersten Stock führen. Er bezog gekonnt das Bett, zeigte ihr den Weg ins Bad, entnahm dem Schrank einen Schlafanzug und drückte Wibke kurz an sich. Dann wünschte er ihr eine gute Nacht und schöne Träume und eilte aus dem Zimmer.

Wibke verschloß nicht die Tür, doch wenn sie geglaubt hatte, er würde die Situation ausnutzen, so hatte sie sich geirrt. Sie hörte die Vögel, die in den Bäumen zu zwitschern begannen, hörte das Gurren der Tauben und schlief schließlich ein.

Sie hätte mit Sicherheit keinen Schlaf gefunden, wenn sie gewußt hätte, daß Rolf inzwischen in Abständen mehrmals vergeblich die Klingel ihres Apartments betätigt hatte.

Im ›Neuen Theater‹ erscholl Beifall, als Justus Frantz mit seinem ›Symphonieorchester der Nationen‹ die Bühne betrat. Für Wibke war der Besuch des Konzerts ein besonderes Erlebnis. Rolf hatte das Vereinsleben gepflegt, sich aber weder für Kunst noch für klassische Musik interessiert.

Wibke, die im kleinbürgerlichen Milieu aufgewachsen war, hatte nie ein Instrument in Händen gehalten und selbst während ihrer Studienzeit selten den Weg in die Konzertsäle gefunden.

An diesem Abend saß sie im Theatersessel wie verzaubert und fühlte sich davongetragen in eine Welt jenseits ihrer alltäglichen Sorgen und Nöte.

Sie empfand eine unerklärliche Nähe und Verbundenheit mit ihrem Sohn Marco, der in Ortel dahinvegetierte, – als gäbe es eine andere Realität, in der sie mit ihrem Kind glücklich sein konnte. Es wäre ihr schwergefallen, ihre Empfindungen in Worte zu kleiden, doch sie fühlte sich plötzlich frei und schwebend!

Wibke ergriff die Hand von Hubertus, der neben ihr saß, und drückte sie dankbar.

Als Justus Frantz am Ende den Taktstock senkte, seine Solisten dem Publikum vorstellte und ihnen die Hand reichte, wachte sie auf wie aus einem Traum.

»Das war himmlisch«, flüsterte sie Hubertus ins Ohr. Im ›Neuen Theater‹ erscholl begeisterter Beifall.

Noch Minuten nach dem Abklingen der Zugabe, es war der Bolero von Ravel, saßen die Besucher klatschend in ihren Sesseln.

Wibke und Hubertus verließen das Theater und schritten im Strom der Besucher zum Parkplatz.

Es war ein milder Frühlingsabend. Die Sterne standen schon am Himmel, und im Wind, der vom Wald über den Parkplatz strich, lag der Duft frischer Blumen.

Hubertus ließ den Wagen an. »Das war wunderbar – vor allem, weil du neben mir gesessen hast«, sagte er.

»Nimmst du mich mit zu dir?« bat Wibke, und in diesem Moment war es ihr gleichgültig, daß sie kein Nachthemd dabei hatte und ihre Schultasche in ihrer Wohnung stand. Sie schauderte bei dem Gedanken, diesen Abend allein zu verbringen.

»Wann hast du morgen Schule?« fragte Hubertus und fuhr los.

»Die ersten beiden Stunden, in einer Verkäuferinnenklasse mit abgestumpften jungen Dingern«, antwortete sie müde.

Hubertus lenkte den Wagen auf die Auricher Straße. »Dann holen wir morgen früh deine Schultasche in der Gartenstraße ab«, meinte er.

Es war bereits spät, als sie sich schließlich mit einer Flasche Wein vor dem Kamin niederließen und nachempfanden, was sie erlebt hatten.

Durch das Fenster fiel helles Mondlicht, und die Zeiger der Uhr schienen schneller als sonst über das Zifferblatt zu huschen. Sehr spät erst rafften sie sich auf, um ins Bett zu gehen.

Hubertus holte den Schlafanzug aus dem Schrank, in dem Wibke schon einmal geschlafen hatte, und begleitete sie zum Gästezimmer.

Sie scherzten ausgelassen miteinander, und irgendwann zog Wibke sich aus, steckte den Pyjama unter das Kopfkissen und legte sich nackt auf das Laken.

Auch Hubertus verzichtete auf seinen bunten Schlafanzug, legte sich zu Wibke und erwiderte ihre heißen

Küsse. Er fühlte ihre Lust, und ein Schatten flog über sein Gesicht. Langsam setzte er sich auf.

»Ich habe noch nie mit einer Frau geschlafen«, gestand er höchst verlegen. »Ich war zu lange mit Mutter allein.«

Wibke strich ihm über das volle Haar und küßte seine behaarte Brust. Dann kuschelte sie sich zufrieden an ihn und zog die Decke über sie beide.

»Uns bleibt noch viel Zeit, uns aneinander zu gewöhnen«, sagte sie leise.

Wibke Kleedorf war eine schöne und begehrenswerte Frau. Im Kollegium hatte sich schnell herumgesprochen, daß sie einen reichen und angesehenen Mann verlassen hatte. Hinter vorgehaltener Hand wurde getuschelt, daß sie einen Scheidungsprozeß eingeleitet hätte, in dem es um eine Abfindung in Millionenhöhe ging.

Die Wahrheit war, daß sie einen Anwalt aufgesucht hatte, der sie beriet. Es ging um den Unterhalt für ihren Sohn Marco, dessen intensive Pflege ein Vermögen verschlang und Wibkes Möglichkeiten überstieg.

Rolf, dessen Geschäfte hervorragend liefen, hatte indessen eine zusätzliche lukrative Marktlücke entdeckt.

Der Handel mit Reitpferden aus seinem Gestüt lief sehr gut, weil immer mehr Eltern aus den mittleren Einkommensschichten gutmütige und pflegeleichte Pferde für ihre Kinder kauften. Sie stellten keine hohen Ansprüche an die Abstammung der Tiere, und oft wünschten sie möglichst kleinwüchsige Pferde.

Rolf hatte diese Tatsache schneller als seine Konkurrenten erkannt. Nach dem Fall der Mauer und der Öffnung der Ostgrenzen war er nach Polen gefahren und hatte dort gefunden, was er suchte. Er importierte Reit- und Panjepferde nach Pilsum und erfüllte damit die Wünsche seiner wachsenden Kundschaft im norddeutschen Raum. Als die Nachfrage weiter stieg, bekam er sogar Aufträge aus Spanien und organisierte mit einem Partner regelmäßige Transporte dorthin.

Schwache Tiere, die auf dem langen Weg krank wurden, verkaufte der spanische Partner an die Schlachthäuser in Malaga oder Sevilla.

Rolf, dessen Vermögen mittlerweile kräftig angewachsen war, schlug den Wunsch seiner Eltern aus, sich scheiden zu lassen und nach einer passenden Frau zu suchen. Er hatte es sich plötzlich in den Kopf gesetzt, mit Wibke einen Neuanfang zu versuchen. Für Marco war gesorgt. Rolf hatte die Pflegekosten übernommen und war verwundert darüber, daß Wibke sich hartnäckig weigerte, zu ihm zurückzufinden.

Die harmlosen Seitensprünge mit jungen Dingern konnten sie doch nicht so tief verletzt haben. Und das Geschwätz seiner alten Eltern mußte sie nicht für bare Münze nehmen! Rolf entschied sich, Wibke Zeit zu lassen, und ging ganz in der Rolle des erfolgreichen Unternehmers auf.

Wibke Kleedorf kleidete sich nicht nach der Mode, wenn diese ihren Vorstellungen nicht entsprach. Sie kaufte das, was ihr stand und elegant wirkte.

Mit ihrer Eleganz erregte sie oft den Neid der Kolleginnen, die ihr sogar heimlich nacheiferten. Anders verhielt es sich in ihrer Verkäuferinnenklasse! Die Schülerinnen reagierten eher zurückhaltend auf ihre gutaussehende und gewandte Lehrerin.

Die Mädchen kamen aus einer anderen Welt. Sie waren nach dem Besuch der Hauptschule froh darüber gewesen, bei der hohen Jugendarbeitslosigkeit in den Supermärkten einen Ausbildungsplatz bekommen zu haben. Sie zeigen kein Interesse an kulturellen und historischen Bildungsgütern, konsumierten die amerikanischen Videos und suchten abends in den Discos ein wenig Zerstreuung.

Sie waren früh erwachsen geworden, hatten ihre Illusionen und Träume im harten Berufsalltag schnell verloren, und Wibke gelang es nicht, sie für den Unterrichtsstoff zu begeistern oder auch nur Zugang zu ihnen zu gewinnen. Sie war enttäuscht von den Schülerinnen, die träge in ihren Bänken hockten und ihre Stunden absaßen.

Sie fanden es fad, über die Parteien und die Fundamente der Demokratie zu reden. Sie hatten zwar das Wahlalter, lasen jedoch weder Zeitungen, noch informierten sie sich anderweitig.

Wibke ärgerte sich über die vielen fehlgeschlagenen Versuche, die Klasse in den Griff zu bekommen. Mit der Fachoberstufe hatte sie kaum Probleme, und auch die von ihr betreuten Industriekaufleute, die bei der Nordseewerft, in der fischverarbeitenden Industrie und bei den Zuliefererbetrieben des Volkswagenwerkes lernten, waren begeistert von ihrer Unterrichtsführung. Sie liebten ihren Charme und ihre lockere, witzige Art.

Für die Schülerinnen der Verkäuferinnenklasse hingegen war sie eine schöne Frau, die selbstbewußt, sicher und fordernd vor ihnen stand und all das ablehnte, was den Lebensinhalt der Schülerinnen ausmachte. Zwischen ihnen klaffte ein breiter Graben.

Wibke stand an diesem Morgen vor der Klasse. Das Thema der Lektion hieß ›Meine Familie und ich‹. Wibke bemühte sich, den Unterricht sachlich zu gestalten, und überhörte die albernen Zwischenbemerkungen. Sie hatte eine Folie angefertigt und sie auf den Tageslichtprojektor gelegt. An der weißen Wand oberhalb der Tafel erschien die Statistik der geschlossenen und aufgelösten Ehen. Sie interpretierte die Zahlen und forderte die Klasse auf, nach Ursachen für die hohe Zahl der Scheidungen zu suchen.

Bei diesem Thema wachten viele der Mädchen aus ihrer Lethargie auf, und es entspann sich eine recht lebhafte Diskussion. Doch Wibke mußte wieder einmal feststellen, wie nüchtern und illusionslos die meisten Schülerinnen das Problem sahen und wie viele von ihnen schon zu Opfern der gescheiterten Ehen ihrer Eltern geworden waren.

Noch lange gingen der jungen Lehrerin an diesem Nachmittag diese Probleme im Kopf herum, und sie mußte auch wieder an ihre eigene gescheiterte Ehe denken.

Denn gescheitert war sie für sie, auch wenn Rolf in letzter Zeit telefonisch und per Brief einige Versuche unternommen hatte, sie zu überreden, zu ihm zurückzukommen.

Die Schülerinnen verließen lärmend die Klasse und ließen sie allein. Wibke erhob sich. Sie schritt an das Fenster und schaute von der dritten Etage des Schulgebäudes aus weit hinein in die Krummhörn.

Ihr Blick folgte dem Wassergraben, der sich durch die grünen Wiesen bis hin zu einer fernen Straßenbrücke schlängelte.

Der Himmel war blau. Wibke nahm den Blick von den weiten, grünen Feldern und Weiden. Nein – so schnell würde sie Rolf nicht verzeihen können – dazu hatte er sie zu sehr verletzt.

Rolf Kleedorf war erst nach Mitternacht aus Nerja in Spanien zurückgekommen und todmüde in sein Bett gefallen. Er schlief bis in den Morgen, duschte, stieg in seine Jeans, zog ein Oberhemd über, schob den Kragen hoch und legte sich den Schlips um.

Dann betrachtete er sein Spiegelbild. Er hatte zugenommen und nahm sich vor, sich ein wenig einzuschränken.

Er zog einen dunkelblauen Blazer über, und bevor er das Schlafzimmer verließ, warf er einen Blick zurück auf die Ehebetten.

»Wibke, das geht so nicht weiter«, murmelte er vor sich hin. Er strich sich mit der Hand durch die schon von einigen grauen Fäden durchzogenen Haare und schaute auf die Uhr. Ihm blieb noch genügend Zeit, eine Schnitte zu essen und einen Kaffee aufzubrühen.

Er hatte Tebbo Franzen, einen Privatdetektiv, in sein Büro bestellt.

Nach dem Frühstück verließ er seinen Bungalow und schritt über den festgestampften roten Sandweg an den Koppeln entlang dem Hoteltrakt entgegen, in dem sich sein Büro befand.

Am Himmel trieben große, dunkle Wolken. Der Wind war kühl und frisch.

Die Rhododendronsträucher standen kurz vor der Blüte.

Am Rand der Weiden sproß Schafgarbe hoch, und gelbe Löwenzahnblüten leuchteten in saftigem Grün. Die Reitpferde grasten mit gesenkten Köpfen. Ihre Felle glänzten.

Rolf konnte mit sich zufrieden sein – seine Apartments waren ausgebucht.

An der Rezeption bediente Marion Harms die Gäste. Sie grüßte höflich, als er am Tresen vorbei in sein Büro ging.

Seine Sekretärin, Frau Oedinga, begrüßte ihn freundlich.

»Der Transporter hat gestern gegen achtzehn Uhr Twernica mit zwölf Pferden verlassen. Er wird heute gegen siebzehn Uhr eintreffen. Ich habe bereits alles in die Wege geleitet, damit die Tiere in den Freilauf kommen und morgen früh verfrachtet werden können«, berichtete sie.

»Hervorragend«, sagte Kleedorf.

Sein Kompagnon Möllemann rief an und teilte ihm mit, daß die Firma Daimler-Benz den neuen Viehtransporter am Dienstag ausliefern würde. Er hatte zwei erfahrene Kraftfahrer eingestellt.

Rolf war zufrieden und setzte sich an seinen Schreibtisch. Er betrachtete nachdenklich das in satten Farben gehaltene Bild des verstorbenen Emder Künstlers Uprecht, die Heringslogger im Emder Hafen, das die gegenüberliegende Wand schmückte.

Kleedorf wartete auf seinen Besucher. Nach einer Weile stand er auf, ging zum Wandschrank und entnahm ihm die gekühlte Corvitflasche und ein Gläschen. Er zog eine Zigarettenpackung aus der Tasche, goß den Schnaps in das Gläschen, steckte die Zigarette an, rauchte und trank dazu den kalten Schnaps. Ihm blieb noch ein wenig Zeit, sich seinen Gedanken hinzugeben. Er dachte an seinen Vater, der von ihm erwartete, ihm gesunde Enkel und Erben zu schenken.

Kleedorf genehmigte sich einen zweiten Korn und dachte an Wibke.

Sie war immer noch seine Frau, doch sie schien zu einer Versöhnung nicht bereit. Jetzt fehlte sie ihm, denn ihm war klargeworden, daß er sie noch immer begehrte und bewunderte. Aber diese Einsicht schien zu spät zu kommen. Er drückte die Zigarette aus.

Das Telefon riß ihn aus seinen Gedanken. Er nahm den Hörer ab.

»Herr Kleedorf, Herr Franzen möchte Sie sprechen«, sagte Marion Harms.

»Führen Sie ihn zu mir«, bat er seine Angestellte und zog seine Krawatte zurecht.

Franzen betrat das Büro, blickte sich rasch um und ging auf Rolf zu. »Moin«, sagte er.

Kleedorf erhob sich und reichte dem Besucher die Hand. »Herr Franzen, nehmen Sie bitte Platz!« Er zeigte auf die kleine Sesselgruppe vor dem runden Tisch.

Franzen, ein kräftiger Mann mittleren Alters, trug eine saloppe Lederjacke und herkömmliche Jeans. Sein Haar war kurz und stoppelig, sein gebräuntes Gesicht kantig. Er schaute Rolf Kleedorf mit seinen graublauen Augen wachsam an, setzte sich in den Sessel, lehnte sich zurück und streckte die Beine von sich.

Kleedorf setzte sich ihm gegenüber.

»Ich bin Ihrem Auftrag nachgegangen, und es ist mir gelungen, scharfe Fotos zu schießen«, sagte Franzen und lachte anzüglich.

»Darf ich Ihnen etwas anbieten?« fragte Kleedorf und zeigte auf die Corvitflasche, die auf seinem Schreibtisch stand.

»Danke«, antwortete Franzen, »ich bin im Dienst. Und rauchen tue ich auch nicht«, fügte er hinzu, als Kleedorf ihm seine Zigarettenschachtel hinhielt.

Er griff in seine Lederjacke und zog einen Packen Fototaschen hervor. »Farbfotos, die Ihren Verdacht bekräftigen. Sie sind nicht für irgendeinen Scheidungsrichter geschossen worden. Klammheimlich, Herr Kleedorf, unter Verletzung der Intimsphäre von Menschen, die mich persönlich nichts angehen«, sagte er und blickte Rolf Kleedorf mit einer Miene an, die diesen an einen Geier erinnerte, obwohl er noch nie einen zu Gesicht bekommen hatte.

Kleedorf trank noch einen Korn. »Nennen Sie mir Ihren Preis«, sagte er.

»Ich weiß, daß Sie Geld haben – trotzdem fordere ich nicht mehr als beim letzten Fall auf Mallorca«, erwiderte Franzen.

»Lassen Sie das Gerede! Wieviel?« fragte Kleedorf.

Franzen lehnte sich im Sessel zurück und spielte mit seinen klobigen Händen.

»Ich bin Profi. Sie kennen sich ja aus in den Kosten – Miete, Personalkosten und Reisespesen, zerrissene Jacken, Fotomaterial. Ich bekomme von Ihnen fünftausend Mark«, sagte Franzen.

»Ich gehe davon aus, daß der Betrag Ihre Alterssicherung und das Berufsrisiko enthält«, scherzte Kleedorf, erhob sich, schritt an die Regalwand, schob einige Aktenordner auseinander und öffnete den Tresor.

Er entnahm ihm fünf Tausendmarkscheine, verschloß den Tresor dann wieder, schob die Akten davor und reichte Franzen die Scheine.

»Ohne Quittung«, sagte er.

Franzen reichte Kleedorf die Fototaschen. Er zog das rechte Hosenbein seiner Jeans ein Stück hoch und zeigte Rolf eine runde Narbe an seinem Bein.

»Ein Andenken aus der Pistole eines halbseidenen Barbesitzers«, sagte er.

»Herr Franzen, ich gehöre nicht zur Unterwelt«, bemerkte Kleedorf spitz.

Franzen erhob sich. »Wenn Sie meine Dienste wieder einmal benötigen, rufen Sie mich an. Ansonsten schönen Dank«, sagte er noch, reichte dem Unternehmer die Hand und verließ das Büro.

Die schriftliche Prüfung der Fachhochschulreife hatte die Klasse mit den erwarteten Leistungen bestanden. Nur wenige Schüler mußten sich in einer mündlichen Prüfung den Fragen der Fachlehrer stellen.

Der Schulleiter hatte Wibke zu den Erfolgen der Schüler und deren Leistungen in Mathematik gratuliert.

Hinni Synninga hatte nicht nur in Mathematik, sondern auch in Englisch und Deutsch eine Eins erhalten und mit Abstand das beste Zeugnis bekommen.

Wibke hatte ihren Schüler anschließend nur kurz auf der Abschlußfeier der Schule gesehen.

Er hatte ihr mitgeteilt, daß er nach Gießen ziehen wolle und sich dort zuerst einmal umzusehen beabsichtigte.

Die Bezirksregierung Weser-Ems hatte in Absprache mit dem Leiter der Hans-Susemihl-Schule in Emden eine Oberratsstelle im Fach Wirtschaftslehre ausgeschrieben.

Seit etlichen Jahren waren nur Kollegen in die Beförderungsstellen aufgerückt, und deshalb sprach nichts dagegen, die neue Position mit einer Frau zu besetzen. Der Personalrat stimmte zu.

Der junge Schulleiter war dabei, sich ein seinen Vorstellungen entsprechendes Kollegium aufzubauen.

Er bestellte Wibke Kleedorf in sein Büro und forderte sie auf, sich auf die Stelle zu bewerben.

Wibke war zuerst erstaunt, doch sie beschloß recht schnell, sich der Herausforderung zu stellen, und reichte ihre Bewerbungsunterlagen ein.

Am selben Abend parkte sie ihr Cabrio in der Einfahrt des Kalksundschen Anwesens, und Hubertus sah fasziniert zu, als sie graziös aus dem Wagen stieg und ihm lächelnd entgegenkam.

Ihr Gesicht war sonnengebräunt. Die weißen Jeans betonten ihre mädchenhafte Figur, und auch die flotte Bluse stand ihr sehr gut. Hubertus zog spielerisch an ihrem blonden Zopf, drückte Wibke an sich und küßte sie auf die Wange.

»Schön, daß du da bist«, sagte er und geleitete sie ins Haus. »Ich dachte, wir trinken den Tee auf der Terrasse; das Wetter ist einfach traumhaft!«

Wibke ging durch den Flur und betrat durch das ehemalige Bügel- und Nähzimmer die Terrasse, wo der

Tisch schon liebevoll gedeckt war. Ein Strauß wildwachsender Margeriten stand in einer Vase.

Wibke setzte sich in einen Plastiksessel an den Tisch und blickte in den Garten. Azythehensträucher standen in voller Blüte. Die Birken trugen schon zarte Blätter, und die hohen Tannen trieben kräftig aus. Der Rasen war frisch gemäht und leuchtete in der Sonne.

»Eine Idylle«, sagte Wibke, als Hubertus die Teekanne auf dem Tisch absetzte.

Er zündete die Kerze im Stövchen an und stellte die Kanne darauf.

»Einen Moment, Wibke«, sagte er und eilte ins Haus zurück.

Wibke sah ihm kopfschüttelnd nach. Wie er sie umsorgte! Was mochte er wohl in ihr sehen? Er gab vor, sie zu lieben, und war doch immer noch nicht fähig, nach vielen Zärtlichkeiten ihre Lust zu erwidern!

Sollte sie die Rolle seiner verstorbenen Mutter einnehmen?

Wibke griff nach einer Serviette, die stilecht zum Teegeschirr mit dem Rosenmuster paßte, und tupfte sich den Schweiß von der Stirn. Sie bemühte sich, ihre seltsamen Gedanken zu verdrängen. Ich reagiere sicher zu empfindlich, beruhigte sie sich selbst. Bestimmt entsprang sein Verhalten echter Zuneigung, denn sie hielt ihn keiner Hintergedanken für fähig.

»Was ist, Wibke? Ist dir nicht gut?« fragte Hubertus besorgt und stellte eine Platte mit Kuchen auf den Tisch.

»Nein, nein, alles in Ordnung«, erwiderte sie hastig und fühlte eine Gänsehaut, als Hubertus ihr liebevoll über die Stirn und das Haar strich und den Zopf durch seine Hand gleiten ließ. Sie blickte ihn an und lächelte verlegen.

»Bist du etwa extra zum Bäcker gefahren, um Kuchen zu holen?« fragte sie.

»Den habe ich selbst gebacken«, sagte Hubertus stolz und nahm die Teekanne vom Stövchen.

Wibke bediente sich mit Kluntjes, Hubertus schenkte Tee ein. Wibke gab Sahne in die Tasse und beobachtete, wie diese auf dem Tee zusammenschmolz und zerfloß.

Dann blickte sie hoch. »Die schönen Margeriten«, sagte sie und bemühte sich um einen weichen Klang ihrer Stimme.

»Ich wußte, daß sie dir gefallen würden. Sie wachsen dort neben dem Schuppen in den großen Schalen. Mutter mochte sie besonders gern«, erwiderte Hubertus und legte ihr ein Stück Butterkuchen auf den Teller.

»Danke«, sagte sie.

In den Bäumen zwitscherten Vögel. In der Luft lag der harzige Duft der Tannen.

»Dein Kuchen ist gut gelungen«, stellte Wibke nach dem zweiten Stück fest und schob ihren Teller zurück.

»Mutter mochte ihn besonders gern«, antwortete Hubertus.

Wibke fühlte einen Stich im Magen. Sie schluckte und griff nach ihrer Teetasse.

»Wie sieht es bei dir mit den Abschlußprüfungen aus?« fragte sie ablenkend.

»Du kennst ja die Motivation der Schüler«, meinte Hubertus. »Die Oberstufe hat dafür nicht schlecht abgeschnitten, und die Zeugnisse der Unter- und Mittelstufen bereiten sowieso keine Probleme.«

»Bei mir stapeln sich die Arbeiten auf dem Schreibtisch. Ich muß mich nachher wieder hinsetzen, damit ich durchkomme«, meinte Wibke seufzend und lud doch noch ein weiteres Stück Kuchen auf ihren Teller.

Hubertus legte seine Hand auf ihren Arm. »Das ist schade. Ich hatte gehofft, du würdest über Nacht bleiben. Ich habe ein schönes Musikprogramm für uns zusammengestellt!«

»Ein andermal«, gab sie zurück und lächelte ihn an.

»Wibke, warum ziehst du nicht ganz zu mir? Du kannst deine Wohnung günstig vermieten und ohne Hemmungen über mein Bankkonto verfügen«, schlug Hubertus wie schon so oft vor und lehnte sich im Gartensessel zurück.

Wibke seufzte. »Hubertus, bitte laß mir Zeit! Ich bin noch nicht so weit, daß ich mich wieder binden möchte! Ich muß erst einmal lernen, auf eigenen Füßen zu stehen«, antwortete sie ernst, schaute dann auf ihre Armbanduhr und erhob sich.

Auch Hubertus stand auf und küßte sie. Seine Lippen waren kalt und trocken. Wibke schloß die Augen, ohne den Kuß zu erwidern.

Am nächsten Tag, es war ein Samstag, legte Wibke gegen Abend aufatmend die letzte Arbeit auf den Stapel mit den Klassenarbeitsheften. Sie ordnete sie alphabetisch, nahm ihr Notenbuch und trug die Ergebnisse ein. Dann stand sie auf, reckte sich erleichtert, machte ein paar Kniebeugen und trat ans Fenster.

Eine Weile schaute sie auf die Blumenbeete in der Anlage, blickte auf die Bäume, deren Äste leicht im Wind wippten.

Sie dachte gerade an Hinni Synninga, als das Telefon sie aus ihren Gedanken riß. Hastig nahm sie den Hörer ab und meldete sich.

Als sie die Stimme ihres Mannes erkannte, fühlte sie, wie ihr Herz hart zu pochen begann. Schweiß trat auf ihre Stirn.

»Rolf, auf keinen Fall komme ich zu dir zurück! Unterlaß bitte den Telefonterror, und sag deinem Vater, daß ich von seinen Mendelschen Gesetzen genug habe!« schrie sie und knallte den Hörer auf die Gabel.

Sie haßte Rolf und seine Eltern, die nur um sich selbst und ihren Erfolg kreisten und egoistisch und herzlos waren.

Wibke zwang sich, an etwas anderes zu denken, und stellte sich unter die Dusche, um sich ein wenig zu entspannen.

Während das warme Wasser angenehm prickelnd auf sie herabströmte, wurde sie auch tatsächlich etwas ruhiger.

Ich möchte doch nur glücklich werden wie andere junge Frauen auch, dachte sie, aber ihre Zweifel daran, ob es Hubertus gelingen würde, sie zu einer zufriedenen und glücklichen Frau zu machen, wollten nicht weichen. Seine Besuche bei den Ärzten hatten immer noch keine Besserung gebracht: Huberts war impotent, und sein Mutterkomplex nahm immer seltsamere Formen an.

Wibke stellte die Dusche ab, frottierte ihren Körper, zog ihre Wäsche an, holte aus dem Schrank ein leichtes Pulloverhemd, schlüpfte in ihre engen Jeans und fühlte sich etwas besser.

Als das Telefon klingelte, fuhr sie zusammen. Doch nicht schon wieder Rolf, dachte sie, eilte barfuß zum Schreibtisch und nahm den Hörer ab, ohne sich zu melden. Sie wartete aufgeregt und horchte. Ihr Atem ging schnell.

»Hallo, Wibke?«

Sie erkannte Hinnis Stimme und atmete erleichtert auf.

»Wibke, melde dich doch! Bist du etwa krank?« fragte Synninga.

»Nein, nein, alles in Ordnung«, sagte sie erleichtert.

»Wibke, wie wäre es mit einer Fahrradtour? Das Wetter ist so schön, und mein Freund hat mir den Schlüssel für sein Ferienhaus gebracht, weil er mit seiner Familie zu seinen Schwiegereltern nach Meschede fährt. Ein solides Holzhäuschen mit Steg und Seeblick. Es ist voll eingerichtet und hat Wohn- und Schlafzimmer«, sagte Hinni.

»Das klingt verlockend«, antwortete Wibke.

»Es ist jetzt sechs. Wenn es dir paßt, hole ich dich um sieben ab«, meinte Hinni so unternehmungslustig, daß es ansteckend wirkte.

»All up Stee«, rief Wibke.

»Wir bleiben über Nacht«, fügte Hinni noch hinzu, »pack deine Zahnbürste ein!«

Wibke wollte protestieren, doch er hatte bereits aufgelegt.

Warum nicht? dachte sie. Ihr Lieblingsschüler war ein hervorragender Plauderer, sie fühlte sich wohl in seiner Gesellschaft – und der Vorfall nach dem Schützenfest mußte sich ja nicht unbedingt wiederholen.

Daß sie bewußt mit dem Feuer spielte, war ihr in diesem Moment nicht klar. Sie war so ausgehungert nach Zuwendung und Zärtlichkeit, daß es ihr schwerfallen würde, Hinnis Annäherungsversuche zurückzuweisen ...

Wibke hatte ihren Rucksack schnell gepackt, zog feste Schuhe an, legte sich ihren leichten Anorak über die Schulter und schritt noch einmal kontrollierend durch die Wohnung. Dann zog sie die Vorhänge zu und verließ ihr Apartment.

Hinni Synninga stand bereits mit seinem Fahrrad vor dem Haus.

»Hallo«, begrüßte er sie, als sie ihr Rad aus dem Verschlag holte und den Rucksack auf ihrem Gepäckträger befestigte.

Hinni führte auf seinem Gepäckträger eine große Reisetasche mit.

»Die Fahrt kann beginnen«, sagte Wibke gutgelaunt.

»Frau Lehrerin, folgen Sie mir, heute kenne ich das Ziel«, antwortete Hinni ironisch.

Der Wind hatte nachgelassen.

Sie radelten los. Die Sonne stand wie ein riesiger roter Ball am Himmel und tauchte alles in weiches Licht. Nach einer halben Stunde erreichten sie Wolthusen. Sie fuhren über die Dorfstraße zum Ostermeederweg, an den Weiden und den schon grünenden Getreidefeldern vorbei. Der Wind führte am Ems-Jade-Kanal entlang bis zum Friedhof. Dort folgten sie dem Schwagerweg.

Die Luft war würzig. Ein Sperber erhob sich von einem Weidezaun und glitt über eine Wiese, auf der Kühe grasten. Ein Bussardpärchen schwebte hoch über einem kleinen Wäldchen. Am üppig grünen Wegesrand bündelte sich die Schafgarbe. Blauknospige Distelsträucher mischten sich in die Getreidefelder, und Kamille säumte die Ränder der ausgetrockneten Treckerspuren.

Wibke vergaß an diesem schönen Frühsommerabend alles, was sie bedrückte, und gab sich ganz dem Augenblick hin.

Hinni wechselte nach der Beschaffenheit des Weges die Spur. Er hatte die Führung übernommen und radelte langsam voraus.

Aus einer Laune heraus pflückte er am Wegrand einen Strauß Margeriten, die am Saum der Böschung wuchsen. Er legte den Blumenstrauß auf seine Sporttasche, stieg wieder auf und trat mächtig in die Pedalen. Wibke blickte auf die Margeriten und errötete: Sie hatte nicht an Hubertus denken wollen.

Sie beeilte sich, denn Hinni näherte sich bereits den Ferienhäusern am See. Die Dämmerung begann hereinzubrechen.

Ein Fischreiher flog mit weiten Flügelschlägen über sie hinweg zum Wasser hinüber, auf dem noch ein einsamer Segler kreuzte.

Hinni winkte ihr zu. Er stand neben seinem Fahrrad auf einem Trampelpfad. Der Weg war holprig und führte an kleinen Holzhäuschen entlang, die Wibke an ihre Schwedenreise erinnerten. Sie stieg ab und schob das Rad über Grasbüschel und Lehmbrocken.

»Wir sind da«, sagte Hinni und zeigte auf die Eingangstür des Holzhäuschens.

Sie stellten die Räder ab, nahmen das Gepäck und stiegen die Holztreppe hoch.

Hinni nahm den Schlüssel aus seiner Jacke und öffnete die Tür. Sie betraten einen kleinen holzgetäfelten Korridor, von dem eine Tür in einen großen, behaglichen Wohnraum führte. Sie trugen das Gepäck in das Zimmer und stellten es ab.

»Einfach toll! Es riecht so schön nach Holz«, sagte Wibke.

Sie schauten eine Weile durch das große Fenster auf den See. Wasserpflanzen säumten den Steg, und eine Entenmutter zog mit ihrer paddelnden Brut vorbei.

»Natur pur«, scherzte Hinni und überreichte Wibke den Margeritenstrauß. Sie strich liebevoll über die weißen Blütenblätter und schaute sich um. Sie fand eine Vase, holte Wasser aus dem kleinen Waschraum nebenan und stellte den Strauß auf den Tisch.

»Wirklich urig«, sagte sie, als Hinni wieder hereinkam, der die Fahrräder in einen kleinen Verschlag neben der Hauswand gestellt hatte. Sie verstauten ihre Sachen in einem Holzschrank in dem winzigen Schlafzimmer, und Wibke überzog die Betten. Sie duschten anschließend, und als Hinni zärtlich wurde, wies sie ihn nicht zurück. Sie liebten sich auf den frischen Laken.

Im Zimmer hatte sich die Hitze gestaut. Hinni hatte Bier mitgebracht, Wibke eine Flasche Sekt, und beide waren durstig.

Sie setzten sich an den Tisch im Wohnzimmer, tranken

bei Kerzenschein das Bier, blickten auf den See, über dem die Dunkelheit lag, während der Mond aufstieg und die Sterne am Himmel blinkten.

Irgendwann holte Wibke die Flasche Sekt aus dem Eisschrank und ließ den Korken knallen. Sie prosteten sich zu, und Wibke seufzte.

»Morgen trennen sich unsere Wege«, sagte sie wehmütig, denn Hinni mußte am nächsten Tag nach Gießen abreisen.

Hinni lächelte.

Wibke war nicht die erste Frau, mit der er geschlafen hatte. Er hatte eine Freundin gehabt, die ihn bewunderte, als er noch boxte. Sie war sehr schön gewesen, und er hatte sie geliebt, sich aber aus Angst vor einer zu frühen Bindung von ihr getrennt. Hinzu kam, daß sie sehr eifersüchtig gewesen war und ihm ständig ohne jeden Grund Szenen gemacht hatte.

»Wibke, sei nicht traurig – wir sehen uns sicher bald wieder! Jedenfalls werde ich dich bestimmt nicht vergessen«, sagte er jetzt.

Sie stießen miteinander an, tranken den Sekt, küßten sich heiß und löschten die Lichter. Dann schliefen sie aneinandergeschmiegt auf den kühlen Laken, liebten sich in Abständen und bemühten sich, die bevorstehende Trennung zu vergessen ...

In der Woche nach Pfingsten kündigte der Leitende Oberschulrat der Bezirksregierung Weser-Ems seinen Besuch an.

Wibke mußte in ihrer Einzelhandelsklasse im Fach Wirtschaftslehre eine Lehrprobe vorbereiten und den entsprechenden Unterrichtsentwurf am Montag morgen im Schulsekretariat abgeben.

Sorgen bereiteten ihr die Schülerinnen der Verkäuferinnenklasse, zu denen sie trotz vieler Bemühungen keinen Zugang gefunden hatte.

Am Wochenende arbeitete sie bis in den späten Abend an dem Entwurf. Sie fertigte Skizzen an, analysierte den Unterrichtsstoff, formulierte Lernziele, beschrieb die Klassensituation und verschwieg auch nicht ihre Schwierigkeiten mit einzelnen Schülerinnen.

Am Montagmorgen war sie schon um sieben Uhr in der Schule. Die beiden Sekretärinnen im Schulbüro nahmen den Unterrichtsentwurf mit aufmunternden Bemerkungen entgegen. Sie drückten ihr die Daumen für gutes Gelingen.

Der Direktor war noch nicht da, wie Wibke erfuhr.

Sie ging zum Lehrerzimmer, verzog sich in eine Ecke und setzte sich an einen Tisch, um in Gedanken ungestört den Einstieg noch einmal durchzuspielen.

Der Konrektor kam kurz an ihren Tisch, klopfte ihr lächelnd auf die Schulter und ging wortlos davon.

Wibke war froh darüber, daß man sie allein ließ.

Als der Gong ertönte, verließ sie im Strom der Kollegen und Kolleginnen das Lehrerzimmer und schritt ihrer Klasse entgegen.

Die Mädchen standen vor dem verschlossenen Klassenraum und schauten ihr erwartungsvoll entgegen

»Und der Besuch?« fragte Katja Jerdjens. Sie gehörte zu den Schülerinnen, mit denen Wibke überhaupt nicht zurechtkam. Die junge Lehrerin schloß die Klassentür auf. »Der Oberschulrat und der Direktor kommen gleich«, erklärte sie.

Einige Schülerinnen kicherten, als sie die Klasse betraten.

»Setzt euch bitte«, sagte Wibke, nahm den Abfallkorb und schritt an den Bänken entlang. »Der Direktor sieht rot, wenn unter euren Pulten leere Coladosen oder Getränketüten liegen!«

Nur einige Schülerinnen hatten sich bereits am Automaten bedient und warfen jetzt ihren Müll in den Eimer.

»Todschick!«, rief Anja, als die Lehrerin an ihrem Pult vorbeikam.

Wibke trug eine elegante cremefarbene Leinenhose im Jeansschnitt und einen dunkelblauen Blazer mit goldenen Knöpfen, darunter eine weiße Bluse.

»Wollen Sie ins Konzert oder in die Kirche?«

Die Clique lachte schallend.

Wibke hörte nicht hin. Sie stellte den Papierkorb in der Ecke des Klassenzimmers ab, trat ans Lehrerpult und ordnete ihre Unterlagen.

Die Tafel war sauber. Die Kreide lag griffbereit neben dem Wischtuch im Handkasten.

Auch die Schülerinnen waren nervös, wie Wibke feststellte.

»Ich habe eine Bitte! Seid fair!« sagte sie und blickte dabei Katja und deren Freundin Tanja an.

»Sieht der Oberschulrat gut aus?« erkundigte sich eines der Mädchen.

Wibke lachte. »Euch ist er sicherlich zu alt.«

In diesem Moment wurde die Klassentür geöffnet, und der Direktor betrat in Begleitung des Oberschulrates die Klasse.

»Moin!« sagte er und trat ans Lehrerpult. »Mich kennt ihr ja. Ich darf euch Herrn Dr. Merkes vorstellen, unseren leitenden Oberschulrat. Er wird mit mir am Unterricht teilnehmen, um sich davon zu überzeugen, daß ihr bei uns genausoviel lernt wie die Verkäuferinnen in Osnabrück«, sagte er und nahm mit dem Oberschulrat im hinteren Teil der Klasse an einem unbesetzten Pult Platz.

Wibke teilte die vorbereiteten Kopien aus. Dann wandte sie sich an eine Schülerin, von der sie wußte, daß diese ihr gut gesonnen war. »Melanie, lies bitte den Text laut und deutlich vor!«

Melanie las: »Jupp Pfeiffer aus Aachen machte mit seiner Frau Urlaub in Ostfriesland ...«

Die Stunde ging herum wie im Flug, und außer Katja und Tanja, die kein Wort sagten und auch auf Wibkes Fragen nicht antworteten, arbeiteten die Mädchen recht gut mit.

Wibke, die anfangs sehr nervös war, gewann an Sicherheit, vor allem, als der Oberschulrat ihr anerkennend zulächelte, während sich ihre Blicke begegneten.

Sie war erstaunt, als es schellte und die Stunde beendet war, und atmete erleichtert auf. Der Oberschulrat lächelte ihr noch einmal zu und verließ mit dem Schulleiter das Klassenzimmer.

Wibke packte erleichtert ihre Unterlagen zusammen und steckte sie in ihre Tasche. Sie hatte das Gefühl, daß alles gut gelaufen war.

Katja und Tanja schossen davon, die übrigen Mädchen schritten am Pult vorbei.

»Das habt ihr nett gemacht«, sagte Wibke dankbar und verabschiedete sich.

Im Lehrerzimmer wartete Hubertus schon auf sie. Sie holte sich eine Tasse Tee und setzte sich zu ihm.

»Und?« fragte er.

»Ich hab' ein gutes Gefühl«, antwortete Wibke. Ihre Hand zitterte, als sie die Tasse an den Mund führte.

»Und diese Gören?« fragte Hubertus.

»Sie waren nett. Nur zwei fuhren ihr Störmanöver, warum, weiß ich nicht. Ich habe ihnen nichts getan«, sagte Wibke, die sich langsam entspannte. Der Tee tat ihr gut.

Es war wie immer sehr laut im Lehrerzimmer. Die Kollegen traten an ihre Fächer, suchten nach dem Mitteilungsbuch, studierten die Vertretungspläne am Anschlagbrett.

Gewöhnlich ging um diese Zeit der Schulleiter an den

Tischen entlang und nahm Kollegen beiseite, um irgendwelche Probleme anzusprechen, doch heute saß er mit dem Oberschulrat in seinem Büro.

Der Gong ertönte. Hubertus gab Wibke unauffällig einen Klaps auf die Schulter, nahm dann seine Tasche und verließ den Raum, um zum Unterricht zu gehen.

Im Lehrerzimmer blieben die Kollegen sitzen, die eine Freistunde hatten. Sie hefteten Entschuldigungen ab, füllten Mahnkarten aus oder suchten in Zeitungen nach Entspannung.

Wibke war glücklich und auch irgendwie stolz. Sie hatte es geschafft!

Sie stand auf eigenen Füßen, mehr noch, sie wurde zur Verbeamtung vorgeschlagen und begann in der Schulkarriere ihre Erfüllung zu finden.

Mit der Krankheit des kleinen Marco mußte sie leben, das hatte sie gelernt. Sie war nicht mehr nur die Frau des erfolgreichen Unternehmers Rolf Kleedorf. Sie würde bald Oberstudienrätin sein, genug Geld verdienen und endlich ihren Platz im Leben gefunden haben.

Frau Wiedmann, die Sekretärin des Direktors, erschien im Lehrerzimmer. »Frau Kleedorf, die Herren erwarten Sie«, sagte sie freundlich.

Wibke erhob sich, verließ den Raum, blickte im Flur kurz in den Spiegel, zupfte ihren Blazer zurecht und betrat das Sekretariat.

Frau Wiedmann wies auf die Tür hinter ihr. »Bitte«, sagte sie.

Wibke trat ein. Sie kannte das Dienstzimmer. Sie blickte auf die Marionette, die einen Professor darstellen sollte und an Fäden von der Bücherwand hing, und die bunten Drucke an den Wänden, die dem Raum einen freundlichen Charakter verliehen. Der Direktor hatte neben dem Oberschulrat am Konferenztisch gesessen, doch jetzt stand er auf und kam ihr entgegen.

»Wibke, nimm Platz! Frau Wiedmann hat dir bereits Tee eingeschenkt«, sagte er.

Wibke setzte sich an den Tisch.

Der Oberschulrat blickte sie freundlich an.

»Bitte, trinken Sie den Tee, bevor er kalt wird. Sie erhalten von mir noch eine schriftliche Beurteilung der Lehrprobe. Es gab da einige kleinere Punkte, die ich bemängeln könnte, aber wenn ich das Ganze sehe, bleibt unter dem Strich die Beurteilung ›Sehr gut‹. Ich bin der Meinung, daß wir in Ihnen die gewünschte Funktionsträgerin gefunden haben. Meinen Glückwunsch«, sagte er und reichte Wibke die Hand.

Der Direktor nickte ihr lächelnd zu. »Es hat ja alles sehr gut geklappt«, sagte er und langte nach seiner Teetasse. Auch Wibke trank Tee und griff nach einem Plätzchen.

»Aber wie erklärst du dir das Verhalten von Katja Jerdjens und ihrer Freundin Tanja? Hast du sie vielleicht irgendwann einmal ungerecht behandelt oder in die Enge getrieben?«

»Nicht daß ich wüßte. Sie stören auch sonst ständig. – Das ist ihr normales Verhalten«, sagte Wibke.

»Frau Kleedorf, Sie haben Ihren Unterricht gut vorbereitet und ihn exzellent durchgeführt. Diese beiden auffälligen Schülerinnen hatten Sie ja in Ihrem Entwurf bereits entsprechend charakterisiert«, sagte der Oberschulrat.

Er griff nach seiner Tasse, nahm einen Schluck Tee und steckte sich eine Zigarette an. »Trotzdem würde mich interessieren, warum sie derart verbiestert sind!« Sein Blick verriet seine Neugier, und Wibke fühlte sich bemüßigt, sich zu verteidigen.

»Als ich die Klasse übernahm, waren sowohl Katja als auch Tanja eher still und unauffällig. Während meiner Lehrtätigkeit begannen sie damit, die Klasse gegen mich aufzubringen. Als Pädagogin fehlt mir aber leider jeder Grund für ihr Verhalten«, sagte Wibke.

»Gibt es vielleicht private Gründe?« fragte der Schulleiter.

Wibke hob die Schultern. »Ich kenne das Privatleben der Schülerinnen nicht. Ihre soziale Herkunft habe ich im Unterrichtsentwurf geschildert.«

»Im pädagogischen Bereich treten oft Animositäten auf, die unergründlich sind. Das ist nichts Neues. Ich werde verfügen, daß Sie in die ausgeschriebene Stelle eingewiesen werden«, sagte der Oberschulrat. Dann entließen die Herren Wibke und wünschten ihr einen guten Start in der neuen Position.

Hubertus von Kalksund glaubte fest daran, daß die Seele seiner Mutter ihn in seinem Hause hin und wieder aufsuchte.

Dann sprach er mit ihr und meinte, ihre Antworten zu hören.

Gegen Wibke als Schwiegertochter habe sie nichts, hatte sie ihm auf diese eigenwillige Art mitgeteilt.

Er trat vor den Kleiderschrank und ging ihre teuren Röcke und Kleider durch. Schließlich entschied er sich für das lange Brokatkleid, dessen aufgenähte Perlen im Licht funkelten, das durch das Fenster fiel:

Er nahm das Kleid vom Bügel und legte es auf den Tisch.

Wibke mußte es überziehen, es mit ihrem schönen Körper füllen.

»Mutter, sie wird dir gefallen«, murmelte er und horchte in sich hinein. »Ich liebe Wibke, und du wirst sie mögen«, sagte er laut vor sich hin.

Rasch schloß er den Kleiderschrank und verließ das Zimmer.

Er griff nach seiner Schultasche, packte die Bücher aus und steckte den Konferenzordner ein, denn um sechzehn Uhr war Gesamtkonferenz.

Als die Lehrer nach der Konferenz die Schule verließen, war es Abend geworden, ein herrlich milder Frühsommerabend.

Spontan entschlossen sich einige Kolleginnen und Kollegen, in der nahegelegenen Kneipe noch ein Bier zu trinken.

Wibke winkte ab. Ihr stand nicht der Kopf nach einer Manöverkritik in Bierlaune.

»Wir sehen uns morgen!« rief sie Hubertus zu.

Dann ging sie zum Fahrradständer, steckte den Schlüssel in das Schloß an ihrem Rad und sah verärgert, daß jemand die Reifen mit einem Messer zerschnitten hatte. Das Rad stand auf den Felgen.

»Gemeinheit!« schimpfte sie, stellte das Rad ab und blickte sich um. Die Kollegen hatten sich bereits lärmend entfernt. Wibke ging zurück in die Schule, wo der Schulleiter noch in seinem Dienstzimmer saß.

»Was ist, Wibke?« fragte er.

»Jemand hat meine Fahrradreifen zerschnitten«, berichtete sie empört.

»Ich werde morgen die Versicherung benachrichtigen«, sagte der Schulleiter.

»Mir geht es nicht um den materiellen Schaden«, stieß sie hervor, »sondern um die Schuldigen.«

»Die Schülerinnen deiner Verkäuferinnenklasse?« fragte der Chef.

»Vielleicht? Der Verdacht liegt zumindest nahe«, antwortete Wibke.

»Laß dein Rad stehen! Ich fahre dich nach Hause«, schlug der Schulleiter vor.

»Das ist nicht nötig. Ich kann nach Hause schieben«, sagte Wibke und verabschiedete sich. Es war sicherlich voreilig, Tanja und Katja zu verdächtigen, dachte sie. Aber wer sonst hätte ihr diesen Streich spielen sollen?

Wibke schob das Rad ihrer Wohnung entgegen. Auf den Plastikstühlen der Pinten am Markt saßen junge Leute vor ihren Biergläsern, als gäbe es etwas zu feiern.

Der Italiener und der Grieche hatten alle Hände voll zu tun. In einem Spielsalon, dessen Tür offenstand, klimperten Jugendliche an den Automaten.

Zu Hause angekommen, schob Wibke das Rad in den Schuppen. Aus den übrigen Wohnungen der Anlage fiel Licht, so daß sie den Weg zur Haustür ohne Schwierigkeiten fand. Die Tür stand offen. Wibke schob die kleinen Holzkeile beiseite und stieg die Treppe hinauf.

Sie schrie auf, als sie die tote, ausgeblutete Ratte bemerkte, die vor ihrer Wohnungstür lag.

Wibke hastete heulend die Treppe hinunter, lief um den Block und klingelte an der Tür des Hausmeisters.

Der knapp sechzigjährige Rentner schaute sie überrascht an.

»Frau Kleedorf, wo brennt's?« fragte er und nahm seine Brille ab.

Wibke atmete schwer und schluchzte. Sie griff nach seinem Arm und versuchte, den Hausmeister mit sich zu ziehen.

»Herr Groen, es ist schrecklich«, brachte sie stockend hervor.

»Nun mal sachte, ich komme ja mit«, meinte er beruhigend. Er stellte keine Frage, während sie über den Hof und um das Eckhaus herumgingen.

Die Haustür war zugeschlagen. Wibke schloß sie nervös wieder auf. »Da oben«, sagte sie angewidert und drückte auf den Lichtschalter.

Groen stieg die Stufen hoch und zuckte zusammen, als

er das tote, blutende Tier sah. Entschlossen griff er in das Fell der Ratte und hob sie hoch, während das Blut aus der geöffneten Schnauze tropfte.

Der lange, ekelerregende nackte Schwanz des Tieres, der sich nach unten verjüngte, baumelte im Licht der Neonlampe hin und her.

»Seltsam«, sagte Groen und wies auf die Blutspur auf den Treppenstufen. »Das ist eine Wasserratte. Stand die Haustür offen?«

»Ja«, antwortete Wibke leise. Sie hatte sich noch nicht ganz von ihrem Schock erholt.

»Ich vermute, daß das Tier von einem Hund angegriffen wurde. Die Fischers haben heute Möbel bekommen, deshalb stand die Tür offen.«

Wibkes Blick fiel auf das wippende Ende des Schwanzes, an dem sie einige offene Stellen entdeckte.

»Mir wird übel, Herr Groen«, flüsterte sie.

»Frau Kleedorf, das Tier ist durch die offene Tür gekommen, weil es sich vor einem Hund retten wollte, kein Grund zur Aufregung! Ich werfe den Kadaver in den Schlot«, sagte er und trug die Ratte davon.

Wibke betrat ihre Wohnung. Ihr war speiübel. Sie ging geradewegs ins Badezimmer, beugte sich über das Klobecken und übergab sich.

Anschließend setzte sie sich in einen Sessel der Sitzgruppe und bemühte sich, das Bild zu verdrängen.

In diesem Moment sehnte sie sich nach Hinni Synningas Frische und Unbekümmertheit. Sie hatte ihm nach der Nacht am See gesagt, daß es vernünftiger war, wenn sich so etwas nie wiederholte. Denn erstens war Hinni etliche Jahre jünger als sie, und zweitens war Emden eine kleine Stadt.

Sie wollte Rolf keine Argumente für einen bevorstehenden Scheidungsprozeß liefern und auch ihre Karriere nicht in Gefahr bringen. Hinni hatte keine Einwände gemacht. Er war jung und besaß genügend Charme bei Gleichaltrigen. Er war nach Gießen gezogen und hatte sich seitdem nicht wieder gemeldet.

Rolf Kleedorf fuhr aus dem Schlaf. Er rieb sich die Augen, blickte benommen um sich.

Dann stand er auf und betrat das Wohnzimmer.

Auf dem Couchtisch lagen die Fototaschen neben dem leeren Cognacschwenker. Die Flasche enthielt nur noch einen kleinen Rest. Der Aschenbecher war randvoll mit Zigarettenkippen.

Ein schaler Geruch hing noch im Zimmer, und Rolf spürte den faden Geschmack auf seiner Zunge und einen leichten Kopfschmerz.

Er machte das Fenster auf, trug das Glas und die Cognacflasche in die Küche und leerte den Aschenbecher.

Dann nahm er eine Aspirin mit Sprudelwasser, ging ins Bad und duschte ausgiebig. Anschließend rasierte er sich, sparte dabei nicht mit After-Shave und zog sich im Schlafzimmer an.

Er entschied sich für eine Jeans, zog ein frisches Oberhemd an, legte eine Krawatte um und entnahm dem Kleiderschrank das leichte Jackett, das er in Münster während des Reit- und Fahrturniers gekauft hatte.

Er verspürte keinen Hunger, nur einen gewaltigen Teedurst. Rasch füllte er den Wasserkessel. Während er Tee machte, schimpfte er laut vor sich hin:

»Nicht mit mir! Das wirst du bereuen!«

Der Versuch seines Anwalts, Wibke zu einem Versöhnungsgespräch zu bewegen, um die Ehe vielleicht doch noch zu kitten, war erfolglos geblieben.

Auf seine Briefe bekam Rolf keine Antwort.

Er lachte gehässig, brühte den Tee auf und trug ihn

zum Couchtisch, holte den Kluntjebecher und den Sahnetopf und stellte die Kanne auf das Stövchen.

Dann trank er den heißen Tee und rauchte dazu eine Zigarette. Dabei studierte er voller Eifersucht erneut die Fotos, die der Detektiv geschossen hatte.

Die Bilder bewiesen, daß Wibke an einem Wochenende am Uphuser Meer mit einem jungen Mann in einem Wochenendhaus geschlafen hatte. Doch nicht nur das! Weitere Fotos zeigten Wibke nackt mit einem ihrer Kollegen auf dem Rasen eines Bungalows. Der Lehrer war unverheiratet, wie der Detektiv berichtet hatte.

»Feine Dame! Einer reicht dir wohl nicht!« zischte Rolf. »Noch bist du mit mir verheiratet, vergiß das nicht!«

Rolf fühlte sich gedemütigt und betrogen. Er ging an seinen Schreibtisch, holte die Lupe aus der Schublade und hielt sie über die Fotos. Seine Hand zitterte dabei leicht. Durch die Lupe sah er den gutgewachsenen, durchtrainierten Körper des jungen Mannes, und ihm stockte der Atem.

»Ein Playboy«, zischte er wütend. »Sie hält ihn aus, und ich soll zahlen!«

Aber auch der ältere Kollege seiner Frau hatte eine gute Figur und ein ernstes, gutgeschnittenes Gesicht, das ein Schnurrbart zierte.

Kleedorf steckte die Fotos in die Tasche seines Jacketts und nahm sich vor, sie seinem Anwalt vorzulegen.

Er blies das Teelicht aus, verließ seinen Bungalow und schaute mißmutig auf den bedeckten grauen Himmel. Der Wind blies kühl aus nördlicher Richtung.

Auf dem Reitplatz ließ der Reitlehrer ein Voltigierpferd seine Runden drehen, und Rolf schaute einen Moment den Übungen der Kinder zu.

»Herr Kleedorf, die Saison läuft an. Wir sind ausgebucht«, begrüßte ihn wenig später die Empfangsdame an der Hotelrezeption.

»Das freut mich«, antwortete er und ging rasch weiter.

Im Vorzimmer zu seinem Büro bediente Frau Oedinga den Computer.

»Moin«, sagte Kleedorf.

»Ich habe die Bankeingänge gebucht, Schecks und Überweisungen ausgefüllt. Sie liegen in der Unterschriftenmappe«, sagte sie.

»Das hat Zeit«, erwiderte er und suchte sein Büro auf. Er setzte sich an den Schreibtisch und fühlte den Druck der Fototaschen auf seinen Rippen.

Keine müde Mark hat Wibke beigesteuert! Und nun will sie abkassieren, dachte er.

Er fuhr aus seinen Gedanken hoch, als das Telefon läutete.

Er nahm den Hörer ab.

»Die Autobahnpolizei aus Bunde«, sagte die Angestellte an der Rezeption.

Rolf erschrak.

»Kleedorf«, meldete er sich.

»Polizeistation, Hauptwachtmeister Nanninga. Herr Kleedorf, wir haben Ihren Spezialtransporter, Kennzeichen Aurich CS 709, kontrolliert. Der Fahrer heißt Enno Esders. Abgesehen davon, daß er von Polen kommend mehr als zwölf Stunden ohne Pause den Wagen gelenkt hat, beanstanden wir die Fracht. Von den achtzehn in Polen aufgeladenen Pferden sind zwei verendet, und die übrigen Tiere befinden sich in einem erbärmlichen Zustand. Wir haben einen Veterinär hinzugezogen und die Pferde auf einer Weide in den Freilauf gegeben. Ein Tierschutzverein will gegen Sie Klage einreichen. Wir werden dem Fahrer erst dann die Erlaubnis geben, den Transport nach Spanien durchzuführen, wenn die Tiere sich erholt haben. Die Kadaver der toten Tiere haben wir zum Schlachthof Leer bringen lassen. Wir haben die Staatsanwaltschaft eingeschaltet.«

Kleedorf verschlug es den Atem, und es dauerte eine Weile, bis er dem Wachtmeister antworten konnte.

»Sie haben nur Ihre Pflicht getan«, sagte er schließlich. »Ich werde mit meinem Anwalt sprechen. Ich gehe davon aus, daß mein Lieferant in Polen seine Sorgfaltspflicht nicht erfüllt hat.«

»Die Tiere befinden sich auf den Weiden des Landwirts Broers in Bunde. Ich erwarte, daß Sie sich wieder bei uns melden«, sagte Nanninga.

»All up Stee!« erwiderte Kleedorf und legte den Hörer auf.

Was soll das ganze Spektakel? fragte er sich. Die Polen waren schlitzohrig, und es kam häufiger vor, daß sie ihm ausgemergelte Tiere in die Ladung schoben. Doch das hatte er ins Kalkül gezogen und die Preise für die Pferde mit einem Risikozuschlag versehen. Und die Tierschützer nahm er ohnehin nicht ernst.

Der Kadaver- und Knochenhändler aus Wilhelmshaven zahlte gut für die verwertbaren Rückstände der geschlachteten Tiere, die in Containern an die Rheinischen Chemiekonzerne geliefert wurden. Sie dienten zur Herstellung von pharmazeutischen Produkten.

Kleedorf kannte die Rechtslage: Er hatte weder gegen eine Vorschrift des Gesundheitsministeriums verstoßen, noch war ihm selbst anderes Verschulden nachzuweisen. Er befürchtete nur eine Rufschädigung durch eine Kampagne der Tierschützer, die seinem Unternehmen möglicherweise kurzfristig Schaden zufügen konnte.

Er griff zum Telefonhörer, rief seinen Partner Möllemann an und bat ihn, in Bunde den Vorfall zu klären.

Kleedorf kannte keine Skrupel. Selbst wenn die Presse ihn aufs Korn nahm – auch das würde nicht ewig dauern.

Es war die ›Ostfriesen-Post‹, die den Reigen eröffnete. Ein Foto eines geschundenen Pferdes zierte die Wochenendbeilage.

Der Bericht hielt sich an die Tatsachen, soweit diese den Reportern zugänglich gewesen waren.

Rolf Kleedorf war für die Presse nicht zu sprechen.

Als das Fernsehteam von Radio Bremen bei ihm anklopfte, trat er in Jeans, mit einem blauen Oberhemd, einer Strickkrawatte und dem Jackett aus Münster vor die Kamera.

Er erinnerte daran, daß die wirtschaftlichen Verhältnisse in Polen noch lange nicht den westlichen Standard erreicht hatten und seine dortigen Lieferanten nicht immer zuverlässig arbeiteten. Er bedauerte, daß sein Fahrer Esders die erlaubte Stundenzahl hinter dem Steuer des LKW überschritten hatte, weil seine Frau ein Baby erwartete.

Auf die Frage, was mit den Pferden geschehen würde, die die Tierschützer in Gewahrsam genommen hatten, um sie gesund zu pflegen, sagte Kleedorf vor laufender Kamera, daß man ihm keine Schuld zuweisen könne und es für seinen Rechtsanwalt kaum Schwierigkeiten geben würde, seine Besitzansprüche geltend zu machen.

Sein Geschäftspartner Möllemann richtete sich darauf ein, die Pferde mit ein wenig Verzögerung nach Spanien zu verfrachten. Einen ihm entstehenden Schaden würde sein Anwalt einklagen.

Bereits zwei Tage nach dem Vorfall wurden die Tiere von der Weide geholt, und Esders fuhr sie nach Spanien. Er war Vater eines Sohnes geworden.

Selbst überregionale Zeitungen berichteten mit scharfer Feder. Rolf berührte das wenig, denn für ihn und seine Firma war der Presserummel eine hervorragende Werbung.

Pferdeliebhaber aus den Großstädten fragten bei ihm

nach preiswerten und pflegeleichten Reitpferden an, und ein paar Wochen später verzeichnete er einen Umsatzzuwachs um mehrere Prozente.

Wibke schob das Fahrrad in den kleinen Verschlag. Sie hatte sechzig Mark für neue Reifen und für die Montage bezahlt, doch sie lehnte es ab, dafür die Versicherung in Anspruch zu nehmen. Ihr war fröstelig in ihrer Sommerbluse. Der Wind hatte aufgefrischt und wehte aus östlicher Richtung.

Wibke ging zu ihrem Apartment. Der Hausmeister hatte die Treppe gründlich geschrubbt, und dort, wo die Ratte verblutet war, prangte eine neue Fußmatte.

Wibke verdrängte ihre Erinnerungen und schloß die Wohnungstür auf. Sie ging in ihr Arbeitszimmer, setzte sich an den Schreibtisch und bereitete den Unterricht für den folgenden Tag vor.

Morgen gab sie in einer Industrieklasse vier Stunden Wirtschaftslehre.

Der Unterricht in dieser Klasse machte ihr Spaß und bereitete ihr viel Freude. Die Schüler waren diszipliniert und arbeiteten mit. Als sie fertig war, packte sie ihre Schultasche, brühte sich einen Tee auf und setzte sich damit ins Wohnzimmer. Sie griff zum Prospekt der Insel Baltrum, trank ihren Tee und betrachtete die vielen bunten Fotos von Wellen, Dünen und Stränden.

Das Dornröschen der Nordsee, wie die Insel im Prospekt genannt wurde, gefiel ihr, und sie hatte beschlossen, in den Sommerferien dort einige Wochen zu verbringen.

Hubertus hatte keine Einwände gehabt. Er selbst zog es vor, zu Hause zu bleiben, seinen Garten zu pflegen und seine Termine bei seinem Therapeuten wahrzunehmen.

Wibke suchte Abstand. Das Verhältnis mit Hinni Synninga, eine aufregende und glückliche Episode in ihrem Leben, war vorbei. Hinni war jung, sah gut aus und wollte studieren. Sie hatte nicht das Recht, ihn an sich zu binden.

Die Sache mit Rolf überließ sie ihrem Anwalt. Nach dessen Aussagen mußte er ihr nach der Scheidung eine hohe Abfindung zahlen.

Für ihren Sohn Marco konnte sie nur beten und Gott bitten, das Kind zu sich in den Himmel zu holen. Sie hatte aufgehört, mit ihrem Schicksal zu hadern. Langsam blätterte sie die Seiten des Prospekts um und entschloß sich für ein Apartment in einem Haus an der Wattseite, in der Nähe der Kirche mit Dünenblick.

Sie griff zum Telefonhörer und buchte ihren Urlaub.

Zum erstenmal seit vielen Jahren wollte sie sorgenfrei und unabhängig ihre Ferien genießen.

Am folgenden Tag hatte Wibke erst zur dritten Stunde Unterricht. Sie fühlte sich ausgeruht und fuhr mit dem Fahrrad zur Schule. Noch war es dunstig und kühl, aber es würde ein schöner Tag werden.

Sie schob das Fahrrad in den Ständer und betrat die Schule.

In der Pausenhalle hielten sich nur wenige Schüler auf. Der Hausmeister bereitete sich am Verkaufstresen auf den späteren Andrang vor. Er grüßte freundlich.

Wibke betrat das Lehrerzimmer und ging zu ihrem Fach. Ihr Blick fiel auf eine Mitteilung des Schulleiters. Wibke nahm den Zettel in die Hand und las: *Ich bitte um Deine Teilnahme an einer Besprechung mit den Ausbildern der Schülerinnen Katja und Tanja Deiner Verkäuferinnenklasse nach der sechsten Stunde.*

Für Sekunden dachte sie wieder an die tote, blutende Ratte, an die kleinen spitzen Zähne und den kaum behaarten Schwanz.

Sie fühlte, wie Lampenfieber in ihr aufstieg.

»Gibt es noch Ärger vor den Ferien?« fragte eine Kollegin und blickte Wibke neugierig an.

»Der Chef ist konsequent. Ein Gespräch mit Ausbildern«, sagte Wibke. Sie schob den Zettel zurück in das Fach, ging zum Wandregal hinüber und entnahm ihm das Klassenbuch.

Dann setzte sie sich an einen Tisch und wartete auf das Klingeln.

Sie verbrachte die Pause im Gespräch mit ihren Kollegen. Hubertus drängte sie, auf eine Bestrafung der Schülerinnen hinzuwirken.

»Wibke, der Chef muß durchgreifen. Wir verlieren unser Gesicht, wenn wir solche üblen Machenschaften dulden«, sagte er eindringlich.

Wibke hatte ihre Klasse nach der sechsten Stunde entlassen. Sie bemühte sich, ihre Erschöpfung nicht zu zeigen, und betrat das Sekretariat. Die Tür zum Chefzimmer stand offen. Frau Wiedmann servierte den Tee.

»Frau Kleedorf, nehmen Sie bitte Platz«, sagte der Schulleiter.

Wibke grüßte, setzte sich an den Tisch, langte nach dem Kluntjebecher und ließ ein Zuckerstück in ihre Tasse fallen.

Frau Wiedmann schenkte ihr den Tee ein.

»Meine Mitarbeiterin, Frau Studienrätin Kleedorf. Sie ist die Klassenlehrerin«, sagte der Schulleiter.

Er wandte sich an Wibke. »Darf ich vorstellen? Herr Ommen und Herr Konken. Die Herren sind die Marktleiter in den Betrieben, in denen die beiden Mädchen arbeiten.«

Die Ausbilder trugen Jeans, leichte Sommerjacketts und Oberhemden mit Krawatte. Beide besaßen sie das forsche Auftreten, das ihnen geholfen hatte, den mühsamen Aufsteig in den Ladenketten zu schaffen.

Sie nippten an ihren Teetassen und taxierten Wibke mit ihren Blicken.

»Wibke, wir haben ja bereits ein Vorgespräch geführt. Berichte bitte über das Verhalten der Schülerinnen in deinem Unterricht!« forderte der Schulleiter sie auf.

Wibke schilderte einige typische Beispiele. Dabei erwähnte sie auch das Verhalten der Auszubildenden während ihrer Lehrprobe.

»Ich verdächtige die beiden Mädchen außerdem, meine Fahrradreifen zerschnitten zu haben«, fügte sie am Ende hinzu.

Der Ausbilder, den der Schulleiter als Herrn Ommen vorgestellt hatte, räusperte sich. »Frau Kleedorf, ich nehme Ihre Vorwürfe einmal unwidersprochen hin. Zur Verteidigung von Tanja muß ich jedoch sagen, daß sie sich im Betrieb bewährt hat. Sie ist pünktlich, arbeitsfreudig und kann anpacken. Ihre intellektuellen Fähigkeiten kann ich nicht beurteilen. Tanja hat behauptet, daß Sie im Unterricht mehr fordern als in der Realschule. Schwerwiegender empfand ich jedoch den Vorwurf, daß Sie sie von oben herab behandeln.«

Ommen lehnte sich zurück und sah Wibke selbstgefällig an.

Dieser verschlug es die Sprache.

Während sie noch nach Worten suchte, meldete sich Herr Konken zu Wort.

»Wie Sie selbst am besten wissen, empfinden unsere Auszubildenden die Berufsschule oft als eine lästige Pflicht und sind deshalb nicht sehr motiviert. Was meine Auszubildende anbelangt, muß ich Ihnen sagen, daß Katja aus einer sozial schwachen Familie kommt. Ihr Vater ist Alkoholiker, vorbestraft wegen Körperverletzung. Katja hat keinerlei Rückhalt in der Familie, auch bei der Mutter nicht. Wenn ich sie vor die Tür setze, gerät sie völlig unter die Räder«, sagte er.

Wibke griff nach ihrer Tasse und nahm einen Schluck Tee. Dann sagte sie: »Was ich vermisse, ist ein bißchen Engagement und guter Wille, im eigenen Interesse der Mädchen. Machen Sie Ihren Auszubildenden bitte klar, daß sie die Kenntnisse und das Wissen, das sie brauchen, um die Prüfung zu bestehen, nur bei uns an der Berufsschule vermittelt bekommen. Ich kann es nicht hinnehmen, wenn die Schülerinnen meinen Unterricht sabotieren, aus welchen Gründen auch immer. Ich gehe streng nach den Richtlinien vor und benachteilige niemanden. Deshalb verstehe ich nicht, warum die Mädchen sich dazu hinreißen ließen, mir die Fahrradreifen zu zerschneiden.«

»Dafür haben Sie aber keine Beweise«, antwortete Ommen. »Mit solchen Beschuldigungen sollten Sie vorsichtig sein!«

Wibke dachte an die Ratte und nahm sich vor, darüber zu schweigen.

»Frau Kleedorf, wir sprechen mit unseren Auszubildenden. Es liegt aber doch sicherlich nicht in Ihrem pädagogischen Interesse, wenn wir die Mädchen auf die Straße schicken«, sagte Ommen.

»Davon spricht ja auch niemand. Wir würden Sie aber bitten, ein offensichtlich vorhandenes Mißtrauen abzubauen. Wir folgen konsequent den Lehrplänen und setzen sozialisiertes Verhalten voraus. Unsere Schulordnung kann jeder akzeptieren, der sich zum Kaufmannsgehilfen ausbilden lassen will«, sagte der Schulleiter.

»Ich werde mir Katja vornehmen. Es gibt sowieso noch einige interne Probleme, die ich mit ihr besprechen muß«, erklärte Konken.

Wibke trank einen Schluck Tee. Sie mochte die Marktleiter nicht.

»Ich erwarte von den Mädchen keine Entschuldigung, aber ich werde sie vom Unterricht ausschließen, wenn sie ihre Mätzchen fortsetzen. Frau Kleedorf hat Geduld genug bewiesen«, sagte der Schulleiter.

»Benachrichtigen Sie uns, falls es Grund zu weiteren Beschwerden gibt«, bat Ommen, und sein Kollege nickte zustimmend.

»Frau Kleedorf wird übrigens im neuen Schuljahr eine andere Klasse betreuen«, erklärte der Schulleiter noch, dann stand er auf.

Auch die Besucher erhoben sich. Sie dankten für den Tee und verabschiedeten sich.

Die ›Gesellschaft für Christliche Nächstenliebe‹ in Ortel war ein Hort der Vergessenen, und wer dort arbeitete, tat es sicher nicht, um reich zu werden, denn die Gehälter waren sehr bescheiden. Das Pflegeheim war nicht sehr bekannt, dabei lag es nur wenige Kilometer vom belebten Stadtkern einer westfälischen Großstadt entfernt, hinter der Sparenburg mit ihrem Spielkartenmuseum und in der Nähe des Stadtbergs mit seinem Vogelpark, der an den Wochenenden Ausflügler zu Tausenden anlockte.

An einem schönen, lauen Juniabend begann der Zivildienstleistende Uwe Stölting seinen Nachtdienst und begann seinen Rundgang durch die Krankenzimmer der Station.

Er schaute in jedem Zimmer nach dem Rechten. Die Kollegin hatte die Patienten bereits gewendet und frisch gebettet, und die Schwester hatte ihre Medikamente verteilt.

Im Zimmer Achtzehn blickte er über die Betten. Hier lebten Kinder, zu denen weder die Ärzte noch das Personal Zugang fanden.

Ihre Gesichter waren verzerrt und entstellt, ihre Körper verwachsen.

Uwe Stölting stutzte, als der kleine Xaver, der mit Gurten in einem Bett angeschnallt war, ihn feindlich anblickte und ihn zu beißen versuchte, als er seine Stirn berühren wollte.

Xaver war der Sohn einer bekannten Münchener Schauspielerin. Der Zivildienstleistende wunderte sich über die Unruhe im Zimmer. Die Kranken hatten ihre Medikamente bekommen und hätten bereits schlafen müssen. Doch auch der kleine Alexander warf ängstlich seinen Kopf hin und her. Stölting blickte sich weiter um und bemerkte schließlich, daß der kleine Marco schwer nach Luft rang. Der Atem des Jungen kam rasselnd und stoßweise.

Stölting erschrak. Der Junge drohte zu ersticken! Rasch drückte er die Nottaste, legte ein Ohr auf die flache Brust des Jungen und versuchte eine Mund-zu-Mund-Beatmung, doch vergebens. Der entstellte Körper entkrampfte sich. Marco wurde seltsam still.

In diesem Moment kam der diensthabende Arzt und trat an das Bettchen.

Er horchte das Kind mit dem Stethoskop ab, schüttelte dann müde den Kopf.

»Gott hat ihn erlöst«, sagte er leise.

Wibke Kleedorf stellte die Waschmaschine ab, nahm die Wäsche heraus, legte sie in einen Korb und trug sie die Treppe herunter in den Hof. Sie hängte die Wäsche auf die Leinen der Wäschespinne und blieb danach noch einen Moment stehen, um die Wärme zu genießen. Die Sonne schien von einem wolkenlosen Himmel, die Vögel zwitscherten in den Bäumen, kurz – es war ein Sommertag, wie er im Buche stand. Eigentlich zu schade, um ihn beim Hausputz zu verbringen, aber Wibke hatte sich für heute vorgenommen, alles blitzblank zu schrubben.

Um siebzehn Uhr brühte sie sich einen Tee auf, betrachtete zufriedenstellend ihr Werk und legte eine Pause ein. Anschließend nahm sie die Wäsche von der Spinne, trug sie hoch und bügelte sie.

Es war bereits nach acht Uhr abends, als sie sich schließlich müde auf die Couch fallen ließ, die Beine hochlegte und sich einen Schluck Wein gönnte. Sie freute sich sehr auf ihren Urlaub, der in einigen Tagen beginnen würde.

Das Läuten des Telefons riß sie aus ihren Gedanken.

Sie erhob sich und trat an den kleinen Schreibtisch. Vorsichtig nahm sie den Hörer auf, bereit, ihn sofort wieder aufzulegen, falls es Rolf sein sollte.

»Wibke Kleedorf«, sagte sie entschlossen. Die Stimme am anderen Ende klang fremd.

»Gesellschaft für Christliche Nächstenliebe«, vernahm sie.

Wibke fühlte, wie ihr ein Schauder über den Rücken lief, und eine dunkle Ahnung stieg in ihr auf. Ihre Lippen waren trocken.

»Ja?« fragte sie.

»Frau Kleedorf, ich muß Ihnen eine traurige Mitteilung machen: Ihr Sohn Marco ist vor einer Stunde verstorben. Eine Virusinfektion im Lungenbereich. Ihr Mann gab mir Ihre Telefonnummer durch. Sie sprechen mit Dr. Bons, dem diensthabenden Arzt.«

Wibke schwieg einen Moment. Sie fühlte einen bohrenden Schmerz, der irgendwo aus ihrem Innern kam, doch die Nachricht an sich begriff sie erst etwas später.

»Hören Sie?« fragte Dr. Bons.

»Es ist schrecklich!« stieß sie leise hervor und wunderte sich, daß sie nicht weinen konnte.

»Frau Kleedorf, als Mediziner bin ich der Meinung,

daß Gott das Kind erlöst hat. Sein Tod ist sehr schnell eingetreten«, sagte der Arzt, und seine Worte gaben Wibke ein wenig Trost.

»Und was geschieht jetzt?« fragte sie.

»Ihr Mann wird Marco überführen. Er kümmert sich um alles Weitere und hat mich gebeten, Ihnen das auszurichten. Auf Wiederhören«, sagte der Arzt und legte auf.

Rolf Kleedorf besaß nur nebulöse Vorstellungen von Gott. Er bezahlte Kirchensteuer und ließ sich hin und wieder zu Spenden überreden, ansonsten hatte er mit der Kirche nichts zu schaffen. Doch ein christliches Begräbnis sollte seinem Sohn schon zuteil werden. Rolf verzichtete auf eine Todesanzeige, da Marco in Pilsum nie in Erscheinung getreten war. Er bat den Pastor um die Ansetzung einer kleinen Trauerandacht in der Kreuzkirche im engsten Kreis der Angehörigen.

Rolf hatte gehofft, daß der Tod ihres gemeinsamen Kindes Wibke vielleicht dazu bewegen würde, mit ihm Kontakt aufzunehmen, doch er wartete vergeblich auf eine Nachricht von ihr. Schließlich beauftragte er seinen Anwalt, Wibke Kleedorf über den Termin und den Ort der Beisetzung zu informieren.

Ein Bielefelder Bestatter brachte den kleinen weißen Sarg nach Pilsum.

Hubertus von Kalksund begleitete Wibke in die Kirche. Sie kamen als letzte und knieten sich in eine Bank im hinteren Teil der Kirche.

Der kleine weiße Sarg stand vorne neben dem Altar, von Blumen und Kränzen umgeben.

Rolf und ihre Schwiegereltern weinten wie sie. Der Pastor war etwa in ihrem Alter, und seine Miene verriet sein Mitgefühl. Hinter dem Sarg brannten flackernd Kerzen auf hohen Leuchtern.

»Liebe Trauergäste, der Schmerz sitzt tief«, begann der Pastor. »Marcos leidvolle Jahre erscheinen uns sinnlos. Gott allein kennt die Antwort, wenn wir fragen, warum dieses Kind auf ein normales Leben verzichten mußte. Marco wurde geboren, ohne sich uns mitteilen zu können. Er starb, ohne uns etwas zu hinterlassen. Er lebte dennoch in der Gnade seines Schöpfers, der uns ermahnt, nicht mit dem Schicksal zu hadern. Marco besaß die Liebe seiner Eltern, die hilflos seinen trostlosen Zustand hinnehmen mußten und ihn für immer in ihr Herz geschlossen haben. Er hat bis zu seinem letzten Atemzug eine christliche Betreuung erfahren. Dieses Kind war unfähig zu sündigen, und so wollen wir Gott jetzt seine reine Seele anvertrauen!«

Der Pastor neigte den Kopf, faltete die Hände und sprach ein Gebet.

Noch bevor der Organist die Orgel zum ›Halleluja‹ erklingen ließ, nahm Wibke den Arm ihres Freundes und flüsterte ihm mit tränenerstickter Stimme zu: »Bring mich weg von hier!«

Am nächsten Morgen stellte sie den Golf auf dem Parkplatz vor der Kirche ab. Es war sehr schwül, und am Himmel zogen schon schwere Gewitterwolken auf.

Wibke Kleedorf schritt durch das Friedhofstor, ging den langen, mittleren Weg hinunter und suchte das Grab ihres Kindes auf. Dort legte sie einen großen Strauß Margeriten zu den noch frischen Kränzen. Jetzt endlich konnte sie weinen, und die lange zurückgehaltenen Tränen strömten nun ungehindert über ihr Gesicht. Lange stand sie da und hielt Zwiesprache mit ihrem toten Sohn, dessen Name noch nicht auf dem Grabstein stand, in den in goldgefaßten Buchstaben die Namen des alten Geschlechts der Kleedorfs eingemeißelt waren.

Das ferne Grummeln des sich nähernden Gewitters schreckte sie schließlich auf.

Es begann schon zu regnen, als sie den Friedhof verließ, in ihren Wagen stieg und nach Hause fuhr.

Sie war froh, als nachmittags Hubertus anrief. »Wibke, wann fährst du morgen nach Baltrum?« fragte er.

»Die Fähre legt um halb eins in Neßmersiel ab«, antwortete Wibke.

»Dann lade ich dich für heute zu einem gemütlichen Kaminabend ein, um ein bißchen Abschied zu feiern«, sagte Hubertus. »Einverstanden?«

»Danke, ich komme gern. Ein wenig Aufmunterung kann mir nicht schaden«, meinte Wibke und legte den Hörer auf.

Das Gewitter war abgezogen und hatte für angenehme Kühle gesorgt. Wibke holte das Fahrrad aus dem Schuppen, stieg auf und fuhr nach Wolthusen.

»Reif für die Insel«, murmelte sie vor sich hin und trat mächtig in die Pedale, denn sie hatte Gegenwind. Das war ihr nur recht, denn es würde sicher spät werden, und sie konnte sich dann abends vom Wind nach Hause schieben lassen.

Sie benötigte mehr als eine halbe Stunde für den Weg, den sie normalerweise in zwanzig Minuten zurücklegte. Sie lehnte ihr Rad an die Hauswand, ging zur Tür und klingelte. Hubertus öffnete ihr, drückte sie an sich und gab ihr einen Kuß auf die Stirn.

Er trug Jeans und ein weißes Pulloverhemd und sah sehr gut aus.

Er führte Wibke ins Wohnzimmer. Im Kamin loderten die Flammen um die Buchenscheite, und Kerzen flackerten auf dem feierlich gedeckten Tisch.

»Habe ich etwa deinen Geburtstag vergessen?« fragte Wibke überrascht.

Hubertus lächelte. »Nimm Platz! Wir feiern einen kleinen Abschied. Du fährst immerhin für drei Wochen nach Baltrum. Ich werde dich vermissen«, sagte er.

Wibke setzte sich an den Tisch.

»Ich bin gleich zurück«, murmelte Hubertus und verließ das Zimmer.

Er kam ihr seltsam aufgekratzt vor. Als er wiederkam, stellte er eine große Kasserolle auf den Tisch. »Lachs«, sagte er, »im Salzmantel, in der Backröhre geschmort!« Er stellte die Platte ab und verschwand gleich noch einmal in der Küche.

»Frische Dillkartoffeln, eine Senf-, Curry-, Zitronen-Petersilien-Sauce und dazu heimischer Salat aus der Leybucht«, rief er stolz, als er zurückkam.

»Du hast dir wirklich viel Mühe gemacht«, sagte Wibke anerkennend.

»Und dazu trinken wir wie immer unseren bewährten Tropfen ›Umweger Stich den Buben‹.«

Wibke war gerührt.

»Bitte!« Hubertus schob ihr eine Lachsscheibe auf den Teller.

Aus den Boxen der Stereoanlage erklang leise und feierlich Beethovens Neunte.

»Ein hervorragendes Essen. Das hätte ich nicht hinbekommen«, sagte Wibke, als sie fertig waren, und schob das Geschirr zusammen.

Sie hatte es so genossen, ein wenig umsorgt zu werden, daß sogar der Kummer der vergangenen Tage ein wenig gelindert schien.

»Für Mutter habe ich am Heiligen Abend den Lachs immer so zubereitet«, sagte Hubertus, nahm sein Weinglas und prostete Wibke zu. Sie tranken schweigend, und schließlich setzte Wibke ihr Glas ab, stand auf und lud das Geschirr auf ein Tablett.

»Laß, Wibke, das erledige ich!«

Hubertus trug das Geschirr in die Küche.

»Soll ich dir nicht beim Abwasch helfen?« fragte sie, als er wiederkam.

»Ich habe morgen genügend Zeit«, meinte er und setzte sich an den Tisch.

Sie unterhielten sich vor den lodernden Flammen.

Hubertus füllte die Gläser nach. »Wie wäre es, wenn wir uns jetzt verloben würden?« fragte er feierlich.

»Verlobung?« wiederholte sie lächelnd. »Lieber Hubertus, dazu gehört ein bißchen mehr als Lachs im Salzmantel!«

Hubertus sah sie ernst an. »Meine Mutter hätte dich als Schwiegertochter sofort akzeptiert«, sagte er.

Wibke schwieg nachdenklich. Sein Vorschlag war für sie sehr überraschend gekommen. Er schaute sie liebevoll an.

»Wibke, ich habe eine große Bitte.«

»Und die wäre?«

»Ich möchte dich fotografieren«, sagte er ernst.

»Dagegen habe ich nichts. Ich mache mir zwar nicht viel aus Fotos, aber wenn du das möchtest«, antwortete Wibke.

Hubertus verließ das Zimmer und kam mit einem Fotoapparat zurück.

»Eine Leica?« erkundigte sie sich.

»Ja, ein wertvolles Stück«, antwortete Hubertus und hantierte mit dem Zubehör.

Dann hob er kurz die Kamera, und ein Blitz blendete sie für Sekunden.

Wibke lachte weinselig. »Ein kleiner Gruß deiner verstorbenen Mutter«, scherzte sie.

Hubertus beugte sich über sie. »Wibke, ich liebe dich. Sei bitte so nett und folge mir!« Er griff nach ihren Händen und zog sie aus dem Sessel.

»Und jetzt?« fragte Wibke. »Willst du etwa mit mir tanzen?«

»Komm, du wirst schon sehen«, sagte Hubertus feierlich.

»Du spannst mich wirklich auf die Folter«, erwiderte Wibke lachend. Sie fühlte den Druck seines Armes und folgte ihm ins Terrassenzimmer, wo auf einem Stuhl ein wunderschönes Kleid lag.

»Bitte, zieh das Brokatkleid über«, meinte Hubertus. »Es war Mutters Lieblingskleid. Sie hat es in der Met in New York getragen. Hier liegt auch das Diadem. Ich möchte dich in ihrer Robe fotografieren.«

Wibke betrachtete das mit Perlen und Ornamenten bestickte Kleid, das einem Kunstwerk gleichkam.

»Mutter hat es das letzte Mal in der Mailänder Scala bei einem Konzert getragen, das Furtwängler dirigiert hat«, erklärte Hubertus stolz. In seinen Händen hielt er die Leica.

»Und ich soll es wirklich anziehen?« fragte Wibke ungläubig.

»Ja, und auch das Diadem. Das Kulturhistorische Museum in Wien möchte diese Stücke ankaufen«, antwortete Hubertus.

»Und ich bin das Modell?« erkundigte sie sich.

»Nicht nur«, sagte Hubertus. »Es wird dir glänzend stehen!«

»Gut, wenn ich dir damit einen Gefallen tue«, willigte Wibke ein.

»Ich warte im Wohnzimmer vor dem Kamin auf dich«, meinte Hubertus und verließ das Zimmer.

Wibke entledigte sich ihrer Jeans. Dann zog sie das Kleid über, drückte die Perlmuttknöpfe in die Knopflöcher, zupfte das Oberteil zurecht und stellte fest, daß Bettina von Kalksund die gleichen Maße gehabt haben mußte wie sie. Zum Schluß setzte sie das Diadem auf und suchte vergeblich nach einem Spiegel.

Wibke verließ das Zimmer und ging, bemüht, nach

dem Weingenuß nicht zu schwanken, lachend ins Wohnzimmer. Sie hielt den unteren Teil des langen Kleides mit den Händen hoch, damit der teure Stoff den Boden nicht berührte.

»Du bist noch schöner als Mutter«, stieß Hubertus erregt hervor und sah sie mit glühenden Augen an.

Hubertus schoß ein Foto, ließ dann die Kamera zu Boden fallen und stürzte sich unvermittelt auf die junge Frau.

Wibke schrie auf, als sie fiel. Hubertus hob das teure Kleid hoch, riß ihren Schlüpfer nach unten, preßte seine Hand auf ihren Mund und vergewaltigte sie trotz ihrer Gegenwehr. Sprachlos starrte sie Hubertus an, als es vorüber war. Schweißperlen standen ihm auf der Stirn, und sein Gesicht wirkte verzerrt.

»Es hat geklappt«, sagte er triumphierend.

Wibke sprang auf, so schnell es ihr möglich war. Das Diadem fiel auf den Boden. Sie lief zur Haustür, öffnete sie, eilte zu ihrem Fahrrad und radelte davon, so rasch sie konnte.

Ihr Atem ging schnell. Hubertus hatte sie enttäuscht und mißbraucht, und sie stand noch immer unter Schock. Ängstlich schaute sie sich wieder und wieder um, weil sie fürchtete, er könne ihr folgen.

Bei jedem Auto, das sie auf der Straße überholte, stieg wieder namenlose Angst in ihr auf.

Irgendwann jedoch wurde sie etwas ruhiger und konnte wieder klarer denken. Der Schock flaute ab, doch zurück blieb ein Gefühl tiefer Erniedrigung.

Sie dachte an Hinni Synninga, der sie so liebevoll und zärtlich geliebt hatte, und sehnte sich nach seiner beruhigenden Nähe.

Sie hätte Hubertus niemals trauen dürfen – er war krank, das wurde ihr jetzt klar. Aufatmend lenkte sie ihr Fahrrad auf den Hof – und erschrak fast zu Tode, als sie glaubte, ihre ehemalige Schülerin Katja Jerdjens im Schein der Hauslampe zu sehen.

Sie schrieb es ihrem Weinkonsum zu, als sie sah, wie eine junge Frau im Schatten hinter dem Haus verschwand. Kurz danach hörte sie das Motorengeräusch eines davonfahrenden Wagens. Sicher eine Besucherin, die eine zufällige Ähnlichkeit mit der Schülerin besaß, die sie aus ihr immer noch unbekannten Gründen gehaßt hatte!

Wibke stellte das Fahrrad in den Schuppen und beeilte sich, in ihr Apartment zu kommen.

In der Ferienwohnung gab es ein kleines Schlafzimmer mit einem breiten Doppelbett, einem Kleiderschrank mit Spiegelaufsatz und zwei Nachtkonsolen mit kleinen Lampen darauf.

Im Wohnzimmer standen ein massiver flämischer Eichenschrank und eine dazu passende Sitzecke mit Fernseher und Radio. An den Wänden hingen Ölgemälde mit friesischen Motiven, die Wibke gefielen.

Im vorderen Bereich, zur Haustür hin, stand ein Eßtisch mit rustikalen Stühlen.

Die kleine Küchenzeile war gut bestückt.

Wibke trat auf den Balkon an der Ostseite. Ihr Blick reichte weit in die Dünen und aufs Wattenmeer. Sie atmete tief durch. Die Luft war sauber und klar, und am Himmel trieben kleine Schäfchenwolken.

Wibke packte den Koffer und die Tasche aus, hängte ihre Garderobe in den Kleiderschrank, legte ihre Wäsche und Pullover auf die Borte. Dann stellte sie ihre Kulturtasche in das kleine Badezimmer.

Draußen auf der Straße hörte sie das Klappern von Pferdehufen und das Poltern eines Wagens.

Endlich Urlaub, dachte sie zufrieden und fühlte, wie

die Anspannung der vergangenen Tage ein wenig nachließ.

Sie brühte sich einen Tee auf und trug das Geschirr zum Balkontisch. Dann setzte sie sich und blickte hinaus in die Dünen, die im Sonnenlicht leuchteten.

Sie freute sich auf das Baden in der Brandung, auf ruhige Stunden im Strandkorb. Sie hatte einige Bücher mitgebracht, die sie lesen wollte. Nur nicht zuviel nachdenken, vor allem nicht über Hubertus, nahm sie sich vor. Doch sie konnte nicht verhindern, daß ihre Gedanken sehnsüchtig zu Hinni Synninga wanderten, der sich in Gießen an der Gesamthochschule eingeschrieben und dort eine Wohnung bezogen hatte. Ob sie ihn anrufen sollte?

Wibke schaute auf die Uhr. Um sechs Uhr, also in einer Stunde, schlossen die Geschäfte.

Sie räumte das Geschirr ab und spülte es.

Dann verließ sie das Apartment und ging zum Supermarkt hinüber, der nur wenige Gehminuten entfernt lag, um Aufschnitt, Brot und Teesahne einzukaufen.

Hubertus hatte den Rasen gemäht, die Beete gejätet und sich am Abend vor den Kamin gesetzt. Er trank Wein und dachte dabei an Wibke. Das Brokatkleid würde sie ihm nach ihrem Urlaub sicher irgendwann wiederbringen. Es hatte ihr hervorragend gestanden.

Sie hatte noch nicht angerufen, doch dafür besaß er genügend Verständnis.

Sie mußte Abstand finden von der tristen Beerdigung ihres Sohnes, den juristischen Streitereien mit ihrem Mann. Hubertus liebte sie, und er war froh darüber, daß er ihr, die ihn wegen seiner Impotenz oft mitleidig belächelt hatte, endlich bewiesen hatte, daß er sie glücklich machen konnte. Doch das war für Wibke so überraschend gekommen, daß sie vor seiner männlichen Kraft geflohen war.

Das nahm er ihr natürlich nicht übel, aber sie hätte wirklich nicht gleich so davonzustürzen brauchen.

Er blickte in das lodernde Feuer und ließ noch einmal den letzten Abend mit ihr vor seinem geistigen Auge Revue passieren. Und er dachte auch an die Besuche bei seinem Therapeuten. Der Arzt hatte ihm eröffnet, daß er nach einem pubertären Erlebnisschock jahrelang den Wunsch unterdrückt hatte, mit der von ihm verehrten Mutter zu schlafen. Das sei der Grund für seine Impotenz.

Deshalb hatte er Wibke gebeten, die Kleider seiner Mutter anzuziehen und es hatte funktioniert. Sie besaß eine kaum zu leugnende Ähnlichkeit mit seiner Mutter, als diese jung gewesen war. Hubertus erhob sich, verließ das Wohnzimmer und stieg die Treppe hoch. Er öffnete den Kleiderschrank im Ankleidezimmer und suchte nach Stücken, von denen er annahm, daß sie Wibke gefallen würden.

Er war fest entschlossen, die junge Lehrerin glücklich zu machen.

Hero Glauwitz fegte verärgert die winzigen Gewitterfliegen von den Seiten der Akte, die er gerade bearbeitete, klappte den Ordner zu und legte ihn zurück in den Metallschrank in seinem Büro. Dann fuhr er sich mit dem Ärmel über die Stirn, auf der etliche kleine Tierchen zu sitzen schienen.

Er trat ans Fenster und schaute auf das Panorama der Stadt. Sein Blick glitt über die Häuser und den Wasserturm und blieb für Sekunden an den schwarzen Gewitterwolken haften, die sich drohend über allem auftürmten.

Schließlich setzte er sich wieder an seinen Schreibtisch und räumte auf. Den ganzen Tag über hatte ihm die schwüle Hitze zugesetzt. Jetzt hatte er endlich Feierabend!

Es klopfte an der Tür. Glauwitz horchte auf. »Ja!« rief er und packte weiter seine Tasche.

Kurz darauf blickte er überrascht auf den Besucher, der das Dienstzimmer betrat. Der Mann war hochgewachsen und schlank. Er trug ein buntes Oberhemd und weiße Jeans, und sein gutgeschnittenes Gesicht zierte ein Schnurrbart.

»Herr Kommissar, mein Name ist Kalksund. Ich bin Oberstudienrat und arbeite an der Hans-Susemihl-Schule hier in Emden«, sagte er.

»Nehmen Sie bitte Platz«, sagte Glauwitz höflich und rückte den Besucherstuhl in die Nähe des kleinen Schreibmaschinentisches. Der Lehrer setzte sich auf den Stuhl und wischte sich mit einem Papiertaschentuch den Schweiß von der Stirn.

»Herr Kommissar, ich komme zu Ihnen, weil ich mir vergeblich die Finger auf den Tasten des Telefons wundgetippt habe. Meine Verlobte ist am Freitag nach Baltrum gefahren, um auf der Insel ihren Urlaub zu verbringen. Ich habe entgegen unserer Abmachung nichts von ihr gehört, und meine Bemühungen, sie über die angegebene Telefonnummer zu erreichen, blieben ohne Erfolg«, sagte der Oberstudienrat und blickte Glauwitz besorgt an. »Ihre Braut hat auf Baltrum eine Pension gebucht?« fragte Glauwitz.

»Nein, eine Ferienwohnung. Sie hat mir die Telefonnummer hinterlassen«, sagte von Kalksund.

»Vielleicht hat sie sich verschrieben«, meinte der Kommissar.

»Das schließe ich aus«, antwortete der Lehrer. »Meine Verlobte ist in solchen Dingen sehr sorgfältig.«

»Handelt es sich um ein Apartmenthaus?« fragte Glauwitz.

»Das kann schon sein. Ich bin wirklich sehr in Sorge«, erwiderte von Kalksund.

»Herr von Kalksund, bitte notieren Sie mir die Telefonnummer. Ich werde mich bemühen, den Telefonteilnehmer zu ermitteln«, sagte Glauwitz, riß ein Blatt aus dem Kalender, nahm einen Kugelschreiber aus der Schublade und bat von Kalksund, die Nummer aufzuschreiben. Der Lehrer notierte die Telefonnummer und reichte dem Kommissar den Zettel.

»Wenn Sie zusätzlich eine Vermißtenanzeige aufgeben möchten, dann bitte ich um detaillierte Angaben«, sagte er dann, ging zum Schrank, schloß ihn auf und entnahm ihm einen Vordruck.

Er wandte sich an den Lehrer.

»Füllen Sie das Formular aus. Es wäre unserer Arbeit dienlich, wenn Sie ein Foto Ihrer Verlobten beifügen könnten.«

Der Oberstudienrat griff in die Hemdtasche. »Hier, nehmen Sie«, sagte er, »es handelt sich um Wibke Kleedorf, Lehrerin, wohnhaft in Emden, Gartenstraße 28.«

Hubertus von Kalksund studierte das Formular und begann es auszufüllen, während Glauwitz das Foto betrachtete.

Wibke Kleedorf hatte lange, blonde Haare und ein hübsches, sympathisches Gesicht.

»Heute ist erst Montag – halten Sie es nicht für etwas zu früh, bereits nach wenigen Tagen eine Suchaktion in die Wege zu leiten?« fragte Glauwitz vorsichtig.

»Meine Braut ist sonst sehr zuverlässig. Und außerdem fühle ich eine große innere Unruhe in mir«, sagte von Kalksund.

»Und private Gründe, den Hörer nicht abzunehmen, hatte Ihre Braut nicht?« wollte Glauwitz wissen.

Von Kalksund runzelte die Stirn. »Nicht daß ich wüßte«, sagte er.

Draußen war inzwischen das Gewitter herangezogen. Der Wind frischte auf und warf Regentropfen gegen das Fenster.

»Vielleicht hat Ihre Braut an einer gefährlichen Stelle gebadet?«

Der Lehrer winkte ab. »Nein, auch das schließe ich aus.«

»Und Selbstmord? Ich will Ihnen nicht zu nahe treten, wir reden über eine mir vollkommen unbekannte Person«, sagte Glauwitz. »Aber als Polizeibeamter muß ich diese Möglichkeit natürlich in Betracht ziehen.«

Er sah durch das Fenster, wie ein Blitz vom Himmel schoß.

Der Donner erscholl fast gleichzeitig.

Von Kalksund winkte ab. »Wibke hatte so viel Lebensmut und Energie. Außerdem war sie dabei, in ihrem Beruf Karriere zu machen. Unser Direktor hielt viel von ihr«, antwortete er nervös. Er schien das Gewitter mehr zu fürchten als die Fragen des Kommissars.

»Herr von Kalksund, wieso sprechen Sie in der Vergangenheit? Vielleicht lebt Ihre Braut und erfreut sich blendender Gesundheit?« Glauwitz war sichtlich befremdet.

Hubertus von Kalksund rutschte unruhig auf dem harten Stuhl hin und her.

»Herr Kommissar, es wäre schön, wenn Sie recht hätten. Meine schlaflosen Nächte, die ständigen Ängste und eine böse Ahnung drängen mich jedoch, Sie zu bitten, sich einzuschalten«, sagte er.

Das Donnergrollen wurde schwächer, und auch der Regen hatte nachgelassen. Die Bremsgeräusche des Interregio aus Koblenz drangen vom nahen Bahnhof her durch die schlecht schließenden Fenster ins Zimmer.

Glauwitz schaute auf seine Armbanduhr. Er hielt die Suchmeldung in der Hand. »Wir werden trotzdem besser nichts überstürzen. Ich werde morgen mit dem Polizeiposten von Baltrum sprechen und mich bemühen, die Anschrift des Vermieters der Ferienwohnung oder des Apartments zu erfahren«, erklärte er. »Alles Weitere besprechen wir dann.«

»Ich danke Ihnen, Herr Kommissar«, sagte von Kalksund.

»Hat Ihre Verlobte Freundinnen oder Kolleginnen? Rufen Sie sie an und fragen Sie nach, ob Ihre Braut mit ihnen telefoniert hat oder ob sie ihnen eine Ansichtskarte geschickt hat«, schlug Glauwitz noch vor.

Sein Besucher ließ die Schultern hängen. »Es wäre schön, wenn Wibke noch leben würde«, sagte er. »Aber warum meldet sie sich dann nicht?«

Glauwitz erhob sich.

Hubertus von Kalksund tat es ihm nach und reichte dem Kommissar die Hand.

»Kopf hoch! Wenn Sie etwas von Ihrer Verlobten erfahren, rufen Sie mich bitte sofort an«, sagte Glauwitz.

»Das werde ich tun. Guten Abend!« sagte der Oberstudienrat und verließ den Raum.

Glauwitz heftete die Suchmeldung ab und schob das Foto in seine Schublade. Eine hübsche Frau! Vielleicht hat sie einfach den Stecker aus der Dose gezogen, um von dem Alten einmal eine Weile nichts zu hören, dachte der Kommissar und machte Feierabend.

Kommissar Glauwitz stand am nächsten Morgen früh auf. Er schlich aus dem Schlafzimmer und duschte, während seine Frau und sein Sohn noch schliefen. Dann zog er sich an, brühte sich in der Küche einen Tee auf und machte sich eine Schnitte. Er aß am Küchentisch und schaute durch das große Fenster in den roten Morgenhimmel.

Es war noch vor sechs Uhr, als er aufbrach.

Seine Frau Amanda und er hatten vor zehn Jahren im Stadtteil Constantia ein Reihenhaus gekauft, in dem sie mit ihrem sechzehnjährigen Sohn Eike wohnten.

Glauwitz verließ das Haus, öffnete die Garage, stieg in seinen Wagen und fuhr zum Dienst.

Auf dem Bahnhofsvorplatz war schon Betrieb. Pendler verließen gerade den Linienbus. Die Bahnhofsuhr zeigte sechs Uhr fünfzehn an.

Die Sonne ging wie ein roter Ball zwischen dem Hochhaus und dem Revier auf.

Vor der Post wurden gerade die gelben Kleinlaster beladen. Glauwitz stellte den Wagen ab, stieg aus und blickte sich um: Über der Gracht hing leichter Morgendunst. Es roch nach Sommer. Der Kommissar ging zum Revier hinüber, stieg die Treppe hinauf und betrat sein Dienstzimmer, wo er als erstes das Fenster öffnete und die stickige Luft abziehen ließ.

Er setzte sich an seinen Schreibtisch, wählte die Nummer des Fernmeldeamtes in Leer und bat das ›Fräulein vom Amt‹ um die Anschrift des Fernsprechteilnehmers mit der Rufnummer, die der Oberstudienrat ihm notiert hatte. Es gab Schwierigkeiten: Die Dame erklärte, sie sei nicht zuständig, und stellte durch.

Ein männlicher Beamter meldete sich als nächstes, doch auch dieser machte Einwände und sprach von Datenschutz.

Mit dem Hinweis, er könne auch den Staatsanwalt einschalten, bewegte Glauwitz den Mann dann doch, die Anschrift des Eigentümers der Ferienwohnung preiszugeben.

Glauwitz notierte: *Landwirt Wiechert Rosenga, Hagermarsch, Am langen Acker 14.*

Er griff zum Telefonbuch. *Hagermarsch – Vorwahl 04938* – Da – er hatte die Rufnummer gefunden.

Landwirte schlafen nicht lange, dachte er und wählte kurz entschlossen.

»Hier Rosenga«, meldete sich gleich darauf eine Frauenstimme.

»Frau Rosenga, Kripo Emden. Mein Name ist Glauwitz. Sie besitzen auf Baltrum eine Ferienwohnung?« sagte er.

»Ja – aber die Wohnung ist bis Ende September ausgebucht«, antwortete Frau Rosenga.

»Und wo befindet sich die Wohnung?« fragte Glauwitz weiter.

»Auf Baltrum gibt es keine Straßennamen. Das Haus hat die Nummer 213 und liegt in der Nähe der Kirche auf der Wattseite, vor den Dünen«, antwortete sie.

»Im Rahmen unserer Ermittlungsarbeit möchte ich gern von Ihnen wissen, wer die Wohnung zur Zeit gebucht hat«, sagte Glauwitz.

Die Frau schwieg einen Moment. »Eine Lehrerin aus Emden«, antwortete sie dann.

»Handelt es sich um Frau Wibke Kleedorf?« fragte Glauwitz.

»Ja, sie hat die Miete bezahlt und das Apartment für drei Wochen gebucht. Ist was mit ihr?« fügte sie mißtrauisch hinzu.

»Nichts Besonderes. Es handelt sich um eine Zeugenaussage, deretwegen wir mit ihr sprechen müssen«, log der Kommissar. »Lautet die Telefonnummer ihres Apartments 04939 für Baltrum und 9028?«

»Ja, das stimmt«, bestätigte die Bäuerin.

»Dann entschuldigen Sie bitte die Störung. Vielen Dank«, sagte Glauwitz und legte den Hörer auf.

Anschließend wählte er die Nummer seines Kollegen Saathoff, der den Polizeidienst auf Baltrum versah.

Der Inselposten meldete sich.

»Hier Glauwitz, Kripo Emden. Herr Saathoff, haben Sie bisher irgendwelche auffälligen Ereignisse in Ihrem Tagesbericht notiert?«

»Es ist noch sehr früh, aber wenn der Tag so friedlich und harmonisch verläuft wie die übrigen Tage der Saison, dann werden meine neidischen Kollegen auf dem Festland mich wieder einen faulen Hund schimpfen«, scherzte der Beamte.

»Danke.« Glauwitz legte auf. Warum bereits jetzt für Wirbel sorgen, fragte er sich. Baltrum war ein Dorf, und nur der leiseste Verdacht würde wie ein Lauffeuer über die Insel gehen und die Touristen aufschrecken. Er ging zum Schrank, holte die Schreibmaschine und stellte sie auf seinen Tisch. Er verfaßte ein Kurzprotokoll über das Gespräch mit dem Oberstudienrat von Kalksund, notierte die Telefonate mit dem Amt, der Bäuerin und dem Polizeiposten von Baltrum. Dann holte er den Aktenordner und legte das Protokoll zu der Suchmeldung.

Sein Assistent, Dieke Noosten, betrat das Dienstzimmer, leger in Jeans und Sporthemd.

Er war dreißig Jahre alt, mittelgroß und kräftig und trug sein dunkelblondes Haar kurz geschnitten.

Noosten trat an seinen Schreibtisch und stellte seine Tasche ab. »Eine frische Akte?« fragte er und blickte den Kommissar fragend an.

»Gestern abend, kurz vor Dienstschluß, hat mich ein Berufsschullehrer aufgesucht. Er wollte eine Vermißtenanzeige aufgeben, aber ich bin mir nicht sicher, ob es dazu nicht noch zu früh ist.« Er reichte Noosten den Ordner.

»Hier, lies!« sagte er.

Noosten studierte die Vermißtenanzeige und pfiff durch die Zähne, als er das Bild sah. »Chef, wenn diese

Wibke Kleedorf in natura genauso hübsch ist wie auf dem Bild, muß sie wirklich gut auf sich aufpassen. Was machen wir jetzt damit?«

»Warten wir zunächst einmal ab. Unser Inselposten auf Baltrum hatte keine besonderen Vorkommnisse zu melden«, sagte Glauwitz.

Noosten brachte die Akte zum Schrank zurück.

Am Mittwoch nachmittag klingelte das Telefon und riß Glauwitz aus seinen Gedanken. Er nahm den Hörer ab und vernahm am anderen Ende der Leitung die Stimme des Lehrers.

Er schaute Noosten an und entnahm der Schublade das Foto von Wibke Kleedorf.

»Hier von Kalksund. Wie sieht es aus, Herr Kommissar?« fragte der Oberstudienrat.

»Wir kennen inzwischen den Vermieter der Wohnung. Ihre Braut hat das Apartment für drei Wochen angemietet und bezahlt. Haben Sie mittlerweile irgend etwas erfahren? Ich denke zum Beispiel an die Kolleginnen«, fragte der Kommissar.

»Nein!« erwiderte von Kalksund. »Ich befürchte das Schlimmste! Jetzt bin ich schon seit fünf Tagen ohne Nachricht!«

»Wir werden uns heute an die Zeitungen wenden und mit Ihrer Genehmigung das Foto Ihrer Braut veröffentlichen lassen«, erklärte Glauwitz.

»Ich bin natürlich einverstanden«, erwiderte der Oberstudienrat müde.

»Wir fahren morgen nach Baltrum und schauen uns dort ein bißchen um. Sie hören dann von uns«, sagte Glauwitz. »Machen Sie sich nicht zuviel Gedanken.«

Von Kalksund bedankte sich und legte auf.

»Dieke, hier ist das Foto. Ruf die Zeitungen an. Das

Bild muß in den morgigen Ausgaben erscheinen«, ordnete der Kommissar an. Dann nahm er den Telefonhörer wieder ab und wählte die Nummer des Fuhrparks. »Glauwitz«, meldete er sich. »Menke, wir müssen morgen früh um elf Uhr nach Hagermarsch und anschließend nach Neßmersiel zum Baltrumanleger. Wir bleiben für eine Nacht.«

»Hero, einen Moment ... Ja, das geht klar! Wachtmeisterin Piepers fährt euch hin.«

Glauwitz bedankte sich und legte auf.

Dann nahm er das Telefonbuch zur Hand und blätterte darin. Die Fernsprechteilnehmer der Insel beanspruchten nur zwei Seiten im Buch.

Im Apartmenthotel ›Wattblick‹ war gegen Zahlung einer Jahresmiete für Beamte der Polizei, des Finanzamtes und der kommunalen Behörden ein Doppelzimmer reserviert.

Glauwitz wählte die Nummer und gab die Buchung durch.

Pit Saathoff versah den Dienstposten auf der Insel seit mehr als 20 Jahren. Er näherte sich der Pensionsgrenze.

Während seiner langen Dienstzeit hatte er bis auf die üblichen kleinen Delikte wie Zechprellerei, Fahrraddiebstähle oder Einbrüche in Ferienwohnungen nie schwerwiegende Verbrechen bearbeiten müssen.

An diesem schönen Sommernachmittag saß er mit seiner Frau in der Küche beim Tee, als das Telefon läutete. Er eilte zum Dienstzimmer und nahm den Hörer ab.

»Saathoff, Polizeistation Baltrum«, meldete er sich.

Durch das Fenster des Dienstzimmers fiel das Licht der untergehenden Sonne.

»Glauwitz, Kripo Emden. Herr Saathoff, uns liegt eine Vermißtenanzeige vor. Mein Kollege Noosten und ich werden Sie deshalb morgen aufsuchen. Wir nehmen die Vierzehn-Uhr-Fähre ab Neßmersiel.«

Saathoff war verwundert, doch er ließ es sich nicht anmerken.

»Ich erwarte Sie, Herr Glauwitz. Würden Sie mir denn auch verraten, wen Sie vermissen?« antwortete er.

»Eine Lehrerin, die auf Baltrum ihren Urlaub angetreten hat. Wir werden uns morgen darüber unterhalten«, sagte der Emder Kollege.

Saathoff legte nachdenklich den Hörer auf die Gabel zurück.

Wachtmeisterin Piepers steuerte den Passat über den Bahnhofsvorplatz und fädelte sich in den fließenden Verkehr ein. Kurz vor der Autobahnzufahrt warteten sie einige Minuten vor einer Baustelle, doch dann hatten sie freie Fahrt. Sie fuhren über die Bundesstraße, durch Suurhusen, an der schiefen Kirche vorbei und bogen in Georgsheil nach Norden ab.

Auf den Weiden graste das Vieh, an den Böschungen und den Straßenrändern wuchsen und blühten wildwachsende Margeriten, Brennesseln und wilde Lilien. Der malerische Luftkurort Hage mit seiner alten Backsteinkirche und der alten Mühle erstickte im Verkehr.

Einige Kilometer vor Dornum verließ Frau Piepers die Landstraße.

»Diese paar Häuser und die umliegenden Höfe bilden die Gemeinde Hagermarsch«, sagte sie und bog kurz vor einer Pension von der Straße ab.

Ein Trecker zog eine Mähmaschine über die Weiden. Glauwitz sog tief den Sommerduft ein, den das geschnittene Gras verströmte.

Wachtmeisterin Piepers lenkte den Passat über einen holprigen Versorgungsweg einem Hof entgegen.

Der Kommissar blickte durch das Fenster auf das Anwesen der Familie Rosenga. Das rotverklinkerte Bauernhaus war seitlich von Scheune und Viehställen eingefaßt.

Vor dem Scheunentor stand ein mit Heuballen beladener Anhänger. Zwei weiße Silos ragten wie Raketen in den blauen Himmel, und daneben erhoben sich als Kontrast zwei majestätische alte Buchen, deren Kronen den ganzen Hof beschatteten.

Wachtmeisterin Piepers fuhr den Wagen bis vor die Eingangstür des Wohnhauses.

Ein Schäferhund trottete ihnen durch die Mittagshitze entgegen.

»Was für eine Idylle«, sagte Dieke Noosten.

»Nehmen Sie sich ruhig Zeit«, sagte Wachtmeisterin Piepers und zeigte auf die Deichkante, die das Grünland abgrenzte. »Es sind nur noch zehn Kilometer bis zum Anleger.«

Glauwitz stieg aus. Der Hund bellte und lief auf ihn zu.

»Sagen Sie etwas Nettes, Herr Kommissar«, rief die Wachtmeisterin ihm zu.

Noosten hatte ebenfalls den Wagen verlassen. Er sah, wie Glauwitz unschlüssig stehenblieb.

»Bello, ist ja gut!« rief er. »Wir wollen dir doch gar nichts.«

Der Hund wedelte mit der Rute. Noosten schritt ihm entgegen und fuhr dem Tier mit der Hand über die Schnauze. Friedlich begleitete es sie nun zu den Steinstufen der Haustür.

Glauwitz drückte den Klingelknopf.

Nach einigen Sekunden wurde die Tür geöffnet, und eine korpulente ältere Frau, sie mochte Mitte der Fünfzig sein, trat ihnen entgegen. Ihr Haar war grau, ihr volles Gesicht von einer gesunden Röte.

Sie schaute die Beamten fragend an.

»Kripo Emden, mein Name ist Glauwitz, mein Kollege Noosten«, sagte der Kommissar.

Die Bäuerin rieb ihre Hände an ihrer verwaschenen Schürze ab.

»Ich habe vorgestern mit Ihnen telefoniert, Sie erinnern sich sicher. Leider haben wir Frau Kleedorf nicht erreicht«, sagte Glauwitz.

»Wenn Sie reinkommen möchten? Mein Mann und mein Sohn sind gerade bei der Heuernte auf der Wiese am Deich«, sagte die Bäuerin.

»Danke, machen Sie sich keine Umstände«, erwiderte Glauwitz. »Der Verlobte der Lehrerin bat uns, seiner Vermißtenanzeige nachzugehen. Wir sind auf dem Weg nach Baltrum, um nach dem Rechten zu schauen. Würden Sie uns bitte den Zweitschlüssel mitgeben?«

Die Bäuerin schritt davon, kam gleich darauf zurück und reichte Glauwitz die Schlüssel.

»Im Haus befinden sich sechs Wohnungen. Die Apartments Nr. 5 und 6 gehören uns. Frau Kleedorf hat das Apartment 5 gebucht. Um die Heizungsanlage, den Müll und die Reparaturen kümmert sich Herr Rabenstein. Er wohnt gleich nebenan.«

»Danke, Frau Rosenga! Wir werden uns in Ihrer Ferienwohnung kurz umsehen. Sie hören dann von uns«, erklärte Glauwitz.

»Und diese Frau ist verschwunden, sagten Sie? So etwas ist uns noch nicht vorgekommen«, murmelte die Bäuerin.

Die Beamten stiegen in den Wagen. Der Hund lief kläffend noch ein Stück hinter ihnen her.

Wachtmeisterin Piepers lenkte den Wagen zurück auf die Landstraße nach Neßmersiel, wo sie über die lange Dorfstraße an kleinen Klinkerhäuschen vorbei zum Schiffsanleger fuhren.

Frau Piepers hielt auf dem Parkplatz vor dem Café ›Utkiek‹, das auf der langen Steinmauer, die den Anleger vom Strand trennte, ins Watt hineinragte.

Im alten Siel lagen Segelboote an den Stegen.

Das Wasser lief gerade auf.

Die Beamten sahen Baltrum wie einen roten Flecken vor dem blauen Horizont liegen.

Möwen schossen im Tiefflug über die Mole.

Das Fährschiff befand sich auf der halben Strecke zwischen Insel und Festland. Auf dem Anleger standen schon die Container mit dem Gepäck der wartenden Urlauber.

Glauwitz und Noosten stiegen aus und nahmen ihre Reisetaschen aus dem Kofferraum.

»Viel Erfolg!« rief die Wachtmeisterin ihnen noch zu und fuhr davon.

Die Beamten betraten über die Steinböschung den Deich, von dem aus sie den Strand überblicken konnten. Kinder spielten im Sand oder planschten im Flutsaum. Der Wind kam aus Osten und sorgte für angenehme Kühle.

»Ein herrlicher Ferientag«, meinte Noosten trocken.

»Leider nicht für uns«, erwiderte Glauwitz und beobachtete das Anlegemanöver der Fähre, die im Hafenbecken wendete.

Die ›Baltrum‹ legte an, und die Gäste strömten von Bord.

»Komm«, sagte Glauwitz. Sie schritten langsam dem weißen Schiff entgegen, um das die Möwen segelten.

Die Pension ›Wattblick‹ lag an einem Platz, von dem die Straßen zum Strand, zum Meerwasserwellenbad, zum Kurzentrum und zur Deichpromenade abzweigten. Im Dorf gab es nur kurze Wege.

Die Beamten betraten die Rezeption.

»Moin«, sagte Glauwitz und wies sich aus.

Die Dame warf einen Blick in ihr Buch und reichte ihm den Schlüssel. »Rechts die Treppe!« sagte sie, und Glauwitz bedankte sich.

Das Zimmer hatte einen Balkon, der zur Westseite hin lag und einen schönen Blick auf das Dorf bot.

Die Beamten stellen ihr Gepäck ab, verließen das Hotel und suchten den Inselposten auf, dessen Häuschen mit Dienstzimmer sich ganz in der Nähe befand.

Pit Saathoff öffnete ihnen die Tür. Er trug seine Sommeruniform und hielt seine Dienstmütze in der Hand.

Saathoff war eine stattliche Erscheinung, groß, kräftig, mit vollem grauem Haar und einem scharfgeschnittenen Gesicht mit sympathischen Zügen.

»Treten Sie ein! Meine Frau macht uns sicher einen Tee, wenn Sie möchten«, sagte er und reichte den Kollegen vom Festland die Hand.

»Danke, vielleicht später. Wir haben etwas zu erledigen und bitten Sie, uns zu begleiten«, sagte Glauwitz.

Sie gingen in östlicher Richtung und bogen vor der Bäckerei auf einen Weg ein, der zum Ostdeich und den Dünen führte.

Das Apartmenthaus war ein dreistöckiger Klinkerbau. Sie betraten einen Plattenweg, der um das Haus herumführte, und kamen zu einer Liegewiese, auf der ein Strandkorb stand. Sie betrachteten die Rückfront des Gebäudes, wo jetzt, am Abend, die meisten der Balkone bevölkert waren.

Die Beamten gingen zur Haustür, und Kommissar Glauwitz studierte die Nummern auf dem Klingelkasten; dann drückte er die Taste mit der Nummer 5. Wie erwartet meldete sich niemand.

Er nahm den Schlüssel der Bäuerin aus seiner Tasche und öffnete die Haustür.

Sie betraten den Korridor. Der Boden war gefliest, die Wände mit hellblauer Rauhfasertapete beklebt. Sie gingen an den Apartments Nr. 1 und 2 vorbei und gelangten zu einer Treppe, die nach oben führte. Bunte Fotos hinter Glas zierten die Wand. Sie passierten die Wohnung Nr. 4 und näherten sich der Wohnung, die die Lehrerin gemietet hatte.

Vor der Tür des Apartments lag ein vertrockneter Strauß aus weißen Margeriten. Die welken Blumen fielen in sich zusammen, als Glauwitz sie mit dem Fuß beiseite schob.

»Kein gutes Zeichen«, sagte Noosten.

Glauwitz drückte den Klingelknopf, wartete einige Sekunden und klopfte danach an die Tür. »Höflichkeitshalber«, sagte er nervös; dann steckte er den Schlüssel ins Schloß und öffnete die Tür.

Ihnen strömte schwüle, stickige Luft entgegen.

Sie betraten eine kleine Diele. Unter dem Spiegel stand ein kleiner Tisch mit dem Telefon. Auf einer Ablage lagen die örtlichen Telefonbücher. Seitlich befand sich die Garderobe, an der auf einem Bügel ein Anorak hing. Auf dem Boden stand ein Paar Schuhe.

Glauwitz öffnete die seitliche Tür und drückte auf den Lichtschalter. Im Bad hingen Handtücher über den Halterungen. Auf der Spiegelablage sahen die Beamten eine Dose Gesichtscreme neben einer Tube Haarwaschmittel, Kamm und Bürste.

»Ihr Kosmetikkonsum hält sich anscheinend in Grenzen«, stellte Noosten trocken fest. Am Haken hing ein bunter Bademantel mit Kapuze, darunter stand auf dem gefliesten Boden eine Kulturtasche.

Glauwitz öffnete die Wohnzimmertür. An der Seite stand ein massiver flämischer Eichenschrank. Eine dazu passende Sitzecke mit Radio und Fernseher füllte den restlichen Raum aus.

An den Wänden hingen Ölgemälde mit friesischen Motiven.

Im vorderen Teil des Zimmers stand ein Eßtisch mit rustikalen Stühlen. Dahinter befand sich die Küchenzeile.

Eine Seitentür führte in ein kleines Schlafzimmer mit einem Doppelbett und zwei kleinen Nachtkonsolen.

Glauwitz öffnete die Schranktüren. Auf den Borten lag säuberlich geordnet die Leibwäsche, die übrige Garderobe der Lehrerin hing auf Bügeln im Schrank, auf dem ein Koffer und eine Reisetasche gestapelt waren.

Sie verließen das Schlafzimmer und gingen zur Balkontür hinüber.

»Eine hübsche Wohnung«, sagte Saathoff.

»Sie hat sie in der Absicht verlassen, zurückzukommen«, meinte Noosten.

Glauwitz öffnete die Balkontür, und wohltuend frische Seeluft strömte ihnen entgegen. Der Blick reichte weit in die Dünen. Seitlich schauten sie auf das Wattenmeer.

»Wir besitzen keinen Durchsuchungsbefehl«, murmelte der Kommissar.

»Sie hatte nicht die Absicht zu verreisen«, sagte Saathoff, der sich ein wenig umgesehen hatte. »Im Kühlschrank liegen Käse, Brot, Butter und Teesahne. Das Geschirr ist sauber, aber im Abfalleimer liegen Teeblätter.«

»Gehen wir! Ich werde den Staatsanwalt bitten, uns einen Durchsuchungsbefehl auszustellen«, sagte Glauwitz.

Sie verließen den Balkon. Saathoff zog die Balkontür in die Halterung und bediente den Hebel.

»Fest steht, daß Wibke Kleedorf die Wohnung verlassen hat und nicht zurückkam. Die Blumen hat wohl ein Besucher zurückgelassen, der sie nicht angetroffen hat«, stellte Noosten fest.

Sie verließen das Apartment, und Noosten klebte ein polizeiliches Siegel auf das Türschloß.

Glauwitz ging hinüber zum Apartment Nr. 6 und drückte auf die Klingel.

Eine ältere Frau öffnete die Tür und schaute die Beamten überrascht an.

»Sie wünschen?« fragte sie.

»Kriminalpolizei. Ihre Nachbarin vom Apartment 5 wird vermißt«, sagte Glauwitz und sah, wie die Frau erschrak.

»Wir haben sie nicht näher kennengelernt«, meinte sie verunsichert. Sie trug einen bunten Sommerrock, eine weiße Bluse und hatte ihr Haar blond gefärbt. Ihr faltiges Gesicht war tiefgebräunt. Sie mochte um die Sechzig sein.

»Sie haben die junge Frau gesehen?« fragte Noosten nach.

»Ja, am Freitag voriger Woche im Supermarkt. Sie stand an der Kasse und hatte den gleichen Weg wie ich«, sagte die Frau.

Glauwitz nahm das Foto der Lehrerin aus seiner Tasche. »Das ist Wibke Kleedorf, Berufsschullehrerin in Emden«, sagte er und reichte der Frau das Foto. »War sie es, die Sie gesehen haben?«

»Ja, das war sie. Eine hübsche Erscheinung, schlank und gut gewachsen. Und sie hatte schönes Haar«, schwärmte die Alte.

»Sind Sie ihr später noch einmal begegnet?« erkundigte sich Noosten.

»Nein, nicht ich. Aber meine Schwägerin. Kommen Sie herein, das kann sie Ihnen selbst berichten!« Sie hielt die Tür auf.

»Hanna, Besuch!« rief sie und führte die Beamten durch den Korridor ins Wohnzimmer.

Einrichtung wie Raumaufteilung entsprachen genau

denen in der Wohnung gegenüber. »Die Herren kommen von der Kripo. Die junge Frau von nebenan wird vermißt«, sagte sie.

»Das ist ja entsetzlich!« rief die Schwägerin und erhob sich von ihrem Platz am Tisch. Auch sie war um die Sechzig und sah ihrer Schwägerin so ähnlich, daß die beiden Schwestern hätten sein können.

»Tja«, sagte sie, »wir kommen schon seit Jahren hierher in Urlaub, und da fallen einem natürlich neue Gesichter sofort auf. Die junge Frau von nebenan ist sehr hübsch. Ich bin ihr am Samstag abend begegnet, als ich den Müll wegbrachte. Es war kurz vor sechs. Sie trug Jeans und eine schicke Lederweste über einem Hemd«, fügte die Frau hinzu.

»Sie sind der Lehrerin danach nicht wieder begegnet?« fragte Noosten.

»Nein«, erwiderte die Nachbarin.

»Gab es denn Geräusche, zum Beispiel, den Fernseher, Türenschlagen, Radio, Telefon oder die Toilettenspülung?« fragte Glauwitz.

Die Nachbarin lächelte. »Wissen Sie, wir hören nicht mehr so gut, und außerdem gibt es ja noch mehr Mieter hier im Haus«, sagte sie.

»Danke«, meinte Glauwitz, »und entschuldigen Sie die Störung.«

»Nicht der Rede wert«, erwiderte die Frau, und ihre Schwägerin begleitete die Beamten zur Tür.

Glauwitz klingelte an der Tür des Apartments Nr. 4. Eine junge Frau öffnete die Tür. Kinderlärm drang den Beamten entgegen. Die Frau blickte die Beamten fragend an. Als ihr Blick auf Saathoff fiel, der seine Uniform trug, fragte sie ängstlich: »Ist etwas passiert?«

»Wir sind zwar von der Kripo Emden, doch das betrifft Sie nicht. Die Dame von Apartment 5 wird vermißt. Haben Sie diese Frau gesehen oder mit ihr gesprochen?« fragte Glauwitz und hielt der Urlauberin das Foto entgegen.

»Nein, nicht daß ich wüßte«, war die Antwort.

»Danke, entschuldigen Sie die Störung«, sagte Glauwitz.

Es war bereits spät, als die Beamten die Befragung der Bewohner ohne Erfolg beendet hatten.

Sie verließen das Haus und traten auf die Straße.

Die letzten Kunden verließen gerade die Bäckerei. Eine wahre Prozession von Urlaubern kam vom Strand zurück. Die Sonne sorgte für ein eindrucksvolles Abendrot, und der Wind war aufgefrischt und brachte ein wenig Kühlung.

»Drüben wohnt Rabenstein, der sich um die Wohnungen kümmert«, sagte Saathoff. Sie näherten sich der kleinen Pension ›Wattkant‹. Daneben stand das Häuschen in einem kleinen Vorgarten mit Sträuchern und Blumenbeeten. Ein Waschbetonweg führte zur Eingangstür.

»*Reno Rabenstein*«, las Glauwitz und betätigte die Klingel.

Sie warteten eine Weile vor der grüngestrichenen Holztür, dann wurde sie geöffnet. Reno Rabenstein war bemerkenswert korpulent und trug eine grüne Drillichhose und ein buntes Flanellhemd. Er war ein wendiger Mann in seinen Fünfzigern.

Er blickte die Besucher mißtrauisch an und wandte sich dann an Saathoff, als sei der Polizist allein gekommen.

»Pit, wat sal de Schiet?« fragte er verärgert.

»Herr Rabenstein, Kripo Emden. Wir haben nur ein paar Fragen, die eine Mieterin des Apartments der Rosengas betreffen. Sie versehen den Hausmeisterdienst?« erkundigte sich Glauwitz.

»Ja, und?« fragte der Hausmeister verärgert.

»Reno, das hat nichts mit dir zu tun«, meinte Saathoff

beruhigend. »Die Urlauberin aus dem Apartment 5 wird vermißt. Es handelt sich um eine Lehrerin aus Emden.«

Glauwitz hielt dem Mann das Foto entgegen. »Sie heißt Wibke Kleedorf«, sagte er.

Der Alte griff in die Tasche seines Flanellhemdes, zog seine Lesebrille hervor, setzte sie auf und betrachtete das Bild.

»Ja, die hab' ich gesehen. Eine hübsche Dirn mit langem Zopf. Sie verließ das Haus, als ich es betrat. Bei Dr. Mühlenfels war eine Sicherung defekt«, sagte er.

»Und wann war das?« fragte Glauwitz.

»Am Samstag, so gegen siebzehn Uhr.«

»Wie war sie bekleidet?« fragte Glauwitz weiter.

»Da bin ich überfordert. Jeans, glaube ich, und irgend etwas Elegantes«, sagte Rabenstein.

»Wir haben vor dem Apartment einen vertrockneten Blumenstrauß gefunden«, sagte Noosten.

»Davon weiß ich nichts! Meine Frau putzt zweimal in der Woche die Flure«, sagte der Hausmeister.

»Und wann?« wollte Noosten wissen.

»Dienstags und am Freitagmorgen, wenn neue Gäste kommen. Sie hat ihn vielleicht absichtlich liegengelassen.«

»Herr Rabenstein, Sie sind eingesessener Insulaner. Wenn Sie etwas erfahren, dann rufen Sie uns doch bitte an«, bat der Kommissar.

»In Ordnung – ich spreche dann mit Pit«, antwortete der Hausmeister.

»Danke«, erwiderte Glauwitz und verabschiedete sich.

Eddi de Jonge kam von der Arbeit. Er schob das Fahrrad in den Schuppen, ging zur Haustür und betrat das Haus. In der Küche nahm er eine Flasche Bier aus dem Kühlschrank, setzte sich im Wohnzimmer in den Sessel und drückte die Knöpfe der Fernbedienung. Seine Frau war noch nicht zurück. Sie half während der Saison beim Bäcker aus.

Eddi de Jonge arbeitete bei der Kurverwaltung. Er war gelernter Maler- und Lackiermeister, doch von Mitte April bis Mitte Oktober vermietete er am Strand in einem weißgestrichenen Bürocontainer Strandkörbe an die Touristen. Ehrenamtlich versah er noch Dienst als Brandmeister bei der Inselfeuerwehr. Er war um die Fünfzig, und sein Haar über dem sonnenverbrannten Gesicht war grau. Doch das blieb den meisten Badegästen verborgen, weil er bei Wind und Wetter eine Elbseglermütze trug.

Bei dem herrlichen Sommerwetter, das schon seit Wochen anhielt, waren alle Strandkörbe ausgeliehen, und um die wenigen Rückbuchungen stritten sich die Neuankömmlinge.

Eddi trank durstig sein Bier und sah sich eine Werbesendung an, als es an der Tür läutete. Er stand auf, stellte seufzend den Fernseher leiser und ging zur Haustür.

Das Licht der untergehenden Sonne blendete ihn, deshalb blinzelte er erst einmal irritiert, doch dann erkannte er den Inselpolizisten, der mit zwei fremden Männern auf dem Absatz vor der Tür stand. Pit trug seine Uniform, war also im Dienst.

»Moin, Eddi, darf ich vorstellen? Kommissar Glauwitz und sein Assistent Noosten von der Emder Kripo.«

Die Beamten schauten Eddi freundlich an.

»Herr de Jonge, uns liegt eine Vermißtenanzeige vor. Frau Wibke Kleedorf, eine Lehrerin aus Emden, hat vermutlich am Samstag gegen achtzehn Uhr ihr Apartment im ›Haus an den Dünen‹ verlassen und ist nicht zurückgekehrt. Ob Frau Kleedorf einen Badeanzug mitnahm und vielleicht an einem unbewachten Strand gebadet hat, wissen wir nicht, aber wir müssen diese Möglichkeit in Betracht ziehen, denn um kurz vor sieben war Hochflut. Jedenfalls befürchten wir, daß sie nicht mehr lebt«, sagte Glauwitz.

»Also eine Suchaktion?« fragte de Jonge.

»Ja, darum geht es uns. Ihre Feuerwehrleute kennen nicht nur die Strände, sondern auch die Dünen, die die Urlauber nicht betreten dürfen und auch so gut wie nie aufsuchen«, meinte Glauwitz. »Dürfen wir um Ihre Hilfe bitten?«

Eddi de Jonge schaute auf seine Armbanduhr. »Jetzt sofort?«

»Um diese Zeit nehmen die Feriengäste das Abendbrot ein oder sitzen vor dem Fernseher«, sagte Glauwitz. »Es wäre also günstig!«

»Eddi, aber bitte ohne Aufsehen!« bat Pit Saathoff.

»Gut, ich werde mein Bestes tun. Treffen wir uns in einer Stunde vor dem Feuerwehrhaus«, sagte er und ging davon, seine Männer zusammenzurufen.

Die Beamten folgten Saathoff zu seiner Dienststelle, wo er noch schnell einen Tee aufbrühte, den sie eilig tranken.

Es waren etwa zwanzig meist junge Männer, die sich eine Stunde später vor dem aus Backsteinen errichteten Feuerwehrhaus eingefunden hatten.

Einige trugen Jeans und T-Shirts, die Sportler waren in Trainingsanzügen erschienen.

Einige ältere Feuerwehrmänner waren in ihrer Alltagskleidung dem Aufruf gefolgt.

Eddi de Jonge trug seinen Trainingsanzug und hielt eine Inselkarte in der Hand, teilte seine Leute in Gruppen auf, legte die Suchabschnitte fest und verteilte Walkie-talkies so, daß die gegenseitige Verständigung gesichert war.

Danach begaben sich die Feuerwehrleute auf die Suche, während die Abendsonne ein herrliches Rot über die Dünen warf.

Glauwitz und Noosten liefen mit Saathoff am Flutsaum entlang den Strand ab.

Das herumliegende Strandgut täuschte sie gelegentlich, wenn sie aufgeregt aus der Ferne in den Umrissen angetriebener Balken oder Plastikbehälter eine Gestalt zu sehen glaubten.

Erst gegen zweiundzwanzig Uhr, als es dunkel wurde, kamen die Männer zum Feuerwehrhaus zurück. Sie hatten keine Leiche gefunden, auch keine einsame Sandale oder sonst einen Gegenstand, der der Vermißten hätte zugeschrieben werden können.

Wibke Kleedorf galt weiterhin als vermißt.

Das hübsche Foto der Lehrerin Wibke Kleedorf, das ihr Verlobter in glücklichen Tagen irgendwo ohne erkennbaren Hintergrund geschossen hatte, erschien in der ›Emder Zeitung‹, in der ›Ostfriesen-Post‹, in der ›Ostfriesen-Zeitung‹, ja selbst in Wilhelmshaven und Bremen.

Der leitende Staatsanwalt Erik Bronzema hatte bei der Pressekonferenz darauf hingewiesen, daß vor dem Apartment der Lehrerin ein Blumenstrauß aus Margeriten abgelegt worden war. Die verwelkten Blumen trugen nicht nur Schnittkanten, sondern auch Bruchstellen. Die Gleichmäßigkeit der Blüten ließ darauf schließen, daß sie aus einem Gartenbeet stammten, denn wildwachsende Margeriten besaßen dünnere und verflochtenere Stengel.

Es gab einige Hinweise, doch sie betrafen alle den Zeitraum vor dem Verlassen des Apartments. Zu dieser Zeit hatte niemand auf Baltrum eine Person mit Margeriten gesehen.

Als hätte Wibke sich am Samstag abend nach achtzehn Uhr in Luft aufgelöst, fehlte von ihr jede Spur.

Die Emder Kripo ging deshalb von einem Verbrechen aus.

Staatsanwalt Erik Bronzema war schlank und mittelgroß. Er trug sein graues Haar, das sich an den Schläfen zu lichten begann, kurz geschnitten, und seinen stahlgrauen Augen entging nicht viel von dem, was um ihn herum vorging.

Bei seinen Untergebenen galt er als fair und war recht beliebt.

Bronzema hatte den Amtsrichter aufgesucht. Auf seinem Schreibtisch lagen die unterschriebenen Durchsuchungsbefehle für das Apartment auf Baltrum und die Stadtwohnung der Lehrerin. Er ging ans Fenster und blickte in den Schloßpark hinunter. Vor den Tannen und den verblühten Rhododendronsträuchern rankten Rosen und standen unzählige Sommerblumen in voller Blüte, deren Namen er nicht kannte.

Er setzte sich wieder an seinen Schreibtisch und studierte seinen Terminkalender.

Nichts hinderte ihn daran, nach Emden zu fahren, um mit den Kripobeamten den Fall Kleedorf zu besprechen, der ihn sehr interessierte.

»Niemand verschwindet spurlos, erst recht nicht auf einer kleinen Insel wie Baltrum«, murmelte er vor sich hin.

Bronzema packte die Dokumente in seine Tasche. Er schob seinen Stuhl vor den Schreibtisch, trat an die Garderobe, hängte sich sein leichtes Sommerjackett über den Arm und betrat das Vorzimmer.

»Ich fahre nach Emden. Wenn was Besonderes anliegt, können Sie mich dort im Revier erreichen«, sagte er zu seiner Sekretärin.

Die Sekretärin nickte, ohne ihre Arbeit am Computer zu unterbrechen.

Kurze Zeit später parkte Staatsanwalt Bronzema seinen Wagen auf dem Platz hinter dem Emder Polizeirevier. Er blickte über die Gracht hinweg auf die Bäume und Sträucher des Walls.

Ein leichter Wind war aufgekommen und machte die Hitze erträglicher. Er verließ den Parkplatz und ging hinüber zum Revier.

Der diensthabende Beamte grüßte. Bronzema stieg die Treppe hoch und betrat das Dienstzimmer des Kommissars.

»Moin«, sagte er und reichte Glauwitz und Noosten die Hand. »Ich hatte kein Sitzfleisch«, sagte er. »Mußte einfach mal sehen, was Sie hier konkret machen.«

»Darf ich Ihnen trotzdem einen Stuhl anbieten?« sagte Glauwitz lächelnd und rückte den Besucherstuhl an seinen Schreibtisch heran.

Der Staatsanwalt nahm Platz.

»Hier sind die Durchsuchungsbefehle«, sagte er, nahm die in einer Plastikhülle steckenden Dokumente aus seiner Tasche und reichte sie Glauwitz. »Es war sehr heiß im Wagen. Im Büro vergißt man ganz, daß Hochsommer ist«, sagte er und wischte sich den Schweiß von der Stirn.

»Einen Tee?« fragte Noosten. Der Staatsanwalt nickte dankbar.

»Beamtenschweiß nimmt leider niemand ernst«, scherzte er. »Also, meine Herren – wie seht es aus?«

»Es gibt keine nennenswerten Hinweise im Margeritenmord«, sagte Noosten, während er Tee aufbrühte.

»Ein pressereifer Titel, Herr Noosten. Ich entnehme Ihrer Äußerung, daß Sie annehmen, der Mörder habe sich nach seiner gräßlichen Tat mit Margeriten von Wibke Kleedorf verabschiedet?«

»Eine reine Spekulation«, meinte Glauwitz.

Noosten stellte Teegeschirr auf den Schreibtisch.

»Vielleicht hat auch ein geladener Besucher enttäuscht

den Blumenstrauß vor die Apartmenttür gelegt, weil Wibke Kleedorf nicht zu Hause war«, sagte er.

»Wenn es diesen Besucher gibt, dann hat er es leider versäumt, sich als Zeuge zu melden. Wir müssen einfach mehr über die Lehrerin erfahren«, erwiderte der Staatsanwalt.

Durch das geöffnete Fenster drang der Lärm des Berufsverkehrs. Noosten stellte die Teekanne auf das Stövchen.

»Bitte«, sagte er und nahm an seinem eigenen Schreibtisch Platz. Der Staatsanwalt bediente sich mit Kluntje, Tee und Sahne.

»Wir werden uns heute nachmittag in der Wohnung der Lehrerin umsehen, und um achtzehn Uhr erwartet uns Herr von Kalksund. Eddi de Jonge hat mit seinen Feuerwehrleuten noch einmal unauffällig die Dünen abgesucht, aber leider ohne Erfolg! Mitglieder des Aeroclubs sind mit einer Chessna über die Insel geflogen, aber auch sie haben keine Spur entdeckt«, erklärte der Kommissar.

»Und was gedenken Sie jetzt zu unternehmen?« erkundigte sich Bronzema.

»Wir haben die Suchhundestaffel aus Hannover angefordert«, sagte Glauwitz.

»Die werden nicht viel Zeit haben, die Insel abzusuchen«, sagte Noosten. Der Staatsanwalt blickte fragend auf.

»Die Baltrumfähre legt morgen um dreizehn Uhr in Neßmersiel ab, und die Kollegen aus Hannover wollen mit den Hunden nicht über Nacht auf Baltrum bleiben«, sagte Glauwitz und nippte an seinem Tee.

Über Emden stand die glühende Mittagssonne, und das langgezogene Heulen der Sirene der Thyssen-Nordsee-Werke war zu hören: Die Werftarbeiter hatten Mittagspause.

Bronzema griff nach seiner Tasse, trank sie leer und erhob sich.

»Meine Herren, ich danke für den Tee und wünsche Ihnen viel Erfolg«, sagte er und verließ das Dienstzimmer.

Im Park jäteten die Stadtgärtner Unkraut und lockerten die trockene Erde der Blumenbeete. Auf den Bänken saßen alte Leute im Schatten der Bäume. Mütter schoben ihre Kinderwagen an den gepflegten Grünflächen entlang.

Die Beamten verließen den Park und näherten sich dem Komplex mit den Eigentumswohnungen, in dem Wibke Kleedorf zu Hause gewesen war. Sie gingen über den Hof zu dem zurückliegenden Gebäude, und Glauwitz wies auf das kleine Schild, das an der Klinkerwand neben dem Eingang befestigt war.

»Der Hausmeister«, sagte er und drückte die Klingel.

»Groen«, drang es aus der Sprechanlage.

Glauwitz neigte sich vor. »Kripo Emden«, sagte er.

Nach wenigen Sekunden trat ein circa sechzigjähriger Mann vor die Tür. Er sah die Beamten fragend an, nahm die Prinz-Heinrich-Mütze von seinem grauen Haarschopf und drehte sie in der Hand. Der Mann war kräftig und machte ganz den Eindruck, als könne er zupacken.

Glauwitz wies sich aus. Groen schaute auf die Polizeimarke.

»Seltener Besuch«, sagte er mürrisch.

»Mein Name ist Glauwitz, mich begleitet mein Kollege Noosten. Ihnen ist sicher schon bekannt, daß die Lehrerin Wibke Kleedorf seit mehr als einer Woche vermißt wird. Sie besitzt in der Anlage eine Wohnung«, erklärte der Kommissar.

»Ach«, sagte Groen überrascht.

»Lesen Sie denn keine Zeitung?« fragte Noosten.

»Sonst schon, meistens den Sport. Aber meine Frau und ich waren diese Woche in Krefeld auf einer Beerdigung, weil mein Schwager gestorben ist. Herr Kommissar, die Einschläge kommen näher«, sagte der Hausmeister gequält.

»Herr Groen, Frau Kleedorf war noch jung, aber wir gehen davon aus, daß sie auf Baltrum eines gewaltsamen Todes gestorben ist«, erwiderte Glauwitz.

Der Hausmeister wischte sich den Schweiß von der Stirn.

»Eine schreckliche Nachricht«, sagte er, hob die Mütze kurz hoch und setzte sie wieder auf.

»Wir haben einen Durchsuchungsbefehl und müßten uns in der Wohnung umschauen«, sagte Glauwitz.

»Furchtbar! Ja, dann ... Ich hole schnell den Schlüssel«, erwiderte Groen und verschwand im Haus. Doch er war sofort zurück. »Gehen wir«, meinte er.

Sie verließen den Innenhof. Groen führte sie zu dem Eckhaus, dessen Fenster zur Parkseite lagen.

Er öffnete die Haustür und führte die Beamten die Treppe hinauf. »Das ist ihr Apartment«, sagte er, steckte den Schlüssel ins Schloß und blickte seine Begleiter ernst an, während er auf die bunte Fußmatte zeigte. »Hier lag die Ratte«, murmelte er und schüttelte sich.

»*Was* lag da?« fragte Glauwitz verständnislos.

»Frau Kleedorf hat mich abends nach einer Schulkonferenz, das liegt bereits einige Wochen zurück, herausgeklingelt. Sie war außer sich, weil hier eine tote, ausgeblutete Ratte lag. Sogar ich hab' mich geekelt, und das will was heißen!«

»Und? Weiter?« fragte Noosten.

Groen blickte auf. »Ich hab' sie rausgebracht«, antwortete er.

»Haben Sie für diesen Vorfall eine Erklärung?« fragte Glauwitz aufmerksam.

»Zur Beruhigung von Frau Kleedorf habe ich eine gefunden. Im Parterre hatten die Fischers neue Möbel bezogen, und die Leute von der Lieferfirma hatten wohl vergessen, die Holzkeile von der Haustür zu entfernen, so daß sie offenstand. Ich sagte Frau Kleedorf, daß die Ratte nach einem Kampf mit einem Hund oder mit einer Katze das Treppenhaus als Fluchtweg genommen hatte und vor der verschlossenen Tür hier oben verendet war«, sagte Groen stolz. Er hielt die Klinke schon in der Hand.

»Gibt es noch eine andere Version?« erkundigte sich Noosten.

Der Hausmeister nickte. »Das Blut an der Ratte war verklumpt«, antwortete er.

»Die Ratte ist also nicht selbst die Stufen heraufgekommen?« fragte Glauwitz.

»Das ist schon möglich«, erwiderte der Hausmeister vieldeutig.

»Herr Groen, mit anderen Worten, es kann auch jemand die tote Ratte vor die Apartmenttür gelegt haben?« fragte Noosten mißtrauisch.

Groen nickte.

»Ich denke, daß wir den Vorfall ins Protokoll aufnehmen«, sagte Glauwitz.

»Herr Kommissar, jetzt fällt mir auch wieder ein, daß Frau Kleedorf in derselben Woche ihr Fahrrad nach Hause schieben mußte, weil jemand die Reifen zerschnitten hatte«, warf Groen ein und öffnete die Tür.

»Bitte bleiben Sie hier, wenn Sie Zeit haben«, forderte Glauwitz ihn auf.

Sie betraten den kleinen Korridor. Groen drückte den Lichtschalter hinunter. An der Kleiderablage hingen leere Bügel.

»Hier gibt es nichts zu erkunden«, meinte Glauwitz, der die Tür zum Bad geöffnet hatte. Im Schlafzimmer war es ähnlich – das einzig Interessante war die recht gewagte Unterwäsche der Lehrerin, die den Kommissar zu der Bemerkung veranlaßte, seine Frau habe so etwas noch nie getragen.

»Chef, nichts für ungut, aber Ihre Frau ist auch nicht unbedingt der Typ dazu«, frotzelte Noosten, was ihm einen Rippenstoß eintrug.

Sie verließen das Schlafzimmer.

Im Wohnzimmer war alles fein säuberlich aufgeräumt, und auch hier wurden die Beamten nicht fündig.

Im Arbeitszimmer, in dem ein Regal mit Schulbüchern und wissenschaftlichen Werken aus der Studienzeit stand, ging das Fenster nach Osten hinaus und ließ strahlendes Morgenlicht herein.

An der Wand stand ein Schreibtisch. Die Lehrerin hatte ihren Schulterminplaner auf die Tapete geklebt, dessen Eintragungen kurz vor den Sommerferien endeten. Es waren schulische Termine und Angelegenheiten.

An der Wand hing ein Ölgemälde eines Emder Malers: Margeriten, die in verschwenderischer Fülle aus einer irdenen Vase quollen.

»Wieder Margeriten«, sagte Noosten.

Glauwitz trat an den Schreibtisch. Er zog die Schublade auf und studierte den Inhalt. Sie enthielt Postkarten von Bekannten, Anschriftslisten ehemaliger Mitstudenten, Fotos von ehemaligen Schülern und Klassenfahrten. Ein Sammelsurium unwichtiger Dinge, von denen Wibke sich nicht hatte trennen können.

Glauwitz öffnete die Tür des Seitenfachs. Die Aktenordner enthielten die Belege, die bei einer Haushaltsführung im Laufe eines Jahrs anfallen und zum Teil für die Steuererklärung wichtig sind.

Ein weiterer Ordner enthielt den Schriftwechsel mit

ihrem Anwalt. Zusätzlich fand Glauwitz dort abgeheftete Briefe, die Wibkes Ehemann an sie gerichtet hatte. Sie enthielten Beschimpfungen, denen es lohnte nachzugehen.

Ein weiterer Aktenordner enthielt Dokumente der ›Gesellschaft für Christliche Nächstenliebe‹, die zu Herzen gingen.

In der zweiten Schublade stieß Glauwitz auf ein Album, das Fotos neueren Ursprungs enthielt: Wibke im Garten vor weißen Frühjahrsbirken, Wibke mit einem Weinglas in der Hand vor einem Kamin, Wibke im offenen Golf ...

Glauwitz durchsuchte die Schublade und förderte ein bemaltes kleines Holzkästchen zutage. In ihm befanden sich Briefe von einem Mann namens Hinni Synninga, denen zu entnehmen war, daß er in Gießen studieren wollte. Die Inhalte der Briefe sprachen dafür, daß er mit der Lehrerin ein enges Verhältnis unterhalten haben mußte.

Glauwitz notierte sich seine Adresse.

Die letzte Schublade war verschlossen.

»Herr Groen, dafür haben wir keinen Schlüssel. Können Sie ohne Beschädigung des Holzes das Schloß öffnen?« fragte der Kommissar. Groen hatte bisher schweigend der Durchsuchung zugeschaut. Er zog seine Brille aus der Gesäßtasche, setzte sie auf, trat an den Schreibtisch und betrachtete das Schloß.

»Ich denke schon«, sagte er, »notfalls bohre ich das Schloß auf. Ich hole schnell meinen Werkzeugkasten.«

Er verließ das Apartment, war aber nach wenigen Minuten zurück und stellte seinen Werkzeugkasten vor dem Schreibtisch ab. Dann probierte er einige Schlüssel aus, die an einem Ring hingen, doch ohne Erfolg. Schließlich formte er Drahtenden zu einer Schlinge und schob sie in das Schloß. Er schwitzte, als gelte es, einen

Baum zu fällen, und atmete erleichtert auf, als er die Schublade hervorzog.

»Hervorragend, Herr Groen«, sagte Glauwitz anerkennend.

Der Hausmeister nahm seinen Werkzeugkasten und machte dem Kommissar Platz.

Glauwitz studierte den Inhalt der Schublade.

Er fand zwei Sparbücher der Stadtsparkasse Emden. Das eine war auf den Namen Marco Kleedorf angelegt, das andere trug den Namen der Lehrerin. »Ein Vermögen«, sagte Glauwitz und reichte es Noosten.

»So viel könnte ich bei der Kripo in hundert Jahren nicht sparen«, stellte Noosten grinsend fest.

»Du hättest eben Pferde züchten sollen, statt Verbrechen aufzuklären«, sagte Glauwitz trocken.

Er widmete sich dem weiteren Inhalt der Schublade.

Er fand einen Schnellhefter, in dem sich notarielle Urkunden und Auszüge des Katasteramtes befanden, denen er als Laie entnahm, daß der Bungalow in Pilsum, das Hotel und das Reiteranwesen je zur Hälfte auf die Eheleute eingetragen waren.

Er reichte Noosten den Schnellhefter. »Ein Notar kann uns da sicher weiterhelfen.«

Auf dem Boden der Schublade fand er einen aus Silber gefertigten Rahmen. Die Oberfläche bedeckten ein eingraviertes Kreuz und lauter kleine Herzchen, die Tränen oder kleinen Regentropfen glichen . . .

Glauwitz hob das seltsame flache Etui aus der Schublade. Er fand die kleinen Scharniere und öffnete es.

Auf einer roten Samtunterlage lag das Stammbuch der Eheleute Rolf und Wibke Kleedorf, das auch die Geburt des gemeinsamen Kindes aktenkundig machte. Getrocknete Margeriten bedeckten das standesamtliche Dokument.

Glauwitz wendete die Stammbuchseite und fand dort

den Sterbetag des kleinen Marco, außerdem, in Plastik verschweißt, eine Haarlocke. »Das geht an den Nerv«, sagte er leise und legte das Etui zurück auf den Boden der Schublade.

Noosten untersuchte noch die Inhalte der Schubladen unterhalb der Bücherregale im Wohnzimmer.

»Das war es«, sagte Glauwitz schließlich zum Hausmeister. »Ich werde Sie im Protokoll als Zeugen aufführen und danke Ihnen für Ihre Hilfe.«

Sie verließen das Apartment der Lehrerin, und Glauwitz klebte von außen ein Siegel an das Türschloß.

»Herr Groen, bitte benachrichtigen Sie uns, falls jemand sich für die Wohnung interessiert«, bat der Kommissar noch, dann verabschiedeten sich die Beamten.

Spät am Nachmittag lenkte Glauwitz den Passat an den Straßenrand vor dem Bungalow von Kalksund. »Ein hübsches Haus«, sagte er.

»Und ein gepflegter Vorgarten«, stellte Noosten fest.

»Die Lehrer scheinen wirklich viel Zeit zu haben, sonst könnte er das alles nicht so gut in Schuß halten!« fügte der Kommissar hinzu.

Sie stiegen aus und gingen zur Haustür. Glauwitz klingelte.

Hubertus von Kalksund öffnete ihnen und blickte die Besucher hoffnungsvoll an.

»Bitte, treten Sie ein«, sagte er höflich und führte die Beamten ins Wohnzimmer. Die solide Einrichtung verriet Geschmack und ließ auf seinen Wohlstand schließen.

Von Kalksund zeigte auf die Sitzgruppe vor dem Kamin und bat sie, dort Platz zu nehmen.

»Mein Kompliment, Sie wohnen fürstlich«, sagte Noosten aufrichtig, und Glauwitz nickte zustimmend.

»Das Haus und auch die Einrichtung hat mir meine

Mutter hinterlassen«, erklärte der Oberstudienrat. »Sie war eine berühmte und gefeierte Pianistin. Nach ihrer Karriere hat sie sich hier in Ostfriesland niedergelassen. Sie saß immer hier vor dem Kamin, wo Sie jetzt gerade sitzen, Herr Kommissar. Auch Wibke hat mit mir hier gesessen und Musik gehört. Und nun kommt sie vielleicht nie mehr wieder«, sagte er traurig.

»Wir haben die Insel absuchen lassen: Keine Spur von Ihrer Verlobten. Sie ist auch nicht abgereist, denn ihre Reisetasche und ihr Koffer befanden sich im Apartment. Dort sah alles so aus, als sei sie nur kurz fortgegangen, um etwas zu erledigen«, sagte Glauwitz.

»Darf ich Ihnen einen Tee anbieten? Um diese Zeit habe ich früher mit meiner Mutter und später mit Wibke immer eine Tasse Tee getrunken«, meinte von Kalksund geschwätzig.

»Gerne«, sagte der Kommissar, und auch Noosten nickte.

Der Lehrer verschwand in der Küche, und wenig später saßen sie vor dampfenden Tassen.

Durch das große Fenster schauten sie auf die hohen Tannen, durch die das Rot der untergehenden Sonne schimmerte.

Im Zimmer war es angenehm kühl.

»Ihre Verlobte zog es vor, ihren Urlaub auf Baltrum allein zu verleben«, stellte Glauwitz fest. »Und wir wüßten gern, warum.«

»Darüber haben wir uns doch bereits unterhalten«, gab von Kalksund ärgerlich zurück. »Wibke hatte Probleme mit ihrem Mann. Er forderte sie auf, zu ihm zurückzukommen, und es gab Ärger um das gemeinsame Kind. Wibke fühlte sich bedrängt und war der Meinung, allein könne sie am besten zur Ruhe kommen. Kurz vor ihrer Abreise ist dann auch noch der kleine Marco gestorben, ein schwerer Schlag …«

»Frau Kleedorf suchte also Abstand. Kann ihr mutmaßlicher Tod im Zusammenhang mit der Ehekrise gesehen werden?« fragte Noosten.

Von Kalksund winkte ab. »Rolf Kleedorf stand einer Scheidung im Wege, aber es wäre vollkommen absurd, anzunehmen, daß er Wibke nach Baltrum gefolgt wäre, um sie umzubringen«, sagte er angewidert.

»Nun, einen Freitod können wir nach Ihren Aussagen wohl ebenfalls ausschließen«, meinte der Kommissar.

Von Kalksund trank einen Schluck Tee. Er nickte nur stumm. »Vor dem Apartment haben wir einen fast vertrockneten Blumenstrauß gefunden. Es waren Margeriten«, sagte Glauwitz.

Von Kalksund stellte die Tasse ab. »Ich habe es im Kurier gelesen. Wibke mochte Margeriten besonders gern«, sagte er.

»Warum sind Sie eigentlich nicht selbst nach Baltrum gefahren, um sich nach dem Verbleib Ihrer Braut zu erkundigen?« fragte Noosten.

»Wibke hatte mich gebeten, sie nicht zu besuchen. Ich besaß nur die Telefonnummer«, erklärte der Oberstudienrat.

»Die Anschrift hätten Sie auch bei der Kurverwaltung bekommen können«, sagte Glauwitz.

Von Kalksund zuckte mit den Schultern. »Um ehrlich zu sein, ich besaß nicht die Nerven, auf Baltrum vor verschlossener Tür zu stehen und irgendeinen unbekannten Hausmeister anzuflehen, das Apartment meiner Verlobten zu öffnen, der meine Ängste nicht verstanden und sie sicher fehlgedeutet hätte«, sagte er, den Tränen nahe.

Noosten gab Sahne in den Tee und beobachtete, wie die beiden Flüssigkeiten sich vermischten. »Was hat es denn nun eigentlich auf sich mit Ihrer Vorahnung?« fragte er den Lehrer und lehnte sich in seinem Sessel zurück.

Von Kalksund stellte die Tasse auf den Tisch, strich mit Daumen und Zeigefinger seinen Schnurrbart zurecht und schaute Noosten ein wenig verlegen an. »Darüber spreche ich ganz selten und äußerst ungern. Nur Wibke habe ich mich bisher anvertraut«, sagte er.

»Nicht so geheimnisvoll«, ermunterte ihn der Assistent des Kommissars.

Der Lehrer beugte sich leicht vor. Leise und fast ein bißchen feierlich erklärte er: »Meine Mutter hat mein Leben mehr als alles andere geprägt. Sie war nicht nur eine großartige Frau, sondern auch eine berühmte Künstlerin. Sie ist hier in diesem Haus alt geworden, und ich habe sie bis zu ihrem Tode gepflegt. Seitdem sie tot ist, höre ich oft ihre Stimme, die aus dem Jenseits zu mir spricht.« Jetzt, da es heraus war, fuhr er lauter und fast befreit fort: »Nach ihrem Tod lernte ich Wibke kennen. Mutter bat mich, Wibke zu heiraten. Und Mutter war es auch, die mir schließlich signalisiert hat, daß etwas Schlimmes geschehen war. Ich bin dann zu Ihnen gekommen«, erklärte er und stand auf. »Ich werde Ihnen einige Fotos von Mutter zeigen.«

»Danke, Herr von Kalksund, ein andermal«, wehrte Glauwitz ab. Noosten nahm seine Zigarettenschachtel aus der Tasche.

»Darf ich?« fragte er.

»Gerne«, antwortete der Lehrer, ging zum Schrank und holte einen Aschenbecher hervor, den er Noosten reichte.

Dieser steckte sich eine Zigarette an, blies den Rauch von sich und wandte sich wieder an Kalksund: »Sie besitzen also so etwas wie das ›Zweite Gesicht‹?«

Der Lehrer schüttelte den Kopf. »Nein. Aber Mutters Seele lebt und sucht aus dem Jenseits Kontakt mit mir. Das gelingt nicht immer, aber doch meistens«, antwortete er voller Überzeugung.

»Und nach den vergeblichen Versuchen, Ihre Braut telefonisch zu erreichen, bekamen Sie Kontakt mit der Seele Ihrer Mutter?« fragte Glauwitz, und nur jemand, der ihn gut kannte, hätte die leise Ironie in seinem Tonfall bemerkt.

»Ja, Mutters Stimme forderte mich auf, nach Wibke suchen zu lassen«, erwiderte von Kalksund verlegen.

»Aber einen Tip aus dem Jenseits, der uns helfen würde, die Leiche Ihrer Braut zu bergen und ihren Mörder zu überführen, kann uns Ihre Mutter nicht zufällig geben?« fragte Noosten ironisch und drückte seine Kippe im Aschenbecher aus.

»Ich besitze weder übernatürliche Fähigkeiten, noch kann ich hellsehen. Ich habe nur die unerklärliche Möglichkeit, ihre Stimme zu hören. Sie sind Polizeibeamte, und ich gehe davon aus, daß Sie meinen Beitrag ernst nehmen«, meinte der Oberstudienrat.

»Daran gibt es keinen Zweifel. Können wir von Ihnen vielleicht erfahren, wer ein Motiv besessen haben kann, Ihre Braut zu töten und die Leiche vor unserem Zugriff versteckt zu halten?« fragte Glauwitz. »Es spricht nämlich einiges dafür, daß Ihre Braut nicht das Opfer eines Zufallmörders wurde. Irgend jemand muß sie gehaßt haben.«

»Es tut mir leid, da kann ich Ihnen nicht weiterhelfen. Ich leide jedenfalls sehr unter dem Verlust«, antwortete der Lehrer, der sichtlich mit den Tränen kämpfte.

»Und die Margeriten?« hakte Noosten nach.

»Ich sagte Ihnen doch schon, daß Wibke Margeriten besonders gerne mochte«, erwiderte von Kalksund.

»Hatte sich Ihre Braut vielleicht im Kollegium Feinde geschaffen?« fragte Glauwitz, griff nach seiner Teetasse und nahm einen Schluck.

»Es gab den üblichen Kollegenneid, als unser Direktor Wibke die Möglichkeit zum Aufstieg bot, aber sonst nichts, von dem ich wüßte. Auseinandersetzungen mit Schülern und Schülerinnen sind in unserem Beruf alltäglich. Aber Mord! Nein, ich kann Ihnen da wirklich nicht weiterhelfen«, antwortete der Lehrer.

»Dann danken wir Ihnen für den Tee! Wir melden uns, wenn wir etwas erfahren«, versprach der Kommissar.

Auf der Mole in Neßmersiel kam der Zubringerbus vom Nordener Bahnhof an. Die Fahrgäste strömten der ›Baltrum-Fähre‹ entgegen, die abfahrbereit am Kai lag.

Wachtmeisterin Piepers lenkte den Passat in die Nähe eines grünen Opel-Kombis, der ein Hannoveraner Kennzeichen trug. »Ihr werdet bereits erwartet«, sagte sie, stellte den Motor ab, stieg aus, schritt um den Wagen und öffnete die Heckklappe. Glauwitz und Noosten nahmen ihre Reisetaschen von der Ladefläche. »Viel Erfolg«, sagte die Wachtmeisterin, schlug die Klappe zu, setzte sich hinter das Steuer und fuhr davon.

Die Beamten näherten sich dem Opel. Durch das Heckfenster des Wagens sahen sie die Schäferhunde.

Die Türen des Wagens wurden geöffnet, und zwei Männer, sie mochten um die Dreißig sein, kamen ihnen entgegen.

Sie trugen Jeans und bunte Sommerhemden. Sie waren schlank, drahtig und wirkten großstädtisch.

»Wir kommen vom LKA. Im Wagen warten Blanka und Harro auf den Einsatz«, sagte der eine und fügte hinzu: »Mein Name ist Grendel.«

»Mantzen«, stellte sich der andere vor.

»Kripo Emden, Glauwitz, mein Kollege Noosten«, sagte der Kommissar.

»Herr Glauwitz, es bleibt bei unserer Vereinbarung: Wir werden mit den Hunden nicht über Nacht auf der Insel bleiben«, erklärte Grendel.

»Herr Grendel, nehmen Sie Ihre Hunde an die Leine, und begleiten Sie uns an Bord. Ich sorge dafür, daß Sie am Abend wieder auf dem Festland sind«, erklärte der Kommissar.

Mantzen öffnete die Heckklappe. Dabei sprach er beruhigend auf die Hunde ein. Sie sprangen heraus und ließen sich friedlich an die Leine legen. Es waren schöne Tiere mit grau-schwarzer Zeichnung und glänzendem Fell, und sie gehorchten Mantzen aufs Wort. Sein Kollege schlug die Heckklappe zu und verschloß sie.

Wenig später betraten die Beamten über die Gangway das Schiff. Nur wenige Passagiere saßen bei dem herrlichen Sommerwetter drinnen, deshalb fanden sie unter den Sonnenhungrigen an Deck nur noch mit Mühe eine Bank und nahmen Platz.

Glauwitz stellte sich in die Schlange vor dem Fahrkartenschalter. Das Fährschiff legte ab und fuhr mit hoher Bugwelle der Insel entgegen.

»Allein für diese kleine Seereise hat sich das Kommen gelohnt«, scherzte Mantzen und beruhigte die Hunde, die auf das Kläffen eines Dackels reagierten.

Zwischen den Inseln kreuzten Segelboote.

»Ich war noch nie in Ostfriesland«, sagte Grendel.

»Drüben sehen Sie den Leuchtturm von Norderney, rechts von uns die Spitze von Langeoog«, sagte Noosten.

Das Schiff erreichte das offene Fahrwasser und passierte wenig später die Seehundsbänke. Dickleibige Robben lagen mit ihren Heulern auf der Sandbank und sonnten sich. Möwen leisteten ihnen Gesellschaft.

Glauwitz kam vom Schalter zurück und verteilte die Fahrkarten.

Das Schiff änderte den Kurs und näherte sich dem Hafen. Durch den Lautsprecher erklang eine Durchsage. »Wir legen in wenigen Minuten auf Baltrum an. Tagesgäste haben Gelegenheit, um neunzehn Uhr dreißig die

Rückreise anzutreten. Wir bitten Sie, beim Verlassen des Schiffes die Fahrkarten bereitzuhalten.«

Auf dem Deck wurde es unruhig. Kinder drängten an die Reling, und die übrigen Fahrgäste griffen nach ihrem Gepäck.

Auf dem Anleger standen die Angestellten der Hotels und Pensionen mit Schildern, um die Gäste zu empfangen. Die Passagiere verließen das Schiff über die Gangway, an deren Ende zwei Besatzungsmitglieder die Fahrkarten knipsten.

Die Beamten warteten geduldig und nahmen sich Zeit, um den Hunden das Gedränge zu ersparen.

Mit kleinen Schritten folgten sie den Passagieren. Auf dem Anleger lockerte Mantzen die Leinen, und dann schritten sie an der Post vorbei dem Dorf entgegen.

Pferdewagen holperten über die Straße, Radfahrer klingelten sich den Weg frei, und alles ging recht geruhsam zu.

Die Hunde folgten dem leisesten Druck der Leine.

Sie ließen sich nicht ablenken von den Gerüchen an Straßenkanten, Gartenzäunen und Gemarkungssteinen und reagierten auch nicht auf das Knurren und Bellen ihrer Artgenossen, die von Spaziergängern ausgeführt wurden.

Glauwitz und Noosten brachten ihre Reisetaschen zur Rezeption der Pension ›Wattblick‹. Niemand erkannte in der Männergruppe Polizisten, die auf Baltrum nach dem Verbleib einer Urlauberin suchten, von der sie annahmen, daß sie Opfer eines Verbrechens geworden war.

Der Ostwind brachte ein wenig Kühlung. Die Luft roch nach Salz und Tang, man hörte das Meeresrauschen, und die Sonne ließ die bunten Vorgärten und die roten, teilweise reetgedeckten Backsteinhäuser noch malerischer aussehen, als sie es ohnehin schon waren.

»Eine Idylle«, sagte Glauwitz. Er blieb stehen und

blickte sich um. »In dem Haus dort hat die Lehrerin gewohnt.«

Die Hunde saßen hechelnd bei Fuß. Noosten wandte sich an die beiden Beamten vom Landeskriminalamt. »Der Hausmeister hat sie gesehen, als sie gegen Abend das Haus verließ. Soll ich eines ihrer Kleidungsstücke besorgen?«

»Das tue ich selbst«, erwiderte Glauwitz und begab sich zur Eingangstür des Apartmenthauses. Auf dem Rasen davor saß eine ältere Frau in einem Liegestuhl. Sie legte überrascht ihr Buch beiseite, griff nach ihrem Bademantel, zog ihn hastig über und verließ, als schäme sie sich, den Rasen, als die Beamten das Grundstück betraten.

Glauwitz kam schnell zurück. »Ich habe ihr Nachthemd mitgebracht«, sagte er.

»Geben Sie es mir«, bat Grendel. Mantzen lockerte die Leinen.

»Such«, befahl Grendel und hielt ihnen das Nachthemd vor die Schnauzen.

Die Hunde sprangen auf und beschnupperten es eingehend von allen Seiten.

Mantzen zog die Leinen an. Grendel steckte das Nachthemd in die Tasche, und dann folgten die Männer den beiden Hunden, die wild an den Leinen zerrten.

»Vorwärts! Sucht!« rief Mantzen den Hunden zu.

Die Tiere senkten die Köpfe und schnupperten auf dem Boden herum. Mantzen grinste erleichtert. »Sie haben die Spur«, sagte er. Die Beamten folgten den Hunden an den beiden Kirchen vorbei und gelangten auf den mit roten Betonsteinen gepflasterten Wanderweg.

Er führte in Windungen durch die Dünentäler und endete nach etwa zwei Kilometern an einer Hinweistafel. In der Nähe stand eine Bank. Blanka und Harro blieben einen Moment stehen und bellten aufgeregt.

Vom befestigten Weg gingen zwei ausgetretene Pfade in verschiedene Richtungen. Der eine führte zur Bildungsstätte, der andere durch die Dünen zum Strand.

»Sie hat auf der Bank gesessen«, sagte Grendel. Die Hunde schnupperten und drängten in Strandrichtung. Der Weg stieg an und kreuzte einen mit Stroh angefüllten Reiterweg. Aufgeschreckte Enten schossen aus dem Dickicht. Die Hunde zerrten Mantzen auf den Reiterweg. Sie ließen sich weder von den reißausnehmenden Fasanen noch von den erschrocken davonhoppelnden Kaninchen beirren, sondern zogen immer weiter.

Wibke Kleedorf hatte diesen Weg gewählt, war hier an den verkrüppelten Birken und dem hochgeschossenen Schilf vorbei ahnungslos ihrem Mörder entgegengegangen.

Moosröschen, Buschrosen, Sanddornsträucher, pink blühende Disteln und Klettensträucher säumten den Weg. Über die mit Strandhafer bewachsenen Dünen ging der Wind.

Ein Graureiher stand vor einem Tümpel, unbeweglich, starr wie aus Porzellan auf der Suche nach Nahrung für seine Brut.

Die Beamten schritten wortlos durch die Landschaft, die zum Verweilen einlud. Sie hörten nicht das leise Singen des Windes, nicht das Rauschen der Wellen, das vom Meer zu ihnen drang.

Sie folgten konzentriert dem Gespann der hechelnden Hunde.

Der Reiterweg stieg an bis auf einen Dünenkamm. Im Blickfeld lag der Horizont, der sich blaugrau abhob vom schon leicht rötlich gefärbten Himmel. Große Brecher mit weißen Kämmen rollten der Insel entgegen. »Der Mörder hat sich nicht nur an der Lehrerin versündigt, sondern auch an dieser wunderschönen Insel«, sagte Grendel tief beeindruckt.

Glauwitz blickte überrascht auf, als die Hunde an dem Wegweiser des Bildungsheimes vorbeiliefen und in nordwestlicher Richtung einem nur wenig ausgetretenen Pfad folgten, der im Sand vor einer hohen Düne endete.

Die Hunde bellten, zerrten an den Leinen und liefen zu einer seitlichen Dünenerhebung, die nur wenig Grün trug.

Mantzen lockerte die Leinen. Die Hunde gruben mit den Pfoten im Sand, scharrten ihn weg.

»Hier gibt es eine Spur«, meinte Grendel zufrieden.

Mantzen löste die Hunde von der Leine. Unentwegt schlugen ihre Pfoten in den Sand.

»Blanka, Harro, bei Fuß!« befahl Mantzen.

Die Hunde gehorchten; er belohnte sie mit Leckerbissen und streichelte ihre glänzenden Felle. »Herr Glauwitz, es wird sich lohnen, hier zu buddeln«, sagte er.

Noosten stieg auf den Dünenkamm und schaute sich um. Das Wetterhäuschen, das Urlaubern vor Regen und bei Gewitter Schutz bot, lag etwa einen Kilometer entfernt. Bis zur Nordspitze von Baltrum waren es noch drei Kilometer. Von der Düne aus konnten sie nur durch unwegsames Gelände zum Strand gelangen.

Mantzen redete beruhigend auf die Hunde ein.

»Die Tiere brauchen Wasser«, sagte er.

»Kehren wir um«, schlug Grendel vor.

Die Sonne begann schon unterzugehen und tauchte den Himmel in kräftiges Rot.

Glauwitz war sehr nachdenklich. Noosten dagegen unterhielt sich mit den Hundeführern über Gott und die Welt, während sie dem Dorf entgegenschritten.

Es war bereits nach achtzehn Uhr, als sie das Dorf erreichten.

Glauwitz führte die Kollegen zur Pension ›Wattblick‹. »Ich lade Sie zu einem Getränk ein«, sagte er. Sie betraten die Terrasse und setzten sich an einen Tisch vor der kleinen Begrenzungsmauer, auf der in Blumentöpfen Geranien blühten.

»Harro, Blanka, Platz!« befahl Mantzen. Die Hunde legten sich in den Schatten der Mauer.

Der Kommissar ging in die Küche und kam mit einer Schüssel Wasser für die Hunde zurück.

Mit dem Blick auf den Leuchtturm, die Landzunge mit den Dünen und die Seehundsbänke, über die jetzt das Wasser der Flut stieg, saßen die Männer vor ihren Gläsern. Limonade und Mineralwasser taten gut nach dem Marsch in der Nachmittagshitze.

Der Wirt, ein schwergewichtiger Mann, erschien mit Fleischknochen und warf sie den Hunden vor.

Die Urlauber kamen vom Strand zurück, und die Straßen belebten sich.

Der dienstliche Ausflug nach Baltrum hatte den Kriminalbeamten aus Hannover zugesetzt. Sie wirkten müde. Glauwitz ließ die Rechnung kommen und zahlte.

Die Hunde hatten die Knochen abgenagt, das Wasser getrunken und wirkten wieder frischer.

Glauwitz und Noosten begleiteten die Kollegen zum Fähranleger. Auf der Mole verabschiedeten sie sich mit herzlichen Dankesworten von den beiden Hundeführern.

Sie sahen zu, wie die Beamten mit ihren Tieren im Strom der Tagesausflügler über die Gangway das Deck betraten, und winkten ihnen zu, als das Schiff ablegte.

»Uns bleibt noch genug Zeit, den Staatsanwalt zu benachrichtigen. Bitten wir erst mal Saathoff und de Jonge her«, sagte Glauwitz.

Sie riefen den Inselpolizisten in seinem Büro an und baten ihn, mit dem Brandmeister in die Pension zu kommen. Dann folgten sie dem Geschäftsführer zu einer in friesischem Blau lackierten Tür, auf der in Eisenbuchstaben ›*Privat*‹ stand.

»Der Seniorchef trifft sich hier regelmäßig mit einigen Honoratioren. Morgen ist ihr Skatabend, aber heute ist der Raum frei«, sagte er und öffnete die Tür. Die Wände des Zimmers waren mit Fichtenholz getäfelt. Um einen massiven Eichentisch standen hochlehnige Stühle mit geflochtenen Sitzen.

In der Ecke befand sich eine Seemannskiste, die ein Segelschiff in naiver Malerei zierte. Über dem Tisch hing eine Schiffslampe. Die Seitenwand schmückte ein Gemälde, das die ›Baltrum‹, die erste Fähre, mit schwarzer Rauchfahne und offenem Deck im kabbeligen Wasser zeigte. Neben der Tür hing eine Schiffsglocke. Durch das Fenster reichte der Blick bis zum offenen Meer.

»Sehr gemütlich«, meinte Glauwitz.

Der Geschäftsführer verließ das Zimmer.

Kommissar Glauwitz blickte aufs Meer. Das letzte Licht der Sonne, von der gerade noch ein kleines Stück über den Horizont lugte, färbte die Wolken blutrot. Er setzte sich an den Tisch. Auf den Inselpolizisten und den Feuerwehrchef mußten sie nicht lange warten.

Eddi de Jonge trug wieder seine Prinz-Heinrich-Mütze, Pit Saathoff erschien in Uniform.

»Nehmen Sie bitte Platz«, sagte Glauwitz.

Eddi de Jonge legte seine Mütze auf einen Stuhl. »Herr Kommissar, was für eine Ehre! Nur wenige Insulaner haben Zutritt zu diesem Zimmer. Hier hat schon der ehemalige Bundespräsident gefrühstückt, unser Ministerpräsident speiste hier, und der Finanzminister aß hier Rumflockentorte und trank Tee«, sagte er scherzhaft.

»De Jonge hat recht«, bestätigte Saathoff. Sie setzten sich an den Tisch.

Als der Ober kam, bestellten sie Pils.

»Kommen wir zur Sache«, sagte Glauwitz. »Die Suchhunde haben in den Dünen eine Spur gefunden. Es ist zu vermuten, daß dort die Leiche der Lehrerin liegt. Die Düne befindet sich auf einer gedachten Linie von der Schutzhütte zur Bildungsstätte. Die Entfernung bis zur Ostspitze der Insel beträgt geschätzte zwei bis drei Kilometer.«

»Ich kenne das Gelände«, sagte Saathoff nachdenklich.

»Herr de Jonge, wir benötigen morgen Ihre Hilfe«, sagte Glauwitz. Pit Saathoff entfaltete den Inselplan, nahm einen Kugelschreiber und studierte die Karte.

»Dann muß meine Frau sich morgen um die Strandkorbvermietung kümmern. Sie kennt sich zum Glück aus in dem Geschäft«, meinte Eddi und blickte auf die Karte, die Saathoff ihm vorlegte.

Der Ober brachte das Bier und stellte es auf den Tisch.

»Mein Deckel«, sagte Glauwitz.

»Nach dem Wetterbericht bleibt das Hoch stabil«, sagte Noosten. »Das heißt, es gäbe keine Probleme in dieser Hinsicht.«

»Das Gerät können wir mit dem Unimog bis zum grünen Pfahl schaffen«, meinte der Feuerwehrchef.

»Und Ihre Männer?« fragte Glauwitz.

»Ich habe bereits mit einigen Leuten telefoniert. Wir treffen uns um neun Uhr vor der Feuerwehrzentrale«, erwiderte de Jonge.

»Herr Saathoff, wir benötigen einen Sarg«, sagte Noosten.

»Unser Inselschreiner wird uns aus seinem Vorrat sicher einen liefern können«, erwiderte der Wachtmeister. »Ich rufe ihn nachher an.«

»Dann auf einen Erfolg!« meinte Glauwitz und hob sein Glas.

Sie tranken durstig und wandten sich wieder ihren Planungen zu.

»Wir werden nach der Bergung der Leiche den Inselarzt hinzuziehen«, sagte Noosten.

»Mit der Überführung zum Rechtsmedizinischen Institut in Oldenburg werde ich ein Bestattungsunternehmen aus Norden beauftragen«, meinte Glauwitz.

»Für die Dokumentation fehlt uns noch ein Fotograf. Wenn Sie eine gute Kamera beschaffen können, kann ich das übernehmen. Bei diesem Wetter kann man nicht viel falsch machen«, schlug Noosten vor.

Saathoff dachte einen Moment nach. Dann fiel ihm etwas ein: »Ich wüßte jemanden hier aus Baltrum. Sönke Bakker studiert Kunst in Hannover. Er war vorher Fotograf. Er müßte jetzt in den Semesterferien hier sein.«

»Rufen Sie ihn bitte an, und auch den Schreiner«, ordnete Glauwitz an.

Pit Saathoff verließ das Zimmer und ging zum Telefon. Eddi de Jonge und Noosten rauchten Zigaretten, deren Qualm in Schwaden im Raum hing.

Der Kommissar stellte das Fenster auf Kippe, und sofort drang angenehm kühle Abendluft herein und vertrieb den Rauch.

Saathoff kam zurück und nahm wieder Platz. »Sönke Bakker ist zuverlässig«, meinte er. »Er wartet morgen um acht Uhr dreißig an der Rezeption auf Sie. Der Schreiner liefert einen Sarg aus seinem Bestand und bringt ihn zur Feuerwehrzentrale.«

»Hervorragend«, war Glauwitz' Reaktion.

Sie tranken die Gläser leer und riefen mit der Glocke den Ober noch einmal herein.

Sie hatten Durst nach dem heißen Sommertag, und die normale Dienstzeit war längst vorüber.

Die Sonne stand an einem fast wolkenlos blauen Himmel, und ein frischer Morgenwind trieb die Wellen mit ihren weißen Schaumkronen in unablässiger Folge auf den Strand. Möwen schossen über die leeren Strandkörbe, denn es war noch sehr früh, und die Touristen saßen noch beim Frühstück in ihren Hotels.

Eddi de Jonge saß am Steuer des Unimogs. Das Fahrzeug trug auf rotem Grund den weißen Schriftzug ›*Freiwillige Feuerwehr Baltrum*‹.

Eddi und seine Leute hatten keinen Blick übrig für die Schönheit der Landschaft.

Eddi hatte eine Corvitflasche im Kühlmantel in die Provianttasche gelegt, und die Leiterin der Rot-Kreuz-Gruppe hatte eigens für die Männer an diesem Morgen Warmhaltekannen mit starkem Kaffee gefüllt.

»Man kann nie wissen«, hatte sie gesagt und zusätzlich einen Kasten Sprudel auf die Ladefläche gestellt.

Eddi de Jonge blickte den Strand hinunter, sah den grünen Pfahl, der Wanderern zur Orientierung diente, und lenkte den Unimog zur Düne hin.

Der Frontera war dicht hinter ihm. Er hielt an, der Fahrer des Frontera tat es ihm gleich, und die Männer sprangen heraus.

Sie luden die Schaufeln und Stangen aus und besprachen sich kurz.

Dann wateten sie durch den lockeren Sand auf die Düne und gelangten auf den mit Binsen und Strandhafer bewachsenen Trampelpfad, der zur Schutzhütte führte.

Dort war der Weg gepflastert und führte geradeaus mitten durch die Dünen.

Es war jetzt sehr warm, und den Männern brach schon beim Gehen der Schweiß aus.

Sie entdeckten die Kripobeamten und den Fotografen, die ihnen von einer Erhebung aus zuwinkten.

Sönke Bakker fotografierte die Feuerwehrmänner, die trotz der Hitze ihre Uniformjacken trugen. »Fürs Familienalbum«, sagte er ironisch.

Wachtmeister Saathoff trug seine Uniformjacke schon über der Schulter, und er keuchte vor Anstrengung.

Glauwitz watete durch den Sand nach unten und begrüßte die Ankömmlinge.

Die jungen Feuerwehrmänner legten das Gerät auf einen mit Strandhafer bewachsenen Dünenkamm.

Glauwitz führte Eddi de Jonge zu der Stelle, an der die Hunde begonnen hatten, zu bellen und mit den Pfoten zu scharren. Der Sand war hier bedeckt mit Kaninchenkötteln.

Sönke Bakker fotografierte. Er war ein sympathischer junger Mann mit wachen Augen, dem nichts entging.

Noosten kam näher. »Ja, hier war es«, sagte er.

»Bringt mal die Stangen her!« wandte Eddi sich an die Feuerwehrmänner.

Dann trieb er die langen Eisenstangen in den Sand und steckte so eine quadratische Fläche ab.

Die Feuerwehrleute legten die Uniformjacken ab, dann griffen sie nach den Schippen und begannen, damit den Sand abzutragen.

Noosten hatte seinen Spurensicherungskoffer bereitgestellt und schaute den Männern gespannt zu.

Sand lief nach und, lange hörte man nichts als das knirschende Geräusch der Schaufeln, die sich in den Untergrund gruben.

»Wenn wir etwas finden, dann nur hier«, sagte Eddi de Jonge. Die Männer entfernten den lockeren Sand, bis sie auf nasseren Boden stießen.

Ein leises Knirschen ließ alle aufhorchen. Die Feuerwehrleute schoben nun sehr behutsam die Schaufeln in den Sand, und gleich darauf stockte ihnen der Atem.

Eine Hand, über und über mit Sand bedeckt, lag auf der breiten Schaufel eines Feuerwehrmannes. Im Licht der Sonne blinkte ein Ring, der an einem Finger steckte. Glauwitz verspürte Ekel, gleichzeitig aber auch so etwas wie ein Gefühl der Befriedigung.

Noosten beweis, daß er gute Nerven hatte: Er entnahm

seinem Spurensicherungskoffer Gummihandschuhe, streifte sie über, langte nach einem Plastikbeutel, nahm dann die Hand, entfernte den Ring und warf beides mit verkniffener Miene in den Plastikbeutel.

Eddi de Jonge schaute den Kommissar fragend an. Die jungen Feuerwehrleute bemühten sich um Haltung.

»Hier hat sich ein Drama abgespielt«, sagte der Brandmeister leise. Dann griff er nach einer Sonde und steckte sie in den Sand. Er schüttelte den Kopf.

»Hier liegt keine Leiche, Herr Kommissar«, sagte er.

»Es spricht aber vieles dafür, daß die Lehrerin hier umgebracht wurde«, erwiderte Glauwitz.

»Vorsicht, wir nehmen noch etwas Sand weg«, ordnete Eddi de Jonge an. Der Sand war mit Blut getränkt, aber es kamen keine weiteren Leichenteile zum Vorschein. Noosten füllte etwas von dem Sand in eine Tüte.

Die jungen Männer schwitzten. Sie legten die Schippen ab und arbeiteten mit kleinen Handschaufeln und Handfegern weiter.

Sie fanden noch einige Knochenstücke, die Noosten eintütete.

Saathoff war speiübel. »Der Mörder wird die Leiche doch wohl nicht zerstückelt und dann auf der Insel verteilt haben«, murmelte er dumpf. Sönke Bakker fotografierte die Funde und die Grube.

De Jonge setzte noch einmal die Sonde ein, doch es war nichts mehr zu finden.

Die Feuerwehrleute holten ein Sandsieb vom Unimog, und Eddi de Jonge ließ das Grabungsgebiet erweitern, doch auch diese Mühen waren vergeblich. Der Brandmeister schüttelte den Kopf und bedeutete seinen Männern, mit dem Graben aufzuhören.

»Wir halten es aber für ausgeschlossen, daß der Mörder Teile der Leiche mit auf das Festland genommen hat«, sagte Glauwitz.

»Warum sollte er auch? Hier finden sich genügend Dünentäler, in denen Kaninchen und Fasane unter sich sind«, meinte Saathoff trocken.

»Die Lehrerin hat diese Düne nicht mehr lebend verlassen. Hier hat er sie umgebracht. Die Hunde haben das Umfeld abgesucht und keine weitere Spur ausfindig gemacht«, stellte Noosten fest. Die Gesichter der Feuerwehrmänner spiegelten ihre Enttäuschung. Sie hatten sich darauf eingestellt, eine intakte Leiche zu bergen. Zum Vorschein gekommen war aber nur die abgetrennte Hand mit dem Ring, die von der Brutalität der Tat Zeugnis gab.

»Der Gedanke, daß ein Mörder auf Baltrum sein Unwesen treibt, würde unsere Urlauber in Scharen vertreiben«, meinte Saathoff besorgt.

»Wir gehen davon aus, daß der Mörder vom Festland kam, und sind der Meinung, daß er zum Opfer Beziehungen unterhalten hat«, sagte Glauwitz und dachte an die Margeriten.

Eddi de Jonge bat seine Leute, die Corvitflasche, den Sprudel und die Thermoskannen aus dem Unimog zu holen.

Noosten schloß seinen Spurensicherungskoffer ab. Sönke Bakker schoß noch einige Fotos. »Man kann nie wissen«, sagte er, als der Polizist ihn fragend ansah.

Die Feuerwehrmänner brachten die Getränke. Eddi de Jonge griff zur Corvitflasche, nahm das Schnapsglas und goß ein. Er ging mit der Flasche herum, und selbst Saathoff nahm einen Schluck, um seinen Magen wieder ins Gleichgewicht zu bringen.

Glauwitz jedoch winkte ab und teilte sich mit Noosten eine Flasche Sprudel.

»Herr Saathoff, würden Sie bitte den Spurensicherungskoffer an sich nehmen? Wir gehen zu Fuß zum Dorf zurück«, sagte Noosten.

»Das Protokollarische können wir dann anschließend in Ihrem Dienstzimmer erledigen«, fügte Kommissar Glauwitz hinzu.

Saathoffs Büro besaß ungefähr die Maße einer Gefängniszelle. Das kleine Fenster ging nach Osten hinaus und ließ den Blick frei auf den Garten einer Pension, in dem Kinder spielten. An einer Wäscheleine trockneten Badeanzüge, Badehosen und Frotteetücher im Wind.

Die Wände des Dienstzimmers waren von Regalen mit Aktenordnern bedeckt, und in einer Ecke stand auf einem kleinen ehemaligen Kantinentisch eine altmodische Schreibmaschine.

Der Schreibtisch, ein massives Möbel aus Holz mit Rollverschluß, war noch älteren Jahrgangs, und die Wand zierte ein Kalender der Stadtsparkasse mit einem Foto des Lütgenburger Schlosses.

Vor dem Schreibtisch stand ein Drehstuhl, ein zweiter Stuhl stand in der Ecke.

»Nehmen Sie Platz! Meine Frau macht uns schnell einen Tee – das ist bei der Hitze sehr erfrischend«, sagte Saathoff.

Er verließ das Dienstzimmer.

Glauwitz setzte sich auf den Bürostuhl und griff nach dem Telefonhörer.

Er wählte die Nummer der Staatsanwaltschaft, doch Staatsanwalt Bronzema war nicht im Hause. Glauwitz teilte deshalb der Sekretärin das Ergebnis ihrer Bemühungen mit.

»Ich denke, wir sollten auch Kleedorf benachrichtigen«, murmelte er dann.

Noosten fand das Telefonbuch und blätterte darin.

»Vorwahl Pilsum, Gemeinde Krummhörn, 04923«, sagte er.

Glauwitz wählte den Anschluß an.

»Hotel und Reiterhof Kleedorf«, meldete sich eine junge Frau.

»Kripo Emden. Verbinden Sie mich bitte mit Herrn Kleedorf«, sagte der Kommissar.

Er hörte einige Takte Musik, dann meldete sich der Unternehmer.

»Herr Kleedorf, ist Ihnen bekannt, daß Ihre Frau vermißt wird? Es besteht der Verdacht, daß sie nicht mehr lebt. Hier ist Kommissar Glauwitz von der Kripo Emden. Wir haben den Tatort in den Dünen von Baltrum entdeckt und eine abgehackte Hand mit einem Ring gefunden«, sagte der Kommissar.

»Das ist ja schrecklich!« stieß der Unternehmer geschockt hervor. »Was wollte sie auf Baltrum?«

»Sie hat auf der Insel Urlaub gemacht«, antwortete Glauwitz.

»Davon weiß ich ja gar nichts! Und was wird jetzt weiter geschehen?«

»Wir werden Sie aufsuchen und Ihnen den Ring vorlegen«, erklärte der Kommissar.

»Mein Gott, entschuldigen Sie, aber mit dieser furchtbaren Nachricht muß ich erst einmal fertig werden!« antwortete Kleedorf.

»Es besteht der Verdacht, daß der Mörder die Leiche Ihrer Frau für uns noch unauffindbar in den Dünen verscharrt hat«, sagte Glauwitz. »Können Sie uns sagen, was Ihre Frau für einen Ring getragen hat?«

»Einen Ring?« sagte Kleedorf mit zittriger Stimme. »Nein, tut mir leid. Den Ehering hat sie mir vor die Füße geworfen.«

»Vielen Dank, Herr Kleedorf. Wir melden uns dann bei Ihnen«, sagte Glauwitz und legte auf.

Noosten fand im Schreibtisch Papier, setzte sich an die Schreibmaschine und tippte ein vorläufiges Protokoll.

Als er gerade damit fertig war, kam Pit Saathoff zurück und verkündete: »Meine Frau hat den Tee fertig.«

Die Beamten erhoben sich und folgten ihm hinüber ins Wohnzimmer.

Die Kreuzkirche in Pilsum, zu Zeiten der Normannenbelagerung erbaut, stand auf einer Warf. Sie überragte mit ihrem historischen Turm die Dächer der großen Höfe und war so etwas wie das Wahrzeichen des Ortes.

Auf den Feldern reifte das Getreide. Buntvieh graste auf den umliegenden Weiden. Hinter dem Dorf führte eine Straße zum Anwesen des Unternehmers Kleedorf. Glauwitz lenkte den Golf auf den Hotelparkplatz, stieg aus und blickte sich um. Sein Assistent tat es ihm nach.

Gutgewachsene Pferde galoppierten auf der riesigen, holzumzäunten Koppel. Auf dem Reitplatz herrschte reger Betrieb, und auf dem Parkplatz standen fast nur Wagen der oberen Preisklassen, die den Kennzeichen nach aus der ganzen Republik kamen.

»Man trägt wieder Pferd«, murmelte Noosten spöttisch, als sie das Hotel betraten.

In der Vorhalle befand sich eine Sesselgruppe mit einem Holztisch, auf dem Zeitungen auslagen.

Ein Ventilator vertrieb die Hitze aus dem weiträumigen Empfangsbereich. Palmen und Zimmerlinden wuchsen in glasierten Steinkübeln, und der Boden war mit roten Fliesen belegt.

An der Rezeption stand eine junge Frau, die die beiden Beamten mit freundlichem Lächeln begrüßte.

»Bitte schön?« fragte sie und schob einige Computerlisten beiseite.

»Wir hätten gerne Herrn Kleedorf gesprochen«, erklärte Glauwitz.

»Da kommen Sie leider sehr ungelegen. Er ist am

frühen Morgen aus Spanien zurückgekehrt und möchte nicht gestört werden«, sagte die junge Frau. Sie mochte um die Zwanzig sein, besaß ein hübsches Gesicht und trug ihr langes blondes Haar zu einem Pferdeschwanz gebunden.

»Hat er in Spanien Urlaub gemacht?« fragte Noosten.

»Nein, wir exportieren Reitpferde nach Nerja«, antwortete sie.

»Und nun schläft er sich hier im Hotel aus«, sagte Glauwitz.

»Nein, sein Bungalow befindet sich hinter der Koppel«, sagte die Angestellte.

»Frau ...?« fragte Noosten.

»Britta Albers«, antwortete sie.

»Wir fahren nicht gerne unverrichteter Dinge zurück«, meinte der Kommissar.

»Wir sind aber leider ausgebucht. Unser Reitlehrer hat keinen Termin mehr frei, und in unserer Pferdepension sind alle Boxen besetzt«, sagte die Empfangsdame bedauernd.

»Frau Albers, bitte greifen Sie zum Telefonhörer und melden Sie uns an. Wir beabsichtigen weder Reitstunden zu buchen noch ein Pferd bei Ihnen unterzubringen. Wir kommen von der Kripo«, erklärte der Kommissar und zeigte seine Marke.

Britta Albers erschrak. »Mein Chef bringt mich um, wenn ich ihm wieder mit der Sache komme. Suchen Sie doch besser seinen Rechtsanwalt, Herrn Renke Wirda in Emden, auf. Er wird Ihnen die entsprechenden Auskünfte erteilen«, sagte sie und lächelte verlegen.

Glauwitz schaute sie überrascht an.

»Frau Albers, wovon sprechen Sie? Ich glaube, wir reden da aneinander vorbei!«

Britta Albers stutzte. »Diese Hetzkampagne der Tierschützer wegen der toten Pferde auf dem Transport von

Polen hat den Chef genügend Nerven gekostet«, sagte sie.

»Junge Frau, lesen Sie denn keine Zeitungen?« fragte Glauwitz ironisch.

»Offen gestanden, habe ich dazu wenig Zeit«, antwortete sie und schaute die Beamten fragend an.

»Dann ist Ihnen auch nicht bekannt, daß die Frau Ihres Chefs auf Baltrum verschwunden und wahrscheinlich ermordet worden ist?« fragte Noosten.

Britta Albers schaute die Beamten irritiert an. »Nein, das wußte ich nicht. – Aber das ist ja furchtbar. Ich habe Frau Kleedorf selbst nicht kennengelernt. Ich bin noch nicht lange hier. – Aber sie muß eine hübsche und tüchtige Frau gewesen sein!«

»Ich denke, Ihnen reicht der Anlaß, Ihren Chef aus dem Schlaf zu klingeln«, sagte Noosten. »Wir nehmen die Schuld gern auf uns!«

Die Empfangsdame nahm den Hörer von der Gabel und wählte eine Nummer.

Dabei blickte sie mit ernster Miene auf die Holzbalken der Decke, die der Empfangshalle einen rustikalen Charakter verliehen.

»Britta, Rezeption, entschuldigen Sie bitte die Störung! Zwei Beamte der Kriminalpolizei aus Emden wünschen Sie zu sprechen«, sprach sie in den Hörer.

Dann wartete sie die Antwort ab und erklärte leise: »Nein, sie kommen wegen Ihrer Frau.« Nach einer weiteren Entgegnung ihres Chefs blickte sie die Beamten an und legte den Hörer auf.

»Herr Kleedorf wird gleich kommen. Bitte nehmen Sie drüben am Tisch Platz«, bat sie und zeigte auf die Sitzecke in der Vorhalle. Dann widmete sie sich wieder ihrer Arbeit.

Rolf Kleedorf betrat die Eingangshalle. In seinem welligen Haar zeigten sich schon die ersten grauen Strähnen. Er trug Jeans und ein weißes Seidenoberhemd. Um seinen Hals hatte er ein Tuch mit Reitermotiven geschlungen. Auch die Schnalle seines Gürtels bestand aus einem stilisierten Hufeisen.

Kleedorf war nicht sehr groß und von stämmiger Figur, und dem Blick seiner blauen Augen schien nichts zu entgehen, wie Glauwitz bemerkte. Er wirkte nicht unsympathisch, aber es war schwer einzuschätzen, was in seinem Kopf vorging. Er entsprach ganz dem Typus des gehetzten mittelständischen Unternehmers, der meint, sich um alles selbst kümmern zu müssen.

»Meine Herren, es tut mir leid, daß ich Sie habe warten lassen. Die Nachricht vom Ableben meiner Frau ...«, er schluckte, kämpfte für Sekunden um Haltung und fuhr dann fort: »Schlimmer noch, die Tatsache, daß sie Opfer eines Verbrechens geworden ist.« Er reichte den Beamten die Hand. »Begleiten Sie mich bitte in mein Büro«, sagte er und schritt seinen Besuchern voraus zu einer weißgestrichenen Tür ohne Aufdruck.

Eine Angestellte saß am Computer.

»Meine Sekretärin, Frau Krutten«, sagte Kleedorf und zeigte auf einen zweiten, verwaisten Schreibtisch. »Frau Werda ist gerade zum Zahnarzt gegangen. Treten Sie ein«, sagte er und zeigte auf die Sitzgruppe, die sich hinter einer Trennwand befand.

»Nehmen Sie bitte Platz!«

Die Beamten setzten sich in die Sessel.

»Darf ich Ihnen eine Erfrischung anbieten?« fragte Kleedorf.

»Das muß nicht sein«, meinte Glauwitz.

»Es war sehr warm im Wagen«, erwiderte Noosten. »Mineralwasser würde ich nicht ablehnen.«

Kleedorf trat an seinen Schreibtisch und drückte eine

Taste seiner Sprechanlage. »Ich habe Besuch. Eine Flasche Mineralwasser und drei Gläser bitte«, sagte er, dann setzte er sich den Beamten gegenüber auf die Couch.

»Eine schöne und tragische Geschichte. Wibke war meine große Liebe«, begann er das Gespräch.

Die Beamten ließen ihm das Wort.

»Wir haben uns geliebt, hatten ein gemeinsames Kind, das, zum Leben verurteilt, all das nicht besaß, was einen Menschen ausmacht. Darüber ist unsere Ehe zerbrochen. Ich habe mich mit Alkohol betäubt. Wibke wollte kein weiteres Kind, weil meine Eltern sie ablehnten und mich drängten, eine neue Verbindung zu suchen. Sie wünschten sich gesunde Enkel und machten Wibke verantwortlich für das, was geschehen war«, erzählte der Unternehmer. »Darunter hat sie sehr gelitten, und ich habe es versäumt, mich hinter sie zu stellen.«

Eine Serviererin betrat das Chefzimmer und stellte die Flasche und drei Gläser auf den Tisch. Sie schenkte Kleedorf und, auf seinen Wink, auch Noosten ein, stellte die Flasche wieder auf den Tisch und verließ das Zimmer.

Kleedorf bot Zigaretten an. Er und Noosten rauchten.

Durch das Fenster reichte der Blick bis zu der großen Koppel, auf der die Pferde grasten und sich hin und wieder wie auf ein geheimes Signal zu wilden Sprüngen hinreißen ließen.

»Herr Kleedorf«, begann der Kommissar, »Spürhunde haben uns zum mutmaßlichen Tatort geführt. In den Dünen der Insel hat der Mörder Ihre Frau vermutlich auf brutale Weise getötet. Die Feuerwehrleute haben dort die Hand des Opfers und einen Ring geborgen, wie wir Ihnen bereits telefonisch mitgeteilt haben.«

Noosten hielt den schmalen Goldreifen, dessen Profile kleine, winzige Herzchen zeigten, in der geöffneten Hand. »Gravur: A.S., sechshundertsechsundsechziger Goldauflage«, sagte er.

Kleedorf schaute angewidert auf den Schmuck.

»Meine geschäftlichen Erfolge haben es mir zum Glück gestattet, Wibke anderen Schmuck zu kaufen. Diesen Ring hat sie nie getragen, während wir zusammen waren. Vielleicht hat ihn ihr einer ihrer Hausfreunde geschenkt. Wenn er von mir gewesen wäre, dann hätte sie ihn nie aufgesteckt. Er wäre ihr zu billig vorgekommen«, sagte Kleedorf bitter.

»Wir haben die abgetrennte Hand an das Rechtsmedizinische Institut geschickt, um anhand von Fingerabdrücken nachweisen zu lassen, daß Ihre Frau das Dünenopfer war. Wir wissen nicht, wo der Mörder die Leiche verscharrt hat. Wir gehen allerdings davon aus, daß er sie im Landschaftsschutzgebiet von Baltrum vergraben hat«, sagte Glauwitz.

Kleedorf zog ein Taschentuch hervor und tupfte sich den Schweiß von der Stirn. Er war blaß wie ein Leintuch und rang sichtlich um Fassung.

Die Beamten schwiegen und ließen ihm Zeit.

Nach einigen Minuten gab Kleedorf sich einen Ruck. Er hatte sich offensichtlich wieder gefangen.

»Ich mußte erst begreifen, daß meine Frau nicht mehr lebt. Wissen Sie, ich habe Wibke gleichzeitig geliebt und gehaßt. Ich war eifersüchtig auf die Männer, mit denen sie geschlafen hat. Ich trauere um Wibke, weil ich immer noch an ihr gehangen und mir so sehnlich einen Neuanfang mit ihr gewünscht hatte«, sagte Kleedorf. Er blickte einen Moment stumm vor sich hin.

Die Beamten warteten geduldig, bis er weitersprach.

»Die vielen Fahrten nach Emden, die vergeblichen Anrufe, das hat mich aber auch bitter werden lassen«, sagte er. »Sie hatte kein Recht, mich so zu behandeln!«

»Herr Kleedorf, Ihnen ist doch sicherlich bekannt, daß Ihre Frau Margeriten liebte«, meinte Noosten, als er wieder schwieg.

Der Unternehmer nickte. »Sie wachsen in meinem Garten. Wibke hat sie gepflanzt«, sagte er.

»Und Sie sind nicht zufällig mit einem Strauß aus Ihrem Garten nach Baltrum gereist, um Ihre Frau im gebuchten Ferienapartment zu besuchen?« fragte Glauwitz.

Kleedorf überwand seine Trauer und richtete sich auf. Er blickte den Beamten finster an.

»Unterlassen Sie bitte solche Unterstellungen. Ich war auf Baltrum, aber ohne Margeriten, und ich wußte auch nicht, daß sich meine Frau auf der Insel aufhielt«, schimpfte er aufgeregt.

»Sie waren auf der Insel, als Ihre Frau dort ermordet wurde?« wiederholte Noosten überrascht.

Kleedorf erhob sich. Er trat an die Regalwand, entnahm ihr eine Cognacflasche.

»Möchten Sie auch?« fragte er und schaute die Beamten fragend an.

»Danke, wir sind im Dienst«, antwortete der Kommissar förmlich.

Kleedorf griff nach einem Cognacschwenker und setzte sich wieder an den Tisch. Er öffnete die Flasche, goß Cognac in das Glas, schwenkte es eine Weile in der Hand und trank es dann in einem Zug leer.

Die Beamten beobachteten ihn verstohlen.

»Sie haben Ihre Frau auf Baltrum besuchen wollen und nicht angetroffen?« fragte Noosten.

»Bitte keine voreiligen Schlüsse! Der Kontakt zu meiner Frau war abgerissen. Ja, ich bin in Baltrum gewesen, aber ohne Blumen. Ich habe dort am Samstag in der Pension meines Kunden Tuittjer übernachtet. Er hat drei Pferde bei mir bestellt, die ich nächste Woche, wenn der Transport aus Polen eintrifft, ausliefern werde«, sagte Kleedorf.

»Und Sie haben keine Zeitungen gelesen? Unsere

Suchmeldungen haben Sie nicht erreicht?« erkundigte sich Glauwitz mißtrauisch.

»Nicht die hiesigen Zeitungen. Ich habe am Sonntag Baltrum verlassen und bin nach Spanien gefahren. In Nerja, das liegt bei Malaga, habe ich meinen Vertreter besucht. Wir haben uns um Aufträge bemüht und auch Erfolg gehabt: In drei Wochen geht eine Lieferung von fünfundzwanzig Pferden aus Polen und Rußland an meine spanischen Kunden«, sagte der Unternehmer stolz.

»Sie erwähnten vorhin Ihre Eheprobleme«, warf Glauwitz ein.

»Sind Sie verheiratet?« antwortete Kleedorf mit einer Gegenfrage.

»Ja, und zwar glücklich. Meine Frau und ich haben einen Sohn«, antwortete Glauwitz.

»Dann werden Sie sicher nachempfinden können, was man verliert, wenn eine Ehe in die Brüche geht. Mir ist das leider erst recht spät klargeworden. Wibke schlief nicht mehr mit mir. Meine Eltern bedrängten mich. Sie wünschten die Scheidung und eine neue Heirat mit einer jungen Frau aus ihren Kreisen. Wir lebten uns immer mehr auseinander, und schließlich verließ Wibke den Hof, bewarb sich um eine Stelle als Lehrerin und stellte sich auf eigene Füße«, erzählte der Unternehmer. Wieder griff er nach der Cognacflasche und goß sich ein, und wieder leerte er das Glas in einem Zug. »Und dann erfuhr ich von diesen ... Abenteuern. – Es hat mich sehr getroffen, schließlich war sie noch immer meine Frau«, stieß er hervor.

»Besitzen Sie für den Abend, den Sie auf Baltrum verbracht haben, ein Alibi?« fragte Noosten ganz direkt.

Der Unternehmer blickte den Beamten böse an. »Reichen Ihnen meine Angaben etwa nicht?« fragte er. Ihm stieg das Blut ins Gesicht.

»Nein. Denn Sie könnten durchaus ein Motiv gehabt haben, Ihrer Frau den Tod zu wünschen. Wir wissen zum Beispiel von Ihrem Streit um die Vermögensanteile und den Unterhalt für Ihren gemeinsamen Sohn«, erwiderte der Polizist.

»Das ist doch absurd«, schimpfte Kleedorf.

»Was machten Sie an dem Abend, an dem Ihre Frau ermordet wurde?« beharrte Noosten.

Kleedorf schluckte nervös und senkte den Blick, als versuche er, sich zu erinnern ...

»Ich habe mir im Fernsehen die Sportschau angesehen und bin danach durch das Dorf spaziert, zum Fähranleger gewandert und über die Promenade zurückgegangen. Eine Weile habe ich auf einer Bank gesessen und die Einsamkeit genossen«, sagte er dann.

»Für uns nachprüfbar bleibt nur die Zeit, die Sie in der Pension verbrachten. Oder können Sie uns Zeugen benennen, die uns Ihren abendlichen Rundgang bestätigen werden?« fragte Glauwitz.

»Nein, das kann ich nicht. Als ich die Pension wieder aufsuchte, befanden sich die Gäste auf ihren Zimmern. Georg Tuittjer und seine Frau feierten in der Nachbarschaft einen Geburtstag. Ich habe aus der Bierkiste im Vorratsraum einige Flaschen herausgenommen und sie auf meinem Zimmer getrunken. Meine Herren, ich gehe davon aus, daß Sie mich in Ihrem Protokoll nicht als den mutmaßlichen Mörder meiner Frau erwähnen. Ich kann Schweine schlachten und zerlegen, aber einen Menschen töten, erst recht, wenn ich ihn geliebt habe, nein, niemals!« Rolf Kleedorf schüttelte sich, griff nach der Cognacflasche und füllte sein Glas zum drittenmal, wie Glauwitz feststellte.

»Sie erwähnten Ihre Eifersucht. Wer waren denn eigentlich die Liebhaber Ihrer Frau?« fragte Noosten.

Kleedorf sprang wie elektrisiert auf, schritt an seinen

Schreibtisch und entnahm der Schublade einige Fototaschen. Dann setzte er sich wieder auf die Couch.

»Hier«, sagte er und legte die mit Werbedruck versehenen Umschläge auf den Tisch. »Das sind nackte Tatsachen! Schauen Sie sich die Bilder nur an! Ich verdanke sie einem Privatdetektiv und habe sie teuer erstanden!«

Die Beamten studierten die Fotos. Wibke Kleedorf war wirklich eine schöne Frau gewesen. Ihr von langen blonden Haaren umrahmtes markantes Gesicht, ihre festen Brüste, die schmale Taille und die langen schlanken Beine ließen den Beamten den Atem stocken.

Doch mehr noch überraschte sie der athletische Körper eines jungen Mannes, der kein Gramm Fett zuviel besaß und nackt wie ein Urbild des griechischen Schönheitsideals aussah.

Diese Fotos konnten einen Ehemann schon zur Verzweiflung treiben, fand der Kommissar.

Bei dem zweiten Liebhaber der jungen Lehrerin handelte es sich um Oberstudienrat von Kalksund, der ebenfalls eine gute Figur besaß. Die Aufnahme zeigte ihn nackt vor Rhododendronsträuchern.

»Ihre Ehefrau wußte nichts von diesen Aufnahmen?« erkundigte sich Glauwitz.

»Nein, Wibke und ich waren soweit, daß wir fast nur noch über unsere Rechtsanwälte miteinander verkehrten. Sie stellte hohe Ausgleichsansprüche und wollte sich von mir scheiden lassen«, sagte Kleedorf.

»Ich verstehe«, erwiderte der Kommissar.

»Und dieser Musterathlet ist Hinni Synninga?« fragte Noosten.

Kleedorf blickte überrascht auf. »Sie kennen den Mann?«

»Nein, noch nicht. Aber Ihre Frau korrespondierte mit einem ehemaligen Schüler, der diesen Namen trägt und in Gießen studiert«, antwortete Glauwitz.

»Wibke war noch mit mir verheiratet und hat es schamlos mit diesen Männern getrieben! Dieser Kollege hat sie sogar zur Beerdigung unseres Sohnes begleitet«, stieß Kleedorf bitter hervor.

»Herr von Kalksund sprach in diesem Zusammenhang von seiner Verlobten«, sagte Glauwitz.

»Hat er ihr vielleicht die Margeriten nach Baltrum gebracht und sie Wibke vor die Tür gelegt?« Der Unternehmer wirkte jetzt sehr erregt.

»Wir haben ihn gefragt. Er war angeblich die ganze Zeit über zu Hause. Er hat auch die Vermißtenmeldung aufgegeben«, erklärte Glauwitz.

»Herr von Kalksund wollte Ihre Frau heiraten«, sagte Noosten. »Er hätte also auch gar kein Motiv gehabt.«

»Aber ich? Das könnte Ihnen so passen! Ich habe weder gewußt, daß sie auf der Insel war, noch habe ich die Blumen vor der Ferienwohnung abgelegt. Ich habe auf Baltrum Pferde verkauft und bin dann nach Spanien gefahren«, äußerte Kleedorf verärgert.

»Das haben Sie uns ja bereits berichtet. Ihre Frau ist während Ihres geschäftlichen Aufenthaltes auf Baltrum ermordet worden. Sie besaß zwei Liebhaber, auf die Sie erklärtermaßen eifersüchtig waren. Das macht Sie verdächtig, darüber müssen Sie sich im klaren sein.« Noosten trank einen Schluck Mineralwasser.

»Hören Sie! Es paßt mir nicht, daß Sie immer wieder versuchen, mich zu beschuldigen. Ich sage die Wahrheit, und selbst wenn ich eifersüchtig war, hätte ich sie doch nicht gleich umgebracht«, meinte der Unternehmer, dessen Gesicht vor Ärger hochrot angelaufen war.

Glauwitz blickte ihn nachdenklich an.

»Wir werden mit Herrn Synninga sprechen. Haben Sie sich wegen Ihrer Frau mit ihm gestritten?« sagte Noosten.

»Das ist blanker Unsinn. Ich habe diesen Mann nie

kennengelernt, und selbst wenn – ein Streit mit einem ihrer Liebhaber wäre doch das sicherste Mittel gewesen, Wibke endgültig zu verlieren«, sagte Kleedorf spöttisch.

»Herr Kleedorf, wir werden den Inhalt unseres Gespräches mit Ihnen protokollieren und zu den Akten nehmen«, erklärte Kommissar Glauwitz und reichte dem Unternehmer die Fototaschen zurück.

»Protokollieren Sie nur – und vergessen Sie nicht, auch die Typen zu befragen, mit denen es meine Frau getrieben hat, während ich hart arbeitete. Sie wollte nur noch mein Geld«, sagte Kleedorf, trug die Fotos zum Schreibtisch zurück und schob sie in die Schublade.

»Herr Kleedorf, wir werden Ihre Aussagen überprüfen. Auf Sie fällt ein Verdacht, ob berechtigt oder unberechtigt. Sie besaßen genügend Gründe, sich von Ihrer Frau zu trennen, ob gewaltsam oder auf juristischem Wege«, sagte Glauwitz und erhob sich. »Leider können wir unsere Nachforschungen nicht im geheimen führen.«

»Um Gottes willen. Halten Sie mir wenigstens die Presse vom Halse! Ich bin unschuldig«, erwiderte Kleedorf heftig.

»Dem stimme ich zu, soweit die weiteren Recherchen uns nicht zu anderen Ergebnissen führen«, sagte Glauwitz.

»Bei mir sind Sie an der falschen Adresse!« schimpfte der Pferdehändler.

»Das wird sich herausstellen«, meinte Noosten trocken.

Dann verabschiedeten sich die Beamten und ließen Kleedorf mit seiner Cognacflasche allein.

Hinni Synninga hatte sich als Student für das Wintersemester an der Gesamthochschule für Wirtschaftswissenschaften eingeschrieben.

Mit etwas Glück hatte er auf Anhieb eine kleine Altstadtwohnung gefunden.

Bis zum Semesterbeginn arbeitete er bei einer international operierenden Speditionsfirma in Gießen, um sein Studium zu finanzieren.

Hinni Synninga hatte die Nachricht vom Tod seiner Lehrerin und Geliebten hart getroffen. Wibke war zwar nicht seine große Liebe gewesen, aber sie hatten sich gut verstanden. Auch der Altersunterschied war zwischen ihnen nie ein Problem gewesen.

Sein Chef hatte ihm zwei Tage Urlaub gegeben, weil die Kripo Emden ihm eine Vorladung geschickt hatte.

In seiner Brieftasche befand sich bereits die Fahrkarte nach Emden, als er seinen Rucksack aus dem Personalraum holte, um zum Bahnhof zu gehen. Er fühlte, wie wachsende Nervosität von ihm Besitz ergriff, als er an das bevorstehende Gespräch mit den Beamten dachte.

Die Kripo hatte vermutlich Wibkes Wohnung durchsucht. Er dachte an die Briefe, die er ihr geschrieben hatte, und hoffte, daß die Beamten die Intimsphäre der Lehrerin respektieren würden.

Synninga verzichtete an diesem Tag auf das Kantinenessen, aß am Bahnhof eine Bratwurst und kaufte sich eine Dose Limo für unterwegs. Zwanzig Stunden später betrat er das Dienstzimmer des Kommissars.

»Sie haben mir eine Vorladung geschickt«, sagte er unsicher.

»Glauwitz, mein Kollege Noosten«, sagte Glauwitz, erhob sich, schritt dem Studenten entgegen und begrüßte ihn. »Nehmen Sie bitte auf dem Stuhl dort Platz«, sagte er und setzte sich wieder an seinen Schreibtisch.

»Sie studieren in Gießen, wie wir erfahren haben«, begann er.

»Ja. Ehrlich gesagt, hatte ich Ihre Vorladung schon erwartet, als ich aus der Zeitung von Wibkes ... Frau

Kleedorfs Tod erfuhr. Ich bin mit dem Zug angereist und habe in Greetsiel in der Jugendherberge übernachtet«, sagte der Student.

Er zog die Vorladung aus der Tasche seiner Jeansjacke, und seine Hände zitterten dabei leicht.

»Warum in der Jugendherberge? In Emden gibt es eine Menge preiswerter Hotels. Außerdem bekommen Sie die Kosten erstattet«, sagte Noosten.

»Das habe ich nicht bedacht.« Synninga lachte verlegen. »Ich komme sogar aus Emden, bin aber mit meiner Familie so zerstritten, daß ich nicht dort schlafen wollte. Das Übliche – Krach mit meinem Vater, weil der meint, ich sollte lieber anfangen zu arbeiten, statt meine Zeit mit dem Studium zu vertun.«

»Herr Synninga, Ihre Bemerkungen über Ihre Familie interessieren uns im Moment wenig. Ihnen ist also schon bekannt, daß Frau Kleedorf auf Baltrum ermordet wurde?« fragte Glauwitz, und als Synninga nickte, fuhr er fort: »Wir haben Sie zu uns gebeten, weil Sie, wie wir bei der Durchsicht der Korrespondenz des Opfers herausfanden, mit der Lehrerin ein Verhältnis unterhielten.«

»Das habe ich befürchtet. Ich hatte insgeheim gehofft, Sie würden aus Pietätsgründen den Intimbereich der Verstorbenen außer acht lassen«, meinte der Student verlegen.

Noosten beobachtete das Mienenspiel des jungen Mannes und schaute auf die kräftigen Hände, in denen dieser die Vorladung hielt.

»Für uns darf es da keine Schranken geben«, meinte Glauwitz. »Die Motive für solch ein Verbrechen liegen selten klar auf der Hand, und deshalb setzt unsere ›detektivische Arbeit‹ oft in Bereichen an, die unter normalen Umständen für Außenstehende tabu sind. Das ist auch in diesem Fall so, wie Sie sich sicher denken können!«

Synninga nickte. »Erkenntnisse Ihrer beruflichen Erfahrungen, denen ich die Vorladung verdanke«, sagte er.

»Herr Synninga, gestatten Sie mir eine Frage. Welcher Art war die Beziehung zwischen Ihnen und Wibke Kleedorf?«

Der Student errötete.

»Frau Kleedorf war meine Lehrerin. Ich verdanke ihr viel, denn sie hat mich sehr gefördert«, sagte er. »Ohne sie würde ich heute nicht studieren.«

»Und aus der Schüler-Lehrerbeziehung wurde irgendwann ein Liebesverhältnis«, meinte Glauwitz.

Der Student nickte.

»Kennen Sie die näheren Umstände des Verbrechens?« fragte Noosten.

»Nein, ich habe nur eine kurze Notiz aus unserer Heimatzeitung gelesen, die ein Mitschüler mir zuschickte.« Der Student senkte für Sekunden den Blick.

»Zeugen haben Frau Kleedorf samstags gegen achtzehn Uhr gesehen, als sie das Apartmenthaus verließ«, erklärte der Kommissar. »Danach blieb sie unauffindbar, bis wir letzte Woche Spürhunde einsetzten, die uns in die Dünen führten. Dort fanden wir die abgehackte Hand des Opfers. An einem Finger steckte ein Ring«, sagte Noosten.

Synninga blickte die Beamten ernst an und wartete auf weitere Erklärungen.

Noosten entnahm der Schublade den Goldreifen. »Trug Frau Kleedorf Ihres Wissens diesen Ring? Er trägt die Gravur ›A.S.‹?« fragte er.

Der Student nickte. »Ich habe ihn ihr selbst geschenkt. Ich bekam ihn von meiner Großmutter. Er besitzt keinen sonderlichen Wert«, fügte der junge Mann verlegen hinzu.

»Und die Gravur?« fragte Noosten.

»Adelheid Synninga, der Name meiner Großmutter.«

»Und Frau Kleedorf hat sich über das Geschenk gefreut?« fragte Glauwitz.

»Ja, es war ein Freundschaftsring, so zum Andenken. Oma wollte immer, daß ich was Besseres würde, und dabei hat Wibke mir sehr geholfen«, antwortete Synninga ernst.

»Damit gibt es keine Zweifel mehr: Der Mörder hat Frau Kleedorf die Hand abgehackt oder abgetrennt und die Leiche irgendwo auf der Insel für uns noch unauffindbar versteckt«, sagte Glauwitz.

Durch das gekippte Fenster strömte warme Luft ins Dienstzimmer.

Synninga steckte die Vorladung in seine Jacke und wischte sich mit einem Taschentuch den Schweiß von der Stirn.

»Entsetzlich«, stieß er hervor.

»Ich gehe davon aus, daß Sie nicht auf Baltrum waren, als die Lehrerin ermordet wurde«, sagte Noosten.

Synninga hob die Schultern. »Ich war auf Baltrum«, sagte er gefaßt.

»Ach«, meinte Glauwitz, »Sie wollten Frau Kleedorf besuchen?«

»Ja«, erwiderte der Student, beugte sich ein Stück vor und blickte den Kommissar herausfordernd an.

»Berichten Sie!« forderte Glauwitz Synninga auf.

»Ich habe mit dem Mord nichts zu schaffen. Ich habe Wibke sehr gemocht und hatte auch Mitleid mit ihr, konnte aber nicht viel für sie tun. Ihr Mann tyrannisierte sie. Der Kollege in der Schule stand ihr bei, doch dem fehlte das, was ich ihr geben konnte. Wegen Wibke habe ich mich von einer Freundin getrennt, mit der ich schon lange zusammen war«, sagte der Student.

»Die Lehrerin war also nett, gut gebaut und gut im Bett. Und nebenbei hatte sie eine Menge Probleme«, meinte Noosten bewußt flapsig, um den jungen Mann zu provozieren, und das gelang ihm: Synninga sah den Beamten geringschätzig an.

»Sie sind ein gutaussehender junger Mann, Frau Kleedorf war eine hübsche junge Frau – und es kam zu dem, was kein Geheimnis mehr ist«, stellte Glauwitz fest.

»Wir mochten uns, gaukelten uns aber nichts vor«, antwortete Synninga.

»Und Sie haben Wibke also auf Baltrum besucht. Besitzen Sie denn ein Alibi für den Abend der Tat?«

Synninga wurde unruhig. Ihn überfiel eine unübersehbare Nervosität, und sein Gesicht wirkte blaß und ernst.

»Ich verdiene mir Geld bei einer Transportfirma in Gießen, das sagte ich ja bereits. Vor mir lag ein freies Wochenende, als Wibke mich anrief und mich nach Baltrum einlud«, erklärte er.

»Sie sind also am Samstag angereist, vermutlich mit dem Zug nach Norden gefahren, dann mit dem Bus nach Neßmersiel. Dort haben Sie die Fähre genommen«, sagte Glauwitz.

»Ja, das stimmt. Vom Fähranleger bis zum Dorf war es nicht weit. Ich kam an einer Bäckerei vorbei, es war so kurz vor Ladenschluß. Ich stellte mich an, mußte eine Weile warten und kaufte Kuchen für den Tee mit Wibke. Danach ging ich zu dem Apartmenthaus, das sie mir genau beschrieben hatte. Die Haustür stand offen. Ich betrat das Haus und suchte das Apartment auf. Vor der Tür lag ein Strauß Margeriten. Ich war ein wenig irritiert und klingelte, aber Wibke war nicht da. Ich beschloß, es später noch einmal zu versuchen, und bin um das Haus herumgegangen. Auf einer Liegewiese stand ein Strandkorb. Ich habe meinen Rucksack abgestellt, den Kuchen gegessen und im Strandkorb die Abendsonne genossen. Nach einer Stunde habe ich das Apartment erneut aufgesucht, aber Wibke war noch nicht zurück«, erklärte der Student.

»Machten Sie sich zu diesem Zeitpunkt Sorgen um Frau Kleedorf?« fragte Glauwitz.

»Nicht direkt. Ich war sauer und hoffte, daß Wibke bald kommen würde«, antwortete Synninga.

»Sie haben also weiterhin gewartet?« vergewisserte sich Noosten.

»Ja, bis es dunkel wurde. Der Hausmeister hatte unten schon abgeschlossen. Ich bin mehrmals zur Haustür gegangen und habe geklingelt, aber ohne Erfolg. Danach bin ich zur ›Teestube‹ gegangen, habe dort Tee getrunken und von dort aus Wibkes Nummer angewählt. Sie hat sich nicht gemeldet«, berichtete Synninga.

»Und Sie haben nicht daran gedacht, den Polizeiposten aufzusuchen?« fragte Noosten.

Der Student lachte gequält. »Zum einen fühlte ich mich nicht berechtigt, ihr Ausbleiben zum Anlaß eines Spektakels hochzujubeln, ich war mit Wibke schließlich nicht verheiratet, zum anderen habe ich den Blumenstrauß als Hinweis verstanden, die Insel unverrichteter Dinge wieder zu verlassen«, meinte er.

»Das müssen Sie uns aber etwas genauer erklären«, sagte der Kommissar.

»Ist das etwa ein Verhör?« fragte der Student aufgebracht. Er wirkte müde.

»Keineswegs. Wir führen mit Ihnen nur ein kooperatives Gespräch. Fahren Sie bitte fort. Was hat es auf sich mit den Margeriten?« Der Kommissar lehnte sich abwartend zurück.

»Vor einigen Wochen habe ich mit Wibke in einem Wochenendhäuschen am Uphuser Meer ein Wochenende verbracht. Wir sind mit dem Fahrrad zu der Hütte geradelt. Ein Freund war verreist und hatte mir den Schlüssel anvertraut. Ich habe wildwachsende Margeriten gepflückt und sie Wibke beim Betreten der Hütte überreicht, und sie hat sich sehr darüber gefreut. Als ich den

Strauß sah, nahm ich an, daß sie einen unaufschiebbaren Termin beim Anwalt auf dem Festland hatte oder sonstwie gezwungen gewesen war, ihren Urlaub zu unterbrechen, und daß der Strauß vielleicht ein Zeichen für mich sein sollte. Als es dunkel wurde, bin ich noch einmal zur Haustür gegangen und um das Haus geschlichen. Nur ein Apartment war dunkel, nämlich das von Wibke«, berichtete Synninga, bemüht, glaubhaft zu wirken. Das Gespräch setzte ihm sichtlich zu.

»Die Margeriten lagen noch vor der Tür des Apartments, als wir unsere Recherchen im Hause begannen«, meinte Noosten. »Frau Kleedorfs Verlobter, Herr von Kalksund, hatte eine Vermißtenanzeige aufgegeben.«

Synninga runzelte die Stirn und schaute den Kommissar überrascht an. »Wibke war nicht verlobt«, antwortete er dann verärgert.

»Herr von Kalksund hat mich aber hier in diesem Zimmer gebeten, nach seiner Braut zu fahnden, weil er sie telefonisch nicht erreichen konnte«, sagte Glauwitz irritiert.

Synninga lächelte arrogant. »Das ist doch wohl ein Witz«, platzte er heraus.

»Sie sprechen erneut in Rätseln«, bemerkte Noosten.

Synninga seufzte. »Der Lehrer mochte Wibke, das stimmt. Er hat sich mit ihr angefreundet und ihr beigestanden, als der kleine Marco beerdigt wurde. Aber da war sonst nichts, das hat sie mir selbst erzählt! Er hat einen Mutterkomplex, hat Wibke sogar in einem Brokatkleid seiner Mutter fotografiert. Er ist ein Schlappschwanz, Herr Kommissar, wenn Sie wissen, was ich meine. Wibke hatte im übrigen mich nach Baltrum eingeladen und nicht ihn«, fügte Synninga geringschätzig hinzu.

Glauwitz erinnerte sich an die Fotos, die der Privatdetektiv geschossen hatte ...

»Und wer könnte Ihrer Meinung nach die Margeriten vor der Apartmenttür abgelegt haben?« fragte Noosten.

»Fragen Sie den Oberstudienrat, der von meiner Existenz mit Sicherheit keine Ahnung hat«, antwortete der Student.

»Und die tote Ratte?« fragte Glauwitz.

Synninga änderte ungeduldig seine Haltung auf dem Besucherstuhl.

»Jetzt sprechen *Sie* in Rätseln«, meinte er ironisch.

»Nach der Schulkonferenz hat jemand Wibkes Fahrradreifen zerstochen und später vor der Wohnungstür in Emden eine sterbende Ratte deponiert«, sagte der Kommissar.

Synninga blickte den Beamten ungläubig an.

»Hat die Lehrerin Ihnen das nicht erzählt?« wollte der Kommissar wissen.

»Nein, ich habe Wibke nach der Prüfung nur noch einmal getroffen«, sagte Synninga.

»Haben Sie denn vielleicht diesbezüglich Vermutungen, die uns weiterhelfen können? Wir messen diesen Vorfällen nämlich durchaus eine Bedeutung zu«, erklärte Glauwitz.

»Ich war es jedenfalls nicht«, gab der Student zurück. »In solchen Sachen kann man nie wissen. Vielleicht ein Schüler? Oder ihr Mann, aus Eifersucht?«

»Noch einmal zurück nach Baltrum. Sie hatten die Reise vergeblich angetreten. Wie ging es weiter?« fragte Noosten.

»Ich habe im ›Charly‹ ein paar Bier getrunken, bin dann zum Strand gegangen und habe in einem Strandkorb übernachtet. Am Morgen bin ich noch einmal zum Haus gegangen und habe die Klingel betätigt. Wibke war nicht zurückgekehrt. Ich bin davon ausgegangen, daß sie Baltrum verlassen hatte, habe im ›Stehcafé‹ gefrühstückt, in den Sanitäranlagen am Weststrand geduscht, mich noch eine Weile gesonnt und bin danach mit der Fähre nach Neßmersiel gefahren«, erklärte Synninga.

»Ein dürftiges Alibi!« stellte Noosten trocken fest.

Dem Studenten ging die Befragung merklich an die Nerven. Er schüttelte den Kopf. »Es tut mir leid! Ich hätte Ihnen zum Beweis meiner Unschuld besser die Rechnung und einen fetten Verzehrbon des Nobelhotels ›Strandblick‹ vorgelegt«, meinte er ironisch.

»Wenn Sie dort gewohnt hätten und dafür Zeugen beibringen könnten, die Ihnen für den Abend ein Alibi gäben, dann hätten wir tatsächlich keine weiteren Fragen«, konterte Noosten.

Der Student winkte ab. »Ihre Anspielungen entbehren jeder Grundlage. Ich war angereist, um mit Wibke zu kuscheln, nicht, um sie zu ermorden«, sagte er böse.

»Ich gehe davon aus, daß Sie die Wahrheit sagen. Wir werden ein Ergebnisprotokoll anfertigen. Schicken Sie uns bitte die Belege über Ihre Reisekosten zu, und geben Sie Ihre Kontonummer an. Wir werden für die Begleichung Sorge tragen«, meinte Glauwitz.

Synninga atmete auf. »Emden ist für mich ein Alptraum. Meine Eltern, meine Ehemalige – und nun auch noch die Sache mit Wibke«, sagte er geschafft. »Herr Kommissar, rufen Sie mich bitte an, wenn Sie ihre Leiche geborgen haben.«

Glauwitz bemerkte, wie erleichtert der junge Mann war, die lästigen Fragen hinter sich zu wissen.

»Vielleicht läuft man sich noch einmal über den Weg«, sagte Noosten und grinste.

»Aber dann privat«, gab Synninga zurück und verließ das Dienstzimmer.

»Fertige ein Gedächtnisprotokoll an«, bat der Kommissar seinen Assistenten. »Ich mache inzwischen einen Termin mit dem Direktor der Berufsschule.« Er schaute ins Telefonbuch und griff nach dem Hörer.

Auf dem Parkplatz der Schule ließ Glauwitz den Wagen in eine Parklücke rollen und stieg aus. An diesem schönen Sommermorgen standen dort nur wenige Autos, denn die großen Ferien hatten längst begonnen.

Im Hallenbad nebenan installierten Handwerker eine neue Warmwasseraufbereitungsanlage und führten Renovierungsarbeiten durch.

Auch Noosten stieg aus, und die Beamten blickten auf die häßliche Fassade des Zweckbaus.

Auf dem Rasen zog der Gehilfe des Hausmeisters mit einem kleinen Trecker seine Runden um die jungen Bäume, die der Verschönerungsausschuß des Kollegiums gepflanzt hatte. Sie nahmen dem Gebäude etwas von seiner Strenge. Hinter den Scheiben der großen Fenster hingen verblichene Vorhänge.

Die Beamten gingen zum Hintereingang, der nur während der Ferien für Besucher geöffnet war.

Glauwitz drückte die Klinge. »Wiedmann«, klang es ihm entgegen.

»Kripo, wir haben einen Termin mit Herrn Bomfeld«, sprach der Kommissar in die Sprechanlage.

Die Tür sprang summend auf, sie betraten den langen Flur, gingen an unzähligen Klassentüren und einem Getränkeautomaten vorbei bis zum Verkaufstresen des Hausmeisters.

An den Wänden hingen künstlerisch gestaltete Schülerarbeiten. Eine Treppe führte in die erste Etage.

Es roch überall durchdringend nach Farbe. Sie folgten dem Hinweispfeil in einen Korridor, der vor dem Lehrerzimmer endete.

Seitlich befand sich die Tür zum Sekretariat.

Glauwitz klopfte an und öffnete die Tür.

Sie betraten den kleinen Vorraum, der nur für eine Handvoll Besucher Platz bot.

Hinter einem Schreibtisch, auf dem die Telefonanlage

stand, saß eine nicht mehr ganz junge Frau und blickte den Beamten freundlich entgegen.

»Glauwitz, mein Kollege Noosten«, sagte der Kommissar.

»Sie werden schon erwartet«, antwortete die Sekretärin und zeigte auf eine Tür mit dem Aufdruck ›Büro‹.

Glauwitz klopfte kurz an, dann betraten sie das Dienstzimmer des Schulleiters. Bomfeld war von untersetzter Statur, doch sein sympathisches Gesicht unter dem schon schütteren blonden Haar war eher schmal.

»Bitte, nehmen Sie Platz«, sagte der Direktor, reichte den Beamten die Hand und wies auf zwei Besucherstühle vor seinem Schreibtisch.

»Während der Ferien wechsle ich mich mit meinen Koordinatoren ab, so daß immer jemand hier ist. Die Bezirksregierung besteht darauf, und außerdem müssen die Stundenpläne ausgearbeitet und die Raumnutzungsordnung festgelegt werden. Aber auch ich bin ferienreif. Sie ahnen gar nicht, was hier manchmal los ist und wie wenig Rückmeldung man auch bei überdurchschnittlichem Engagement bekommt. Und dann steht man auch noch Schülern gegenüber, die zum Teil ihre Stunden bei uns nur widerwillig absitzen, statt unser Bildungsangebot zu nutzen!« Direktor Bomfeld wirkte hektisch und einigermaßen desillusioniert.

»Herr Bomfeld, ich habe noch nie einen Lehrer beneidet. Auch wir als Polizeibeamte gehören zu den ›Prügelknaben‹, und das bei steigender Kriminalität und sinkendem Einkommen. Wir recherchieren im Mordfall Kleedorf«, erklärte der Kommissar.

»Ich habe vor einer halben Stunde ein Gespräch mit dem Staatsanwalt geführt«, sagte der Schulleiter. Er stand auf und ging zur Tür, die er kurz öffnete.

»Frau Wiedmann, machen Sie uns bitte einen Tee«, bat er seine Sekretärin und setzte sich wieder an den Tisch.

»Das ist doch recht so?« erkundigte er sich.

»Ja, danke. Um diese Zeit machen wir im Büro auch immer Teepause«, sagte Noosten.

»Sie erwarten von mir sicher Auskünfte über meine Kollegin Frau Kleedorf«, fuhr Herr Bomfeld fort. »Das ist wirklich eine schreckliche Sache. Wissen Sie, an meiner Schule unterrichten etwa vierzig hauptamtliche Lehrkräfte. Im großen und ganzen läuft der Betrieb zu meiner Zufriedenheit, und das Betriebsklima ist ausgezeichnet, wenn ich das sagen darf. Es gibt so gut wie keine Querelen ... Auch Frau Kleedorf hat sich von Anfang an gut in unser Kollegium eingefügt. Sie hat sich sehr für ihre Arbeit engagiert, und ich habe sie als Kollegin sehr geschätzt. Kurz vor ihrem Tod ist sie Oberstudienrätin geworden. Ihr Tod bedeutet einen Verlust für unsere Schule, denn Frau Kleedorf besaß die Hochachtung des Kollegiums und kam auch bei den Schülern gut an«, berichtete Bomfeld.

»Sie meinen also, daß wir ihren Mörder nicht in Ihrem Kollegium finden?« fragte Noosten.

Bomfeld wippte nervös mit der Fußspitze auf und ab. »Davon gehe ich aus!« erklärte er im Brustton der Überzeugung.

»Frau Kleedorf unterhielt mit einem ihrer Schüler ein Verhältnis«, sagte Glauwitz.

»Das ist mir auch zugetragen worden. Aber der Schüler war ein erwachsener Mann. Wir sind keine Klosterschule, meine Herren! Frau Kleedorf war eine reife, schöne Frau! Ihr Privatleben geht mich als Schulleiter nichts an«, antwortete der Direktor und lächelte jovial.

»Sie soll auch mit ihrem Kollegen von Kalksund mehr als nur befreundet gewesen sein. Zumindest lassen Fotos, die ihr Mann besitzt, auf ein intimes Verhältnis schließen«, sagte Noosten.

Bomfeld lachte. »Das mag alles sein. Aber Herr von

Kalksund ist ein zuverlässiger und bewährter Pädagoge. Mich interessieren weder seine Hobbys noch seine Amouren.«

Die Sekretärin betrat das Zimmer und trug das Geschirr herein. Es waren hübsche Tassen mit Rosenmuster.

»Der Tee ist gleich fertig«, sagte sie und ging wieder hinaus.

Der Tisch stand vor einem großen Fenster, das nach Osten hin lag. Es war angenehm kühl im Raum.

Noosten ließ seinen Blick über die mit Bücherregalen bedeckten Wände gleiten und musterte interessiert eine Marionette, die einen Lehrer oder Professor darstellen sollte.

»Wir haben vom Hausmeister der Wohnanlage erfahren, daß jemand nach einer Schulveranstaltung Frau Kleedorfs Fahrradreifen zerstochen hat. Außerdem hat die Lehrerin vor ihrem Apartment eine tote Ratte gefunden. Wir fragen uns jetzt, ob das vielleicht schon verstecke Drohungen des späteren Mörders gewesen sein können«, meinte der Kommissar.

Frau Wiedmann brachte den Tee. Sie zündete das Teelicht an, setzte die Kanne auf das Stövchen und verließ das Zimmer wieder.

»Bitte, bedienen Sie sich«, sagte Bomfeld nachdenklich.

Noosten griff erst einmal zur Zigarettenschachtel. Der Schulleiter schob ihm einen Aschenbecher zu und nahm seinerseits eine Zigarette aus der Packung, die der Assistent des Kommissars ihm hinhielt.

»Ich rauche nur sporadisch«, sagte er. Noosten gab ihm Feuer.

»An den Vorfall mit dem Fahrrad erinnere ich mich, aber von der Ratte weiß ich nichts«, erklärte der Direktor dann.

Die Beamten tranken ihren Tee.

»Hat Frau Kleedorf sich vielleicht in irgendeiner Klasse unter den Schülern Feinde geschaffen?« erkundigte sich der Kommissar. »Ich meine, so etwas passiert ja schnell, wenn Schüler sich ungerecht behandelt fühlen ...«

Der Schulleiter überlegte. »Bei ihrer Lehrprobe hat es Ärger gegeben. Warten Sie, darüber besitze ich ein Protokoll. Zwei Gören haben den Unterricht sabotiert und anstößige Bemerkungen gemacht«, sagte er dann, drückte seine Zigarette aus und verließ das Zimmer.

»Üble Streiche«, sagte Noosten.

»Wenigstens könnte hier endlich ein Ansatzpunkt für unsere Ermittlungen liegen«, meinte Glauwitz.

Bomfeld hielt die Akte in der Hand, als er zurückkam und sich an den Tisch setzte.

Er schlug den Ordner auf. »Der leitende Oberschulrat hat die Lehrprobe bei Frau Kleedorf mit ›Sehr gut‹ beurteilt. Zwei Schülerinnen haben allerdings die Mitarbeit verweigert. Auf Befragen gaben sie an, die Lehrerin nicht zu mögen, weil sie sie angeblich von oben herab behandelt hätte. Meine Meinung ist, daß die Schülerinnen, die beide zu Verkäuferinnen ausgebildet wurden, so etwas wie Neid auf die Position, die finanziellen Verhältnisse und vielleicht auch auf das gute Aussehen von Frau Kleedorf empfanden und deshalb so reagierten. Ich spreche nicht von der Mehrheit der Klasse. Es waren nur einige, die sich mit Frau Kleedorf angelegt haben«, erklärte der Schuleiter und schob den Beamten die Akte hin.

Dann griff er nach seiner Tasse und trank seinen Tee, während die Polizisten das Protokoll und die Bewertung der Lehrprobe studierten.

»Neid kann schon ein Motiv gewesen sein, der Lehrerin die Fahrradreifen zu zerschneiden. Die tote, blutende

Ratte vor ihrer Tür abzulegen, das allerdings setzt schon ein gewisses Maß an Gefühlskälte voraus«, sagte Glauwitz schließlich und lehnte sich zurück.

»Ich stimme Ihnen zu«, meinte der Direktor. »Es gab aber noch ein Nachspiel. Ich war so erbost darüber, daß diese Mädchen es bewußt darauf abgesehen hatten, Frau Kleedorf zu schaden, daß ich ihre Ausbilder zu einem Gespräch eingeladen habe. Das hatte zur Folge, daß die hübsche Katja vom Betrieb entlassen wurde, obwohl ihr Ausbilder dagegen war. Ihre Freundin und Mitstreiterin erhielt eine Abmahnung«, erklärte er.

»Steht in Ihren Akten zufällig auch, wo diese Katja sich jetzt ihre Brötchen verdient?« fragte Noosten.

»Nein, darüber weiß ich nichts«, antwortete der Schulleiter.

»Wie heißt denn ihre Freundin?« fragte Glauwitz.

»Sie heißt Tanja und lernt im Supermarkt in der Hauptstraße«, antwortete Bomfeld.

»Wirklich nicht gerade ein Traumjob«, meinte Noosten trocken.

»Dem stimme ich zu«, sagte der Schulleiter und lachte.

»Herr Bomfeld, entschuldigen Sie bitte die Störung. Wir danken für den Tee«, erklärte Kommissar Glauwitz zum Abschluß.

»Viel Erfolg für Sie«, wünschte der Schulleiter und begleitete die beiden Beamten zur Tür.

Deutschland erlebte einen Rekordsommer: Seit Wochen hatte es nicht mehr geregnet. Das Thermometer neben der Haustür der Groens war auf dreißig Grad gestiegen.

Der Hausmeister wirkte mürrisch, als er die Tür öffnete. Er trug eine Drillichhose und ein verwaschenes Oberhemd. »Moin«, sagte er und nahm die Prinz-Heinrich-Mütze vom Kopf.

»Ich hab' gerade vor dem Block den Rasen gemäht, aber die Hitze war fast unerträglich!«

»Herr Groen, hat sich Herr Kleedorf für das Apartment seiner Frau interessiert?« fragte Glauwitz.

Der Hausmeister nickte. »Ich habe ihn bis zur Wohnungstür begleitet und auf das Siegel gezeigt, das Sie angebracht hatten. Er hat fürchterlich geschimpft und wollte heute noch mit Ihnen sprechen.«

»Sie sind doch ein Menschenkenner. Welchen Eindruck hat Kleedorf auf Sie gemacht?« fragte Noosten.

Der Hausmeister grinste. »Ein hektischer Mensch ... Er schimpfte auf die blöden Bullen, die ihn daran hinderten, seine eigene Wohnung zu betreten, und forderte mich auf, die Tür zu öffnen. Aber ich habe ihn abblitzen lassen«, sagte er stolz.

»Wir wollen Sie nicht lange aufhalten. Würden Sie bitte den Wohnungsschlüssel holen? Wir müssen uns noch einmal kurz in dem Apartment umsehen«, erklärte der Kommissar.

Groen ging ins Haus und kam kurz darauf mit dem Schlüsselbund zurück.

Sie schritten im Schatten des Hauses zur Eingangstür und stiegen die Treppe hoch.

Glauwitz entfernte das Siegel. Der Hausmeister steckte den Schlüssel ins Schloß und öffnete die Tür.

In der Wohnung stand förmlich die Hitze. »Es wäre schon angebracht, wenn sich jemand um das Apartment kümmern würde«, sagte Groen ein wenig vorwurfsvoll.

»Am Morgen kann der Pferdehändler tun und lassen, was er will«, sagte Glauwitz und ging ins Schlafzimmer.

Noosten folgte ihm.

Der Kommissar schaute kurz auf das Bett und öffnete dann den Kleiderschrank.

»Synninga hat von einem Brokatkleid gesprochen«, meinte der Assistent. Glauwitz schob die Kleider, Jacken und Röcke zur Seite. »Da ist ja das gute Stück!« rief er erfreut und nahm das Kleid vom Bügel.

Groen blickte überrascht auf das Kleid, dessen Perlen im Licht der einfallenden Sonne funkelten.

»Ist das etwa echt?« fragte er.

»Ja, und sehr alt«, erwiderte Noosten.

»Ein bißchen ramponiert ist es auch schon«, warf Glauwitz ein und zeigte auf eine Rißkante. Er faltete das Kleid vorsichtig zusammen und legte es über seinen Arm.

»Das war es schon, Herr Groen«, sagte Noosten.

Sie verließen die Wohnung. »Auf ein Siegel können wir jetzt verzichten«, meinte der Kommissar und stieg die Treppe hinunter.

Der Hausmeister schloß die Tür ab und begleitete die Beamten bis zum Wagen.

»Haben Sie sie denn inzwischen gefunden?« fragte er verlegen.

»Nein, leider nicht. Einen schönen Tag noch«, sagte Noosten.

Glauwitz startete den Wagen und lenkte ihn zum Revier.

Der Berufsverkehr hatte eingesetzt. Vor den Ampeln stauten sich die Fahrzeuge, warteten Fußgänger in luftiger Sommerkleidung dicht gedrängt auf Grün. Radfahrer schlängelten sich an den wartenden Fahrzeugen entlang.

Über dem Asphalt flimmerte die heiße Sommerluft. Die Beamten schwitzten im Wagen.

»Von Kalksund hat es nicht für nötig gefunden, sich bei uns über den Stand der Ermittlungen zu erkundigen«, meinte Glauwitz.

»Warum auch. Es ist schließlich nicht seine Aufgabe,

für die Lehrerin eine Grabstätte zu kaufen und sie beerdigen zu lassen. Durch die Hinweise seiner Mutter aus dem Jenseits oder seine böse Ahnung hat er früher als alle anderen vom Tod seiner Verlobten erfahren. Er trauert eben auf seine Weise um seine Wibke«, sagte Noosten.

Glauwitz steuerte den Golf im Stop-and-go-Tempo einer Ampel entgegen. »Trotzdem mußte es ihn doch interessieren, was weiter geschehen ist. Synninga kann ich kein Motiv unterstellen. Er war, soweit ich das beurteilen kann, nicht einmal eifersüchtig auf den Lehrer«, sagte er.

»Im Gegenteil, seinen hinterlistigen Bemerkungen war zu entnehmen, daß der Oberstudienrat impotent ist«, stellte Noosten fest.

»Noch interessanter fand ich den Hinweis, daß Wibke Kleedorf nicht mit ihm verlobt war. Und daß er seine Kollegin in der historischen Robe seiner Mutter fotografiert hat, ist doch ziemlich verrückt!«

»Eine Sünde ist es nicht, aber es erhärtet den Verdacht, daß von Kalksund unter einem ausgewachsenen Mutterkomplex leider!«

»Die Fotos des Privatdetektivs sprechen allerdings nicht unbedingt dafür! Abscheulich, wie schamlos diese Leute die Intimsphäre anderer verletzen!« sagte Glauwitz.

Das Licht der Ampel sprang um. Glauwitz lenkte den Golf Borsum entgegen. Noosten blickte aus dem Fenster.

»Wibke Kleedorf wird die Erde aber auch nicht gerade mit einem Heiligenschein verlassen haben«, murmelte er, während sie an der nächsten Ampel warteten.

»Das stimmt. Sie muß ihren Mörder herausgefordert haben. Er ist ihr nach Baltrum gefolgt«, sagte Glauwitz und lenkte den Wagen an der Nesseländer Straße vorbei.

Noosten blickte auf die Wohnblocks am Straßenrand.

»Irgendwo in diesen Häusern muß Synninga früher gewohnt haben«, sagte er.

Glauwitz nickte. »Er trennte sich von einem Mädchen, um seiner attraktiven Lehrerin das zu geben, was sie von ihrem Mann nicht mehr wollte und das von Kalksund nicht in der Lage war, ihr zu bieten«, meinte er und steuerte den Golf Richtung Wolthusen.

»Chef, vulgär ausgedrückt, die Lehrerin förderte die geistigen Anlagen ihres Schülers, und Synninga schlief aus Dankbarkeit mit ihr«, erwiderte Noosten.

»Die Dame hat es verstanden, die Verehrung des Kollegen, die Liebe ihres Schülers und die Gunst ihres Direktors zu erringen«, stellte Glauwitz fest und lenkte den Golf über die Hauptstraße von Wolthusen an den Bungalows mit den hübschen Vorgärten entlang.

»Hier wohnen wohl nur Leute, die keine Geldsorgen haben«, meinte sein Assistent, und eine Spur Neid schwang in seinen Worten mit.

Glauwitz stellte den Wagen in der Auffahrt ab, die Beamten stiegen aus und gingen zur Haustür.

Der süßliche Duft einer blühenden Hagebuttenhecke stieg ihnen in die Nase. Glauwitz drückte den Klingelknopf. Sie vernahmen Schritte, und gleich darauf wurde die Tür geöffnet.

Von Kalksund trug nur eine enge Badehose, sein Oberkörper war tiefgebräunt.

»Entschuldigen Sie, ich habe mich im Garten gesonnt«, sagte er und bat die Beamten einzutreten. Seinem Körper entströmte der Geruch eines Kokosöls.

»Wir können uns im Garten unterhalten«, schlug er vor und schritt ihnen voran. Sie folgten ihm durch einen langen Flur. Auf den Regalen lag Fotozubehör, in einer Ecke stand eine Nähmaschine, an der anderen Wand eine Vitrine, in der hinter Glas Pokale, Statuen und Orden aufbewahrt wurden. Eine Tür führte in den Garten.

Auf der großen, gefliesten Terrasse stand ein Tisch mit Kunststoffstühlen.

Auf dem gepflegten Rasen sahen die Beamten eine Sonnenliege.

Vor den hohen Tannen, die das Grundstück einfaßten, wuchsen Rhododendronsträucher und Studentenblumen. Seitlich vor einem Schuppen mit Kaminholz blühten Margeriten in einer blau glasierten Tonschale.

»Nehmen Sie bitte Platz, ich ziehe mich nur schnell um«, sagte von Kalksund und wies auf die Stühle. Die Beamten setzten sich an den Tisch.

»Eine Idylle«, meinte Noosten.

»Ja, ein kleines Paradies! Erinnerst du dich an die Fotos? Hier haben Wibke Kleedorf und von Kalksund nackt gestanden«, sagte Glauwitz.

»Ja, aber viel mehr kann nicht passiert sein, wenn der Student recht hat«, kommentierte Noosten spöttisch.

»Er kleidet sich gerade für seinen Auftritt um«, meinte Glauwitz ironisch.

Der Lehrer kam zurück, kaum daß der Kommissar zu Ende gesprochen hatte.

Er trug weiße Jeans und ein dunkelblaues Oberhemd, auf dem ein Schriftzug prangte. Glauwitz las ›*Pierre Trottoni*‹. Die Füße des Lehrers steckten in weißen Ökosandalen.

»Können Sie verstehen, warum ich im Urlaub am liebsten hierbleibe?« fragte er.

»Ihr Garten ist in der Tat ein kleiner Kurpark«, bestätigte Noosten.

»Ehrlich gesagt, ich trenne mich nicht gern von meinem Zuhause. Die wachsende Kriminalität macht mir Sorgen. Einbrüche sind an der Tagesordnung; die Angst vor dem Verlust wertvoller Gegenstände aus Mutters Hinterlassenschaft macht mir sehr zu schaffen«, sagte von Kalksund.

Noosten dachte an das Brokatkleid, das in Plastik eingeschlagen im Wagen lag und sicherlich zu diesen Gegenständen zählte.

»Und die Gartenarbeit und die Pflege Ihres schönen Hauses füllen Sie ganz aus?« fragte Glauwitz.

»So ist es. Nach dem Tod meiner Mutter hatte ich mich ein wenig gehenlassen und die Putzerei der Zimmer auf ein Minimum beschränkt. Ich hatte gehofft, Wibke würde zu mir ziehen und das Haus beleben. Ich hatte auch an Kinder gedacht, die hier im Grünen hätten heranwachsen können. Aber jetzt ist Wibke tot«, fügte er traurig hinzu.

»Und eine Eigentumswohnung in der Stadt wäre nichts für Sie? In der Nähe des Kunstmuseums entstehen herrliche Wohnungen mit Blick auf die Gracht und den Park«, sagte Glauwitz.

»Um Gottes willen! Meine Mutter hat das Haus geliebt. Ihre Seele verweilt hier gelegentlich«, erklärte von Kalksund im Brustton der Überzeugung.

»Und die Seele Ihrer Verlobten?« fragte Noosten ernst.

Von Kalksund stutzte und schaute den Beamten prüfend an. »Wenn Sie die Wahrheit wissen wollen und das, was ich auf Ihre Frage antworte, nicht an Ihrem Kegelabend zum Gelächter Ihrer Freunde zum besten geben, dann hören Sie genau hin. Wibkes Seele lebt. Sie hat sich vom Irdischen gelöst und ist bei ihrem Sohn Marco«, sagte von Kalksund. »Ich weiß es von ihr!«

Er stand noch immer vor dem Tisch.

»Wir wissen nicht, wo sich die Leiche befindet, und suchen ihren Mörder. Hat Ihre Verlobte Ihnen nicht vielleicht einen Hinweis gegeben?« fragte Glauwitz.

»Nein. Ich habe leider kein zweites Mal Kontakt zu ihr gefunden. Aber lassen wir das Thema. Ich mache uns schnell einen Tee«, sagte er und betrat das Haus.

Noosten blickte Glauwitz fragend an.

»Spinnt er sich etwas zusammen, um sich der Verantwortung zu entziehen?«

»Damit käme er nicht weit. Staatsanwalt Bronzema wird ihn in die Psychiatrie einweisen lassen, sollte sich herausstellen, daß er seine Braut auf Baltrum getötet hat«, erwiderte der Kommissar verärgert. Ihm ging das Geschwafel des Lehrers sichtlich auf die Nerven.

»Vielleicht hat er gewußt, daß Wibke Kleedorf mit Synninga ein Verhältnis hatte. Vielleicht ist er nach Baltrum gefahren, um hinter den beiden herumzuschnüffeln!« vermutete Noosten.

»Ich denke, wir müssen ihn ein wenig härter anfassen. Was mag es mit dem Brokatkleid auf sich haben?« Der Kommissar versank in Nachdenken.

»Seine Geheimniskrämerei geht mir jedenfalls auf den Keks«, antwortete Noosten.

Die Strahlen der untergehenden Sonne drangen durch das Grün der dichten Tannen. Die Beamten saßen im Schatten des Hauses und genossen die kühle Abendluft. Von Kalksund trug das Teegeschirr auf. Er wirkte traurig und war für seine Verhältnisse bemerkenswert schweigsam.

»Ich bringe gleich den Tee«, sagte er und verschwand wieder im Haus. Die Beamten blieben geduldig wartend sitzen und beobachteten das Treiben der Vögel im Garten.

Von Kalksund brachte den Tee, zündete das Teelicht an, setzte die Kanne auf das Stövchen und stellte eine Schale mit ›Friesischen Leidenschaften‹ auf den Tisch.

»Bitte, bedienen Sie sich«, sagte er und nahm selbst Platz.

Die Beamten tranken Tee und knabberten das lockere Blätterteiggebäck.

Am wolkenlosen Himmel kreiste ein Bussardpärchen, und von Kalksund folgte Noostens Blick.

»Ich beobachte sie oft. Sie haben sicher drüben am Uphuser Meer ihr Nest«, sagte er.

»Sie verhelfen uns zu einem beschaulichen Spätnachmittag. Wir sind dabei, unsere Dienstgeschäfte völlig zu vernachlässigen«, sagte Glauwitz.

Von Kalksund lächelte glücklich. »Auch Wibke konnte hier stundenlang sitzen, den Vögeln zuschauen und ihre Kümmernisse vergessen. Bald kommen die Graureiher vom Uphuser Meer«, sagte er.

»Bevor Sie uns ein Nachtglas reichen, um die Fledermäuse zu beobachten, müssen wir aber trotzdem noch einmal dienstlich werden«, sagte Noosten.

Von Kalksund schenkte gerade Tee nach. Er blickte überrascht von seiner Tätigkeit auf.

»Sie haben noch Fragen?« sagte er und setzte sich.

Glauwitz nickte. »Wir haben Suchhunde eingesetzt, die uns zum Tatort geführt haben. Dort fanden wir aber nur die abgetrennte Hand Ihrer Braut. An einem Finger saß ein Ring. Der Mörder hat die Leiche irgendwo im Dünengelände der Insel verscharrt.«

»Mein Gott, das ist ja entsetzlich!« rief der Lehrer aus und langte nach seiner Teetasse, wie um sich daran festzuhalten.

Noosten nahm den Ring aus seiner Tasche und hielt ihn in der geöffneten Hand. »Kennen Sie dieses Schmuckstück?« fragte er.

Von Kalksund stellte die Tasse ab und zog die Augenbrauen hoch. »Nein! Wibke hat ihn nie getragen«, sagte er distanziert.

»Sie trug ihn aber, als der Mörder sie in den Dünen umbrachte«, erwiderte Noosten ernst.

»Haben Sie sich zur Tatzeit auf Baltrum aufgehalten? Und haben Sie die Margeriten vor der Apartmenttür Ihrer Verlobten abgelegt?« fragte Glauwitz.

Der Lehrer schaute böse auf.

»Ich finde es unverschämt von Ihnen, mich zu verdächtigen. Ich habe Wibke geliebt. Warum sollte ich ihr nach Baltrum gefolgt sein, geschweige denn, sie umgebracht haben?« fragte er und blickte die Beamten verächtlich an.

»Weil Ihre Verlobte einen gutaussehenden ehemaligen Schüler, der es im Boxen zur Niedersachsenmeisterschaft gebracht hat, zu sich eingeladen hatte. Er unterhielt mit Ihrer Verlobten eine Verhältnis. Wir haben seine Aussagen protokolliert, es gibt keinen Zweifel daran. Von ihm erhielt Wibke auch den Ring«, erklärte Glauwitz.

Von Kalksund verschlug es für einen Moment die Sprache, und er rang um Haltung. »Sie lügen! Sie wollen mir etwas anhängen!« zischte er böse und schaute die Beamten empört an.

»Der Liebhaber Ihrer Verlobten befand sich auf Baltrum, um das Wochenende mit ihr zu verbringen. Er hat die Margeriten bemerkt, die vor der Apartmenttür lagen, und vergeblich auf Ihre Braut gewartet«, sagte Noosten.

»Wibke war kein Flittchen! Das ist alles Unsinn! Sie liebte mich!« sagte von Kalksund aufgeregt.

»Verzeihen Sie, aber der junge Mann war da anderer Meinung«, beharrte Noosten.

»Ich wollte Wibke heiraten«, beharrte der Lehrer.

»Haben Sie Frau Kleedorf in alten Gewändern Ihrer Mutter fotografiert?« erkundigte sich der Kommissar.

»Ja. Sie haben Wibke phantastisch gestanden. Mutters historische Roben sind wertvolle Stücke, die ich später einem Museum anvertrauen werde«, sagte von Kalksund.

»Wir haben im Apartment von Frau Kleedorf ein prächtiges Brokatkleid gefunden. Ich gehe davon aus, daß es zu Ihrer Sammlung gehört«, meinte Glauwitz.

»Ja«, antwortete von Kalksund trotzig und runzelte

die Stirn. »Und wie ist es in die Wohnung Ihrer Verlobten gelangt?« fragte Noosten und trank einen Schluck Tee.

Auch Glauwitz langte nach seiner Teetasse und beobachtete den Oberstudienrat, der sich um Haltung bemühte und mit seinen Fingern nervös an seinem Schnurrbart herumspielte.

»Ich habe es meiner Verlobten anvertraut. Sie hatte einige Kolleginnen zum Kaffeeklatsch eingeladen und wollte sie in dem Kleid, das meine Mutter in der Met in New York getragen hatte, überraschen«, antwortete von Kalksund schließlich schnippisch und blickte die Beamten herablassend an.

»Eine plausible Erklärung. Aber das besagte Prachtkleid zeigt Rißspuren. Frau Kleedorf hat es wohl nicht mit dem gebührenden Respekt getragen«, sagte Glauwitz.

Der Oberstudienrat schaute ihn verblüfft an. Dann griff er nach seiner Teetasse und nahm einen kräftigen Schluck, wie um Zeit zu gewinnen.

Aus war es mit der Harmonie vor blühenden Rosen, Studentenblumen und den Tannen, durch die das Licht der untergehenden Sonne fiel.

Von Kalksund wurde immer nervöser.

»Ich weiß nicht, was Sie von mir wollen«, sagte er feindlich.

»Wir können Ihnen das wertvolle Kleid leider nicht zurückgeben. Es gehört ins Labor, weil weiße Flecken und dunkle Ölspuren darauf zu sehen sind, die normalerweise nicht bei einem Kaffeeklatsch entstehen«, gab Glauwitz ungerührt zurück.

»Ach! Meine Verlobte hat wohl vergessen, mir etwas mitzuteilen«, meinte der Lehrer und lächelte einlenkend.

»Sie sprechen immer von Ihrer Verlobten. Der Liebhaber von Frau Kleedorf gab jedoch zu Protokoll, daß seine Lehrerin keineswegs mit Ihnen verlobt war und daß Sie außerdem nicht in der Lage waren, Wibke Kleedorf körperlich zu lieben«, sagte Noosten im Plauderton.

Oberstudienrat von Kalksund geriet außer sich, und seine Miene wurde so finster, daß ihm deutlich anzusehen war, wie gern er seine beiden ungebetenen ›Gäste‹ in diesem Augenblick vor die Tür gesetzt hätte.

Sein Gesicht lief über und über rot an. »Das sind infame Unterstellungen! Deshalb also Ihre hinterlistigen Fragen! Ich hatte mit Wibke Verkehr, während sie das Kleid trug«, brüllte er.

»Sie schliefen mit Frau Kleedorf im Apartment an der Gartenstraße?« fragte Noosten ungerührt.

»Nein, hier in meinem Wohnzimmer«, erwiderte der Oberstudienrat und warf sich dabei herausfordernd in die Brust.

»Und ...?« fragte Glauwitz kalt.

»Was – und?« wiederholte von Kalksund verwirrt.

»Die Rißstellen und das Fahrradöl?« half ihm Noosten auf die Sprünge.

»Wibke hat sich danach nicht umgezogen, sondern ist gleich nach Hause geradelt«, sagte von Kalksund stockend.

»Und der Kaffeeklatsch?« fragte Noosten ironisch.

Der Lehrer bebte vor Wut.

»Beruhigen Sie sich bitte! Ihr Intimbereich ist für uns von untergeordneter Bedeutung«, erklärte der Kommissar. »Wir wollen von Ihnen wissen, ob Sie auf Baltrum waren, als Frau Kleedorf ermordet wurde.«

Von Kalksund erhob sich und blickte verärgert in den Garten. Auch die Beamten standen auf.

Der Lehrer fuhr herum. »Ihre unverschämte Art, mich zu verdächtigen, ist skandalös!« rief er.

»Waren Sie auf Baltrum? Haben Sie die Margeriten vor der Ferienwohnung Ihrer ... Verlobten abgelegt?« fragte Noosten unbeeindruckt.

»Bitte, verlassen Sie sofort mein Haus!« sagte von Kalksund, und dabei sah er aus, als würde er im nächsten Moment einen Herzinfarkt erleiden.

»Verzeihen Sie, falls wir Ihnen unrecht tun!« sagte Glauwitz und gab Noosten einen Wink. Die Beamten suchten sich ihren Weg durch den gepflegten Garten ums Haus herum zurück zum Wagen.

Am nächsten Morgen betrat Noosten die Geschäftsstelle der ›Emder Zeitung‹. Hinter dem Tresen versahen zwei junge Frauen ihren Dienst. Noosten zeigte ihnen seinen Dienstausweis und stellte sich vor. »Ich suche nach dem Bild eines Zeugen. Es handelt sich um einen Sportler namens Hinni Synninga, einen Boxer hier aus Emden. Sie haben öfter über ihn berichtet.«

»Brauchen Sie ein Foto, das den Boxer im Ring zeigt?« fragte die Angestellte.

»Nein – wenn möglich, ein Foto vor einem Kampf und aus seinen späten Tagen«, antwortete Noosten.

Die hübsche junge Dame überlegte. »Vielleicht kann ich Ihnen helfen. Ich sehe schnell im Archiv nach. Wie war noch mal der Name?«

»Hinni Synninga«, antwortete Noosten.

»Warten Sie bitte«, sagte die Angestellte und verließ den Raum.

Auf dem Tresen lagen die druckfrischen Ausgaben der ›Emder Zeitung‹. Kunden betraten die Geschäftsstelle, nahmen sich ein Exemplar und bezahlten bei der Kollegin.

»Marianne wird im Archiv bestimmt fündig«, sagte sie und blickte Noosten freundlich an. »Aber es kann einen Moment dauern.«

»Ich stehe nicht unter Zeitdruck«, erwiderte Noosten.

Die Angestellte kam zurück. »Ich habe ein Foto gefunden – ein hübscher Junge«, sagte sie. »Hoffentlich können Sie was damit anfangen.«

»Marianne, zeig doch mal«, bat die Kollegin und betrachtete das Bild. »Den kenne ich! Der hatte Chancen!« meinte sie und reichte das Foto an Noosten weiter.

»Kein Wunder, bei der Figur«, scherzte der Beamte.

Hinni Synninga trug auf dem Bild Boxershorts und hielt seine bandagierten Fäuste in Abwehrhaltung vor dem gebeugten Oberkörper. Er hatte breite Schultern und muskulöse Oberarme.

»Die Aufnahme hat unser Fotograf vor einem seiner Kämpfe geschossen«, sagte Marianne und schob dem Beamten eine ausgefüllte Quittung zu. »Sie müssen mir nur den Empfang bestätigen«, fügte sie hinzu.

Ihre Kollegin bediente gerade einen Kunden.

Noosten steckte das Foto in seine Jackentasche und unterschrieb den Beleg mit dem Kugelschreiber, den die Angestellte ihm gereicht hatte.

»Das Idol ist mittlerweile ein wenig älter geworden«, sagte er.

Der Kunde verließ die Geschäftsstelle, und die Kollegin wandte sich mitteilungsbedürftig an den Polizisten. »Wegen dieses Typen soll es hier in der Disco mal Ärger gegeben haben.«

»Was ist denn passiert?« fragte Noosten, der sich gerade hatte verabschieden wollen.

»Er hatte eine bildhübsche Freundin, die wohl aus einfachen Verhältnissen kam und irgendwann beim Tanzen aus Eifersucht für Wirbel gesorgt hat, weil dieser Synninga sich nicht genug mit ihr beschäftigt hat. Mitten auf der Tanzfläche ist sie ausgeflippt, hat ihren Freund ins Gesicht geschlagen, ihm in den Unterleib getreten und ist abgedampft. Der Diskjockey hat hinterher für Ruhe gesorgt. Das liegt allerdings schon eine Weile zurück«, sagte die Kollegin.

»Vielen Dank für die Information. Ich wünsche Ihnen einen angenehmen Tag«, sagte Noosten zufrieden. Er verließ die Geschäftsstelle, ging zum Parkplatz und stieg in seinen Dienstwagen.

Dann fuhr er nach Greetsiel. Die Sonne stand schon hoch, und es wurde wieder heiß. Noosten lenkte den Wagen über die Küstenstraße an den großen Höfen und Weiden vorbei.

Er hing seinen Gedanken nach und hatte keinen Blick für die idyllische Landschaft, die für ihn zur Alltäglichkeit geworden war.

Auch in Greetsiel fuhr er achtlos an der historischen Kirche vorbei und warf nur einen kurzen Blick in den Hafen auf die bunten Leiber der Kutter, die erst vor wenigen Stunden vom Fang zurückgekehrt waren.

Er parkte den Wagen vor der Jugendherberge und ging an einer Gruppe lärmender Schüler vorbei, die sich in der Halle auf eine Wanderung vorbereiteten.

Noosten betrat den Empfangsraum, ging zur Anmeldung, zeigte dem Angestellten seine Polizeimarke und holte das Foto des Boxers aus seiner Jackentasche.

»Kripo Emden, mein Name ist Noosten. Hat dieser Mann bei Ihnen vor einigen Wochen übernachtet?« fragte er.

»Ja, da muß ich gar nicht erst die Eintragungen kontrollieren. Das liegt allerdings schon eine Zeit zurück«, sagte der Mann.

»Danke, das war es schon«, erwiderte Noosten und blickte auf die Herbergsuhr. Er war noch gut in der Zeit.

Er stieg in seinen Wagen und fuhr zum Revier. Sie hatten in der Pension ›Wattblick‹ gebucht, und ihre Taschen für den Inselaufenthalt waren schon gepackt. Ein Streifenwagen brachte sie nach Neßmersiel zum Fähranleger. Das Schiff nach Baltrum legte um vier Uhr ab.

Auf der Insel gingen die Beamten direkt zum Hotel.

Sie trugen ihr Gepäck auf das Zimmer, tranken auf der Terrasse Tee und aßen ein Stückchen Rumflockentorte, denn sie hatten keine Mittagspause gehabt. Es war schon später Nachmittag, als sie sich auf den Weg zum Fuhrunternehmer Tuittjer machten.

Das Backsteinhaus lag auf der Wattseite. Hinter dem Haus befanden sich die weiten Deichwiesen, auf denen die Pferde grasten, wenn sie nicht vor Kutschen traben oder Lastanhänger ziehen mußten.

Das Wohngebäude mit den Stallungen und dem Schuppen lag hinter einer von Lebensbäumen verdeckten Mauer in der Nähe des alten ›Spritzenhäuschens‹ und besaß eine eigene, asphaltierte Zugangsstraße.

Der Vorgarten des Backsteinhauses, in dem Tuittjer seine Firma unterhielt, war gut gepflegt, der Rasen frisch gemäht. Die Eingangstür mit den weiß umrandeten Sprossenfenstern war blau lackiert.

Glauwitz betätigte die Klingel. Eine rundliche ältere Dame, sie trug einen beigen Leinenrock und eine helle Sommerbluse, öffnete die Tür.

Ihr Gesicht war gebräunt, ihr graues Haar in einem Knoten zurückgesteckt.

»Bitte schön?« fragte sie freundlich.

»Kripo Emden. Wir hätten gerne Herrn Tuittjer gesprochen«, sagte Glauwitz.

»Mein Mann befindet sich in seinem Büro. Treten Sie ein«, bat sie höflich.

Sie folgten ihr durch einen langen Korridor an vielen Türen vorbei. Die Wände waren getäfelt, der Boden mit roten Fliesen belegt. Eine Seitentür stand offen, und Glauwitz blickte in einen Speiseraum, dessen Fenster dem Wattenmeer zugewandt waren.

Es roch nach Bratfisch.

Der Gang endete vor einer Tür, an der ein Schild mit der Aufschrift ›*Privat*‹ hing.

»Mein Mann kümmert sich um den Fuhrbetrieb, ich sorge für die Gäste«, sagte sie und öffnete die Tür.

»Georg, Besuch!« rief sie, dann wandte sie sich zum Gehen.

Tuittjer war ein untersetzter, kräftiger Mann um die Sechzig. Er besaß ein freundliches, volles Gesicht mit listigen Augen. Sein Haar war grau und kurz geschnitten.

»Treten Sie ein«, forderte er die Beamten auf. »Sie kommen durch die Hintertür. Unsere Angestellten haben bereits Feierabend.«

Tuittjer rückte zwei Stühle in die Nähe seines Schreibtisches.

»Nehmen Sie Platz«, sagte er.

»Danke«, erwiderte Glauwitz. Die Beamten setzten sich auf die Stühle.

»Herr Tuittjer, Kripo Emden«, sagte Glauwitz, zog seine Dienstmarke aus der Tasche und wies sich aus. »Wir benötigen von Ihnen einige Auskünfte.«

»Sie recherchieren sicher im Mordfall Kleedorf«, sagte Tuittjer und setzte sich an seinen Schreibtisch.

»So ist es. Wir vermuten, daß die Leiche der Lehrerin hier auf Baltrum versteckt wurde. Leider besitzen wir zur Zeit keine heiße Spur. Der Unternehmer Kleedorf befand sich mit seiner Frau in finanziellen Auseinandersetzungen wegen einer geplanten Scheidung. Wir halten es deshalb für angebracht, seine Aussagen zu überprüfen«, sagte Glauwitz.

»Ich kenne Rolf Kleedorf seit etlichen Jahren«, erwiderte der Unternehmer. »Er ist ein zuverlässiger und angenehmer Geschäftspartner. Er war vor etwas mehr als zwei Wochen unser Gast und hat in einem Fremdenzimmer übernachtet.«

»Das war die Nacht, in der seine Frau ermordet wurde«, warf Noosten ein.

Tuittjer nickte. »Was Kleedorf nach dem Abendbrot, also ab neunzehn Uhr dreißig, unternommen hat, das entzieht sich leider meiner Kenntnis. Meine Frau und ich haben an diesem Abend an einer Geburtstagsfeier bei Freunden teilgenommen.«

»Und Sie sind spät nach Hause gekommen?« erkundigte sich Noosten.

Tuittjer lachte. »Nein, im Gegenteil, sehr früh. Es wurde bereits hell«, antwortete er.

»Und haben Sie Herrn Kleedorf vor seiner Abreise noch angetroffen?« fragte der Kommissar.

»Nein, ich bin spät aufgestanden«, antwortete Tuittjer.

»Und sein Zimmer?« wollte Noosten wissen.

Der Fuhrunternehmer schaute den Beamten irritiert an. »Kleedorf hat bezahlt, wenn Sie das meinen«, sagte er.

»Wie hat er das Zimmer verlassen?« präzisierte der Assistent des Kommissars.

»Ich weiß nicht, worauf Sie hinauswollen, mir sind aber keine Klagen zu Ohren gekommen. Gesine Bengen, die Tochter eines Freundes, studiert in Aachen Pharmazie und hilft uns während der Saison, alles in Ordnung zu halten. Warten Sie, ich nehme an, daß sie noch im Hause ist«, sagte Tuittjer. »Sie denken an einen übermäßigen Alkoholgenuß? Kleedorf ist sicher kein Kostverächter, aber wir Insulaner sind schließlich auch keine Kinder von Traurigkeit!« Damit stand der Fuhrunternehmer gelassen auf und verließ das Zimmer.

»Chef, der ist richtig«, murmelte Noosten.

Gesine Bengen sah hübsch aus mit ihrem blonden Haar und dem frischen, sonnengebräunten Gesicht.

Sie trug ein dunkelblaues T-Shirt und Jeans, die ihre Figur sehr vorteilhaft zur Geltung brachte.

»Gesine, nimm bitte dort an dem Schreibtisch Platz! Herr Glauwitz und Herr Noosten sind Kriminalbeamte.

Sie recherchieren im Fall Kleedorf«, sagte Tuittjer und setzte sich wieder an seinen Schreibtisch.

»Frau oder Fräulein ...?« fragte Noosten und schaute die Studentin freundlich an.

»Gesine«, antwortete sie lächelnd.

»Gesine, Sie haben das Zimmer des Pferdehändlers Kleedorf nach seiner Abreise wiederhergerichtet?«

Die Studentin nickte.

»Hat der Geschäftsfreund Ihres Chefs das Zimmer in ordentlichem Zustand hinterlassen?« erkundigte sich Noosten.

»Fast, bis auf ein paar Dinge«, sagte Gesine Bengen und blickte zu ihrem Chef hinüber.

Tuittjer schwieg. So als ginge ihn das Gespräch nichts an, studierte er Computerlisten.

»Und worüber haben Sie sich geärgert?« fragte Glauwitz.

Gesine zögerte, doch dann gab sie sich einen Ruck. »Zuerst einmal hatte ich den Eindruck, daß Herr Kleedorf auf der Überdecke genächtigt hatte. Im Abfallkorb fand ich Bierflaschen und einige Papiertaschentücher mit Blutflecken. Auf der Ablage vor dem Spiegel lag ein Wegwerfrasierer mit Blutspuren daran, und in den Handtüchern befanden sich ebenfalls Blutflecken«, sagte die Studentin.

»Sie haben Herrn Tuittjer davon keine Meldung gemacht – also gab es Ihrer Meinung nach eine verständliche Ursache für die Flecken?« hakte Noosten nach.

»Ja, ich bin davon ausgegangen, daß der Gast sich beim Rasieren geschnitten hatte«, sagte die Studentin.

»Sie haben das Handtuch in den Wäschesack geworfen?« fragte Glauwitz, und das Mädchen nickte.

»War der Boden durch Sand verschmutzt?«

»Ja, aber das ist er in allen Zimmern, das sind wir gewohnt!« sagte sie.

»Ist Ihnen sonst noch irgend etwas aufgefallen?« wollte der Kommissar noch wissen.

»Der Gast hatte das Fenster weit geöffnet, dennoch stank es nach Alkohol und Zigarettenrauch. Ich habe die gefüllten Aschenbecher geleert«, erklärte Gesine Bengen.

Tuittjer schob die Listen in die Schreibtischschublade.

»Gesine, schönen Dank«, meinte Glauwitz.

»Wir werden Ihre Aussage in unseren Tagesbericht aufnehmen«, sagte Noosten.

»Dagegen habe ich nichts einzuwenden«, erwiderte Gesine Bengen und verließ das Büro.

»Es ist gut, daß man nicht alles erfährt, was in den Zimmern geschieht«, meinte Tuittjer trocken.

Der Kommissar nickte. »Das kann ich mir vorstellen«, murmelte er.

»Kleedorf gab an, einen weiten Spaziergang unternommen zu haben und dann schließlich am Hafen angekommen zu sein. Das läßt sich leider nicht überprüfen«, fügte er hinzu. »Wissen Sie zufällig, ob er Probleme hatte, ich meine dabei nicht die Streitigkeiten mit seiner Frau.«

»Er hat wohl auch Ärger mit seinen Eltern«, sagte Tuittjer.

»Sie auf die Liste der Verdächtigen zu setzen halte ich allerdings für unangebracht«, erwiderte der Kommissar.

»So war das auch nicht gemeint«, sagte der Unternehmer lachend.

»Für die Untersuchung der Blutflecken sind wir wohl zu spät gekommen«, stellte Noosten fest.

»Kleedorf machte auch keinen wütenden oder verzweifelten Eindruck. Ich nehme an, daß er sich in der Tat beim Rasieren geschnitten hat«, erklärte Tuittjer.

Die Beamten erhoben sich.

»Wir danken für das Gespräch«, meinte Glauwitz.

»Ich wünsche Ihnen viel Erfolg bei Ihren Nachforschungen«, sagte der Fuhrunternehmer, begleitete die Beamten zur Haustür und verabschiedete sich von ihnen.

Glauwitz und Noosten verließen die Straße und betraten den Wanderweg, der am Friedhof entlang zum Süßwasserteich führte.

Auf dem Wattenmeer spiegelte sich das Abendrot.

Über die Deichwiesen strich eine frische Brise vom Meer her, und die Luft war angenehm würzig.

Feriengäste nutzten die Kühle des Abends für einen Spaziergang zur Aussichtsdüne.

Die Beamten näherten sich der hell erleuchteten ›Teestube‹. Auf der Terrasse saßen die Gäste an den Tischen vor ihren Tassen, und die Kinder schleckten Eis.

Die Serviererinnen trugen weiße Blusen und weite Röcke mit ostfriesischen Webmustern.

Im Café gab es keinen freien Platz mehr. Im Kamin loderte ein helles Feuer, und auf den Tischen brannten die Kerzen mit flackernden Flammen. Eine Oase der Gemütlichkeit, dachte Glauwitz und trat an den Tresen, hinter dem eine hübsche junge Frau die Bestellungen der Kellnerinnen entgegennahm. Sie schaute den Kommissar nicht eben freundlich an.

»Sind Sie die Chefin?« fragte Glauwitz.

»Ja; Sie sind unzufrieden?« fragte sie und schob Kuchenteller, Tassen und Teekännchen auf den Tabletts zurecht.

»Nein, keineswegs. Wir hätten gerne einen Tee getrunken, aber es gibt keinen freien Platz mehr. Wir kommen von der Kripo Emden und möchten in Erfahrung bringen, ob der hier auf dem Foto abgebildete Sportler vor drei Wochen Ihr Gast gewesen ist«, sagte Glauwitz.

»Das läßt sich schnell feststellen. Ich hatte keinen Bedienungswechsel«, antwortete die Frau und betrachtete das Bild.

Dann nahm sie Glauwitz das Foto aus der Hand und zeigte es den Mädchen, die ihre Bestellungen vom Tresen abholten.

Die Beamten mußten nicht lange warten.

»Ja, ich habe den Gast bedient«, sagte eine kesse Blondine. »Ein toller Typ!«

»Danke«, meinte Kommissar Glauwitz und verabschiedete sich.

Die Beamten schritten dem Dorf entgegen.

»Bis jetzt ein lückenloses Alibi«, sagte Noosten.

»Was noch nichts zu bedeuten hat. Der Mörder ist ein eiskalter Hund!« erwiderte Glauwitz.

Im ›Charly‹ saßen die Gäste an den Tischen und speisten bei Kerzenschein und leise dudelnder Musik.

Die Theke, die mitten im Raum stand, war von einer Gruppe Touristen umlagert, die sich lautstark unterhielten.

Der Wirt zapfte ununterbrochen Biere, die die Kellner an die Tische brachten, und fand dabei noch Zeit, mit seinen Thekengästen zu klönen.

Die Kneipe war gemütlich, doch für ein Bier auf die Schnelle war es Glauwitz zu laut.

Er zog die Dienstmarke aus seiner Tasche und wies sich aus. »Kripo Emden«, sagte er und reichte dem Wirt das Foto.

»Ach, ein Champ! Ja, er saß drüben am Tisch zwei. Er hat mehrere Biere getrunken und wirkte unruhig und nervös. Aber Probleme hat es keine gegeben«, sagte der Wirt und reichte Glauwitz das Foto zurück.

»Danke«, erwiderte der Kommissar.

Die Beamten verließen die Kneipe und suchten ihre Pension auf.

Dort setzten sie sich an einen Tisch auf der Terrasse, bestellten Pils und zogen das Fazit ihres Inselaufenthalts.

Die Kripo hatte das teure Kleid, in dem die Sängerin Bettina von Kalksund in der ›Metropolitan Opera‹ in New York und in der Mailänder ›Scala‹ große Erfolge gefeiert hatte, an das Rechtsmedizinische Institut der Uni Oldenburg geschickt.

Das Untersuchungsergebnis stand noch aus.

In den Zeitungen erschien auf Veranlassung des Staatsanwaltes erneut Wibke Kleedorfs Foto mit einem entsprechenden Bericht. Die stille Hoffnung, daß Urlauber, vor allem junge Menschen, die vielleicht verbotenerweise in den Dünentälern zwischen Sanddornbüschen und Krüppelkiefern ihre Decken ausbreiteten und in Schlafsäcken nächtigten, zufällig auf das Leichenversteck stoßen würden, hatte sich nicht erfüllt.

Auch die Hunde der Feriengäste, die gegen die Vorschriften im Schutzgebiet frei herumliefen, hatten mit ihren Schnüffelnasen nur Fasane, Kaninchen und Enten aufgeschreckt.

Die Akte ruhte. Erfolge blieben aus.

In Soltau suchte die Kripo bereits seit Mitte April nach dem ›Heidemörder‹, dem zwei knapp dreißigjährige Frauen zum Opfer gefallen waren ...

Ihre zerstückelten Leichen waren durch Zufall von Spaziergängern entdeckt worden.

Der Inselmord zeigte deutliche Parallelen, denn die Mordwaffe war in allen Fällen mit großer Wahrscheinlichkeit ein scharfgeschliffenes großes Messer gewesen, und das Alter der Opfer stimmte ebenfalls überein. Es war nicht auszuschließen, daß der Heidemörder möglicherweise auch auf der Nordseeinsel Baltrum zugeschlagen hatte.

Dagegen sprachen die Margeriten, die allerdings nicht unbedingt der Mörder vor dem Apartment der Lehrerin abgelegt haben mußte, die dem Fall aber auf jeden Fall eine ganz eigene Note verliehen.

Das herrliche Sommerwetter blieb beständig. Die befürchteten starken Gewitter blieben aus. Dafür gab es nachts mehrmals kräftige Schauer, so daß man um die Ernte nicht fürchten mußte. Auf den Feldern fuhren schon die Mähdrescher, und auch die zweite Heuernte war zur Zufriedenheit der Landwirte ausgefallen.

Auf Baltrum erholten sich die Feriengäste in der sauberen Luft, sonnten sich an den Stränden, bauten Sandburgen, erfrischten sich in der Brandung und wanderten durch die Dünen.

Die Kaufleute, Wohnungsbesitzer und Inhaber der Pensionen und Hotels vermieden das Getratsche um den Mord an der Lehrerin, damit das Geschäft keinen Schaden nahm. Das Verbrechen aufzuklären war Sache der Emder Kripo, und alle hofften auf einen baldigen Erfolg.

Glauwitz und Noosten saßen im Dienstzimmer und studierten den Bericht des Rechtsmedizinischen Instituts der Uni Oldenburg.

Jetzt bestanden keine Zweifel mehr: Eine Überprüfung der Fingerabdrücke hatte bestätigt, daß es sich bei dem Opfer um die vermißte Lehrerin Wibke Kleedorf aus Emden handelte.

Weiterhin erfuhren die Beamten, daß im Galakleid der Sängerin Spuren von Sperma gefunden worden waren, und andere Details ließen darauf schließen, daß Wibke Kleedorf das Kleid während eines Geschlechtsaktes getragen hatte.

Die dunklen Flecken waren von herkömmlichem Fahrradöl verursacht worden, und die Risse in dem an sich festen Gewebe führten die Gutachter auf gewaltsame Einwirkung zurück.

Glauwitz reichte Noosten das Gutachten. »Die Ergebnisse entsprechen nur zum Teil den Aussagen des selbsternannten Verlobten der Studienrätin. Von Gewaltanwendung war in seiner Schilderung nicht die Rede«, sagte er nachdenklich.

Noosten las seinerseits den Bericht durch und legte ihn dann beiseite. »Der Lehrer hat uns da wohl mit voller Absicht einiges verschwiegen«, meinte der Assistent des Kommissars.

»Faxe bitte nachher den Bericht an den Staatsanwalt durch«, sagte Glauwitz.

»Chef, dieser von Kalksund ist pervers«, stellte Noosten trocken fest.

»Wie meinst du das?« erkundigte sich der Kommissar.

»Frau Kleedorf wäre doch nie auf die Idee gekommen, sich an einem heißen Sommertag so gekleidet in der Öffentlichkeit zu präsentieren. Sie ist wahrscheinlich fluchtartig in dem teuren Kleid zu ihrer Wohnung geradelt. Von Kalksund hat sie, so nehme ich an, in seinem Bungalow vergewaltigt und dabei das Kleid zerrissen«, vermutete Noosten.

»Und sie wollte von ihm nichts mehr wissen«, sagte Glauwitz und fuhr nachdenklich fort: »Von Kalksund, dem nach vielen Jahren des Verzichts endlich ein sexueller Höhepunkt gelungen war, packte vermutlich weitere Kleidungsstücke seiner Mutter in eine Reisetasche und fuhr nach Baltrum, um sich und seine Verlobte zu beglücken. Er reiste mit Margeriten an. Und erlebte eine herbe Enttäuschung!«

»Vielleicht hat von Kalksund sogar irgendwie erfahren, daß seine ›Verlobte‹ ihn mit einem Schüler betrog«, sagte Noosten.

»Unserer Phantasie sind keine Grenzen gesetzt«, antwortete Glauwitz.

»Chef, angenommen, von Kalksund war angereist, legt enttäuscht die Blumen vor dem Apartment ab und wartet irgendwo versteckt mit Blick auf die Haustür. Er ist besessen und blind vor Eifersucht. Er folgt Wibke in die Dünen und verrichtet sein schreckliches Werk«, folgerte Noosten.

»Sollten unsere theoretischen Erkenntnisse dem wirklichen Ablauf nahekommen, dann hätte auch von Kalksund die Nacht in den Dünen verbracht«, stellte Glauwitz fest.

»Ein Messer kann er mitgebracht haben, weil er seine Braut nicht Auge in Auge mit seinen bloßen Händen erwürgen wollte oder weil er damit rechnen mußte, seinem Nebenbuhler zu begegnen. Doch wie verhält es sich mit einer Schaufel oder einem Spaten?« fragte Noosten.

»Da gab es keine Probleme. In den meisten Strandkörben liegen Sandschüppen, und selbst Eddi de Jonge läßt seine Schaufeln, Spaten und Besen über Nacht vor seinem Container stehen«, sagte der Kommissar.

»Motiv Eifersucht! Nur mal angenommen, daß die Blutspuren im Handtuch der Pension nicht durch einen Wegwerfrasierer verursacht wurden. Der alkoholisierte Pferdehändler hat mit seiner Wibke ein Hühnchen zu rupfen und befindet sich auf Baltrum. Er verkauft Pferde und besitzt kein Alibi für die Zeit vom Abendbrot bis zum frühen Morgen. Den Heidemörder können wir vergessen«, stellte sein Assistent lakonisch fest.

»Rolf Kleedorf wußte aber von nichts, wie er behauptet. Der Mörder löste sozusagen seine Probleme, denn Wibkes Ansprüche sind erloschen, und mehr noch, der Pferdehändler ist der Erbe ihrer Wertpapiere und ihres hübschen Apartments in der Gartenstraße«, sagte Glauwitz ironisch.

»Der Privatdetektiv hat möglicherweise bei ihm abkassiert und ihm weitere Informationen geliefert, die seine Eifersucht noch gesteigert haben. Kleedorf ist es sicher nicht gewohnt, daß jemand sich seinem Willen widersetzt.«

»Und er versteht es auch, mit einem scharfen Messer umzugehen. Hatte er seinen Termin bei Tuittjer vielleicht eiskalt geplant, um mit seiner Frau Schluß zu machen? Für ihn stand finanziell viel auf dem Spiel«, sinnierte der Kommissar. Dann fiel ihm noch etwas ein, und er fügte hinzu: »Den Mörder muß auch der Ring an der Hand gestört haben.«

»Ihm traue ich den Mord zu. Er ist das Urbild eines konsequenten, erfolgreichen Mannes, der rücksichtslos alles niederwalzt, was sich ihm in den Weg stellt«, meinte Noosten.

»Richtig. Auf der anderen Seite haben wir es bei von Kalksund mit einem Mann zu tun, der offenkundig und vielleicht krankhaft an einem Komplex leidet, was die Beziehung zu seiner verstorbenen Mutter angeht. Dieser Komplex war der Grund dafür, daß er die Lehrerin in den Kleidern fotografierte und sie zum Beischlaf gezwungen hat«, sagte Glauwitz.

»Der Schulleiter sprach aber mit Hochachtung von ihm«, sagte Noosten.

»Ich bin kein Psychologe, erst recht kein Therapeut. Der Staatsanwalt könnte sich, wenn es erforderlich sein sollte, anhand der Beihilfeleistungen des Lehrers über Arztbesuche und Anwendungen ein Bild verschaffen. Ich könnte mir vorstellen, daß da einiges im argen liegt«, stellte der Kommissar fest.

»Und ich gehe davon aus, daß er uns ganz einfach belogen hat. Seine parapsychologische Macke zieht bei mir nicht. Ich habe da so meine eigenen Vorstellungen«, sagte Noosten.

»Du gehörst zu denen, die der sogenannten Patchwork-Religion frönen, sich den Glauben aus den Aussagen der großen Richtungen selbst zusammenbasteln. Das ist deine Angelegenheit. Doch unabhängig davon, ob er die Stimme seiner Mutter gehört hat oder nicht, müssen wir von ihm erfahren, ob er sich zur Tatzeit auf Baltrum aufgehalten hat«, murmelte Glauwitz.

»Seine Margeriten vor der Apartmenttür könnten ihrerseits wiederum Rolf Kleedorf um den Verstand gebracht haben«, sagte Noosten.

In das Dienstzimmer drang Glockengeläut. Glauwitz schaute auf seine Armbanduhr: Es war genau sechs Uhr abends.

Durch das Fenster drang kühle Luft in das Dienstzimmer. Noosten spielte nachdenklich an seiner Zigarettenpackung herum.

»Synninga befand sich zwischen den Fronten«, sagte er.

»Vielleicht war er auch der Mörder – aber ich finde dafür einfach kein Motiv«, meinte Glauwitz.

»Und dennoch dürfen wir ihn nicht außer acht lassen«, warnte Noosten. Er zog eine Zigarette aus der Schachtel und steckte sie an. Dann stieß er heftig den Rauch aus und lehnte sich zurück.

»Solange wir die Leiche der Lehrerin nicht gefunden haben, werden wir weiterhin in jeder Hinsicht im dunkeln tappen«, vermutetet der Kommissar.

Der Rauch zog in dichten Schwaden nach draußen, und dafür drang der Lärm des Berufsverkehrs in den Raum.

»Warten wir also auf einen Fehler des listigen Mörders«, sagte Noosten und drückte seine Kippe im Aschenbecher aus.

Der PREWEKA-Markt, eine stattliche Filiale der großen Ladenkette, befand sich auf der Auricher Straße in der Nachbarschaft weiterer Großmärkte und Tankstellen.

Die Parkplätze waren an diesem Morgen nur spärlich genutzt.

Der Wind war lau und wehte aus südwestlicher Richtung. Die Sonne schien. Am Himmel trieben weiße Wolken. Unter dem Dachvorbau des Supermarktes standen die zusammengeschobenen Einkaufswagen.

Grelle Plakate verkündeten Sonderangebote.

Glauwitz steckte eine Mark in den Schlitz des Schlosses, löste die Kette und schob den Einkaufswagen durch die breite Eingangstür.

»Wir wollen sie aber nicht erschrecken, oder?« meinte Noosten, der den Kommissar begleitete.

»Keineswegs. Ich kaufe ein paar Kleinigkeiten ein«, antwortete Glauwitz.

Sie gingen am Tresen des Bäckers vorbei, wo es nach knusprigen Brötchen und frischem Kuchen duftete.

Die Sperre öffnete sich. Zwischen den gutgefüllten Regalen bewegten sich die Kunden.

Am Obststand lud gerade eine Verkäuferin Pappkisten mit spanischen Strauchtomaten vom Schiebewägelchen.

»Entschuldigen Sie, wir suchen Tanja Dechner«, sagte Noosten.

Die junge Frau richtete sich nicht einmal auf. »Käsestand«, sagte sie knapp, ohne ihre Arbeit zu unterbrechen.

Die Beamten gingen durch die Feinkostabteilung, an den Gefriertruhen entlang zum Käsestand, der sich am Kopfende des Marktes befand.

Noosten hielt sich zurück und studierte das Angebot der benachbarten Frischfleischabteilung.

Glauwitz stellte sich hinter einer alten Frau an. Die Verkäuferin packte Schnittkäse ein, schrieb den Preis auf das Papier und reichte der Kundin die Ware.

»Bitte schön?« fragte sie und sah den Kommissar freundlich an. Sie war noch jung und recht hübsch mit ihrer blonden Haarmähne und den blauen Augen. In ihrem weißen Kittel wirkte sie adrett.

»Ein Pfund vom Oldenburger Gouda aus dem Angebot«, sagte Glauwitz und zeigte auf das Plakat, das an der weißen Fliesenwand hing.

»Am Stück oder geschnitten?« fragte das Mädchen und nahm den Käselaib aus der Kühlung.

»Am Stück«, bat Glauwitz und beobachtete, wie geschickt sie mit dem Käsemesser umging.

Die Verkäuferin legte das Käsestück auf die Waage. »Ein paar Gramm mehr?« fragte sie lächelnd.

Glauwitz nickte und sah zu, wie sie mit ihren schlanken Fingern den Käse einwickelte und den Preis auf das Papier schrieb.

»Haben Sie sonst noch einen Wunsch?« erkundigte sie sich dann und reichte dem Kommissar den Einkauf.

»Kripo Emden, mein Name ist Glauwitz. Drüben wartet mein Kollege. Wir haben ein paar Fragen, die wir Ihnen gern ohne Aufsehen stellen würden«, sagte Glauwitz.

Tanja Dechner erschrak sichtlich und schaute sich ängstlich um. Ihre Hände fuhren nervös durch ihre blonden Haare.

»Wir hatten heute morgen Lieferung. Ich habe eingeräumt und noch keine Frühstückspause gehabt. Ich komme gleich zur Cafeteria, wenn es Ihnen recht ist – da sind um diese Zeit nur wenig Kunden«, sagte sie.

Glauwitz nickte und schob den Einkaufswagen am Fleischtresen vorbei. Noosten begleitete ihn.

Die Cafeteria war ein mit künstlichen Blumen und schreiend bunten Postern geschmückter Raum. Durch eine Fensterwand ging der Blick über den riesigen Parkplatz hinweg bis auf die weiten Felder.

An einigen Tischen saßen Rentner.

Sie lasen Zeitung, einige rauchten und nippten an ihren Kaffeetassen.

Die Beamten suchten sich einen Tisch im unbesetzten

hinteren Teil der Cafeteria und entschieden sich für Kaffee.

Noosten holte die Kännchen vom Tresen ab.

Tanja Dechner hatte ihren Kittel abgelegt. Sie blickte gehetzt zum Tisch der Beamten, während ihre Kollegin ihr ein Kännchen Kaffee auf das Tablett stellte.

Sie trug Jeans und ein weißes Pilotenhemd, das sich über ihren vollen Brüsten spannte.

Mit dem Tablett in der Hand trat sie wenig später an den Tisch. »Darf ich?« fragte sie höflich.

»Wir bitten darum«, sagte Noosten und blickte in das angespannte Gesicht des Mädchens. Tanja stellte das Tablett auf den Tisch und nahm auf dem freien Stuhl Platz.

Dann goß sie sich Kaffee ein, gab Sahne dazu und nahm einen kräftigen Schluck.

Glauwitz bemerkte die einfachen Ohrstecker und die billigen Ringe an ihren Händen.

Noosten zog seine Zigarettenschachtel aus der Jacke und hielt sie Tanja hin. »Danke«, sagte sie und lächelte verkrampft.

Noosten reichte ihr Feuer und steckte sich selbst auch eine Zigarette an.

»Frau Dechner, haben Sie erfahren, daß Ihre Lehrerin, Frau Kleedorf, auf Baltrum ermordet worden ist?« fragte Glauwitz.

Die Auszubildende nickte stumm, nahm einen kräftigen Zug, blies den Rauch von sich und senkte den Blick.

»Nach den Aussagen des Leiters der Berufsschule haben Sie und Ihre Freundin Katja Jerdjens sich mit der Lehrerin angelegt und versucht, während einer für Frau Kleedorf wichtigen Lehrprobe den Unterricht zu sabotieren«, sagte Noosten.

Tanja Dechner griff nach ihrer Tasse und nahm einen Schluck Kaffee. Sie rutschte unruhig auf ihrem Stuhl hin und her und schien nach Worten zu suchen. Zwischen ihren Fingern glimmte die Zigarette. Schließlich blickte sie die Beamten verlegen an.

»Das bedaure ich heute. Aber Frau Kleedorf war maßlos arrogant. Sie ließ uns fühlen, daß wir für sie nicht zählten. Kann doch nichts dafür, daß mein Vater arbeitslos ist, wir von der Sozialhilfe leben und uns einschränken müssen! Sie war schön und konnte sich alles leisten, wie die Frauen in den Filmen«, sagte sie, zog noch einmal an der Zigarette, blies dann den Qualm aus und drückte die Kippe in den Aschenbecher.

»Und was hatte es mit der Ratte auf sich?« fragte Glauwitz.

Tanja erschrak, und jetzt schien sie wirklich Angst zu haben.

»Nur heraus mit der Sprache!« forderte Noosten sie auf.

Tanja atmete tief durch.

»Das war nicht meine Idee. Katja hatte ihren Hund mit auf einen Spaziergang genommen und ihn im Feld auf eine Ratte gehetzt. Der Hund biß zu und schleppte die Ratte zu uns. Es war ekelhaft«, sagte sie und begann zu weinen.

»Ihr habt den Hund dann samt seiner Beute zur Tür des Apartments der Lehrerin geführt?« fragte der Kommissar.

»Ja. Mir war wahnsinnig schlecht«, murmelte Tanja.

»Sie und Ihre Freundin haben auch die Fahrradreifen der Lehrerin zerschnitten«, vermutete Noosten.

Tanja Dechner entnahm ihren Jeans ein Taschentuch und tupfte sich damit die Tränen ab.

»Ja«, antwortete sie.

»Und deine Freundin Katja Jerdjens? Der Schulleiter berichtete uns, daß sie ihren Ausbildungsplatz verloren hat«, sagte Noosten.

Tanja schaute auf. In ihrem Gesicht lag ein Ausdruck des Bedauerns.

»Bei ihr zu Hause lief gar nichts mehr. Hinzu kam, daß sie sich unglücklich verliebt hatte. Ihr Freund hat sie mit einer anderen betrogen, weil er von ihr genug hatte. Dabei war sie die schönste von uns Azubis. Sie hätte jeden haben können!«

»Und was macht sie jetzt?« wollte der Kommissar wissen.

»Ich hab' sie seit Ferienbeginn nur noch einmal gesehen, und da erzählte sie etwas von einem Job als Bedienung im ›Burgblick‹.«

»Wir werden uns dort erkundigen«, sagte Noosten.

»Warum?« fragte Tanja alarmiert.

»Weil der Hausmeister der Apartmentanlage gegen Sie und Ihre Freundin einen Strafantrag gestellt hat«, antwortete Glauwitz.

»Das ist doch Schwachsinn! Es war doch nur ein Streich!« antwortete Tanja empört.

»Der Staatsanwalt ist da anscheinend anderer Meinung. Er wird Ihnen eine Vorladung schicken«, meinte Noosten.

Tanja erschrak. »Ich sehe ja ein, daß wir Mist gebaut haben, und bereue das auch sehr. Katja hat die Reifen zerschnitten, und sie hatte auch die Idee mit der Ratte ...«, murmelte sie kleinlaut.

»Warum haben Sie denn dagegen keine Einwände erhoben?« hakte Noosten nach.

»Ich wollte nicht kneifen. Wir haßten die Lehrerin, Katja noch mehr als ich«, sagte sie.

»Und Katja wollte Frau Kleedorf einen Denkzettel verpassen?« fragte Glauwitz.

Tanja nickte schweigend.

»Und wie verhielt sich Frau Kleedorf nach diesen Vorfällen Ihnen gegenüber im Unterricht?« fragte Noosten.

»Kurz danach hatte sie Besuch vom Direktor und dem Schulrat. Katja wurde gefeuert, und wir bekamen einen anderen Lehrer.«

»Kellnert Katja noch im ›Burgblick‹?« fragte Glauwitz.

»Das weiß ich nicht. Wir haben uns seit Wochen nicht gesehen. Ich habe jetzt einen neuen Freund, der nicht gerne in die Disco geht. Er ist Maurer und hilft am Bau seiner Eltern«, sagte Tanja und trank einen Schluck Kaffee. »Muß ich wirklich vor Gericht? Kann ich mich nicht einfach bei dem Hausmeister entschuldigen?«

»Bei Frau Kleedorf können Sie sich leider nicht mehr entschuldigen. Haben Sie einen Verdacht, wer ihr Mörder gewesen sein könnte?« fragte Noosten.

Tanja fuhr zusammen und begann wieder unruhig auf dem Stuhl herumzurutschen. »Woher soll ich das wissen? Sie sprach gelegentlich nicht sehr freundlich über ihren Mann, mit dem sie auseinander war. Aber sonst … keine Idee!«

»Frau Dechner, wir fertigen über dieses Gespräch ein Gedächtnisprotokoll an«, sagte Glauwitz.

»Wenn mein Chef davon erfährt, bin ich geliefert«, stieß das Mädchen ängstlich hervor.

»Wir sehen keine Veranlassung, ihm den Vorfall mit der Ratte mitzuteilen und ihn über unseren Besuch zu informieren«, beruhigte sie der Kommissar.

Tanja Dechner atmete erleichtert auf. »Danke«, sagte sie.

»Wir werden uns beim Hausmeister für Sie verwenden und erwarten von Ihnen im Gegenzug, daß Sie uns helfen, Katja Jerdjens aufzufinden«, erklärte Noosten zum Abschluß.

Die Beamten erhoben sich. Tanja reichte ihnen erleichtert die Hand, die kalt und feucht war.

Der ›Burgblick‹ in Pewsum stand zwischen alten Bürgerhäusern an einer breiten Allee. Auf der Terrasse nahmen Feriengäste unter schattigen Bäumen mit Blick auf die kleine, hübsch restaurierte Burg ihr Mittagessen ein.

Auch im Lokal selbst waren die Tische besetzt.

Die alten geschwärzten Deckenbalken wirkten rustikal. An der vertäfelten Wand hingen historische Fotos von Marinesoldaten aus der Zeit vor dem Ersten Weltkrieg; mit Torf beladene Tjalken, Segelfrachtkähne und Hunde, die Milchkarren zogen.

Es duftete nach Fisch, Braten und Pommes.

Hinter dem Tresen stand ein kräftiger, etwa vierzigjähriger Mann.

Er trug ein weißes Hemd und eine dunkle Lederweste. Sein Gesicht war über und über mit Sommersprossen bedeckt, und sein dichter blonder Haarschopf hatte einen rötlichen Ton. Ein Ostfriese wie aus dem Bilderbuch, dachte Noosten. Der Mann blickte die Beamten fragend an. »Wenn Sie einen freien Tisch suchen, kann ich Ihnen gern behilflich sein. Wenn Sie aber Beschwerden loswerden wollen, ist es mir lieber, wenn Sie wieder gehen«, meinte er grinsend.

»Wenn Sie der Chef des Hauses sind, dann erwarten Sie von uns keinen großen Umsatz. Wir können höflichkeitshalber ein Kännchen Kaffee oder Tee trinken, aber gekommen sind wir, um Ihnen ein paar Fragen zu stellen«, sagte Glauwitz und zog das Messingkettchen mit der Dienstmarke aus seiner Jackentasche. »Kripo Emden«, fügte er hinzu.

Der Wirt griff nach einem leeren Glas und zapfte ein Bier.

»Ich höre«, sagte er ironisch.

»Bei Ihnen muß eine junge Dame namens Katja Jerdjens gearbeitet haben. Wir suchen sie wegen einer Zeugenaussage«, erklärte Noosten.

Der Wirt stellte das Glas ab und schob ein weiteres unter den Zapfhahn.

»Ja, die hat kurz bei mir gearbeitet. Eine hübsche Dirn. Sie ist auch bei den Gästen gut angekommen«, meinte er. »Aber sie hat schon nach kurzer Zeit wieder gekündigt!«

»Wann war das?« fragte Glauwitz.

»Vor etwa vier Wochen«, antwortete der Wirt, ohne seine Arbeit zu unterbrechen.

»Und Sie wissen nicht, wo sie Arbeit gefunden hat?« erkundigte sich Noosten.

»Fragen Sie am besten beim Arbeitsamt nach. Meine Frau war froh, als sie uns verließ«, erzählte der Wirt augenzwinkernd.

Die Beamten bedankten sich, verließen den ›Burgblick‹ und gingen zu ihrem Wagen, den sie auf dem Marktplatz abgestellt hatten.

Das Arbeitsamt besaß keine neuen Informationen über Katja Jerdjens.

Die Beamten fuhren nach Borsum. Sie verließen die Hauptstraße, passierten die Wohnviertel mit den Reihenhäusern und näherten sich dem Ortsrand. Glauwitz lenkte den Passat an heruntergekommenen Wohnblocks vorbei zum Ackerweg.

Die meisten Fenster der Mietskasernen, in denen sozial schwache Familien und Asylbewerber lebten, standen offen, und draußen herrschte reges Treiben.

Auf dem verwilderten Rasen spielten Kinder. Frauen saßen auf Decken in der Sonne.

»Ein dornenvoller Weg von hier zur Gesamthochschule nach Gießen«, murmelte Noosten.

»Das schaffen nur die wenigsten. Es interessiert mich, was aus Katja Jerdjens geworden ist. Der Wirt hat ja bestätigt, was auch Tanja Dechner uns sagte – sie muß ein außergewöhnlich hübsches Mädchen sein!« Der Kommissar verlangsamte das Tempo.

»Drüben werden wir sicher mehr erfahren«, sagte Noosten und blickte auf ein kleines Häuschen ganz am Ende des Ackerweges.

»Das ist ihr Zuhause, richtig, die Nummer 16«, stellte Glauwitz fest.

Auf dem ungepflegten Rasen vor dem Haus standen Gartenzwerge, und sogar einige Sommerblumen sprossen hier und da aus dem unkrautüberwucherten Boden.

Auf dem Grundstück türmten sich außerdem Autoteile, Bauschutt, alte Fahrräder und ausgeschlachtete Motoren.

Die Straße endete vor einem Wassergraben, und Glauwitz parkte den Wagen seitlich davor auf einem Rasenstück.

Die Beamten verließen den Wagen und näherten sich dem Haus, das im grellen Licht der Sonne reichlich reparaturbedürftig wirkte.

Ein Schäferhund stürzte ihnen entgegen. Er bellte aggressiv und fletschte die Zähne. Dann trat ein Mann vor das Haus und pfiff das Tier zurück. Er wirkte ungepflegt. Seine Haare hingen strähnig herunter. Er trug schmutzige Jeans und ein fleckiges T-Shirt. Sein volles Gesicht war von einem struppigen Bart umrahmt. Sein Blick wirkte feindselig.

Ihm stand der Sinn nicht nach Besuch, das signalisierte seine finstere Miene nur allzu deutlich.

»Sie haben sich bestimmt verfahren«, sagte er unhöflich.

»Vielleicht. Aber wenn Sie der Vater von Katja Jerdjens sind, dann sind wir bei Ihnen genau an der richtigen Adresse«, gab Noosten unbeeindruckt zurück.

Der Schäferhund bellte. »Und was wollen Sie von meiner Tochter?« rief der Mann.

»Wir benötigen ihre Anschrift. Sie ist Zeugin in einem Fall. Wir kommen von der Kripo«, sagte Glauwitz ruhig.

»Dann kommen Sie vergeblich. Ich betreibe hier meinen Schrotthandel. Es war ihr wohl zu dreckig, jedenfalls ist sie auf und davon! Sie strebt nach Höherem!« sagte der Mann, nahm seinen Hund am Halsband und ging davon.

»Aber hören Sie«, rief Noosten. Der Mann drehte sich kurz um.

»Ihr miesen Bullen«, schrie er noch, dann war er im Haus verschwunden.

»Das war der Hund, der die Ratte totgebissen hat«, meinte Noosten.

Die Beamten gingen zu ihrem Wagen und stiegen ein. Glauwitz wendete den Passat, und kurz darauf rollte der Wagen wieder in Richtung Innenstadt.

Für den Gemeindearbeiter Ulfert Rykena war das Rauschen der Wellen, die donnernd auf den Nordstrand aufliefen, eine Alltäglichkeit.

Die frische Seebrise strich mit Windstärke 5 über die Halme des Strandhafers und fuhr durch die Sanddornsträucher. Rykena hatte sein Hemd ausgezogen und es zu seiner Tasche gebracht, die an der Peilbarke stand, denn die Sonne schien heiß in das Dünental. Nur gelegentlich zogen leichte Schönwetterwolken über den Himmel.

Es war Ende August. Rykena schwitzte bei der Arbeit. Sein kräftiger Oberkörper war braun gebrannt. Auf seinem Kopf saß eine verblichene Elbsegler-Mütze.

Am Tag zuvor war er in Begleitung seiner Kollegen mit dem Unimog und einem Pferdekarren in die Dünen gefahren. Sie hatten Strohballen entlang des Reiterweges plaziert, denn der Wind hatte, bedingt durch den trockenen Sommer, die von den Hufen der Pferde zerstampften Strohhalme davongetragen. Im September reisten meist viele Reiter an, also mußten bis dahin die Wege wieder instand gesetzt sein.

Rykena knipste mit der Zange den Draht durch, der die Ballen zusammenhielt, verteilte das Stroh auf dem Weg und vermischte es mit Sand. Er schaute auf seine Armbanduhr. Die Entfernung zur Dünenkante, über die die Reiter auf den offenen Nordstrand gelangten, betrug noch etwa fünfhundert Meter. Rykena schätzte, daß er am späten Nachmittag mit seiner Arbeit fertig werden würde.

Um halb eins hatte er den Weg bis zur Teilbarke ausgebessert und begann seine Mittagspause. Er setzte sich in den Schatten der Barke, entnahm seiner Tasche die Brote und genoß seine Pause.

Dann rauchte er eine Zigarette, packte die Zeitung in die Tasche und erhob sich, um seitlich der Barke im Windschatten einem dringenden Bedürfnis nachzugeben. Dabei blickte er irritiert auf Strandgut, das hier nichts zu suchen hatte.

Sie fuhren jeden Tag während der frühen Morgenstunden mit dem Unimog am Strand entlang, sogar bis zum Osterhook, an dem sich nur selten Wanderer aufhielten, um angetriebenen Unrat aufzuladen. Vielleicht haben hier Kinder gespielt, dachte er, knöpfte sich die Hose zu und trat an das Sammelsurium aus Balken und Bretterresten. Vertrocknetes Moos und abgestorbene Birkenzweige lagen wie zufällig herum.

Rykena schüttelte den Kopf. Er schob das Strandgut beiseite und entdeckte die vom Regen freigewaschenen Ecken einer Holzplatte. Er ging zum Reitweg, holte seine Schaufel und entfernte den Sand. Große schwarze Buchstaben ließen darauf schließen, daß die Holzplatte einst Bestandteil einer Seeverpackung gewesen sein mußte.

Er las

DUFFLAGER
OR 285
M. & M. L.T.D.

Rykena bückte sich, griff nach den Vorderkanten der Platte und hob sie vorsichtig an.

Ihm stieg ein herb-süßlicher Duft entgegen, der ihn an verwelktes Laub im Spätherbst erinnerte.

Nägel saßen in einer Blechumrandung. Er warf die Holzplatte beiseite und blickte auf feuchten Sand, in dem er einige Muschelschalen und ein paar Maden entdeckte.

Rykena stieß die Schippe in den Sand und erschrak, als er ein seltsames Knirschen vernahm. Er schaute sich um und wünschte sich einen der Reiter herbei, die meistens am Nachmittag mit ihren Pferden in den Dünen unterwegs waren.

Doch an diesem heißen Mittag war er mutterseelenallein hier in der ›Weißen Düne‹, die Wanderer so gut wie nie betraten. Ulfert Rykena trieb es den Schweiß auf die Stirn. Er entfernte mit seinen festen Arbeitsschuhen vorsichtig noch mehr Sand, und sein Blick fiel auf faulendes Fleisch.

»O Gott!« rief er aus, und ihm wurde übel.

Ulfert Rykena lief, so schnell er konnte, in Richtung Dorf.

Verschwitzt und völlig ausgepumpt erreichte er das kleine Haus, in dem Polizeimeister Pit Saathoff seine Dienststelle hatte. Er war am Ende seiner Kräfte, als Saathoff ihm die Tür öffnete und ihn in das kleine Wohnzimmer führte. Dort gelang es ihm erst nach einiger Zeit, sich so weit zu erholen, daß er dem Inselpolizisten alles über seinen grausigen Fund berichten konnte.

Wachtmeister Saathoff langte zum Telefonhörer und rief die Kripo an. Er bekam Glauwitz an den Apparat. »Herr Kommissar, einer unserer Gemeindeangestellten hat beim Ausbessern des Reitweges in den Dünen die Leiche der Lehrerin gefunden«, sagte er.

Der Wachtmeister hörte, wie der Kommissar aufatmete.

»Können Sie die Fundstelle absichern?« fragte Glauwitz.

»Ich denke schon. Ich werde Eddi de Jonge bitten, mit seinen Leuten entsprechende Maßnahmen einzuleiten«, antwortete der Wachtmeister.

»Hervorragend. Einen Moment noch; der Fahrplan ...«, murmelte Glauwitz.

»Den habe ich hier vor mir liegen. Um sechzehn Uhr fünfundvierzig ab Neßmersiel«, sagte Saathoff.

»In Ordnung – wir kommen«, erklärte der Kommissar.

»Bis dann«, sagte Saathoff und legte auf.

Er wählte als nächstes die Nummer von Eddi de Jonge.

»Strandaufsicht und Strandkorbvermietung de Jonge«, meldete sich der Feuerwehrchef.

»Hier Pit Saathoff. Eddi, wir benötigen deine Hilfe. Ulfert Rykena hat beim Ausbessern des Reiterweges in der Nähe der Peilbarke die Leiche der Lehrerin gefunden. Wir müssen den Fundort absichern und den Reiterweg oberhalb der Jagdhütte für die Reiter sperren. Die Kripo reist heute noch an«, sagte der Wachtmeister.

»Ich habe sowieso keine freien Körbe mehr, ich schließe für heute den Laden«, erwiderte Eddi entschlossen. »Wo finde ich euch?«

»Treffpunkt Feuerwehrzentrale. Bring bitte einen Sarg mit«, bat Saathoff und legte auf.

»Endlich«, murmelte Glauwitz erleichtert vor sich hin. Er fertigte eine Aktennotiz an und heftete sie ab. Es war genau vierzehn Uhr. Der Kommissar rief den Staatsanwalt an und unterrichtete diesen über die neueste Entwicklung. Danach verließ er sein Dienstzimmer und sprach mit dem Fahrdienst.

Noosten kam gerade rechtzeitig von Petkum zurück, wo zwei osteuropäische Gangster am Vorabend einen Tankwart mit einer Schußwaffe bedroht und die Tageseinnahme hatten mitgehen lassen.

»Rumänen oder Polen auf der Durchreise. Ich habe das LKA benachrichtigt. Fallingbostel, Verden, Achim, Bremerhaven, Hude, Jever und jetzt Petkum«, sagte er erregt.

»Dir bleibt wenig Zeit für das Protokoll. Um Viertel vor fünf Uhr legt die Fähre nach Neßmersiel ab. Ein Gemeindearbeiter hat die Leiche im östlichen Teil der ›Weißen Düne‹ gefunden«, sagte Glauwitz.

»All up Stee! Ich fahre sofort nach Hause und packe meine Tasche«, erwiderte Noosten und verließ eilig das Dienstzimmer. Glauwitz rief die Pension ›Wattblick‹ an.

Um halb sechs legte die ›Baltrum‹ auf der Insel an. Die Fahrgäste strömten von Bord, und es herrschte die übliche Hektik. Hotel- und Pensionsangestellte luden das Gepäck der Gäste auf Fahrradanhänger und Pferdedroschken.

Der Wind wehte kühl aus nordöstlicher Richtung, und die Sonne stand schon recht tief.

Glauwitz und Noosten schritten dem Dorf entgegen. Sie trugen ihre Reisetaschen, und Noosten hatte zusätzlich den Spurensicherungskoffer in der Hand.

»Der Mörder hat für die Leiche ein fast sicheres Versteck gewählt. Ich gewinne den Eindruck, daß er sich auf

Baltrum bestens auskennt«, sagte Glauwitz, während sie sich der Pension näherten.

Die Dame an der Rezeption lächelte freundlich und reichte Glauwitz den Schlüssel. »Wie immer unser Beamtenzimmer?« fragte sie scherzhaft. »Solange Sie das Zimmer nicht ›Bullenkammer‹ nennen, sei Ihnen verziehen«, antwortete Noosten.

»Sind Sie ausgebucht?« erkundigte sich Glauwitz.

»Bis in den November. Und wie sieht es bei Ihnen aus?«

»Sie lesen doch sicher Zeitung. Wir sind bis zu unserer Pensionierung ausgebucht«, scherzte Noosten.

»Und der Mord?« fragte die Dame. »Gibt es etwas Neues?«

»Auch das steht bald in den Zeitungen«, sagte Glauwitz.

Die Beamten suchten das Zimmer auf, stellten ihre Reisetaschen ab und verließen das Hotel durch die Hintertür.

Auf dem kleinen Platz vor der Eisdiele stand ein Feuerwehrfahrzeug.

»Es wird ernst«, sagte Glauwitz, als sie sich der Tür des Polizeipostens näherten.

Der Kommissar betätigte die Klingel.

Pit Saathoff öffnete ihnen in voller Uniform.

»Ulfert Rykena hat das Protokoll bereits unterschrieben. Er befindet sich zu Hause, wenn Sie ihn befragen wollen«, sagte der Wachtmeister. Eddi de Jonge erschien hinter ihm im Flur.

»Danke für den Tee«, sagte er zu Pit Saathoff.

Eddi wirkte aufgekratzt. Er nahm seine Prinz-Heinrich-Mütze kurz ab und reichte den Beamten die Hand.

»Wir haben den Reiterweg abgesperrt, ein paar von unseren Jungs halten dort die Totenwache. Kein erfreulicher Anblick! Wenn es heikel wird, ich habe einen

Schluck an Bord«, sagte er und ging zum Unimog. Er trug über einem Sommerhemd die Feuerwehrweste.

Saathoff verschloß noch die Tür, dann folgte er mit den Beamten dem Brandmeister, und sie stiegen ein.

Der Feuerwehrchef fuhr los. Er lenkte den Unimog hinter der Kaimauer auf den Strand, an dem sich nur noch wenige Badegäste befanden, und drosch mit voller Geschwindigkeit an den ausrollenden Wellen entlang zum Nordstrand.

Glauwitz sah den Mannschaftswagen, der am Fuß der Dünen stand.

Möwen schossen entsetzt davon, als Eddi das Fahrzeug die Dünen hinauf lenkte und ohne Schwierigkeiten den Aufstieg schaffte. Die Räder walzten den Sand des Reiterweges platt.

Kurz vor der Peilbarke brachte Eddi den Unimog zum Stehen, und die Beamten stiegen aus. Neben ihnen am Weg lagen Strohballen.

Junge Männer, die wie ihr Chef die hellroten Westen trugen, standen mit bleichen Gesichtern in der Nähe der Barke. Seitlich davon entdeckte Glauwitz den Sarg.

»Gehen wir«, sagte de Jonge. Die Beamten folgten ihm zum Seezeichen. Unterhalb in einer Dünenmulde lag die Tote umgeben von Strandgut.

Eddi de Jonge wandte sich an die Feuerwehrmänner. »Ran, Leute, wir müssen die Leiche in den Sarg betten«, ordnete er an.

»Einen Moment!« sagte Glauwitz und schaute Saathoff fragend an. »Was ist mit dem Fotografen?«

»Drüben kommt er. Er ist mit dem Fahrrad bis zur Aussichtsdüne gefahren«, erklärte der Wachtmeister und zeigte auf den Reiterweg.

Sönke Bakker schwitzte und atmete schwer, als er zu ihnen trat.

»Ich habe mich wirklich beeilt, aber es ging nicht

schneller«, sagte er, nahm seinen Fotoapparat aus der Tasche und machte einige Aufnahmen.

Die Feuerwehrleute entfernten den Sand rund um den Fundort. Der Wind trug den Verwesungsgestank davon. Die Leiche lag wie aufgebettet starr und lang hingestreckt auf der nassen Sandunterlage.

Eddi de Jonge nahm einen Handfeger und entfernte vorsichtig den Pulversand vom Körper der Toten.

Glauwitz wandte sich ab. Ihm wurde speiübel. Noosten sah zu, wie die Feuerwehrmänner eine Plane ausbreiteten und Tragebänder unter die Leiche schoben. Es ging sehr schnell. Während zwei Männer die Gurte anhoben, die Kollegen mit ihren Schaufeln assistierten, fanden die sterblichen Überreste der Lehrerin auf der Plane Platz. Eddi de Jonge schob den Sarg in Position. Vorsichtig betteten die Feuerwehrmänner das, was von Wibke Kleedorf nach der langen Ruhe im Dünengrab übriggeblieben war, samt den Tragebändern in den Sarg.

Die Feuerwehrleute trugen den Sarg zum Unimog und luden ihn auf die Ladefläche. Am blauen Himmel kreiste ein Bussardpärchen mit einem Jungen.

Glauwitz vernahm das Rauschen des Meeres, hörte den Gesang der Vögel an diesem wunderschönen Sommerabend. Er sah, wie Eddi de Jonge sich vergewisserte, daß nichts in der Kuhle blieb, was einst zur Lehrerin gehört hatte. Noosten griff nach seinem Spurensicherungskoffer, den er nicht einmal geöffnet hatte.

Sönke Bakker schoß noch ein Foto. Dann rief Eddi de Jonge plötzlich triumphierend: »Die Mordwaffe!« Er zeigte auf einen Schaft mit verrosteter Klinge, der aus dem Sand ragte.

Noosten öffnete die Tasche, entnahm ihr eine Plastiktüte, zog Gummihandschuhe über, ergriff das Messer und steckte es in die Tüte.

»Ein gewöhnliches Mordwerkzeug«, sagte er.

»Aber kein gewöhnlicher Mord«, ergänzte der Kommissar angewidert.

Eddi de Jonge griff noch einmal zum Spaten und grub den Sand gründlich um.

»Hier gibt es nichts mehr zu suchen«, sagte Pit Saathoff.

»Ja, du hast recht«, meinte der Brandmeister.

Er half seinen Männern, die Geräte einzusammeln, und begleitete die Beamten zum Unimog.

Sie stiegen ein und fuhren zum Nordstrand.

Die Feuerwehrmänner standen vor dem Mannschaftswagen.

Sie wirkten müde und abgekämpft. Eddi de Jonge holte aus dem Führerhaus des Unimogs eine Flasche mit eisgekühltem Corvit, und die Männer nahmen einen Schluck aus dem Glas.

Glauwitz winkte ab, aber Noosten ließ sich das Gläschen füllen, und auch Bakker trank einen Corvit. Pit Saathoff genehmigte sich einen Doppelten.

»Chef, nun fehlt uns nur noch der Mörder«, sagte Noosten und stellte seinen Spurensicherungskoffer neben dem Sarg auf der Ladefläche ab.

Eddi de Jonge wandte sich an seine Leute. »Einsatz erfolgreich beendet, habt vielen Dank. Wir treffen uns in der Feuerwehrzentrale«, sagte er.

Die Männer stiegen sichtlich erleichtert in den Frontera und fuhren los.

»Wohin mit der Leiche?« fragte Saathoff.

»Ich denke, zur Friedhofskapelle«, antwortete der Brandmeister.

»Der Sarg geht morgen mit der Fähre zum Festland. Ein Bestatter aus Norden übernimmt ihn in Neßmersiel und bringt ihn zum Rechtsmedizinischen Institut nach Oldenburg«, sagte Glauwitz.

Er kämpfte noch immer mit der Übelkeit.

»Ich schicke Ihnen dann die Fotos zu«, erklärte Bakker und schritt davon.

Die Beamten stiegen ein. Eddi de Jonge startete den Motor und lenkte den Unimog am Strand entlang dem Dorf entgegen.

»Chef, die Waffe ähnelt einem Schlachtermesser«, meinte Noosten.

»Ich schlage vor, daß wir uns über die näheren Umstände heute abend unterhalten«, erwiderte Glauwitz. Er blickte aufs Meer und hing seinen Gedanken nach.

Urlauber blieben verwundert stehen und schauten den Feuerwehrfahrzeugen nach.

Als sie das Dorf erreichten und sich der Kirche näherten, zeigte Glauwitz auf das Haus, wo Wibke Kleedorf gewohnt hatte. »Ihr Urlaubsdomizil. Von dort aus ging sie in die Dünen, ihrem Mörder entgegen«, sagte er.

»Ohne zu wissen, daß später ein Verehrer oder ein Mörder Margeriten vor ihre Tür legen würde«, fügte Noosten hinzu.

Eddi de Jonge fuhr den Unimog auf den Platz vor der Feuerwehrzentrale und stellte den Motor ab.

»Endstation für uns. Den Sarg werden wir nach Absprache mit dem Pastor zur Kapelle bringen«, sagte er.

Die Beamten stiegen aus. Auf das Gebäude fiel das Licht der untergehenden Sonne.

»Die Spurensicherungstasche brauche ich noch«, erklärte Noosten und holte die Tasche von der Ladefläche.

»Herr de Jonge, was meinen Sie, wie weit ist der Weg vom Tatort bis zum Fundort der Leiche?« fragte Glauwitz.

»Etwa zwei bis drei Kilometer«, antwortete der Feuerwehrchef.

»Die Hunde haben die Spur verloren. Können Sie sich erklären, wie der Mörder die Leiche so weit transportiert haben kann?« erkundigte sich Noosten.

De Jonge lüftete für einen Augenblick seine Prinz-Heinrich-Mütze und wischte sich mit dem Ärmel den Schweiß von der Stirn.

»Für einen kräftigen Mann stellt die Entfernung kein Hindernis dar. Er kann sein Opfer sogar zur Peilbarke getragen haben«, sagte er.

»Das ist unmöglich. Dann hätten die Hunde doch eine Blutspur finden müssen«, meinte Kommissar Glauwitz.

»Der Mörder kann die Leiche auch mit einem Pferdewagen abtransportiert haben«, vermutete de Jonge.

»Das halte ich für unwahrscheinlich. Es hätte Zeugen gegeben«, stellte Noosten fest.

»Und mit einem Fahrrad?« warf Pit Saathoff ein.

»Vielleicht hat der Mörder die Leiche auf einen Fahrradanhänger gelegt oder einen Polderwagen oder irgendein anderes Gefährt benutzt«, sagte Eddi de Jonge. »Bei trockenem Wetter hätte er den Reiterweg benutzen können.«

»Konnte er denn ungehindert und ohne auf sich aufmerksam zu machen an solch einen Fahrradanhänger kommen?« fragte Glauwitz.

Der Inselpolizist lachte. »Auf dem Fähranleger stehen die unbewacht und unverschlossen zu Hunderten herum. Auch auf den Höfen der Hotels werden sie einfach in der Nähe der Abfalltonnen abgestellt«, sagte er.

»Und kein Kaufmann oder Hotelier hat bei Ihnen eine Diebstahlsanzeige gemacht?« fragte Glauwitz.

»Nein – demnach kann keiner über längere Zeit gefehlt haben«, antwortete Saathoff.

»Herr Kommissar, der Mörder transportierte die Leiche wahrscheinlich mit einem Fahrradanhänger über den Reiterweg zur Peilbarke, vergrub sie, holte vom

Strand Treibgut, reinigte im Wasser den Karren und brachte ihn dann zurück«, meinte Eddi de Jonge.

»Eine einleuchtende Version«, antwortete Glauwitz.

»Jetzt haben erst einmal die Gerichtsmediziner das Wort. Die Mordwaffe wird uns vielleicht auch weiterhelfen«, bemerkte Noosten.

Dann begleiteten die Beamten den Inselpolizisten in sein Büro, um von dort aus den Staatsanwalt zu informieren und alles Weitere zu regeln.

Am folgenden Nachmittag betraten die Beamten ihr Dienstzimmer in Emden. Ein Kollege hatte sie vom Schiff in Neßmersiel abgeholt.

»Das war nicht ohne«, sagte Noosten und öffnete die Fenster. Die Luft war stickig und schwül.

Vom nahen Bahnhof her drang das Geräusch des Interregio, der nach Leipzig fuhr, in den Raum.

Glauwitz trat an den Schreibtisch und entnahm einem Korb die Post. Er öffnete die Briefe, die an ihn gerichtet waren, und las sie durch. Es handelte sich um die übliche Korrespondenz.

Doch das letzte Kuvert fiel aus dem Rahmen.

Glauwitz las die exakt mit Tinte geschriebene Adresse:

Kriminalpolizei
Revier Emden
26721 Emden

Dann betrachtete er die Rückseite des Umschlags. Der Absender lautete:

Dr. Franziska Axler
Am Pott 18
41516 Grevenbroich

Glauwitz öffnete das Kuvert und entnahm ihm einen in altmodisch verschnörkelten Lettern geschriebenen Brief.

Im oberen Teil links stand noch einmal die Anschrift mit der Telefonnummer.

Der Kommissar las:

Sehr geehrte Herren,
vor vielen Jahren habe ich meine Doktorarbeit über die geologischen Formationen der Ostfriesischen Inseln geschrieben und fühle mich seitdem mit Ostfriesland mehr als nur verbunden.
Mein Mann arbeitete als Arzt im Grevenbroicher Krankenhaus, während ich als Lehrerin, später als Studiendirektorin am Gymnasium die Fächer Geographie und Geschichte unterrichtete. Doch das nur nebenbei.
Jedes Jahr verbringe ich meine Ferien in Ostfriesland. Im Frühsommer wohnte ich im Ferienpark Hage-Berum. Von dort aus unternahm ich einen Ausflug nach Baltrum und führte meinen Hund, eine Zwergzüchtung, mit. Wie Sie sicher wissen, sind Hunde an Bord der ›Baltrum‹ nur auf Deck erlaubt, doch ich ertrage die Zugluft dort schlecht und habe das Tier deshalb unbemerkt in einer Tasche mit unter Deck genommen.
Ich muß hinzufügen, daß mein Inselaufenthalt zeitlich mit dem Mordgeschehen auf Baltrum zusammenfiel.
Mir gegenüber saß ein schlanker, großer, gutaussehender Mann, um die Vierzig, der einen Schnurrbart trug. Er hatte sein Gepäck auf dem Boden abgestellt, und mein Hund hatte unbemerkt damit begonnen, das Papier eines Blumenstraußes anzuknabbern.

Der Herr war nicht böse, als er es merkte, sondern legte nur die Blumen neben sich auf die Sitzbank.
Es waren Margeriten, in einfaches Papier eingeschlagen.
Ich nehme diese Beobachtung zum Anlaß, mich an Sie zu wenden, weil ich in der ›Ostfriesen-Post‹, die ich regelmäßig beziehe, von dem Mord an einer jungen Kollegin aus Emden erfuhr.
Ich wünsche Ihnen viel Erfolg bei Ihren Nachforschungen und stelle mich gern als Zeugin zur Verfügung.

Mit freundlichen Grüßen!
Dr. Franziska Axler, StD. a.D.

»Das ist ja irre! Das war von Kalksund!« stellte Noosten impulsiv fest.

Glauwitz legte den Brief zurück auf den Schreibtisch. »Seine Eifersucht hat ihm wohl keine Ruhe gelassen! Er fuhr nach Baltrum und stand dann mit Reisetasche und Margeriten vor verschlossener Tür«, sagte er.

»Daß er die Blumen ablegte, wissen wir. Doch was unternahm er danach?« überlegte Noosten laut. »Hatte er das Messer in seiner Reisetasche? Hat er Wibke Kleedorf getötet?« Glauwitz wiegte nachdenklich den Kopf.

»Wenn diese Franziska Axler wirklich von Kalksund an Bord der Fähre gesehen hat, dann hat er uns einen ordentlichen Bären aufgebunden«, meinte Noosten.

»Ein Motiv können wir ihm auch unterstellen«, antwortete Glauwitz.

»Chef, er ist der Margeritenmörder«, meinte Noosten. »Ganz bestimmt!«

»Nun mal sachte«, bremste der Kommissar seinen Assistenten. »Es gibt eine Menge gutaussehender Männer um die Mitte Vierzig, die alleine nach Baltrum reisen.«

»Und die Margeriten? Dilettantisch eingeschlagen in Haushaltspapier?« fragte Noosten eifrig.

»Es ist zwar nicht auszuschließen, daß von Kalksund den Mord begangen und dann einen Fahrradanhänger entwendet hat, um seine tote Verlobte nach seiner Bluttat in die Dünen zu fahren und dort zu vergraben ... Aber an diesen Gedanken muß ich mich erst gewöhnen«, meinte Glauwitz zweifelnd.

Er griff nach dem Telefonhörer und wählte die Nummer der Zentrale. Er nahm den Brief in die Hand. »Stellen Sie bitte eine Verbindung mit Frau Dr. Franziska Axler her«, ordnete er an und diktierte die Nummer. Dann legte er den Hörer auf und schaute nachdenklich durch das Fenster auf den blauen Nachmittagshimmel.

»Wir könnten ihr ein Foto schicken«, schlug Noosten vor.

Das Telefon läutete, und der Kommissar nahm den Hörer ab.

»Ich verbinde«, sagte die Kollegin in der Zentrale.

»Kripo Emden, Glauwitz«, meldete sich der Beamte.

»Dr. Axler. Herr Kommissar, Sie haben meinen Brief erhalten?« fragte die Zeugin. Ihre Stimme klang sehr angenehm.

»So ist es, vielen Dank! Würden Sie so freundlich sein, uns Ihren Mitreisenden noch einmal genau zu beschreiben? Im Zweifelsfall würden wir Ihnen ein Foto eines Mannes zuschicken, von dem wir annehmen, daß er Ihnen an jenem Nachmittag gegenübersaß«, sagte Glauwitz.

»Der Mann könnte nach meiner Einschätzung Musiker, Pastor oder Lehrer sein«, sagte Frau Dr. Axler bestimmt.

»Sie haben ihn genau beobachtet?« fragte der Kommissar.

Seine Gesprächspartnerin lachte. »Eine gute Frage.

Zum Metier der Pädagogen gehört die Gabe, den Charakter von Menschen schnell zu erfassen. Der mir unbekannte Herr mit der gepackten Reisetasche besaß eine Ausstrahlung, die mir in ihrer Art sehr vertraut war. Auch sein Aussehen wies eher auf einen Menschen hin, der viel geistig arbeitete.«

»Frau Dr. Axler, viele Leute haben Ähnlichkeit mit Personen aus dem öffentlichen Leben. Haben Sie vielleicht einen Tip in dieser Richtung?« fragte Glauwitz.

»Sie sagen es. Sein Schnurrbart! Er erinnerte mich an den ehemaligen Landwirtschaftsminister«, erwiderte Frau Axler. »Herr Kommissar, die Zeit rennt. Fragen Sie nicht nach dem Namen.«

Der Kommissar atmete erleichtert auf. »Frau Dr. Axler, auf ein Foto können wir verzichten. Sie haben uns sehr geholfen. Wegen des Protokolls und einer eventuellen Gegenüberstellung würden wir unsere Kollegen in Grevenbroich um Amtshilfe bitten«, sagte er. »Aber es wird wahrscheinlich gar nicht nötig sein.«

»Herr Kommissar, dann noch viel Erfolg«, sagte die Studiendirektorin.

»Danke, und Ihnen alles Gute«, erwiderte Glauwitz und legte den Hörer auf.

»Kalksund befand sich also zur Tatzeit auf Baltrum«, stellte Noosten fest.

»Auch Rolf Kleedorf war auf der Insel«, gab Glauwitz zu bedenken.

»Aber ohne Margeriten. Vielleicht hatte er dafür das Messer im Gepäck«, meinte Noosten zynisch.

»Die Margeriten stammten vermutlich wirklich aus dem Garten des Lehrers«, stellte der Kommissar fest.

»Vielleicht hat ihm jemand mitgeteilt, daß seine Verlobte ihn mit einem ihrer Schüler betrog. Das Messer kann er sich in einer Pension besorgt haben«, sagte Noosten.

»Dafür spricht, daß sich auch Synninga auf der Insel aufgehalten hat«, murmelte der Kommissar.

»Das Alibi des Unternehmers Kleedorf reicht nur bis zur Sportschau«, sagte Noosten. »Und von Kalksund hat uns angelogen.«

»Wir werden ihm am besten möglichst bald einen Besuch machen«, erwiderte Glauwitz. »Fax du bitte dem Staatsanwalt den Brief der Zeugin zu. Ich muß jetzt ein bißchen nachdenken.« Er griff nach seiner Pfeife, während Noosten das Zimmer verließ.

Als Noosten zurückkam, setzte er Teewasser auf.

»Wenn wir das Leukomalachit-Grün einsetzen, das sich in Jever bei den Discomorden bewährt hat, sehe ich eine Chance, aus den geschätzten fünfhundert Fahrradanhängern den herauszufinden, mit dem der Mörder die Leiche über den Reiterweg zur Peilbarke transportiert hat. Damit kann man Blutspuren nachweisen, selbst wenn er das Gefährt zum Reinigen in die Wellen geschoben haben sollte«, sagte der Kommissar.

»Ein spektakulärer Aufwand. Übrigens – auf das Rechtsmedizinische Gutachten bin ich sehr gespannt«, erwiderte Noosten.

Glauwitz stopfte seine Pfeife, während sein Assistent den Tee aufbrühte. »Die Mordwaffe lenkt den Verdacht auf Kleedorf. Wir werden also in seinem Umfeld recherchieren«, sagte er, zündete den Tabak an und begann, zufrieden zu paffen.

»Und dieser von Kalksund leidet unter einem Mutterkomplex und hört Stimmen aus dem Jenseits. Hat er seine untreue Geliebte umgebracht? Und welche Rolle spielt der Student im Drama, dessen Aussagen bisher so glaubwürdig klangen?« Noosten brachte den Tee und schenkte ein.

»Ich werde den Staatsanwalt bitten, Einblick in die Beihilferechnungen des Lehrers zu nehmen. Die eindeutigen Fotos und die Vergewaltigung im Galakleid der Mutter sind doch recht auffällig«, meinte Glauwitz. »Außerdem müssen wir unbedingt die neue Anschrift dieser Katja Jerdjens herausfinden. Es geht nicht an, daß solche üblen Machenschaften ungeahndet bleiben. Der Vorfall mit der Ratte hat Wibke Kleedorf sicherlich sehr zugesetzt und Einfluß auf ihre Entscheidungen gehabt. Aber als erstes kümmern wir uns um Rolf Kleedorf. Wie wäre es, wenn wir im Reiterhof zu Abend essen und Kleedorf ganz direkt fragen, ob er auf Baltrum einen Fahrradanhänger entwendet hat?«

»Und wenn er nicht da ist?« fragte Noosten.

»Dann essen wir trotzdem dort und unterhalten uns mit seinem Personal«, antwortete Glauwitz.

Die Sonne hatte an diesem späten Nachmittag kaum an Kraft verloren, nur der Wind war ein wenig kühler geworden.

Vor dem Hoteltrakt des Reiterhofs standen die Autos der Gäste. Rosenduft lag über den Beeten, und auf der Reitbahn standen die verwaisten Oxer und Hindernisstangen.

Ein schöner Spätsommerabend kündigte sich an.

Die Beamten betraten das Hotel. An der Rezeption stand die hübsche junge Frau, die sie bereits von ihrem letzten Besuch her kannten. Sie blickte den Beamten freundlich entgegen.

»Ich weiß, Sie sind ausgebucht«, sagte Noosten ironisch.

»Auch das. Aber außerdem sind Sie leider vergeblich angereist – der Chef ist nicht im Hause. Er befindet sich in Bad Zwischenahn, weil sein Vater einen Schlaganfall erlitten hat. Er mußte alle Termine absagen«, erklärte die Empfangsdame.

»Unser Besuch ist auch nicht sonderlich wichtig«, sagte Glauwitz und betrachtete die künstlerisch gestalteten Hinweisschilder *›Zum Pferdestall‹* und *›Zur Sattelbar‹*. »Wir würden gern bei Ihnen essen. Was empfehlen Sie uns?« fragte er.

»Ich kenne die Abendkarte nicht. Aber vielleicht entscheiden Sie sich ja für unsere Spezialität ›Greetsieler Kutterscholle in Buttersauce mit Petersilienkartoffeln und gemischtem Salat‹«, erwiderte die junge Frau freundlich.

Noosten rümpfte die Nase. »Mir steht der Sinne eher nach etwas Deftigem«, meinte er.

»Sprechen Sie am besten mit Fräulein Jerdjens – Sie kennt sich aus in den Sonderwünschen unserer anspruchsvollen Gäste«, schlug die Angestellte vor.

Glauwitz blickte überrascht auf. »Fräulein Jerdjens? Katja Jerdjens? Arbeitet sie jetzt hier als Kellnerin?«

»Nun ja, sagen wir eher, sie leitet unser Restaurant«, erklärte die junge Frau. Noosten warf dem Kommissar einen mehr als verwunderten Blick zu und zog die Augenbrauen hoch. Die Beamten verließen die Rezeption und gingen durch den mit roten Steinklinkern gefliesten Flur ins Restaurant hinüber.

An den weißgeputzten Wänden im Flur hingen Bilder mit Jagd- und Reitmotiven. Seitlich führte eine Treppe in die ›Sattelbar‹. In dem gepflegt ausgestatteten Speiseraum waren etwa zwei Drittel der Plätze besetzt. Die Tische und Stühle waren aus Holz gefertigt und wirkten rustikal. Auf den Tischen brannten Kerzen neben kleinen Blumenväschen, in denen kurzstielige Röschen steckten. Schwarze Holzbalken reichten bis zum Giebeldach.

In einem weiß verputzten Kamin brannte ein helles Feuer, das für eine heimelige Atmosphäre sorgte.

Zwei hübsche Kellnerinnen bedienten in weißen Blusen und langen ostfriesischen Trachtenröcken die Gäste.

Eine außergewöhnlich hübsche junge Frau schritt den Beamten entgegen. Sie hatte ihr langes blondes Haar zu einem Zopf geflochten.

Ihr schönes Gesicht war ungeschminkt. Sie besaß einen Schmollmund und grüne Augen, wie Glauwitz feststellte.

Sie trug eine weiße Leinenhose und eine saloppe blaue Leinenjacke über einer weißen Bluse. Lächelnd wandte sie sich an den Kommissar und seinen Assistenten.

»Drüben an der Wand habe ich noch einen freien Tisch«, sagte sie mit einer angenehmen Stimme.

Die Beamten folgten ihr und nahmen an dem Tisch Platz.

»Meine Kollegin wird Sie gleich bedienen«, sagte sie, lächelte ihnen noch einmal zu und entfernte sich. Die Beamten studierten die Speisekarte.

»Unter zwanzig Mark ist nichts drin«, stellte Noosten stirnrunzelnd fest.

»Der Bundesrechnungshof wird deinen Beleg nicht gleich zum Anlaß einer Untersuchung nehmen«, beruhigte ihn Glauwitz.

»Dann habe ich mich entschieden«, sagte Noosten.

Die Bedienung trat an den Tisch.

»Einmal die Greetsieler Kutterscholle«, bestellte der Kommissar.

»Ich nehme den Krummhörner Lammtopf«, sagte Noosten.

»Wünschen Sie auch etwas zu trinken?« fragte die Kellnerin.

»Mir bitte ein Wasser«, meinte Glauwitz.

»Ich schließe mich an«, erklärte sein Assistent.

»Fragen Sie bitte Ihre Chefin, ob sie Zeit hat, sich für ein paar Minuten zu uns an den Tisch zu setzen«, bat der Kommissar. Das Mädchen nickte und ging zum Tresen zurück.

»Kleedorf hat Geschmack, das muß man ihm lassen«, stellte Noosten fest, als sie allein waren, und schaute sich um. »Alles vom Feinsten!«

»Und elitäres Publikum«, meinte Glauwitz.

Noosten sah, wie die Chefin von der Serviererin das Tablett mit ihren Getränken in Empfang nahm.

»Sie kommt«, sagte er.

Die Leiterin des Restaurants trat an den Tisch, stellte die kleinen grünen Flaschen und die Gläser ab, stellte das Tablett auf einen freien Nebentisch und nahm auf einem Stuhl Platz.

»Sie wünschen meine Anwesenheit?« sagte sie und schob das Revers ihrer Jacke ein Stück zur Seite. Dann schlug sie die langen, schlanken Beine übereinander und blickte die Beamten abwartend an.

»Mein Name ist Glauwitz, das hier ist mein Kollege, Herr Noosten«, erklärte der Kommissar. »Wir kommen von der Kripo. Wir recherchieren im Mordfall Kleedorf. Sie wissen, worum es geht?«

Die Miene der jungen Frau verfinsterte sich für Sekunden, doch dann schien sich Katja Jerdjens wieder gefaßt zu haben.

»Rolf ist bei seinen Eltern«, sagte sie ernst.

»Sie duzen Ihren Chef?« fragte Noosten überrascht.

Sie nickte lächelnd. »Uns verbindet die Liebe zu den Pferden. Ich habe vor zwei Wochen in Westerstede das L-Springen gewonnen«, sagte sie stolz und wirkte für einen kurzen Moment wieder so jung, wie sie war.

»Und wo haben Sie das Reiten gelernt?« fragte Noosten.

»Hier bei unserem Reitlehrer. Ich durfte Ossiboy selbst reiten«, sagte sie und strahlte die Beamten an.

»Entschuldigen Sie, aber Reitstunden haben ihren Preis«, warf Glauwitz ein und goß Wasser in sein Glas. »Wie haben Sie die denn finanziert?«

»Sie haben recht. Mein Alter hätte mir dieses Hobby sicher nicht bezahlen können. Er versäuft sein ganzes Geld. Ich habe Glück gehabt, daß Rolf im ›Burgblick‹ auf mich aufmerksam geworden ist. Er hat mir in kurzer Zeit sehr viel beigebracht, und ganz nebenbei durfte ich noch umsonst seine Pferde reiten. Er hat meine Talente erkannt und mich gefördert«, erklärte Katja sichtlich zufrieden.

»Und Sie wohnen hier in der Anlage?« fragte Noosten.

»Ja, ich leite den Restaurationsbetrieb. Wie Sie sehen, mit Erfolg«, antwortete sie stolz. »Das hätte ich vor ein paar Monaten noch nicht für möglich gehalten!«

»Und heute halten Sie es gar nicht mehr für möglich, daß Sie vor ein paar Monaten zusammen mit Tanja Dechner Frau Kleedorf Schwierigkeiten bei ihrer Lehrprobe bereitet haben«, meinte Glauwitz ernst.

Katja bemühte sich um ein Lächeln. »Das war nicht ganz so einseitig. Frau Kleedorf war arrogant. Sie hat mich und Tanja spüren lassen, daß sie uns für Asoziale hielt, und wir haben darauf eben entsprechend reagiert«, sagte sie.

»Unser Besuch galt eigentlich Herrn Kleedorf«, meinte Noosten. »Wir haben Sie hier nicht erwartet. Weiß Ihr Chef, daß Sie mit Ihrer Freundin zusammen seiner Frau nicht nur die Lehrprobe vermasseln wollten, sondern ihr auch noch die Fahrradreifen zerschnitten und ihr eine tote Ratte vor die Tür gelegt haben?«

Katja lächelte beschämt.

»Das waren doch nur kleine Streiche! Rolf hat seine Frau gehaßt, und wenn er durch Sie davon erfährt, ist das bestimmt für ihn kein Kündigungsgrund. Ich schäme mich jetzt dafür, doch ich habe im Unterricht unter ihrer Verachtung sehr gelitten und mich oft gedemütigt gefühlt«, sagte Katja.

»Die Sache wäre vom Tisch, wenn der Hausmeister

nicht einen Strafantrag gestellt hätte. Ihre Freundin ist geständig«, sagte Noosten.

Katja lächelte. »Was kann dabei schon herauskommen? Eine Geldstrafe? Die bezahlt Rolf«, erklärte sie arrogant.

Die Kellnerin trug das Essen auf, und Katja erhob sich. »Ich lade Sie nach dem Essen zu einem Kaffee ein. Guten Appetit«, sagte sie und schritt davon.

Glauwitz schmeckte die Kutterscholle ausgezeichnet, und auch Noosten genoß das zarte Lammfleisch aus der Keule, das in einer herzhaften Sauce pikant angerichtet war.

Nachdem die Serviererin das Geschirr abgeräumt hatte, setzte sich Katja Jerdjens wieder zu ihnen an den Tisch.

Die Kellnerin servierte den Kaffee.

»Danke«, sagte Glauwitz, und die Beamten bedienten sich.

Katja nickte nur kurz und erklärte dann: »Ich sehe ja ein, daß ich zu weit gegangen bin, aber wissen Sie, wenn man immer nur einstecken muß . . .«

»Wir werden uns für Sie und Ihre Freundin verwenden«, sagte Noosten und steckte sich eine Zigarette an.

»Haben Sie vielen Dank«, erklärte die junge Frau. »Das ist auch Tanja gegenüber fair, denn ich habe sie zu dem ganzen Unfug angestiftet. Und sie braucht die Stelle im Supermarkt. Für mich war die Begegnung mit Rolf ein absoluter Glücksfall, wer weiß, wo ich sonst gelandet wäre! Die Arbeit hier macht mir Spaß, das Betriebsklima ist super, mein Gehalt ist sehr gut, und ich lerne jeden Tag dazu. Außerdem weiß hier niemand, wo ich herkomme.« Sie blickte sich verstohlen um und fuhr dann fort: »Wegen meiner Herkunft hat kein Pauker meine Talente entdeckt. Rolf war es, der mir die Chance geboten hat, mit meinen Aufgaben zu wachsen. Die Gäste danken es mir«, sagte sie zufrieden, drückte ihre Zigarette im Aschenbecher aus und trank einen Schluck Kaffee.

»Und Sie lieben Ihren Chef?« fragte Noosten ganz direkt.

Katja Jerdjens nickte verlegen. »Sagen wir lieber, ich mag ihn«, schwächte sie dann ab.

»Und Ihr Chef mag Sie auch?« hakte Glauwitz nach.

»Er hat mich gefördert! Er hilft mir, mein Zuhause zu vergessen, und ich habe Erfolg!« antwortete Katja stolz und strahlte die Beamten mit ihren grünen Augen an.

»Sie lieben Pferde! Gibt es da auch Gegenliebe? Ich meine, reagieren die Tiere auf besondere Weise, wenn sie Zuneigung spüren?« fragte Glauwitz, füllte den Rest Kaffee aus dem Kännchen in seine Tasse und nahm einen Schluck.

»Und ob! Ich kann richtig mit ihnen sprechen«, erklärte die junge Frau eifrig.

»Und dieser ... Ossiboy ist Ihr Liebling?« erkundigte sich der Assistent des Kommissars.

Katja Jerdjens blickte den Beamten traurig an. »Er war mein Liebling. Es tat mir sehr leid, als Rolf ihn an einen Fuhrunternehmer auf Baltrum verkauft hat. Ich hätte lieber gesehen, wenn er ihn behalten hätte – aber Geschäft ist Geschäft«, fügte sie hastig hinzu.

»Und – besuchen Sie Ossiboy gelegentlich?« hakte der Kommissar ein.

»Nein«, sagte sie und blickte in den Kamin, in dem die Flammen heruntergebrannt waren. »Das würde bei ihm nur Erinnerungen wecken. Ich möchte, daß er glücklich ist.«

Katja Jerdjens erhob sich. »In einer Stunde kommen neue Gäste. Ein Unternehmer aus Emden feiert hier seinen Geburtstag«, sagte sie, trat ans Feuer, griff nach dem Schüreisen und stocherte in der Glut herum. Dann schob sie die weiße Asche durch den Rost und legte frische Torfstücke auf.

Die Kellnerin kam an den Tisch, und Glauwitz bat um die Rechnung.

»Der Kaffee geht zu Lasten des Hauses«, sagte die Angestellte.

Glauwitz nahm den Bon, zahlte und legte Trinkgeld dazu.

Die Bedienung bedankte sich und ging, und auch die Beamten erhoben sich.

»Schönen Dank für Ihren Besuch«, sagte Katja.

»Wir danken für den Kaffee«, gab Noosten zurück.

Katja Jerdjens blickte eine Weile hinter den Beamten her, dann ging sie am Tresen vorbei zur Küche, um dort nach dem Rechten zu sehen.

Staatsanwalt Bronzema betrat das Dienstzimmer. Er trug Jeans und ein saloppes T-Shirt, und seine Füße steckten in Sandalen.

»Moin«, grüßte er. »Einen schönen Spätsommer haben wir, nicht wahr?«

Glauwitz sprang überrascht auf, ging um seinen Schreibtisch herum und reichte dem Staatsanwalt die Hand. Noosten drückte hastig seine Zigarette aus.

»Bleiben Sie sitzen, Herr Noosten«, sagte Bronzema, ging zum Schreibtisch des Assistenten und begrüßte auch ihn mit Handschlag.

Glauwitz schob den Besucherstuhl an seinen Schreibtisch.

»Entschuldigen Sie bitte meinen unangemeldeten Besuch und meine Aufmachung. Ich befinde mich auf dem Wege nach Norderney, wo ich das Wochenende verbringen werde. Die Feriengäste in meinem Apartment sind heute abgereist, die neuen kommen erst am Sonntagmorgen. Meine Frau hat mir sozusagen Urlaub gegeben, und der Besuch bei Ihnen dient mir als Alibi für die vorzeitige Beendigung meines Dienstes«, sagte Bronzema.

»Ich gehe mal davon aus, daß Sie nicht kommen, um unsere Dienstzeiten zu kontrollieren«, sagte Glauwitz augenzwinkernd.

»Sie wissen, daß das nicht zu meinem Aufgabengebiet gehört«, erwiderte der Staatsanwalt. »In Norddeich gibt es oft Parkprobleme, deshalb habe ich meinen Wagen bei Ihnen abgestellt und fahre mit dem Zug zur Mole. Ich bin der Meinung, daß wir im Margeritenmord ein erstes Fazit ziehen sollten«, sagte Bronzema.

»Bleibt Ihnen genügend Zeit für einen Tee?« fragte Noosten.

»Ich denke schon. Im Wagen war es sehr heiß«, antwortete der Staatsanwalt.

Noosten betrat die Küchenzeile, füllte den Wasserkocher und trug das Geschirr zu den Schreibtischen.

Glauwitz erstattete derweilen Bronzema einen genauen Bericht über die neusten Erkenntnisse im Fall Kleedorf. Auch von dem Besuch im Reiterhof und von Katja Jerdjens' kometenhaftem Aufstieg erzählte der Kommissar und fügte hinzu: »Wir nehmen an, daß Kleedorf mit ihr ein Verhältnis unterhält.«

»Ich denke, daß wir ihr die Chance lassen sollten. Sie hat es sicher bisher nicht leicht gehabt«, sagte Bronzema.

Noosten brühte den Tee auf.

»Wir werden Rolf Kleedorf jedenfalls auf den Fersen bleiben. Es ist nicht auszuschließen, daß er auf Baltrum die Leiche seiner Frau über den Reiterweg zur Peilbarke transportiert und sie im Dünengelände vergraben hat. Er ist ein leidenschaftlicher Reiter, und ich gehe davon aus, daß er sich auf der Insel bestens auskennt«, trug Glauwitz vor.

»Er wohnte bei dem Fuhrunternehmer. Es liegt nahe, daß er sich bei diesem einen Anhänger ausgeliehen hat«, sagte Bronzema.

Noosten stellte das Stövchen auf den Schreibtisch des Chefs.

Der Staatsanwalt bediente sich mit Kluntje. Noosten schenkte den Tee ein, und Bronzema fügte Sahne hinzu.

»Ich habe bereits mit dem LKA telefoniert. Wir werden nach Hannover fahren und dort Spritzgerät für eine Leukomalachitprobe abholen. Wir beschränken uns fürs erste auf die Fahrradanhänger des Fuhrunternehmers Tuittjer«, sagte Glauwitz.

»Von Kalksund können wir übrigens wegen wissentlich abgegebener Falschaussagen, die Ihrer Arbeit hinderlich waren, vorladen«, sagte der Staatsanwalt.

»Er hat uns schlichtweg belogen, um von sich abzulenken ... ziemlich dumm eigentlich«, meinte Noosten. »Er mußte doch wissen, daß es herauskommen würde!«

Sie tranken den Tee. Noosten nahm seine Zigarettenpackung aus der Schreibtischschublade. »Bitte«, sagte er und hielt sie dem Staatsanwalt entgegen.

Bronzema nahm eine Zigarette aus der Box, bedankte sich und ließ sich Feuer geben.

»Ich denke, daß wir mit von Kalksund vorher noch ein Gespräch führen«, sagte Glauwitz.

»Uns würde es schon weiterhelfen, wenn Sie Einblick in seine Beihilfeabrechnungen nehmen könnten«, sagte Noosten.

»Ein gewagter, aber wohl notwendiger Schritt«, meinte der Staatsanwalt nachdenklich.

»Ein schrecklicher Gedanke, wenn von Kalksund in einem Zustand der Verwirrung die Bluttat begangen hätte«, stellte Glauwitz fest.

»Besuchen Sie ihn. Und verwickeln Sie ihn noch einmal in ein Gespräch«, riet Bronzema dem Beamten.

»Bleibt noch der Student, der heimliche Liebhaber der Lehrerin. Sie erinnern sich? Seine Aussagen bieten uns bisher keinen Anlaß, ihn zu verdächtigen«, warf Noosten ein.

»Ich beabsichtige, in einer Woche eine Pressekonferenz einzuberufen. Bis dahin wird das Ergebnis des Rechtsmedizinischen Instituts vorliegen. Ich denke, daß auch Sie dann einige Ergebnisse vorweisen können«, sagte Bronzema, drückte seine Zigarette aus und erhob sich. Eilig trank er seinen Tee aus, dann verabschiedete sich der Staatsanwalt und verließ das Dienstzimmer, um nach Norderney zu fahren.

Glauwitz griff nach dem Telefonbuch, suchte die Nummer des Lehrers heraus und drückte die Tasten.

»Von Kalksund?« meldete sich der Oberstudienrat.

»Kripo Emden, Glauwitz. Herr von Kalksund, wir sind dabei, Ihnen eine offizielle Vorladung zuzusenden. Wann paßt es Ihnen am besten?« fragte der Kommissar. Er spürte förmlich, wie der Mann nervös wurde.

»Warum so bürokratisch? Besuchen Sie mich doch, wenn Sie Fragen haben. Ich habe heute abend Zeit«, erwiderte von Kalksund.

Glauwitz schaute auf seine Armbanduhr, blickte dann seinen Assistenten an. Noosten nickte.

»Sagen wir in einer halben Stunde«, schlug der Kommissar vor.

»All up Stee!« antwortete der Lehrer.

Glauwitz legte den Hörer auf die Gabel zurück. »Heute wäre eigentlich mein Kegelabend«, sagte er.

»Wir können ja hinterher zur Entschädigung im ›Packhaus‹ noch ein Bier trinken«, schlug Noosten vor.

»Einverstanden«, meinte der Kommissar.

Die Beamten verließen ihr Dienstzimmer, gingen zum Autopark und stiegen in den Wagen. Kurz danach waren sie auf dem Weg nach Wolthusen.

Der September hatte gerade begonnen, aber das sommerliche Wetter hielt noch an, wenn es auch nicht mehr ganz so heiß war.

Glauwitz parkte den Passat in der Einfahrt. Von Kalksund schien bereits auf sie gewartet zu haben. Er stand in weißen Jeans und einem flotten Pulloverhemd vor der Tür. Sein Gesicht war tief gebräunt.

»Sie machen meinetwegen Überstunden?« fragte er ironisch.

»Bei uns gibt es eben kein Klingelzeichen«, erwiderte Noosten trocken.

»Bitte, treten Sie ein. Darf ich Ihnen einen Tee anbieten?« fragte der Oberstudienrat höflich.

»Gern«, sagte Glauwitz.

Von Kalksund ging den Beamten voraus in den Flur.

»Nehmen Sie bitte im Wohnzimmer Platz, Sie kennen sich ja aus. Ich hole inzwischen den Tee«, sagte er. Die Beamten nahmen in den Sesseln am Kamin Platz. Der kleine Tisch war bereits gedeckt, und in einer Schüssel türmte sich Blätterteiggebäck. Die Fenster waren weit geöffnet, und die letzten Sonnenstrahlen suchten sich ihren Weg ins Zimmer. Draußen gurrten Tauben.

Von Kalksund ließ sie nicht lange warten. »Ich hatte bereits vorgesorgt«, sagte er und stellte die Teekanne auf das Stövchen. »Bitte, bedienen Sie sich!« Er wirkte ruhig und gelassen.

»Herr von Kalksund, Sie haben sicher aus den Zeitungen erfahren, daß wir die Leiche von Frau Kleedorf auf Baltrum geborgen und auch die Mordwaffe gefunden haben«, begann Glauwitz.

Der Lehrer nickte ernst. »Die arme Wibke! Ich darf gar nicht daran denken!« antwortete er mit Tränen in den Augen.

»Die Leiche und die Mordwaffe befinden sich im Moment zur Untersuchung im Rechtsmedizinischen

Institut. Wir besitzen bisher noch keine Ergebnisse«, sagte Noosten.

»Haben Sie denn Hinweise auf den Mörder gefunden?« fragte von Kalksund.

»Für uns steht fest, daß der Täter zum Bekanntenkreis der Lehrerin gehört«, stellte Glauwitz fest.

Von Kalksund runzelte die Stirn. »Wollen Sie mich etwa erneut in den Kreis der Verdächtigen einbeziehen?«

»Ihre Frage ist falsch gestellt. Wir haben uns an die Tatsachen zu halten, nicht an unsere Wünsche. Und die Tatsachen haben wir Ihnen ja schon bei unserem letzten Besuch vor Augen geführt«, erwiderte der Kommissar.

»Und ich habe dazu klar genug Stellung bezogen. Warum lassen Sie mich nicht endlich in Ruhe?« antwortete der Lehrer böse. Er griff nach seiner Teetasse und trank hastig einen Schluck.

»Eine Zeugin hat Sie gesehen. Niemand anderer als Sie hat die Margeriten vor dem Apartment von Wibke Kleedorf abgelegt. Sie waren auf Baltrum, Herr von Kalksund, da hilft kein Leugnen mehr. Und nun wollen wir von Ihnen hören, wo Sie sich in der besagten Nacht auf Baltrum aufgehalten haben, in der Ihre Verlobte in den Dünen umgebracht wurde. Der Mörder ist ins Dorf gegangen und hat einen Fahrradanhänger entwendet, um die Leiche vom Tatort über den Reiterweg zur Peilbarke zu schaffen und sie dort zu vergraben.« Noosten hatte sich mit Absicht sehr deutlich ausgedrückt, um den Oberstudienrat aus der Reserve zu locken – und seine Worte verfehlten ihre Wirkung nicht.

Von Kalksund verschlug es die Stimme. Sein Gesicht verlor alle Farbe, und seine Hände zitterten, als er die Teetasse abstellte.

»Das ist entsetzlich! Sie glauben doch nicht im Ernst, daß ich . . .«, stotterte er, schluckte trocken und bedeckte dann sein Gesicht mit den Händen. Seine Schultern zuckten.

»Ich mache Sie darauf aufmerksam, daß dies ein offizielles Verhör ist. Noch einmal: Wo hielten Sie sich in der Mordnacht auf Baltrum auf?« fragte der Kommissar.

Von Kalksund nahm die Hände vom Gesicht und wischte sich die Tränen von den Wangen. »Ich war auf Baltrum«, sagte er müde.

»Das wissen wir. Und wo haben Sie die Nacht verbracht?« beharrte Noosten.

»Am Fähranleger und später, als es kühler wurde, in einer Segelyacht«, sagte der Lehrer und senkte den Blick.

»Dann haben Sie kein nachprüfbares Alibi!« stellte Noosten fest.

Von Kalksund fuhr auf.

»Ich habe mit dem Mord nichts zu schaffen«, schrie er gereizt.

»Herr von Kalksund, beherrschen Sie sich bitte, und beantworten Sie unsere Fragen. Trugen Sie die Margeriten bei sich, als Sie um halb sechs das Fährschiff verließen?« wollte Glauwitz wissen.

Der Lehrer nickte. »Ich bin sofort zum Apartment gegangen und habe dort geschellt, aber Wibke meldete sich nicht. Ich legte die Margeriten ab, verließ das Haus und suchte mit meinem Gepäck das Café am Wellenbad auf, trank Tee, aß ein bißchen Kuchen und überlegte, was ich tun sollte.«

»Frau Kleedorf hatte Sie nicht eingeladen?« vergewisserte sich Noosten.

»Nein, ich wollte meine Verlobte überraschen«, antwortete von Kalksund.

»Und?« fragte Glauwitz.

»Ich habe die Tasche im Café gelassen, der Bedienung ein Trinkgeld gegeben und sie gebeten, hin und wieder nach meinem Gepäck zu schauen. Dann bin ich wieder zum Haus zurückgegangen und habe dort einen jüngeren Mann gesehen, der auch zu warten schien. Ich war sehr erregt, und mich überfiel rasende Eifersucht«, erklärte der Lehrer.

»Sie kannten den jungen Mann nicht? Und wie verhielten Sie sich weiter?« fragte Glauwitz.

»Ich suchte Schutz hinter den Sträuchern an der Kirche und beobachtete den Besucher. Die ganze Zeit über hoffte ich, daß Wibke zurückkommen würde und der Mann nichts mit ihr zu schaffen hatte«, sagte er.

»Und wann verließen Sie Ihr Versteck wieder?« wollte Noosten wissen.

»Als ich bemerkte, daß der jüngere Mann in dem Strandkorb im Garten des Hauses seinen Rucksack abgestellt hatte. Irgendeine Ahnung sagte mir, daß er auch auf Wibke wartete und daß zwischen den beiden etwas war.«

»Und Ihre Reisetasche?« fragte Glauwitz.

»Ich bin zum Café gegangen, habe sie abgeholt und bin dann enttäuscht und deprimiert zurück zum Fähranleger gelaufen. Dort habe ich meine Tasche in einen Container gelegt, vor Enttäuschung geweint und mich einen alten Esel geschimpft.«

»Und Sie sind nicht zufällig noch einmal zum Apartmenthaus gegangen?« fragte Glauwitz.

»Doch, aber vergeblich. Die Fenster waren dunkel«, murmelte von Kalksund.

»Und danach haben Sie eins von den Segelbooten betreten und sich in die Pilch gesetzt?« fragte Noosten.

»Ja; ich wußte nicht, wohin, und auf den Stegen war niemand zu sehen. Da habe ich gedacht, ich meine, ich habe ja niemandem damit geschadet . . .«

»Und Sie beobachteten nicht zufällig einen Mann, der vom Kai einen Fahrradanhänger mitgehen ließ?« meinte Noosten ironisch.

»Was soll diese hinterlistige Frage?« empörte sich der Lehrer.

»Es hätte ja sein können. Nein, aber mal im Ernst, Herr von Kalksund: Warum sollten wir Ihnen glauben? Sie haben die Vermißtenanzeige aufgegeben und baten uns, Ihnen zu helfen, das Feriendomizil Ihrer Verlobten ausfindig zu machen. Die ganze Zeit über haben Sie uns angelogen, und Ihre heutige Darstellung klingt in diesem Zusammenhang unglaubwürdig und ziemlich hausbacken«, sagte Glauwitz.

»Das ist eine Unverschämtheit!« ereiferte sich von Kalksund empört. »Sie muten mir einiges zu!«

»Immerhin kochten Sie vor Eifersucht, wie Sie selbst sagten, und wir besitzen keinen Zeugen, der Wibke Kleedorf nach dem Verlassen des Apartmenthauses am besagten Abend lebend gesehen hat«, antwortete Glauwitz.

Der Oberstudienrat zitterte vor Wut.

»Sie hat mich betrogen! Suchen Sie doch nach dem Mann, der seinen Rucksack im Strandkorb hinter dem Haus abgestellt hat. Vielleicht wissen Sie dann, wer Wibke ermordet hat!« erwiderte er wütend.

»Sie nehmen an, daß er der Mörder ist?« fragte Noosten, der sich Notizen machte.

»Ja, wer denn sonst!« schimpfte von Kalksund.

»Dann beschreiben Sie uns bitte den Mann, damit wir nach ihm fahnden können«, forderte Noosten ihn auf.

»Das kann ich nicht. Er war zu weit weg, und es dämmerte bereits.«

Die Beamten erhoben sich. »Wir fertigen ein Protokoll über das Gespräch an und werden es Ihnen später vorlegen«, erklärte der Kommissar.

»Mir liegt nur daran, daß Sie endlich aufhören, mich zu verdächtigen! Ich habe Sie angelogen, weil ich nach meinem Besuch auf Baltrum wußte, daß Wibke ein

Unheil widerfahren war, und Angst hatte, daß Sie mir nicht glauben würden. Ich bin unschuldig! Es verhält sich wirklich alles so, wie ich es Ihnen erzählt habe«, beteuerte der Lehrer.

Die Beamten gingen zur Tür. »Wir werden unsere Recherchen fortsetzen, und wenn Sie unschuldig sind, wird sich das im Lauf der Ermittlungen sicher herausstellen«, meinte der Kommissar.

»Wir danken für den Tee«, sagte Noosten.

Von Kalksund seufzte tief auf und begleitete die Beamten zur Haustür. »Wenn Sie dem, was Sie gesagt haben, noch etwas hinzufügen wollen, dann suchen Sie uns bitte auf«, meinte Glauwitz noch, dann stiegen die beiden Polizisten in den Passat und fuhren zum Revier.

Glauwitz lenkte den Dienstwagen auf den Parkplatz vor der Reithalle und stellte ihn im Schatten hochgewachsener Buchen ab, deren Laub sich bereits bunt zu färben begann. Er und Noosten stiegen aus und näherten sich dem Hoteltrakt.

Ein gutaussehender Reitlehrer stand mit einer Gerte in der Hand auf der Reitbahn und gab einer Gruppe von Mädchen Anweisungen, die auf ihren Pferden im Kreis um ihn herumtrabten.

»Was für die Pistenhäschen der Skilehrer, ist für die Pferdenärrinnen der Reitlehrer«, spottete Noosten

Sie betraten die Hotelhalle und begaben sich zur Rezeption. Die hübsche junge Dame, die sie schon kannten, lächelte, als sie die Beamten sah.

»Sie sind ja wirklich anhänglich«, frotzelte sie. »Was kann ich heute für Sie tun?«

»Heute interessiert uns die Speisekarte weniger, obwohl das Essen sehr gut war. Wir möchten mit Ihrem Chef sprechen«, erwiderte der Kommissar.

»Sie haben Glück – er ist zu Hause. Das Restaurant hat heute Ruhetag, und er macht einmal Pause. Ich weiß allerdings nicht, ob er Besucher empfängt«, sagte sie und griff nach dem Telefonhörer.

»Lassen Sie nur. Wir fragen ihn schon selbst«, sagte Glauwitz.

»Na, dann – der Bungalow liegt hinter der Koppel«, erklärte die junge Frau.

»Danke«, antwortete Glauwitz, und die Beamten verließen das Hotel.

Kleedorf hatte nicht sonderlich üppig gebaut, abgesehen von dem mit Reet gedeckten Dach, erinnerte das Haus mit seinen Sprossenfenstern und Holzläden an die ostfriesischen Landhäuser der zwanziger Jahre. Ein grüner Lattenzaun mit weißen Spitzen grenzte das Grundstück ein.

Ein Plattenweg führte durch den Garten an Blumenbeeten vorbei zur Haustür. Sie war rustikal aus Holz gezimmert und grün angestrichen. In der Luft lag der Duft blühender Herbstblumen. Vögel zwitscherten.

Der Kommissar drückte den Klingelknopf. Die Beamten warteten auf den Steinstufen vor der Haustür und fuhren erschrocken zusammen, als sie eine Stimme vernahmen. Es war Katja Jerdjens. Sie trug einen Bikini und stand barfuß vor ihnen.

»Ach, Sie hier?« fragte Noosten.

Katja lächelte freundlich.

»Wir wollen Ihrem Chef einen Besuch machen«, sagte Glauwitz.

Das Mädchen besaß wirklich eine fabelhafte Figur.

»Kommen Sie mit. Rolf ist hinter dem Haus. Er mußte einmal ausspannen, er hat vom Sommer so gut wie nichts gehabt«, sagte sie und schritt ihnen voraus.

An der Stirnseite des Hauses befand sich eine große Terrasse, neben der ein Springbrunnen plätscherte. Die

Sonnenstrahlen brachten die glasierten Fliesen zum Leuchten. Auf einem runden Glastischchen standen Gläser und Getränkeflaschen.

»Rolf, Besuch für dich«, sagte Katja Jerdjens, setzte sich auf eine Sommerliege und streckte ihre langen, schlanken Beine aus.

Rolf Kleedorf hatte auch auf einer Liege gelegen und erhob sich jetzt. Sein Gesicht war leicht gerötet. Er schaute die Beamten mißtrauisch an.

»Sie hätten sich auch anmelden können«, sagte er.

»Wir haben uns mehrmals bemüht, Sie zu erreichen«, erwiderte der Kommissar.

»Und wo brennt es?« fragte der Unternehmer ironisch. Er wartete nicht auf eine Antwort, sondern rückte zwei Gartenstühle zurecht. »Nehmen Sie erst einmal Platz«, sagte er und setzte sich seinerseits quer auf die Liege.

Die Beamten taten, wie ihnen geheißen.

»Schießen Sie los!« forderte Kleedorf sie dann auf.

»Ich hoffe, Ihrem Vater geht es besser«, sagte Glauwitz ruhig.

Der Unternehmer nickte. »Sein Kopf ist klar. Er leidet noch unter einer einseitigen Lähmung, die sich hoffentlich beheben läßt, und wünscht sich von mir vor seinem Tod gesunde Enkelkinder«, antwortete er und lächelte seine Angestellte an.

»Das interessiert uns weniger. Wir möchten von Ihnen wissen, ob Sie sich auf Baltrum eines Fahrradanhängers bedient haben, um die Leiche Ihrer Frau über den Reiterweg zur Peilbarke zu transportieren«, erklärte Noosten nüchtern.

Kleedorf verging das Lachen, und tiefe Zornesröte stieg ihm ins Gesicht. »Das ist eine bodenlose Unverschämtheit!« rief er empört.

Katja Jerdjens starrte die Beamten entsetzt an. »Rolf soll . . .?« fragte sie leise und ungläubig.

»Herr Kleedorf, unserer Ansicht nach gehören Sie zum engeren Kreis derjenigen Personen, die Gelegenheit hatten, die Tat zu begehen«, sagte der Kommissar.

»Das kann doch nicht Ihr Ernst sein! Ich werde meinen Rechtsanwalt einschalten und Sie wegen Rufschädigung anzeigen, falls Sie das in der Öffentlichkeit äußern!« schnaubte der Unternehmer.

Der Kommissar blieb gelassen.

»Bedenken Sie bitte bei Ihren Entscheidungen, daß Sie für die Stunden zwischen dem Ende der Sportschau und dem frühen Morgen kein Alibi besitzen und Blutspuren im Zimmer hinterlassen haben. Es gibt genügend Fakten, auf die sich der Staatsanwalt berufen kann.«

»Rolf, die wollen dich nur in die Enge treiben. Laß dich auf nichts ein!« rief Katja wütend.

»Hören Sie, ich sage es hier in Anwesenheit meiner Freundin: Ich habe mit dem Mord an meiner Frau nichts zu schaffen! Ich bin nicht mit einem Fahrradanhänger nachts in den Dünen herumgeschlichen, und was die Blutflecken anbelangt, habe ich mich morgens beim Rasieren geschnitten. Ich denke, es ist Zeit, daß Sie mich verlassen! Ich bin Unternehmer, mir bleiben nur wenige Stunden, um mich zu erholen!« schimpfte er und erhob sich.

»Wir werden Ihre Äußerungen zu Protokoll nehmen«, sagte Glauwitz.

»Tun Sie das! Auf Wiedersehen«, fauchte Kleedorf.

»Ein kleiner Napoleon«, sagte Noosten.

»Und seine hübsche Gespielin«, fügte Glauwitz hinzu.

»Eine Garantie für Enkelkinder, um das Geschlecht der Kleedorfs bis ins nächste Jahrtausend zu sichern«, meinte sein Assistent ironisch.

»Und ein steiler Aufsteig für eine Azubi, die man gefeuert hat«, murmelte der Kommissar nachdenklich.

Am Mittwoch morgen war der Himmel grau. Dichter Seenebel hing in der Luft, und es war empfindlich kühl. In Scharen verließen Berufsschüler den Bahnhof, überquerten den Platz und gingen den Fußweg an der Gracht entlang.

Glauwitz fuhr seinen Golf auf den Parkplatz hinter dem Revier. Die Luft war feucht und roch bereits nach dem abgestorbenen Laub der Bäume.

Glauwitz betrat das Revier und suchte sein Dienstzimmer auf. Er stellte die Tasche ab und öffnete die Fenster weit, damit die abgestandene Luft abziehen konnte.

Er setzte sich an seinen Schreibtisch, studierte den Terminkalender und schaute auf, als Wachtmeisterin Sikken das Dienstzimmer betrat.

»Moin; die Post!« sagte sie und reichte Glauwitz eine Versandtasche und einige Briefe.

»Danke. Ich denke, Sie sind im Urlaub?« fragte er verwundert.

»Erst ab Freitag. Mein Mann und ich fliegen nach Malta«, gab die Kollegin zurück und verließ das Dienstzimmer.

Glauwitz überflog die Absender auf den Briefen und nahm dann die Versandtasche in die Hand.

»Rechtsmedizinisches Institut der Universität Oldenburg«, las er.

Noosten betrat das Dienstzimmer. »Moin«, sagte er und ließ sich auf seinen Bürostuhl fallen.

»Die Kickers haben den Libero von Werder Bremen verpflichtet. Ich war gestern abend im Stadion und habe beim Training zugeschaut«, sagte er begeistert. »Einfach super!«

Glauwitz riß die Lasche der Versandtasche auf. »Jetzt wird es interessant«, murmelte er.

»Vom Labor?« fragte Noosten.

Glauwitz nickte, zog die Schriftseiten hervor und vertiefte sich in die per Computer ausgedruckten Blätter. Er las konzentriert und reichte Noosten kommentarlos die gelesenen Seiten.

Der Kommissar arbeitete sich durch den Text, der mit medizinischen Fachausdrücken gespickt war, und als er Noosten die letzte Seite reichte, atmete er erleichtert aus. Er stand auf und holte die Akte aus dem Metallschrank an der Wand.

»Ich ziehe eine Kopie und faxe den Bericht an den Staatsanwalt«, sagte Noosten, der inzwischen auch zu Ende gelesen hatte. Er stand auf und verließ das Dienstzimmer.

Glauwitz ging zum Fenster und blickte in Gedanken versunken auf die Stadt. Der Mörder war grausam zu Werke gegangen, stellte er fest, aber im Grunde war jeder Mord abscheulich. Glauwitz störte die Gelassenheit der Verdächtigen. Weder von Kalksund, der sich vermutlich seine Geschichte zurechtgeschneidert hatte, noch Kleedorf, der ungeniert gleich nach dem Tod seiner Frau ein Verhältnis mit seiner hübschen Angestellten begonnen hatte, zeigten große Betroffenheit, noch schienen sie zu einer Zusammenarbeit bereit.

Sie verschanzten sich hinter nicht zu kontrollierenden Aussagen und fanden sich schnell, ja allzu schnell mit dem Tod der Lehrerin ab.

Der Kommissar seufzte.

Noosten betrat das Zimmer und heftete den Bericht an die Akte.

»Hier ist die Kopie«, sagte er.

Glauwitz wandte sich zu seinem Assistenten um.

»Ziehen wir ein Fazit«, schlug er vor und setzte sich wieder an seinen Schreibtisch.

»Bei der Mordwaffe handelt es sich um ein Brotmesser der Marke ›Zwilling‹, das einen Wellenschliff besitzt, mit dem man Schwarzbrot und Fleisch schneiden kann. Ein

Produkt, das sicherlich in jedem Haushalt vorhanden ist«, stellte Noosten fest.

»Wibke Kleedorf muß ihren Mörder gekannt haben und ist ihm ohne Mißtrauen begegnet. Sie hat sich nicht zur Wehr gesetzt. Nicht einmal ein Fussel von der Kleidung des Mörders wurde gefunden, und unter ihren Fingernägeln befand sich nur Sand. Der Täter hat ihr das Messer in den Rücken gestoßen. Den zweiten Stoß führte er von vorne durch, und dabei traf das Messer genau ins Herz. Danach stieß er noch mehrmals zu«, sagte Glauwitz.

»Der Mörder war offensichtlich voller Haß! Die Lehrerin sackte wahrscheinlich bereits beim ersten Stoß bewußtlos in den Sand«, meinte Noosten. »Warum er ihr die Hand abtrennte, bleibt ein Rätsel.«

»Ihre Kleidung war unversehrt – ein Sexualverbrechen können wir also ausschließen«, folgerte Glauwitz.

»Das Messer kann sowohl aus der Küchenschublade des Lehrers als auch aus dem Lokal des Pferdehändlers stammen. Es waren keine Fingerabdrücke darauf, also hat der Mörder den Mord wahrscheinlich geplant und das Messer bei sich getragen«, meinte sein Assistent.

»Fest steht, daß Wibke Kleedorf weder ihren Mann noch Herrn von Kalksund, sondern nur Hinni Synninga zu sich eingeladen hatte. Aber die beiden anderen waren trotzdem auf der Insel.«

»Und du glaubst, einer der beiden ist ihr in die Dünen gefolgt? Wenn Kleedorf der Mörder ist, dann muß er gewußt haben, daß seine Frau die Ferienwohnung gebucht hatte. Dem Blut auf dem Handtuch messe ich allerdings keine besondere Bedeutung bei«, sagte Glauwitz.

»Kleedorf hatte doch einen Privatdetektiv engagiert. Vielleicht erfahren wir ja von diesem, ob er Wibke Kleedorf entsprechend observiert hat«, schlug Noosten vor.

»Du hast recht – das könnten wir versuchen. Davon gibt es in Emden und Umgebung nicht viele«, antwortete der Kommissar.

Das Telefon läutete, und er nahm den Hörer ab. »Kripo Emden, Glauwitz«, meldete er sich.

»Staatsanwaltschaft, Bronzema. Vielen Dank für den Bericht. Herr Glauwitz, bitte bringen Sie das Messer mit zur Pressekonferenz. Den Termin gebe ich Ihnen noch durch. Fahren Sie vorher nach Hannover, und holen Sie beim Landeskriminalamt das Leukomalachit-Sprühgerät ab. Beschränken Sie sich bei der Untersuchung aber fürs erste nur auf die Fahrradanhänger der Spedition und Pension Tuittjer«, sagte der Staatsanwalt.

»Tippen Sie auf Kleedorf?« fragte der Kommissar.

»Nicht unbedingt. Aber ich schließe auch nicht aus, daß er es gewesen sein könnte«, antwortete Bronzema. »Jedenfalls ist es einen Versuch wert.«

»Wenn das keinen Erfolg bringt, sollten wir die Fahrradanhänger der Pensionen, die im Umkreis der Aussichtsdüne liegen, mit einbeziehen«, schlug Glauwitz vor.

»Ich denke, daß Sie bis Freitag Ergebnisse vorweisen können«, erwiderte der Staatsanwalt und legte auf.

Noch vor Sonnenaufgang verließen die Beamten am folgenden Montag Emden und fuhren nach Hannover. Gegen zehn Uhr sprachen sie im Landeskriminalamt vor. Nach einer Tasse Kaffee in der Kantine führte ein Beamter der Abteilung ›Technische und Chemische Spurensicherung‹ sie in den Umgang mit dem Sprühmittel ein und machte sie mit der Bedienung des Spritzgerätes vertraut.

»Wenn sich auch nur ein Tropfen Blut auf der Ladefläche des Fahrradanhängers befunden hat, wird das

Leukomalachit ein phosphorartiges Leuchten hinterlassen, selbst wenn der Mörder tausend Liter Wasser zur Beseitigung der Blutstropfen verwendet hat«, erklärte der Mann und riet ihnen, die Untersuchung in der Dunkelheit vorzunehmen.

Glauwitz und Noosten trugen die Spritze, die einem Staubsauger ähnlich sah, und einen Kanister mit Sprühmittel zum Auto, quittierten den Empfang, verabschiedeten sich und fuhren zurück nach Emden.

Es war ein sonniger Herbstnachmittag. Auf dem Vordeich von Neßmersiel weideten Schafe. Im kleinen Hafenbecken lagen Yachten und Motorboote an den Stegen. Urlauber saßen in ihren Strandkörben, und Kinder bauten eifrig Sandburgen.

Möwen und Seeschwalben schossen über das Watt. Über den Salzwiesen surrten bunte Drachen am blauen Himmel. Das Café ›Utkiek‹ bot den Besuchern einen herrlichen Blick aufs Meer.

Das Fährschiff wendete im Fahrwasser und legte mit heulenden Motoren an der Kaimauer an.

Ein Matrose ließ vom Deck aus die Gangway hinunter, und die Passagiere strömten von Bord. Die Beamten nahmen das Spritzgerät und den Kanister von der Ladefläche des Bullys und trugen sie zu den Containern. Der Lademeister verstaute das nicht alltägliche Gepäck und kassierte wortlos die Gebühr.

Dann holten Glauwitz und Noosten ihre Reisetaschen aus dem Wagen und verabschiedeten sich von dem Kollegen, der sie zum Schiffsanleger gebracht hatte.

Die Beamten betraten die Gangway und stiegen an Bord. Das Deck der ›Baltrum‹ war ganz in der Hand der Urlauber, denn in Nordrhein-Westfalen hatten die Herbstferien begonnen.

»Ich mag die Hektik nicht. Gehen wir runter in den Salon!« schlug der Kommissar vor.

Der Fahrkartenschalter hatte bereits geöffnet. Glauwitz löste bei dem bärtigen Zahlmeister die Fahrkarten.

Dann gingen die Beamten unter Deck, setzten sich an einen Fenstertisch, blickten aufs Meer und gingen während der Überfahrt ihr Vorhaben noch einmal durch.

Die Fähre legte auf Baltrum an. Die Beamten warteten geduldig, bis die Urlauber das Schiff verlassen hatten. Schon von Bord aus sahen sie den Inselpolizisten, der vor einer Kutsche stand und ihnen zuwinkte. Ein Matrose bediente den Ladekran und hievte die Container von Bord. Auf dem Kai warteten die Angestellten der Hotels und Pensionen mit ihren Schildern und Fahrradanhängern auf die Gäste, die die Container belagerten, um ihr Gepäck in Empfang nehmen zu können.

Die Beamten verließen das Schiff, und Pit Saathoff schritt ihnen entgegen. Er trug seine Uniform. Fürsorglich nahm er den Besuchern die Reisetaschen ab und trug sie zur Kutsche.

Glauwitz und Noosten entnahmen dem Container die Spritze und den Kanister. Der Kutscher verstaute das Gerät, dann stiegen die drei Männer ein, und der Kutscher ließ das Pferd antraben.

»Tuittjer besitzt acht Fahrradanhänger und einen bereiften Handkarren«, erklärte der Inselpolizist.

»Das klingt, als hätten wir gute Chancen«, sagte Noosten.

»Tuittjer liegt viel an der Aufklärung des Mordes«, meinte Saathoff. »Er wird sicher keine Probleme machen.«

»Wir sollten die Dunkelheit abwarten und werden das Gerät auf dem Gelände des Betriebes lagern müssen«, sagte Glauwitz.

»Dem steht nichts entgegen«, erwiderte der Kollege.

Auf dem Betriebshof des Unternehmers standen die Pferde geduldig an den Deichseln, während die Fuhrwerke abgeladen wurden. Tuittjer schritt den Beamten entgegen. »Moin«, sagte er und reichte ihnen die Hand.

»Ich habe dafür gesorgt, daß kein Fahrradanhänger fehlt.«

»Gestatten Sie, daß wir das notwendige Gerät bis zum Einsatz bei Ihnen lagern?« fragte Glauwitz.

»Selbstverständlich«, antwortete der Unternehmer freundlich.

»Zur Durchführung unserer Untersuchung müssen wir die Dunkelheit abwarten«, erklärte der Kommissar.

»Dem steht nichts im Wege«, sagte Tuittjer.

Noosten nahm das Spritzgerät, und der Kutscher reichte Glauwitz den Kanister an.

»Folgen Sie mir. Es wird am besten sein, die Sachen im Aufenthaltsraum des Personals zu lagern«, meinte der Unternehmer und ging voran. Der kleine Raum enthielt Spinde, einen Tisch und Bänke. Es roch nach Zigarettenrauch.

Die Beamten legten die Spritze auf einer Bank ab und stellten den Kanister an die Wand.

»Wir werden uns gegen einundzwanzig Uhr wieder hier einfinden«, sagte der Kommissar.

»All up Stee! Ich bin natürlich gespannt und werde auch dabeisein«, meinte Tuittjer und verabschiedete sich.

Die Beamten nahmen ihre Reisetaschen, die der Kutscher ihnen anreichte, und Pit Saathoff begleitete den Kommissar und seinen Assistenten zu ihrer Pension.

Über Baltrum zog die Abenddämmerung auf. Die Fenster der Pensionen und Hotels waren erleuchtet, die bunten Reklametransparente eingeschaltet. Sie verliehen dem Ort ein wenig abendliches Flair.

Auf das Betriebsgelände der Spedition Tuittjer warfen Scheinwerfer helles Licht. Der Unternehmer selbst stand im Hof und beobachtete, wie einer seiner Angestellten die Fahrradanhänger in den ausgeräumten Schuppen schob. Die Kutschen, die dort normalerweise standen, waren vorher in den Hof gezogen worden.

Noosten und Glauwitz standen im Personalaufenthaltsraum und schauten durch das Fenster dem Treiben zu. Sogar Pit Saathoff packte mit an und schob den luftbereiften Transportkarren in den Schuppen.

Von den Holzbalken an der Decke fiel weißes Neonlicht auf die Fahrradanhänger, die in Reih und Glied standen.

»Gehen wir«, sagte Glauwitz. Er nahm das Spritzgerät, und Noosten trug den Kanister.

Draußen verabschiedete Tuittjer gerade seine Leute und wünschte ihnen einen schönen Abend.

»Herr Kommissar, Sie können beginnen«, sagte er dann und zog die großen Türflügel zu.

»Hier ist die Steckdose«, meinte Saathoff.

»Danke, die Batterie reicht für zwei Stunden«, erklärte Glauwitz, schob die Schutzhülle von der Spritze und öffnete den Tank.

Noosten goß die Flüssigkeit in die Tanköffnung. Sie war von grünlicher Farbe und roch nach abgebrannten Streichhölzern. Glauwitz drehte den Deckel fest an. Dann blickte er noch einmal prüfend auf die Knöpfe, mit denen das Gerät bedient wurde, klemmte den Plastikschaft unter seinen Arm und legte den Haltegurt über seine Schulter. Noosten nahm die Stablampe aus seiner Jacke. »Herr Tuittjer, löschen Sie bitte das Licht!« sagte er. Gleich darauf war es im Schuppen stockdunkel. Im Dachgebälk flatterten einige verwirrte Fledermäuse.

Noosten schaltete die Stablampe an und begleitete den Kommissar zum ersten Fahrradanhänger.

Glauwitz betätigte den Einschaltknopf, und gleich darauf ertönte ein Surren ähnlich dem einer Haarschneidemaschine. Im Schein der Taschenlampe fiel das Leukomalachit wie Wasserdampf auf den Fahrradanhänger. Tuittjer und Saathoff beobachteten schweigend und voller Spannung die Beamten bei ihrer Arbeit, doch zuerst schien es, als hätten der Kommissar und sein Assistent keinen Erfolg: Nirgendwo zeigten sich leuchtende Flecken. Schon wollten die Männer die Hoffnung sinken lassen, noch etwas zu finden, da erschienen plötzlich auf dem vorletzten Anhänger phosphorisierende kleine Leuchtpunkte, die größer wurden und sich zu Linien verbanden.

Noosten schaltete die Stablampe aus.

Die kleinen, grünlich glimmenden Flecken sahen aus, als hätten sich Tausende Glühwürmchen auf dem Fahrradanhänger versammelt, und es hatte den Anschein, als kämen ständig noch mehr hinzu, die an den Begrenzungsbrettern hochkrochen und sich über die Schutzbleche hermachten.

»Herr Tuittjer, schalten Sie bitte das Licht wieder an«, bat Glauwitz. »Es besteht kein Zweifel! Der Mörder hat mit diesem Fahrradanhänger sein Opfer vom Tatort zur Peilbarke transportiert.«

Tuittjer blickte den Kommissar fassungslos an, und im Licht der Neonlampe wirkte sein Gesicht ebenso blaß wie die gekalkte Wand des Schuppens.

»Mir fehlen die Worte«, sagte er.

»Bitte ziehen Sie diesen Anhänger aus dem Verkehr«, ordnete Glauwitz an. »Er gilt von jetzt an als Beweisstück und muß noch von der Spurensicherung untersucht werden. Das Gerät lassen wir über Nacht hier, wenn das geht – könnten Sie uns für morgen eine Kutsche für die Fahrt zur Fähre reservieren?«

Tuittjer nickte stumm, und die Männer verließen den

Schuppen. Der Unternehmer löschte noch das Licht, und Saathoff half ihm, das Tor zu schließen.

Die Beamten brachten noch das Sprühgerät und den Kanister in den Aufenthaltsraum, dessen Tür ebenfalls abgeschlossen wurde.

»Wie wäre es mit einem Bier?« fragte Tuittjer dann.

»Gern«, erwiderte Glauwitz, und Noosten nickte.

»Dann kommen Sie, vielleicht finde ich drüben im Wohnzimmer ja sogar noch einen guten Aquavit! Den könnte ich nämlich jetzt gut gebrauchen!«

Es war eine idyllische Wohngegend mit kleinen, bejahrten Häusern, in deren Vorgärten Gemüse wuchs. Alte Bäume säumten die Straßen, in denen nur wenig Verkehr herrschte.

In unmittelbarer Nähe dieser Idylle war ein modernes Geschäftshaus entstanden, in dem die Detektei ›Franzen & Partner‹ ihr Büro unterhielt, wie die Emailletafel am Eingang bestätigte.

»Die Namen sagen mir nichts«, meinte Noosten. »Mir auch nicht«, erwiderte Glauwitz, der sich umschaute. Am Haus gegenüber, es war mehr eine vergessene Kate, wurde Salat verkauft, der Kopf für eine Mark, und auf dem klapprigen Gestell vor der Haustür lagen außerdem Strauchbohnen und Tomaten.

Noosten drückte den Klingelknopf. Ein Summton ertönte, die Tür sprang auf, und die Beamten betraten das Haus. Am anderen Ende des Korridors fanden sie die Geschäftsstelle der Detektei, deren Tür nur angelehnt war.

Hinter dem Tresen stand ein kräftiger Mann, und an einem Schreibtisch bediente eine junge Frau einen Computer, doch sie blickte nicht einmal auf, als die Besucher den Raum betraten.

»Mein Name ist Franzen, womit kann ich dienen?« erkundigte sich der Mann und richtete sich auf. Er mochte um die Vierzig sein, sein Gesicht wirkte jedoch älter, und seine Miene war nicht zu deuten. Er trug einen schlecht sitzenden grauen Anzug.

»Kripo Emden, Glauwitz. Mich begleitet mein Kollege Noosten«, sagte der Kommissar.

Franzen nickte. »Der geballte öffentliche Dienst in unseren bescheidenen Räumen! Aber Spaß beiseite. – Sie kommen sicher geschäftlich. Gehen wir in mein Büro«, sagte er, ging zu einer Tür hinter dem Schreibtisch und öffnete sie. Die Beamten folgten ihm.

Das Büro war groß und hell und wirkte verglichen mit dem Dienstzimmer der beiden Beamten recht luxuriös. Der riesige Schreibtisch aus Edelholz stand auf einem teuren Perserteppich.

»Nehmen Sie Platz«, sagte Franzen und zeigte auf eine Sitzecke aus Ledersesseln, die um einen Glastisch herumstanden.

»Man sieht, daß Sie nicht nach Beamtentarif bezahlt werden«, sagte Noosten.

»Meine Klientel besteht aus Leuten, die für unsere oft schwierige, manchmal auch gefährliche Arbeit bei angemessener Diskretion bereit sind, etwas tiefer in die Tasche zu greifen«, erwiderte Franzen.

»Zu Ihren Kunden gehörte auch der Pferdehändler Kleedorf aus Pilsum«, meinte Kommissar Glauwitz.

»Hat er Ihnen das selbst erzählt?« fragte der Privatdetektiv.

»Nein, und uns liegt auch daran, daß er von unserem Besuch bei Ihnen nichts erfährt«, erklärte Noosten.

»Dann bin ich gespannt auf den Grund Ihres Besuches«, antwortete Franzen.

»Ich nehme an, daß Herr Kleedorf mit Ihrer Arbeit zufrieden war«, sagte Glauwitz.

»Das ist korrekt! Darf ich Ihnen etwas zu trinken anbieten?« fragte der Detektiv.

»Danke, nachher gibt es für uns noch Tee beim Staatsanwalt.« Der Kommissar beschloß, zur Sache zu kommen. »Herr Franzen, wir recherchieren im Mordfall Kleedorf. Beantworten Sie uns bitte eine Frage, die Herrn Kleedorf betrifft.«

»Stellen Sie Ihre Frage, ich werde danach entscheiden, ob die Antwort die vertraglichen Vereinbarungen mit meinem Kunden verletzt«, sagte der Detektiv.

»Sie haben im Auftrag von Rolf Kleedorf vor den Sommerferien dessen Frau Wibke observiert. Inwieweit spielte dabei die Buchung der Ferienwohnung auf Baltrum eine Rolle?« fragte Noosten.

Der Detektiv winkte ab.

»Ich habe nur in Erfahrung gebracht, daß Frau Kleedorf weder mit dem Oberstudienrat von Kalksund noch mit dem jungen Adonis eine Urlaubsreise gebucht hat, sondern ihre Ferien allein auf Baltrum verbringen wollte«, sagte er.

Die Beamten erhoben sich. »Das war es bereits. Wir danken Ihnen für das Gespräch«, sagte der Kommissar.

Auch Franzen stand auf und streckte ihnen seine kräftige Hand entgegen.

»Ziehen Sie bloß keine falschen Schlüsse aus meiner Auskunft«, meinte er und begleitete die Beamten durch das Vorzimmer zur Etagentür.

»Tschüs«, sagte Noosten, und Glauwitz nickte Franzen zu.

Die Beamten verließen die Detektei, gingen schweigend durch den Korridor und traten hinaus in die kühle Herbstluft, die nach Regen roch.

Der Sommer war vergangen; auch die Herbstferien hatten noch gutes Wetter beschert, doch jetzt hatte trüber Himmel die Sonne vertrieben, und es war empfindlich kühl geworden.

Immer noch war der Mordfall nicht aufgeklärt.

Von Kalksund schaute durchs Fenster auf die dunklen Wolken und gab sich ganz seiner düsteren Stimmung hin.

Er dachte an Wibke Kleedorf. Sie war nach einer Trauerandacht in aller Stille in dem Familiengrab der Kleedorfs neben ihrem Sohn beigesetzt worden.

Kleedorf hatte weder dem Schulleiter noch den Kollegen den genauen Termin genannt und ihnen so die Möglichkeit genommen, an der Beisetzung teilzunehmen.

Von Kalksund war voller Bitterkeit. Er hatte die Therapie abgebrochen. Wibke lebte nicht mehr, und er hatte sich damit abgefunden, sein Leben als Junggeselle zu beenden.

Der Wind war aufgefrischt und spielte mit den Gardinen. Von Kalksund erhob sich und machte das Fenster zu.

Er vernahm Donnergrollen und sah, daß sich am Himmel ein Gewitter zusammenbraute. Eine Weile stand er reglos am Fenster und blickte hinaus in den herbstlichen Garten, in dem schon das erste Laub zu fallen begann. Als es an der Tür schellte, schrak er zusammen. Vielleicht der Zeitungsjunge, der das Geld für die Sonntagszeitung kassieren will, dachte er, ging zur Haustür und öffnete sie.

Er glaubte seinen Augen nicht zu trauen.

»Sie . . .?« fragte er überrascht, als er die Kripobeamten sah.

»Moin«, sagte Noosten freundlich.

»Was wollen Sie denn noch von mir?« fragte der Oberstudienrat gereizt.

»Wir möchten uns gerne einmal bei Ihnen umsehen«, erklärte Glauwitz.

Von Kalksund ging sofort in Abwehrhaltung. »Darf ich erfahren, was Sie in meinem Haus suchen?« fragte er böse.

»Wir suchen nach Beweisen für Ihre Unschuld am Mord der Lehrerin«, erklärte Noosten forsch.

»Dann muß ich mich über Ihren Besuch ja freuen. Sie glauben mir also endlich«, antwortete der Lehrer.

»Das ist eine voreilige Schlußfolgerung. Wir haben Sie noch nicht von der Liste der Verdächtigen gestrichen. Es gibt da noch einiges klarzustellen«, erwiderte der Kommissar.

»Bitte, treten Sie ein und schauen Sie sich um. Ich werde Ihnen gern sogar meinen Safeschlüssel aushändigen«, sagte von Kalksund ironisch, und die Beamten folgten ihm ins Wohnzimmer.

»Wir interessieren uns für Ihre Küche«, erklärte Noosten.

»Ach, nicht für die Kleider und den Schmuck meiner Mutter oder für meine Fotoalben, die ich nicht mehr angerührt habe, seitdem meine Braut nicht mehr lebt?« Von Kalksund blickte die Beamten unsicher an.

»Nein, weder noch. Führen Sie uns bitte in die Küche«, forderte Glauwitz ihn auf.

Der Hausherr zuckte ergeben mit den Schultern. »Ich weiß zwar nicht, was Sie dort suchen, aber wenn Sie meinen ...« Er öffnete die Küchentür. »Bitte«, sagte er.

Sie betraten eine Einbauküche, die sehr teuer gewesen sein mußte. Es fehlte an nichts. Selbst der Elektrogrill saß funktionsfähig in der Eichenwand.

Der Boden war mit braunen, rotgeflammten Fliesen belegt. Mitten im Raum befand sich ein massiver Eßtisch, um den auch für eine kinderreiche Familie genügend Platz gewesen wäre.

Die Wände waren weiß gefliest.

»Für einen Junggesellen erstaunlich gut ausgestattet. Sie kochen gerne?« erkundigte sich Noosten.

Der Wind draußen trieb Regen gegen das Küchenfenster.

»Meine Mutter legte Wert auf gutes Essen«, erwiderte der Lehrer. »Oft mußte ich ihr die verrücktesten Menüs zubereiten.«

»Darf ich?« fragte Glauwitz und näherte sich der Arbeitsplatte. Er fuhr mit der Hand über die Oberfläche. »Echt Eiche. Ist das nicht sehr empfindlich?«

»Die Küche kommt aus Belgien. Die Platte ist mit einem Spezialbelag versehen«, antwortete von Kalksund.

Noosten öffnete die Türen des Aufsatzes. Sie enthielten Töpfe, Geschirr und anderes Küchengerät.

Glauwitz zog die Schubladen hervor.

»Das sind Ihre Küchenmesser?« fragte er den Lehrer.

»Ja – aber ich benutze sie nur selten; im Moment koche ich so gut wie nie, denn allein schmeckt mir das Essen nicht.« Die Fragen der Beamten ließen ihn zusehends nervös werden.

Glauwitz leerte den Einsatz und legte die Messer auf die Arbeitsplatte.

»Was soll das?« fragte der Lehrer verwirrt.

Glauwitz ordnete die Messer nach ihrer Länge. »Es handelt sich bei diesen harmlosen Küchenwerkzeugen um Produkte der Marke ›Zwilling‹. Wir haben uns im Handel erkundigt. Sie besitzen den kompletten Satz. Es fehlt nur ein Messer mit einer achtundzwanzig Zentimeter langen Schneide und einem fünfzehn Zentimeter langen Griff. Die Klinge hat einen Wellenschliff«, erklärte der Kommissar.

Von Kalksund starrte auf die Messer. »Und wie darf ich Ihre Bemerkung verstehen?« fragte er böse.

»Ein Messer des Sortiments fehlt in Ihrer Sammlung«, sagte Noosten.

»Wenn es fehlt, dann habe ich es nicht besessen«, erwiderte der Oberstudienrat.

Noosten zog aus seiner Tasche das Foto des in Originalgröße aufgenommenen Messers und legte es zu den anderen auf die Arbeitsplatte. »Das ist die Mordwaffe«, sagte er. »Es handelt sich um genau die Größe, die in Ihrem Sortiment fehlt.«

Von Kalksund wurde bleich und starrte auf das Foto. »Nein, das Messer ist nicht von mir!« beteuerte er und blickte die Beamten mit brennenden Augen an. »Sie wollen mir den Mord anhängen!«

»Sie besaßen ein Motiv und haben kein Alibi!« erklärte Noosten trocken.

Der Lehrer geriet außer sich. »Bitte verlassen Sie mein Haus! Sie sind nicht im Besitz eines Durchsuchungsbefehls, und Ihre ständigen Attacken entbehren jeder Grundlage«, schimpfte er laut.

»Herr von Kalksund, für uns zählen nur Tatsachen. Das Messer fehlt in Ihrer Sammlung. Ob der Zufall dabei eine Rolle spielt, wird sich später zeigen«, meinte Glauwitz ruhig.

Noosten steckte das Foto wieder ein. »Und Sie haben wirklich keinen Fahrradanhänger vom Hof des Fuhrunternehmers Tuittjer entwendet?« fragte er.

»Nein, nein und nochmals nein! Und jetzt gehen Sie. – Da ist die Tür! Lassen Sie mich endlich in Frieden!« Der Oberstudienrat stand kurz vor einem hysterischen Anfall. Die Beamten verließen den Bungalow. Der Regen hatte inzwischen aufgehört, die dunklen Wolken waren abgezogen.

»Er spielt mit falschen Karten«, meinte Noosten.

»Er ist das Opfer seiner berühmten Mutter«, erwiderte Glauwitz und schloß den Wagen auf. Sie stiegen ein.

»Was meinen Sie, hat er Wibke umgebracht?« fragte Noosten. Glauwitz setzte den Wagen ein Stück zurück und fuhr dann in Richtung Emden davon.

»Wenn überhaupt, dann im Wahn. Doch das herauszubekommen wird uns noch einige Mühe kosten!« erwiderte der Kommissar.

Die Recherchen hatten Zeit gekostet. Für Ende Oktober hatte der Staatsanwalt die Beamten nach Aurich zu einem Gespräch eingeladen, und gleich danach sollte die schon lange geplante Pressekonferenz stattfinden.

Bronzema saß mit den Kripobeamten in seinem Amtszimmer um den Besuchertisch.

Sie zogen Bilanz, besprachen das weitere Vorgehen und den Inhalt einer weiteren Pressemitteilung.

Um zehn Uhr dreißig verließen sie das Dienstzimmer und gingen zum Sitzungssaal hinüber, der im Ostteil des Auricher Schlosses lag. Die Journalisten warteten schon, und bei ihrer Ankunft erwartete die Beamten ein regelrechtes Blitzlichtgewitter. Bronzema legte die Unterlagen auf den Tisch, der an der Stirnseite stand, genau im Visier der Fernsehkamera des Norddeutschen Rundfunks. Die Journalisten unterbrachen ihre Gespräche.

Bronzema erhob sich.

»Ich begrüße Sie zur Pressekonferenz im Mordfall Kleedorf und bedanke mich für Ihre bisherige Berichterstattung und für Ihre heutige Anwesenheit. Ich hoffe, daß Ihre Appelle an die Leser auch weiterhin dazu beitragen werden, Zeugen zu animieren, sich bei uns zu melden.

Ich begnüge mich mit einer kurzen Zusammenfassung der Vorgänge ...«

Der Staatsanwalt skizzierte in wenigen Worten das bisherige Geschehen und erklärte zum Schluß: »Im Grab fanden wir auch die Mordwaffe. Es handelt sich um ein Messer, das in Küchen von Restaurants, aber auch in privaten Haushalten benutzt wird.« Er gab dem Kommissar einen Wink, und Glauwitz erhob sich.

»Bitte, wenn Sie ein Foto schießen wollen. – Das Messer entstammt dem Sortiment der Firma Zwilling-Werke Solingen ... Die Klinge hat einen Wellenschliff«, sagte er.

Die Presseleute fotografierten das Messer.

»Haben Sie schon eine heiße Spur?« fragte ein Journalist.

»Nein, aber es gibt einige verdächtige Personen. Um den Mörder zu überführen, benötigen wir Hinweise über die Herkunft des Messers und Zeugen, die eventuell am besagten Samstagabend einen Mann mit einem Fahrradanhänger in den Dünen oder am Nordstrand gesehen haben«, sagte Bronzema.

»Handelt es sich dabei um einen normalen Fahrradanhänger?« erkundigte sich eine Journalistin.

»Ja, wir hielten es für überflüssig, Ihnen ein Foto des Anhängers zugänglich zu machen. Auf Baltrum sind davon Hunderte in Gebrauch«, erklärte der Staatsanwalt.

»Ich vertrete die ›Osnabrücker Zeitung‹. Wir haben bisher über den Mord nicht berichtet und hätten gern Material über den Fall«, sagte eine Reporterin.

»Ich werde Ihnen nachher eine Kopie unserer ersten Pressemitteilung aushändigen. Sie enthält auch das Foto des Opfers«, erwiderte Bronzema.

»Sie besitzen keine heiße Spur und erwähnten dennoch einige verdächtige Personen. Können Sie das ein wenig präzisieren?« fragte ein Reporter.

»Eine solche Information würde im Falle der Veröffentlichung die Aufklärungsarbeit der Kripo behindern und dem Ansehen der betroffenen Personen schaden«, sagte der Staatsanwalt.

»Eine Verbindung mit den Morden in der Lüneburger Heide schließen Sie aus?«

»So gut wie! Um Mißverständnissen zu begegnen, haben wir die Fakten zu einem Bericht zusammengestellt. Herr Noosten von der Kripo wird Ihnen im Anschluß die Kopien aushändigen. Wenn Sie keine weiteren Fragen haben, schließe ich hiermit die Pressekonferenz«, erklärte Bronzema und blickte sich im Sitzungssaal um. »Ich danke für Ihren Besuch. Gute Heimreise!«

Die Presseleute verließen den Raum. Der Hausmeister kam, zog die Vorhänge auf und öffnete die Fenster, um den Zigarettenqualm abziehen zu lassen.

»Meine Erwartungen halten sich in Grenzen«, sagte Bronzema.

Sie erhoben sich, gingen zurück ins Dienstzimmer und setzten sich wieder an den Besuchertisch, um noch einmal die Fakten durchzusprechen.

Der Staatsanwalt meinte: »Dieser Lehrer hat doch einen Mann beobachtet, wie ich im Protokoll gelesen habe. Wenn er nicht lügt, muß doch auch dieser Hinni Synninga seinerseits den Lehrer bemerkt haben. Oder hat er seine Beobachtungen bewußt verschwiegen?«

»Warum sollte er?« fragte Glauwitz.

»Dem Studenten lag es sicherlich fern, sich in irgend etwas verwickeln zu lassen«, vermutete Noosten.

»So gesehen gewinnt der Fall eine neue Perspektive«, erklärte Bronzema.

»Wir haben Synninga nicht gefragt, und er hat nicht erwähnt, noch etwas beobachtet zu haben«, sagte Glauwitz. »Aber wenn er im Strandkorb übernachtet hat, kann es gut sein, daß *er* einen Mann mit einem Fahrradanhänger gesehen hat!«

»Er ist ein wichtiger Zeuge. Laden Sie ihn doch noch einmal zu einem Gespräch ein«, forderte Bronzema die Beamten auf.

»Und Rolf Kleedorf?« fragte Noosten.

»Da fehlen uns die Beweise! Außerdem kann auch von Kalksund die Lehrerin umgebracht haben«, meinte der Staatsanwalt. »Ich werde mit dem Amtsrichter über den Fall sprechen. Falls ich es einrichten kann, nehme ich an dem Gespräch mit dem Studenten teil«, fügte er hinzu und verabschiedete dann die beiden Kollegen, die unverzüglich den Rückweg nach Emden antraten.

Hinni Synninga schaute verschlafen auf die Uhr. Es war schon halb zwölf am Vormittag. Rasch ging er ins Bad, wusch sich und zog sich an. Er hatte bis spät nachts an einem Referat gesessen und war erleichtert, es pünktlich abgeben zu können.

Er ging ganz im Studium auf und dachte nur noch selten an Wibke Kleedorf. Er hatte erfahren, daß ihre sterblichen Überreste im Familiengrab der Kleedorfs beigesetzt worden waren.

Hinni besaß genügend Chancen bei seinen Kommilitoninnen, doch die Aushilfsdienste bei der Spedition ließen ihm wenig Zeit, an den Abenden in den Studentenkneipen und Cafés zu sitzen. Aber das störte ihn nicht, denn sein Studium machte ihm Spaß, und er war mit seinem Leben zufrieden.

Nach dem Frühstück nahm Hinni den Schlüssel, verließ die Wohnung, stieg die Treppe hinab und öffnete das Postfach.

Der erwartete Brief eines Freundes war ausgeblieben, doch dafür blickte der Student überrascht auf den roten Adressierstempel und las:

Polizeirevier Emden.

»O Gott«, murmelte er und öffnete das Kuvert. Seine Hand zitterte. Er spürte, wie ihm ein wenig flau wurde, während er las. Der Text war knapp gehalten:

»... werden Sie gebeten, erneut als Zeuge im Mordfall Kleedorf auszusagen. Falls Ihnen der Termin aus wichtigen Gründen nicht einhaltbar erscheint, bitten wir Sie, sich unverzüglich mit uns in Verbindung zu setzen.«

»Verdammt!« sagte er vor sich hin, denn er wußte, daß er diesmal würde Farbe bekennen müssen.

Er stieg die Treppe wieder hinauf, betrat sein Zimmer, rauchte eine Zigarette und ließ den Abend auf Baltrum noch einmal vor seinem geistigen Auge Revue passieren.

Am Freitag trieb ein Nordwestwind der Stärke sechs schwarze Wolken über die ostfriesische Küste, und es wollte überhaupt nicht mehr aufhören zu regnen.

Hinni Synninga war mit der Bahn angereist. Er stand im Schutz des Bahnhofsportals und blickte in den Regen hinaus. Seinen Rucksack hatte er in einem Schließfach deponiert. Als der Regen nachließ, überquerte er den Bahnhofsplatz und betrat den gelben Klinkerbau des Polizeireviers.

Der Polizeibeamte in der Wachstube schaute ihn prüfend an und schob die Trennscheibe hoch.

»Ich habe einen Termin«, erklärte Synninga und zeigte dem Beamten die Vorladung.

»Dritte Etage, Zimmer 312«, sagte der Polizist. Synninga nickte, steckte die Vorladung ein und stieg die Treppe hoch. Er kannte den Weg noch vom letzten Mal, und etwas später klopfte er an die Tür und betrat das Amtszimmer.

Der Kommissar stand auf, ging ihm entgegen und reichte ihm die Hand.

»Moin; ich habe mich leider etwas verspätet«, sagte Synninga und lächelte nervös.

Auch Noosten begrüßte den Studenten. »Ich hoffe, Sie hatten eine angenehme Reise«, meinte der Assistent und schob den Besucherstuhl in die Nähe der Schreibtische.

»Nehmen Sie Platz!« sagte Glauwitz. »Staatsanwalt Bronzema läßt sich entschuldigen. Er hätte Sie gerne kennengelernt.« Auch der Kommissar setzte sich wieder hinter seinen Schreibtisch.

»Sie sind für uns ein wichtiger Zeuge«, begann Noosten.

»Muß ich das bedauern, oder kann ich mich darüber freuen?« erkundigte sich Synninga, bemüht, seine Aufregung nicht zu zeigen.

»Weder noch«, antwortete Glauwitz. »Ihre Reisekostenabrechnung erledigen wir nach unserem Gespräch.«

»Sie waren mehr als sechs Stunden unterwegs. Wir haben unsere Teepause aufgeschoben. Wenn es Ihnen recht ist, laden wir Sie zu einer Tasse Tee ein«, sagte Noosten.

»Gerne«, antwortete der Student.

Noosten betrat die Küchenzeile, füllte den Wasserkocher und trug Tassen, Untertassen, Sahne- und Kluntjebecher an die Schreibtische.

»Herr Synninga, ich weiß nicht, inwieweit Sie informiert sind, deshalb hole ich etwas weiter aus. Wir haben mit Hilfe von Suchhunden den Tatort gefunden. – Er befindet sich in der Nähe der Aussichtsdüne. Nur einige hundert Meter entfernt führt ein Weg zur Bildungsstätte. Die Leiche von Frau Kleedorf wurde von einem Gemeindearbeiter bei Ausbesserungen des Reiterweges an der Peilbarke, also mehrere Kilometer entfernt, entdeckt«, trug Glauwitz vor.

Synninga schluckte nervös, als kämpfe er gegen aufsteigende Übelkeit an.

»Wibkes Leiche wäre also vielleicht nie gefunden worden, wenn nicht der Arbeiter ...«, fragte er erregt.

»So ist es. Unsere Recherchen haben ergeben, daß der Mörder die Leiche vom Tatort mit einem Fahrradanhänger zur Peilbarke transportiert hat. Zu dieser Zeit saßen die Feriengäste vor den Bildschirmen, oder sie schliefen bereits. – Es gibt anscheinend keine Zeugen, denen etwas Ungewöhnliches aufgefallen wäre.«

Noosten schenkte Tee ein. Der Wind trieb Regentropfen gegen das Fenster. Synninga starrte in Gedanken versunken auf die Scheibe, doch schließlich gab er sich einen Ruck und richtete sich auf.

»Und die Mordwaffe?« fragte er.

»Es handelt sich um ein banales Schneidewerkzeug der Firma ›Zwilling‹. Ein Brot- und Fleischmesser, das Köche, aber auch Hausfrauen benutzen«, erklärte Noosten.

»Keine Fingerabdrücke oder sonstige Hinweise?« erkundigte sich der Student und schaute die Beamten fragend an.

Glauwitz schüttelte den Kopf.

»Und der Mörder reiste vom Festland an, im Gepäck das Messer. Er hat also den Mord geplant«, sinnierte Synninga.

»Wir schließen einen Zufallstäter aus«, sagte Noosten.

»Wir können auch nicht ausschließen, daß der Mörder Frau Kleedorf telefonisch aufgefordert hat, ihn in den Dünen zu treffen«, meinte Glauwitz.

Synninga fuhr sich mit der Hand durch die lockigen Haare. Das Gespräch setzte ihm sichtlich zu.

»Und die Margeriten?« fragte er.

»Die hat Herr von Kalksund vor die Tür der Ferienwohnung gelegt. Er hatte sich spontan entschlossen, seine Braut zu besuchen«, antwortete Noosten.

»Ach!« Synninga beugte sich vor. »Vielleicht hat er Wibke umgebracht – oder er wollte mich umbringen!« Der Student war jetzt in heller Aufregung.

»Warum Sie?« fragte der Kommissar irritiert.

»Aus Eifersucht! Der Mann ist krank! Er behauptet, die Stimme seiner verstorbenen Mutter zu hören!«

»Wir haben mit Herrn von Kalksund gesprochen, und er gab zu Protokoll, daß er sich in der Nähe des Apartments auf Baltrum aufgehalten hat. Er hat Sie beobachtet, während Sie auf Frau Kleedorf gewartet haben. Seine Beschreibung läßt keine Zweifel offen. Zu diesem Zeitpunkt lebte Frau Kleedorf vielleicht noch«, sagte Glauwitz.

Synninga griff nach seiner Teetasse und leerte sie. Noosten schenkte Tee nach.

»Ich habe an dem Abend einen Mann gesehen, ihm aber keine Beachtung geschenkt. Vielleicht war es Herr von Kalksund, aber beschwören könnte ich das nicht. Wen haben Sie denn sonst noch auf Ihrer Liste?« fragte der Student ein wenig zynisch.

»Herrn Kleedorf«, sagte Glauwitz.

Synninga schaute den Beamten überrascht an. »Wieso? War der etwa auch auf Baltrum?«

»Ja, ein komischer Zufall, nicht wahr? Er hat dem Fuhrunternehmer Tuittjer bewiesenermaßen Pferde verkauft, besitzt aber wie Kalksund für die Mordnacht kein Alibi!« erklärte Noosten.

Synninga runzelte die Stirn. »Er hat Wibke betrogen und ihr stark zugesetzt. Aber ein Mord? Warum sollte er Wibke auf diese bestialische Weise umbringen?« fragte der Student.

»Frau Kleedorf wollte die Scheidung, und dabei ging es um viel Geld«, sagte Noosten.

Synninga schwieg eine Weile und trank seinen Tee. Er dachte an den verkorksten Abend auf Baltrum. Er kannte die Insel nicht, besaß keine Vorstellung vom Tatort und hatte nur schemenhafte Vorstellungen von einer Peilbarke.

Eines aber begriff er und murmelte es leise vor sich hin: »Ein raffiniertes Verbrechen!«

»Das noch viele Fragen offenläßt«, sagte Glauwitz.

Synninga fuhr aus seinen Gedanken auf und meinte: »Ich würde Ihnen ja gern helfen …«

»Haben Sie am späten Abend, als Sie auf Frau Kleedorf warteten, vielleicht jemanden gesehen, der einen Fahrradanhänger über die Straße in Richtung Dünen schob?« fragte Noosten ihn ganz direkt.

Synninga nahm die Teetasse vom Schreibtisch und trank sie leer, wie um Zeit zu gewinnen. Doch dann sagte er leise: »Ich möchte niemanden zu Unrecht verdächtigen. Es war dunkel. Das Licht an der Kirche reichte nur auf den Vorplatz, und auf die Straße habe ich nicht so geachtet, weil ich in Gedanken war. Ich machte mir Sorgen um Wibke.«

»Heraus mit der Sprache! Sie sahen also jemanden, der einen Fahrradanhänger schob«, sagte der Kommissar drängend.

Synninga nickte. »Schemenhaft, nur sehr undeutlich im Licht einer Straßenlaterne. Eine Gestalt wie ein Schatten«, sagte er nachdenklich.

»Können Sie die Gestalt nicht etwas genauer beschreiben?« bat Noosten.

Der Student schloß die Augen. »Sie trug eine Mütze, vielleicht einen Mantel, wissen Sie, einen von denen, die bis zu den Knöcheln gehen.«

»Sie haben sich nicht gefragt, was diese Person so spät noch mit einem Anhänger in den Dünen wollte?« erkundigte sich Noosten.

»Warum sollte ich? Das ging mich nichts an«, antwortete der Student.

»War die Gestalt eher klein oder eher groß?« fragte Glauwitz.

»Groß und schlank. Aber mehr kann ich dazu leider

nicht sagen, denn sie verschwand sehr rasch aus meinem Blickfeld«, erklärte der Student bedauernd.

»Sie sind der einzige Zeuge, der den Mörder gesehen hat. Könnten Sie vielleicht die Kopfbedeckung ein wenig genauer beschreiben?« fragte Noosten.

Synninga nickte, trank einen Schluck Tee und starrte für Sekunden auf den Schreibtisch, um sich zu konzentrieren.

Dann hob er den Blick. »Es kann eine Prinz-Heinrich-Mütze gewesen sein«, sagte er, und seine Miene verriet, daß er die dauernden Fragen leid war.

»Haben Sie irgendwelche zusätzlichen Beobachtungen gemacht, die uns weiterhelfen können?« fragte Noosten, der das Protokoll führte.

»Nein«, sagte Synninga, neigte seinen Oberkörper und band die Schnürsenkel seiner Sportschuhe, die sich gelockert hatten, wieder zu.

»Einen Moment bitte, ich schaue eben nach, ob mein Kollege Adekamp im Hause ist«, sagte Glauwitz und verließ das Dienstzimmer.

Noosten erhob sich, setzte sich an den kleinen Beistelltisch, nahm den Schutzüberzug von der Schreibmaschine und tippte das Protokoll. Hinni Synninga fühlte sich nicht recht wohl in seiner Haut. Noch einmal versuchte er sich an die dunkle Gestalt mit dem langen Mantel und der Mütze zu erinnern, doch er hatte den Beamten wirklich alles gesagt, was er wußte. Er zuckte mit den Schultern und gab es auf. Kurze Zeit später kam der Kommissar zurück. Ihn begleitete ein etwa vierzigjähriger Mann in Jeans und Oberhemd, dessen roter Schopf dringend einen Haarschnitt gebraucht hätte. Der Beamte hatte einen kleinen Koffer bei sich.

»Herr Synninga, mein Kollege Adekamp«, stellte Glauwitz den Kollegen vor. Der Student erhob sich und reichte Adekamp die Hand.

»Ich bin zuständig für Phantomzeichnungen. Ich kenne Baltrum und habe bereits einige Ortsskizzen vorbereitet«, sagte dieser, öffnete den Koffer und entnahm ihm einen Skizzenblock, den er auf den Schreibtisch legte.

Glauwitz trat zur Seite und winkte den Studenten zu sich.

Synninga war überrascht, als er die Zeichnung sah. Die Perspektive stimmte, und man erkannte deutlich das Apartmenthaus und die Kirche gegenüber.

»Und wo befand sich der mutmaßliche Mörder?« fragte Adekamp.

Synninga orientierte sich an der Kirche. »Hier etwa«, sagte er. »Ich habe ihn im Licht einer Laterne gesehen.«

Der Beamte nahm einen Kohlestift und zeichnete die Straßenlaterne. »Drüben praktiziert der Inseldoktor. Der Weg verläuft gradlinig«, sagte er.

»Die Häuser hier lagen im Dunkeln. Es war eine große Gestalt im langen Mantel, die den Anhänger schob«, sagte Synninga aufgeregt.

»Sie sahen vermutlich das linke Rad und die seitliche Aufschrift ›*Pension Tuittjer*‹«, sagte der Beamte.

Synninga nickte und sah verblüfft zu, wie Adekamp aufs Papier brachte, was er in der Tat innerhalb weniger Sekunden gesehen hatte. Der Beamte sah ihn fragend an, und er nickte.

»Ich habe mir sagen lassen, daß die beiden Hauptverdächtigen Männer sind. – Vielleicht sollte ich die Schulterpartie noch ein wenig verändern«, sagte Adekamp, setzte den Kohlestift an und zeichnete den Oberkörper etwas kräftiger. »So etwa?« fragte er, als er fertig war.

»Ja«, murmelte Synninga.

»Dann werden wir die Zeichnung so an die Zeitungen geben«, erwiderte Adekamp. Er packte seinen Koffer, verabschiedete sich und verließ das Dienstzimmer.

»Herr Synninga, Herr Noosten hat das Protokoll geschrieben. Lesen Sie es durch, und unterschreiben Sie es dann bitte«, sagte Glauwitz.

»Herr Synninga, haben Sie in Emden ein Hotel gebucht?« fragte Noosten, während der Student seine Unterschrift unter die Seiten setzte.

»Nein, ich übernachte wieder in Greetsiel in der Jugendherberge.« Er schaute auf seine Armbanduhr. »Ich hatte mir vorgenommen, Wibkes Grab in Pilsum aufzusuchen, aber ich weiß nicht, ob dorthin ein Bus verkehrt«, fügte er hinzu.

»Das wird schwierig sein«, meinte Noosten und suchte in seiner Schublade nach dem Fahrplan.

»Ich schlage vor, Sie füllen jetzt Ihren Reisekostenantrag aus, und anschließend fahren wir Sie nach Pilsum. Auch uns interessiert nämlich die letzte Ruhestätte von Frau Kleedorf«, erklärte Glauwitz.

»Vielleicht finden wir auf ihrem Grab ja frische Margeriten«, war Noostens trockener Kommentar.

Synninga blickte den Assistenten ernst an. »Ich habe ihr einmal wildwachsende Margeriten geschenkt – an einem Abend, an dem sie sehr glücklich war«, sagte er.

Glauwitz parkte den Wagen auf dem asphaltierten Platz vor dem Friedhof. Über die moosbewachsenen Mauern lugten die Spitzen von Lebensbäumen, und hohe, alte Ulmen säumten den Hauptweg.

»Kennen Sie das Grab?« fragte Glauwitz den Studenten, als sie durch das offenstehende schmiedeeiserne Tor schritten. Eine kleine Gruppe schwarzgekleideter Friedhofsbesucher kam ihnen entgegen, einige davon mit vom Weinen rotgeränderten Augen.

»Ich war einmal mit Wibke hier, als Marco Geburtstag hatte«, antwortete Synninga.

Sie folgten ihm an gepflegten Gräbern vorbei. Der Wind strich über die Thujahecken und wirbelte das Laub auf.

Es riecht nach Herbst und Tod, dachte Glauwitz. Synninga führte sie zum Grab. Es war mit einer Steinborte eingefaßt, und auf einem geschliffenen Marmorstein standen in Gold die Namen der Toten der Familie Kleedorf. Der letzte Name erinnerte an den kleinen Marco; seine Mutter fehlte in dieser Reihe, und es war auch fraglich, ob ihr Name je unter dem ihres Sohnes stehen würde.

Herbstblumen wirkten auf dem gut gepflegten Grab wie kleine Farbtupfer unter dem wolkenverhangenen Himmel und hatten etwas Tröstliches.

Synninga stand in sich zusammengesunken da, und es schien fast, als bete er. Sein Blick war auf den Stein gerichtet. Irgendwann wurde er sich wieder der Anwesenheit der beiden Beamten bewußt und nahm sich zusammen. Doch als er sich schließlich langsam abwandte, war ihm seine innere Bewegung deutlich anzusehen.

»Herr Synninga, wenn Sie möchten, laden wir Sie zu einer Tasse Kaffee ein«, sagte Glauwitz. »Anschließend bringen wir Sie dann nach Greetsiel.«

Synninga nickte. »Das wäre wirklich nett von Ihnen. Ich weiß nämlich nicht, ob es eine Busverbindung zwischen Pilsum und Greetsiel gibt«, antwortete er.

Die Neontransparente des Reiterhofes warfen bereits buntes Licht in die aufkommende Dämmerung. Seitlich des Weges entlang der Koppeln und des Reitplatzes brannten die kleinen Markierungslampen. Nebelschwaden zogen über das Gelände.

Die Fenster der Reithalle waren erleuchtet, und das

Licht der Laternen auf dem Parkplatz spiegelte sich im Lack der Autos.

»Das ist das Anwesen von Herrn Kleedorf«, erklärte Noosten.

Die drei Männer stiegen aus und gingen auf die Tür zu.

»Ich war noch nie hier«, sagte Synninga und schaute sich interessiert um.

»Und Frau Kleedorf hat Ihnen keine Fotos gezeigt?« fragte Glauwitz.

»Wibke ging ganz in ihrer neuen Rolle als Lehrerin auf. Diese Tür hatte sie hinter sich verschlossen«, antwortete Synninga.

»Bis auf das Schlupfloch für den Mörder«, warf Noosten trocken ein.

Sie betraten die Eingangshalle, und dort blieb Synninga plötzlich stehen. »Ist das eine Finte?« fragte er mißtrauisch.

»Wie meinen Sie das? Wie können Sie auch direkt nach Greetsiel fahren«, sagte Glauwitz und verbarg seinen Unmut.

»Ich kenne Rolf Kleedorf nicht und möchte ihm auch nicht begegnen«, antwortete der Student.

»Da kann ich Sie beruhigen. – Um das Bewirtschaftungsgeschäft kümmern sich seine Angestellten. Kleedorf befindet sich meistens in Spanien oder in Polen. Er handelt in großem Stil mit Pferden«, sagte Noosten. Synninga war sichtlich beeindruckt von der gediegenen Ausstattung der Vorhalle und schien seinen Verdacht schnell vergessen zu haben.

Die Dame an der Rezeption grüßte freundlich, als sie die Beamten erkannte.

Glauwitz öffnete die Tür zum Restaurant und entdeckte im hinteren Teil, in der Nähe des Kamins, einen freien Tisch.

»Kommen Sie«, sagte er und führte seine Begleiter dorthin.

Sie nahmen Platz. Außer ihnen waren zumeist ältere Gäste da, die Tee tranken und Kuchen aßen.

»Herr Synninga, Sie sind heute unser Gast. Der Verzehr geht auf Spesenrechnung«, erklärte der Kommissar wohlwollend.

»Genieren Sie sich nicht. – Sie waren lange unterwegs!« fügte Noosten aufmunternd hinzu.

»Danke! Es ist recht gemütlich hier«, sagte Synninga.

Die Kellnerin trat an den Tisch und lächelte freundlich. »Was darf ich den Herrschaften bringen?« fragte sie.

»Drei Kännchen Kaffee. Den Kuchen müssen Sie uns schon empfehlen«, sagte Glauwitz.

»Wie wäre es mit unserer hausgemachten Stachelbeertorte?« schlug die Angestellte vor.

Synninga und Noosten nickten. »Bitte dreimal«, bestellte Glauwitz.

»Dort, wo ich in Gießen meinen Kaffee trinke, sieht es ein bißchen anders aus«, sagte der Student und schaute sich anerkennend um.

»In Ihrem Café sitzen Sie unter Gästen, die noch etwas werden wollen, hier, abgesehen von uns, unter Gästen, die was geworden sind«, meinte Noosten grinsend.

Synninga lachte. »Und den, dem dies hier alles gehört, verdächtigen Sie des Mordes an seiner Frau?« fragte er ungläubig.

»So ist es. Menschliche Qualitäten stehen nicht immer im Einklang mit den wirtschaftlichen Erfolgen«, sagte Glauwitz. Draußen war es inzwischen dunkel geworden. Die Deckenlampen im Restaurant gaben dezentes Licht. Aus dem Lautsprecher drang unaufdringlich klassische Musik.

»Frau Kleedorf hat großen Anteil am Aufbau des Betriebes gehabt«, sagte Noosten.

»Wibke hat über ihre Vermögenslage nicht geklagt«, meinte der Student.

»Nach unseren Erkenntnissen wollte Kleedorf seiner Frau nicht die Summe auszahlen, die sich die Lehrerin ausgerechnet hatte. Sie überließen den Streit ihren Rechtsanwälten, und ihr Tod hat nun den Streit zu Kleedorfs Gunsten entschieden«, erklärte der Assistent des Kommissars.

»Ich verstehe«, murmelte Synninga nachdenklich.

Die Kellnerin brachte den Kaffee, setzte die Kännchen, Sahne- und Zuckertopf auf den Tisch. »Der Kuchen kommt gleich«, sagte sie.

Die Männer schenkten sich Kaffee ein.

»Und Kleedorf? Beabsichtigt er, wieder zu heiraten?« fragte Synninga.

»Man merkt, daß Sie Wirtschaft studieren«, sagte Noosten.

»Sie haben recht. Das hier ist eine wahre Goldgrube«, erwiderte der Student lächelnd.

»Es sieht danach aus. Er turtelt mit einer aufsehenerregenden hübschen und sehr jungen Angestellten, die seinem Vater endlich die erwarteten Enkelkinder gebären soll«, sagte Noosten.

»Sie leitet das Restaurant«, fügte der Kommissar hinzu.

Wie auf ein Stichwort näherte sich genau in diesem Moment Katja Jerdjens mit dem Kuchentablett.

»Wenn man vom Düwel spricht«, murmelte Noosten und blickte der jungen Frau entgegen.

»Ach, die Herren von der Kripo!« sagte sie mit charmantem Lächeln und stellte das Tablett auf den Tisch.

Synninga sah Katja an und senkte sofort den Blick.

So als fühlte sie plötzlich einen stechenden Schmerz hinter der Stirn, strich sich Katja Jerdjens für einen Moment mit der Hand darüber, bevor sie die Teller auf den Tisch stellte. »Der Kuchen ist übrigens ganz frisch, hausgebacken mit handgepflückten Stachelbeeren«, sagte sie dann, lächelte ein wenig gekünstelt und schritt davon.

Sie hatte nicht zuviel versprochen. Der Stachelbeerkuchen mit Baiser schmeckte ganz hervorragend.

Die drei Männer tranken den Kaffee, genossen ihren Kuchen und hingen ihren Gedanken nach.

»Wenn die Enkelkinder genauso hübsch werden wie die erkürte Mutti, wird der alte Rinderzüchter wohl zufrieden seinen Löffel abgeben«, sagte Noosten irgendwann spöttisch.

»Ihm reicht wahrscheinlich eins – zumindest bis er wieder auf den Beinen ist – er hatte einen Schlaganfall«, fügte Glauwitz hinzu.

Synninga überlegte. »Wibkes Mann muß doch schon fast vierzig sein«, meinte er.

»Ja – aber wahrscheinlich erlebt er mit dieser hübschen Frau gerade so was wie einen zweiten Frühling«, gab der Assistent gewohnt flapsig zurück.

Sie unterhielten sich noch eine Weile über die Situation der Studenten und der Wirtschaft allgemein und stellten Mutmaßungen darüber an, wieviel Kapital Kleedorf wohl für den Aufbau des Reiterhofs benötigt hatte.

Katja Jerdjens sahen sie an diesem Nachmittag nicht mehr. Die Kellnerin kassierte und bedankte sich für das großzügige Trinkgeld, das der Kommissar ihr aus eigener Tasche dazulegte.

Die Beamten und ihr Begleiter gingen zum Wagen und fuhren nach Emden, wo sie den Rucksack des Studenten aus dem Schließfach holten, bevor sie Hinni Synninga in Greetsiel in der Jugendherberge absetzten.

Der Himmel war bedeckt, und es war kalt geworden. An den Stränden der Küstenbadeorte Norddeich, Neßmersiel, Accumersiel und Bensersiel begannen die Gemeindearbeiter mit dem Abräumen der Strandkörbe.

Die Urlauber, vom herrlichen Herbstwetter der letzten Wochen verwöhnt, suchten enttäuscht die umliegenden Städte auf, bummelten durch die Geschäftsstraßen und bevölkerten die Cafés und Restaurants.

Auch in Aurich waren die Parkplätze an diesem Morgen knapp. Glauwitz stellte den Golf auf einem Parkplatz in der Nähe des Schlosses ab und legte die Zulassung auf das Armaturenbrett.

Er und Noosten gingen, ohne einen Blick für die Schönheit der Anlage, durch den Park. Sie betraten das Schloß und begaben sich direkt zum Vorzimmer des Staatsanwalts.

Die Sekretärin grüßte freundlich und wies auf die Tür. »Sie werden schon erwartet«, sagte sie.

Bronzema empfing die Beamten und reichte ihnen die Hand.

»Nehmen Sie Platz«, bat er und wies auf die Besucherecke. Die Beamten setzten sich in die Sessel.

»Ich war vor einigen Minuten beim Amtsrichter und habe mich mit Dr. Schmittker beraten. Wir sind die Akte noch einmal durchgegangen. Hier auf meinem Schreibtisch liegt der Durchsuchungsbefehl für das von Kleedorf geführte Hotel und den Restaurationsbetrieb. Die Mordwaffe war so gut wie neu und wurde, wenn überhaupt, kaum zweckverwandt benutzt, aber einen Versuch ist es wert. Der Leukomalachit-Test und die vom Zimmermädchen bemerkten Blutspuren sind Indizien, die ihn sehr belasten, denn er hat in der Pension gewohnt, und es liegt nahe, daß er den Fahrradanhänger benutzt hat. Wir sind bereit, Kleedorf in Untersuchungshaft zu nehmen, wenn sich herausstellen sollte, daß das besagte Brot-Fleischmesser aus seinem Betrieb stammt. Übrigens habe ich heute morgen von Frau Kleedorfs Anwalt erfahren, daß sie im Falle einer Scheidung eine recht hohe Abfindung von einigen Millionen Mark erhalten hätte«, fügte der Staatsanwalt hinzu.

»Dafür, daß sie von Kleedorf schon eine Eigentumswohnung in Schulnähe in erster Lage von Emden bekommen hat, nicht schlecht! Ein weiteres Motiv für einen Mord. Da zählen die paar Mille kaum, die Kleedorf so nebenbei an den Detektiv gezahlt hat, von dem er erfuhr, daß seine Frau auf Baltrum das Feriendomizil gebucht hatte«, meinte Noosten.

»Ich bin ganz Ihrer Meinung«, erklärte Bronzema. »Kleedorf hat anscheinend zur richtigen Zeit das Richtige getan und damit viel Geld verdient. Und jetzt hatte er sicher Angst, zu sehr geschröpft zu werden.«

»So gesehen sind alle Zweifel beseitigt. Eine andere Lesart bringt aber auch von Kalksund in Verdacht. Der Zeuge Synninga war geradezu bemüht, den Verdacht auf den Lehrer zu lenken«, sagte Glauwitz nachdenklich.

»Nicht ganz zu Unrecht, wie mir scheint. Ich habe ohne sein Wissen von Amts wegen Einblick in seine bei der Beihilfestelle eingereichten Arztrechnungen genommen. Er befand sich bei einem Therapeuten in Oldenburg in Behandlung, den ich angerufen habe. Von Kalksund litt unter seelischen Störungen, die die enge Bindung an seine Mutter verursacht hat. Hinzu kam, daß die Mutter immer dann eingriff, wenn sich weibliche Wesen ihrem Sohn näherten. Ihr Tod stürzte ihn in eine tiefe seelische Krise. Da lernte er seine Kollegin kennen, die ebenfalls nach einer großen Enttäuschung Trost und Geborgenheit suchte. Der Therapeut schließt nicht aus, daß von Kalksund Wibke Kleedorf im Wirrwarr seiner Gefühle umgebracht haben könnte, um sich endgültig von seiner Mutter zu lösen, mit der er sie in Gedanken oft verglich. Andererseits hatte von Kalksund Fortschritte erzielt und befand sich angeblich auf dem Wege der Besserung«, berichtete der Staatsanwalt.

»Wie aus dem Lehrbuch der Psychologie! Aber das geht mir zu tief ins Seelische, damit kann ich nicht viel anfangen. Der Lehrer hat eindeutig einen Mutterkomplex, das steht fest. Und er hat Wibke Kleedorf im Kleid seiner Mutter vergewaltigt. Ansonsten macht er einen ganz normalen Eindruck«, meinte der Kommissar.

»Normal?! Er hat immerhin Stimmen gehört und will mit seiner verstorbenen Mutter gesprochen haben«, sagte Noosten.

»Niemand wird beweisen können, daß dem nicht so war«, antwortete Bronzema.

»Sein Schulleiter hat lobende Worte über ihn gefunden, und seine Schüler mögen ihn. Aber trotzdem müssen wir natürlich ernst nehmen, was der Therapeut festgestellt hat«, meinte Glauwitz.

»Ich denke, daß wir trotzdem zuerst Rolf Kleedorf aufsuchen sollten«, sagte der Staatsanwalt.

»Das Restaurant hat heute Ruhetag«, gab Noosten zu bedenken.

»Das trifft sich gut – Kleedorf ist nämlich gestern aus Spanien zurückgekommen. – Ich habe mit ihm telefoniert. Er erwartet uns zu einem Gespräch, ohne zu wissen, daß wir es satt sind, uns von ihm an der Nase herumführen zu lassen. Wenn er heute abend frei hat, kann er uns so schnell nicht entwischen. Ich habe zusätzlich Hauptwachtmeister Feldmann von der Polizeistation Pewsum benachrichtigt, damit er uns begleitet«, sagte der Staatsanwalt. Er trat an den Schreibtisch, ordnete einige Papiere und schob sie in seine Diensttasche.

Wenige Stunden später begrüßte Rolf Kleedorf die Kriminalbeamten in seinem Büro und blickte die Beamten mißtrauisch an.

»Mein Name ist Bronzema«, erklärte der Staatsanwalt. »Wir haben miteinander telefoniert. Die Herren Noosten und Glauwitz kennen Sie ja bereits. Uns begleitet Hauptwachtmeister Feldmann, der Ihnen sicherlich auch bekannt sein wird. Er ist als Zeuge anwesend.«

»Warum Sie gerade meinen Betrieb zum Ziel Ihres Betriebsausfluges gemacht haben, ist mir allerdings ein Rätsel«, sagte Kleedorf bissig. Er wandte sich an die Büroangestellten. »Ich benötige noch einen Stuhl. Und dann gehen Sie in die Mittagspause!« ordnete er an.

Die Damen im Vorraum warfen sich verwunderte Blicke zu, schalteten die Geräte ab, nahmen ihre Handtaschen und verließen schweigend das Büro.

Kleedorf nahm einen Stuhl und führte die Besucher an einer niedrigen Trennwand entlang, die den Chefbereich vom Vorzimmer trennte. Er reichte Feldmann den Stuhl an.

»Nehmen Sie Platz«, sagte er.

Glauwitz und Noosten setzten sich in die Sessel, Bronzema auf die kleine Couch.

Kleedorf setzte sich an seinen Schreibtisch. Er trug ein olivfarbenes Safarihemd, eine khakifarbene Leinenhose mit aufgesetzten Taschen und Sandalen.

»Sie hatten sich zu einem Gespräch angemeldet und erscheinen hier, als gelte es, einen Terroristen der Szene aufzuspüren«, meinte er und schaute Bronzema vorwurfsvoll an.

»Herr Kleedorf, Mord ist Mord, aus welchen Beweggründen auch immer!« antwortete der Staatsanwalt gelassen.

»Mir sind die Gründe für die Anwesenheit von vier Beamten zwar noch immer nicht klar, dennoch möchte ich kein schlechter Gastgeber sein. Ich kann Ihnen Sprudel, Limo, Cola oder Bier anbieten«, erklärte Kleedorf und lächelte verkniffen. Er sah trotz seiner Spanienreise blaß aus.

»Danke, aber deshalb sind wir nicht gekommen. Wir halten Sie für verdächtig und finden es dringend angebracht, den Bestand der Brot- und Fleischmesser in der Küche Ihres Restaurants zu überprüfen«, sagte der Staatsanwalt.

Kleedorf blickte Bronzema fassungslos an. »Sind Sie sich bewußt, was Sie da sagen?« fragte er aufgeregt.

»Ja. Hier ist ein amtsrichterlicher Durchsuchungsbefehl«, sagte Bronzema kalt.

Kleedorf erhob sich, ging zum Wandschrank, entnahm ihm eine Cognacflasche und einen Schwenker, trug beides zum Schreibtisch, goß das Glas halb voll und trank es blitzschnell leer. Dann stellte er das Glas mit zitternden Fingern ab. »Sie sind des Teufels«, sagte er, und aus seinem Blick sprach blanker Haß.

»Ich denke, Sie sollten sich zuerst einmal beruhigen und zu unseren Argumenten Stellung beziehen. Sie haben ausgerechnet an dem Tag und an dem Ort, an dem Ihre Frau ermordet wurde, Ihrem Kunden Tuittjer Pferde verkauft; die Leiche Ihrer Frau ist mit einem Fahrradanhänger der Spedition Tuittjer zur Peilbarke gefahren worden. Sie übernachteten in der Pension des Unternehmers ... Wir haben einen Zeugen, der den Mann gesehen hat, der einen Fahrradanhänger in Richtung Dünen schob, und die Beschreibung paßt durchaus auf Sie«, sagte Glauwitz.

»Ich habe Ihre Suchmeldung in der Zeitung gesehen – aber ich besitze keinen langen Mantel und trage so gut wie nie eine Prinz-Heinrich-Mütze. Ich habe meine Frau nicht gesehen und schon gar nicht umgebracht, sondern auf meinem Zimmer nach einem langen Spaziergang einige Flaschen Bier getrunken«, schimpfte der Unternehmer.

»Und danach haben Sie sich beim Rasieren geschnitten?« fragte Noosten ironisch.

»Ach, hat der Zeuge mich unrasiert gesehen?« fragte Kleedorf und lachte, als hätte er einen Witz gemacht.

»Sie haben Blutflecken im Handtuch der Pension hinterlassen«, sagte Glauwitz.

»Ich rasiere mich zu Hause elektrisch und habe nicht so viel Übung mit dem Naßrasierer«, erklärte der Unternehmer. »Aber was soll das alles jetzt?«

»Machen wir es kurz. Führen Sie uns in die Küche Ihres Restaurants«, forderte ihn der Staatsanwalt auf.

»Der Koch ist nicht im Hause, und meine Mitarbeiterin hat heute ihren freien Tag. Mein Restaurant ist heute geschlossen«, sagte Kleedorf wütend.

»Herr Kleedorf, nun nehmen Sie doch Vernunft an! Wir besitzen für Ihre Restaurationsräume einen Durchsuchungsbefehl. Zwingen Sie uns nicht, ganz offiziell zu werden«, meinte der Staatsanwalt eindringlich.

»Suchen Sie Wibkes Mörder doch anderswo. – In der Küche meines Betriebes finden Sie ihn sicher nicht«, gab Kleedorf zurück und trank noch einen Cognac.

»Wir suchen hier nicht nach einer Prinz-Heinrich-Mütze oder einem langen Mantel, uns interessieren Ihre Küchenmesser, denn Ihre Frau wurde mit einem entsprechenden Exemplar in den Dünen umgebracht«, sagte Noosten.

Glauwitz entnahm seiner Tasche die Tatwaffe und hielt sie dem Unternehmer hin.

»Das ist die Mordwaffe«, sagte er.

Der Unternehmer erhob sich, starrte einen Moment auf das Messer und murmelte dann tonlos: »Ich bin kein Mörder, auch wenn Sie mir das nicht glauben. Ich wollte Wibke zur Rückkehr bewegen – warum soll ich sie dann umgebracht haben, dazu noch auf eine solch gräßliche Art und Weise? Nein, Herr Kommissar, Sie irren sich!«

»Ich halte es für überflüssig, mich mit Ihnen weiter über mögliche Motive für den Mord zu unterhalten! Führen Sie uns in die Küche Ihres Restaurants«, forderte Bronzema den Unternehmer auf.

Kleedorf schüttelte noch immer ungläubig den Kopf. »Als ob ich ... mit einem Messer ...«, stotterte er verwirrt, griff in die Schublade, entnahm ihr ein Schlüsselbund und schritt voran. Die Beamten folgten ihm wachsam.

Draußen war inzwischen Ruhe eingekehrt. Kleedorf schritt wie in Trance durch den Flur, in dem sich die Rezeption befand, und führte die Beamten in die Küche.

Mitten im Küchentrakt befand sich der große Herd. Licht spiegelte sich auf Nirostastahl. Kochlöffel, Siebe und Fleischschaufeln hingen an einer Eisenstange wie Wäsche an einer Leine.

»Ich weiß nicht, was Sie hier wollen – aber bitte machen Sie schnell! Ich meinerseits betrachte Ihren Einsatz als eine Art Überfall«, schimpfte Kleedorf. Er war jetzt noch blasser als zuvor und lehnte sich haltsuchend an den Spültisch.

Hauptwachtmeister Feldmann hielt sich zurück und beobachtete, wie die Beamten eine Schublade nach der anderen hervorzogen und wieder zurückschoben.

Es dauerte einige Minuten, bis sie sich ins System der Küche eingefunden hatten.

Sie fanden schließlich die Messer und stellten diejenigen der Marke ›Zwilling‹ zu einem Sortiment zusammen, wie es im Katalog der Lieferfirma vorgegeben war. Dann beendeten sie die Durchsuchung.

»Herr Kleedorf, bitte überzeugen Sie sich«, sagte Glauwitz und nahm die Mordwaffe in die Hand. »Genau dieses Messer fehlt in Ihrem neu angeschafften Sortiment.«

Rolf Kleedorf schüttelte verwirrt den Kopf und griff sich an die Stirn. »Was folgern Sie daraus?« fragte er verständnislos.

»Ich muß Sie auffordern, mir Einblick in die Eingangsrechnung für diese Lieferung zu gewähren«, erklärte der Staatsanwalt.

»Wollen Sie etwa behaupten, ich hätte das ganze Sortiment gekauft und eines der Messer irgendwann herausgenommen?« Kleedorf wollte offensichtlich nicht verstehen, worum es ging. »Ich habe anderes zu tun, als mich um irgendwelche Messer und Gabeln zu kümmern«, sagte er unwirsch.

»Es geht um Ihre Glaubwürdigkeit. Wir bitten Sie, uns die Einkaufsrechnung herauszusuchen«, beharrte Glauwitz noch immer höflich. »Sie haben vor nicht allzulanger Zeit die Messer der Marke ›Zwilling‹ eingekauft, und wenn Sie uns nicht das Gegenteil beweisen können, müssen wir davon ausgehen, daß die Mordwaffe Bestandteil der Lieferung war«, fügte der Kommissar hinzu.

»Ich finde, daß Sie mit Ihren Phantastereien langsam zu weit gehen«, fauchte Kleedorf.

»Das wird sich herausstellen«, antwortete Noosten.

Sie verließen die Küche und gingen zurück ins Büro.

Die Angestellten hatten wieder an ihren Schreibtischen Platz genommen und blickten überrascht auf, als ihr Chef in Begleitung der Beamten den Raum betrat.

»Herr Kleedorf, Ihre Damen werden den entsprechenden Einkauf doch sicher schnell auf den Bildschirm bringen«, sagte Bronzema.

Kleedorf blickte unsicher auf die Computer und nickte schließlich einer der Sekretärinnen zu.

»Es handelt sich um die Abbuchung eines Betrages für den Einkauf von Messern der Marke ›Zwilling‹«, erklärte Bronzema.

Die Angestellte bediente den Computer und blickte

auf das Terminal. »Ja, hier, Gaststätteneinkaufsgenossenschaft Leer«, sagte sie nach einer Weile. »Soll ich es ausdrucken lassen?«

Kleedorf nickte wieder stumm und warf den Beamten einen finsteren Blick zu.

Der Staatsanwalt nahm den Computerausdruck aus der Hand der Angestellten und studierte die Positionen der Rechnung.

»Also doch«, murmelte er. »Herr Kleedorf, begleiten Sie uns bitte zu Ihrem Bungalow!«

Kleedorf schwieg. Er war sichtlich am Ende seiner Kräfte angelangt. Langsam und mit hängenden Schultern ging er zur Tür und verließ mit den Beamten das Büro.

»Ich bin für niemanden zu sprechen!« sagte er mit belegter Stimme zu der Angestellten, die den Dienst an der Rezeption versah. Draußen vor dem Hoteltrakt beteuerte er dann lauthals seine Unschuld.

»Es tut mir leid, Herr Kleedorf, aber die Indizien sprechen gegen Sie. Sie werden verdächtigt, Ihre Frau auf Baltrum ermordet zu haben. Packen Sie eine Tasche, Sie werden uns begleiten müssen«, erwiderte der Staatsanwalt.

Kleedorf blieb stehen. Schweißperlen bildeten sich auf seiner Stirn. Er blickte über sein Anwesen, wie um sich Mut und Bestätigung zu holen. Dann richtete er sich auf und blickte Glauwitz direkt an. »Ich bin unschuldig«, wiederholte er. »Sie machen einen großen Fehler.«

»Sie können vom Präsidium aus Ihren Anwalt anrufen«, sagte der Staatsanwalt, während sie zum Bungalow hinübergingen.

Ein Schwarm Krähen sammelte sich krächzend in den alten Bäumen an der Koppel.

»Ich kann doch meinen Betrieb nicht einfach so allein lassen«, sagte Kleedorf gequält.

»Geben Sie Ihren Angestellten entsprechende Anweisungen«, erwiderte der Kommissar.

»Ich erwarte einen Viehtransport aus Polen mit jungen Tieren«, begehrte der Unternehmer auf.

»Tragen Sie Ihre Einwände dem Amtsrichter vor«, meinte der Staatsanwalt gelassen.

Ein paar Tage später war Kommissar Glauwitz früh aufgestanden. Er deckte den Frühstückstisch und brühte einen Tee auf. Sein Sohn betrat muffelig die Küche und setzte sich an den Tisch. »Hab' heute Mathearbeit!« sagte er nur und schmierte sich eine Schnitte.

»Ich hoffe, du hast dich gut vorbereitet!« erwiderte Glauwitz.

»Ja – wenn dieser blöde Hensemann nicht wieder ein paar gemeine Aufgaben dazwischenpackt, dann müßte es klappen«, meinte sein Sohn.

Glauwitz schenkte den Tee ein und aß eine Schnitte Schwarzbrot mit Schinken.

»Ich kann dich gleich zur Schule fahren, ich muß sowieso deine Mutter vom Nachtdienst in der Apotheke abholen«, sagte Glauwitz.

»Und ihr habt wirklich den Mörder? Anke erzählte gestern, der Pauker von der Berufsschule hätte die Lehrerin abgemurkst«, sagte der Junge.

Glauwitz beschloß, über die saloppe Ausdrucksweise seines Sohnes hinwegzusehen. »Welche Anke?« fragte er interessiert.

»Sie war schon einmal bei uns. Sie ist die Tochter von diesem Direktor Bomfeld«, antwortete sein Sohn und ließ es sich schmecken.

»Dummes Geschwätz!« schimpfte Glauwitz. »Wir verdächtigen mehrere Personen. Ich hasse diese Vorverurteilungen!«

»Das werde ich weitersagen, wenn mich jemand fragt. Kannst du bitte Mutter ausrichten, daß ich heute nachmittag Sport habe?«

Sie beendeten das Frühstück. Glauwitz trank seine Tasse leer und blies das Licht im Stövchen aus.

»Fahren wir!« sagte er.

Glauwitz betrat das Dienstzimmer, in dem Noosten bereits am Schreibtisch saß. »Moin«, sagte er und hängte seine Jacke auf einen Bügel.

»Moin! Chef, Bronzema hat angerufen. Der Amtsrichter hat Kleedorf wegen dringender geschäftlicher Angelegenheiten gegen eine Kaution von dreihundertfünfzigtausend Mark aus der Untersuchungshaft entlassen. Seine Bank hat einen Wechsel in der Höhe unterschrieben. Er darf allerdings weder nach Polen noch nach Spanien reisen, und das Revier in Pewsum muß seine Anwesenheit regelmäßig kontrollieren«, erklärte der Assistent.

Glauwitz setzte sich an seinen Schreibtisch. »Und der Anlaß für die ungewohnte Milde?« fragte er ironisch.

»Die jungen Pferde aus Polen mußten nach Spanien weitergeleitet werden. Außerdem hat Kleedorf eine eidesstattliche Erklärung abgegeben: Er hat die Bestellung der Messer bei der Genossenschaft zwar unterschrieben, sie aber weder selbst in Empfang genommen noch zu Gesicht bekommen. Sie sind vom Koch eingeordnet worden, und er kann sich nicht erklären, warum eins davon fehlt«, sagte Noosten.

»Wir haben getan, was wir konnten. Der Rest ist Sache der Juristen und möglicherweise der Sachverständigen. Für uns gibt es in dieser Angelegenheit keine weiteren Ansatzpunkte«, antwortete Glauwitz.

Das Telefon läutete, und der Kommissar nahm den Hörer ab. »Kripo Emden, Glauwitz«, meldete er sich.

»Hier Bomfeld, Schulleiter, Sie erinnern sich? Mein Kollege von Kalksund ist heute nicht zum Dienst erschienen, und ihn telefonisch zu erreichen gelingt mir auch nicht. Das ist sehr ungewöhnlich, und ich dachte, wo doch jetzt so viele Gerüchte kursieren, könnte es doch sein . . .«

»Danke, ich habe verstanden«, sagte Glauwitz und legte den Hörer auf die Gabel zurück.

»Wir müssen sofort nach Wolthusen«, sagte er.

Wachtmeister Clüver lenkte konzentriert den Einsatzwagen mit hoher Geschwindigkeit Wolthusen entgegen. Der Verkehr hielt sich in Grenzen, und dank Blaulicht und Martinshorn kamen sie schnell voran.

Neben Clüver saß sein Kollege Alberts, Glauwitz und Noosten teilten sich die Rückbank. Bei den oft gewagten Überholmanövern, und wenn Clüver mit hoher Geschwindigkeit bei Rot eine Kreuzung passierte, warfen sie sich verstohlene Blicke zu.

In Wolthusen erregte das Polizeifahrzeug Aufsehen, denn in der hübschen Vorstadtsiedlung mit teuren Bungalows und schmucken Vorgärten war es sonst sehr ruhig.

Clüver fuhr den Bully auf die Auffahrt. Das Garagentor war verschlossen. Glauwitz zeigte auf den Hauseingang. »Könnten Sie zur Not das Schloß aufbekommen?« fragte er.

»Darauf sind wir leider nicht vorbereitet«, sagte Clüver. Sie stiegen aus.

Der Wachtmeister drückte auf die Schelle, aber im Haus tat sich nichts. »Das ist zwecklos!« meinte Glauwitz nach einer Weile. »Folgen Sie mir!«

Sie schritten um das Haus herum, und Noosten blickte durch die Fenster.

»Hier unten scheint er nicht zu sein«, meinte der Assistent.

Sie folgten Glauwitz zur Terrasse, wo der Kommissar durch die Scheibe ins Wohnzimmer blickte.

»Er hält sich oben auf«, sagte er und schaute zum offenen Schuppen hinüber, in dem Brennholz gestapelt war. Wachtmeister Clüver schaltete sofort. Er ging zum Schuppen, nahm ein Holzscheit und schlug damit die Glastür ein.

Selbst das laute Scheppern des Glases rief von Kalksund nicht auf den Plan.

Clüver griff durch den Türrahmen und drehte den Schlüssel um, dann schob er die Tür auf.

Die Beamten traten in das Zimmer. Nichts rührte sich im Haus.

»Durchsuchen Sie die oberen Räume!« ordnete Glauwitz an.

Die Polizisten eilten davon. Glauwitz und Noosten gingen durch den Flur und inspizierten die Zimmer im Erdgeschoß. Das Bad war leer. Die Küche war aufgeräumt. Im Waschbecken standen nur eine Teekanne und eine Tasse, beides ungespült.

Das Wohnzimmer bot sich ihnen dar, wie sie es kannten. Im Kamin befand sich Asche, und auf dem Tisch lagen Fotoalben

Eine Tür führte in das Arbeitszimmer des Lehrers, wo Noosten auf dem Schreibtisch einen Briefumschlag entdeckte, auf dem ›Kripo Emden‹ stand.

»Für uns!« murmelte er. »Später«, sagte Glauwitz, und sein Assistent legte den Brief ungeöffnet wieder dahin, wo er ihn gefunden hatte. In diesem Moment erschien Wachtmeister Clüver an der Tür. »Herr Kommissar, er ist oben«, stieß er aufgeregt hervor und hastete zum Wagen – wahrscheinlich, um einen Arzt anzufordern, schoß es Glauwitz durch den Kopf.

Er und Noosten verließen das Arbeitszimmer und liefen eilig die Treppe hoch. Sie gelangten in einen holzgetäfelten Korridor und sahen links eine offene Tür. Als sie den Raum betraten, sahen sie Wachtmeister Alberts, der an einem Bett stand und mit einem Handtuch die Schläfen des Lehrers kühlte. Hubertus von Kalksund lag blaß und still da, er trug eine schwarze Flanellhose und ein weißes Oberhemd. Den Knoten der Krawatte hatte der Beamte geöffnet.

Von Kalksund hatte die Augen geschlossen, und sein Atem ging schwer.

Auf dem Boden standen eine geleerte Weinflasche und ein Kristallrömer vor einer Fotografie von Wibke Kleedorf. Sie trug auf dem Bild das Galakleid der Betty von Kalksund.

»Er lebt noch«, sagte Wachtmeister Alberts und ging kurz ins benachbarte Bad, wo er das Handtuch noch einmal naß machte, um es danach wieder an die Schläfen des Lehrers zu halten.

Es war ein teures Schlafzimmer. Das Doppelbett stand seitlich zur Gaube. Der massive Kleiderschrank war aus Eiche gefertigt und trug handbearbeitete Türblätter, und den Boden bedeckten echte Perserteppiche.

Glauwitz trat an den Nachttisch heran und betrachtete die geleerte Weinflasche. »Umweger ... Stich den Buben«, las er.

Alberts wischte weißen Schaum von den Lippen des Lehrers.

»Er hat Tabletten geschluckt und Alkohol getrunken. Er wollte Schluß machen«, stellte Glauwitz fest.

»Vielleicht sind wir ja noch früh genug gekommen«, murmelte Wachtmeister Alberts und schaute in das bleiche Gesicht.

Noosten blickte durch das Fenster der Gaube in den Garten. Bäume und Sträucher trugen herbstliches Braun, und der Nebel schien an diesem Morgen besonders tief zu hängen.

Sie konnten nichts tun für von Kalksund, der beabsichtigt hatte, sich von der Welt zu verabschieden. – Und da waren keine Stimmen aus dem Jenseits, die ihnen sagten, wie sie das Leben des Lehrers retten konnten. Hatte er Wibke Kleedorf aus Eifersucht getötet?

»Eine Tragödie«, sagte Noosten leise, und Glauwitz nickte ernst.

Clüver betrat das Schlafzimmer. »Da versagen unsere Erste-Hilfe-Kurse«, murmelte er. »Wir haben die Schlafzimmertür aufbrechen müssen.« Er prüfte den Puls des Lehrers. »Das Herz schlägt noch – aber sehr schwach«, sagte er.

Schweigend umstanden sie das Bett, bis draußen das Martinshorn des Krankenwagens zu hören war.

»Gehen wir«, sagte Glauwitz. Sie verließen den Raum und stiegen die Treppe hinunter, gingen, noch immer schweigend, hinaus.

Gerade fuhr der Krankenwagen vor und parkte hinter dem Polizeibully. Ein Arzt in weißen Jeans und weißem Blouson stieg aus, nahm seinen Koffer und schaute die Beamten fragend an.

»Oben – im ersten Stock«, sagte Glauwitz. »Machen Sie schnell!«

Zwei Sanitäter holten eine Trage aus dem Wagen und folgten dem Notarzt ins Haus.

»Werfen wir noch einen Blick ins Arbeitszimmer«, meinte der Kommissar, und Noosten nickte. Glauwitz nahm das verschlossene Kuvert vom Schreibtisch, öffnete es und zog zwei maschinengeschriebene Seiten heraus.

Der Kommissar setzte sich auf den Schreibtischstuhl und las den Brief durch. Von Kalksund litt nach seinen eigenen Angaben schon länger unter Depressionen. Er zog das Fazit eines einsamen Weges und verkündete seine Selbstmordabsichten.

»Ein erschütterndes Dokument! Er vermacht sein Vermögen der ›Gesellschaft Christlicher Nächstenliebe‹ in Ortel. Da ist nicht die Rede von seiner Unschuld, aber der Brief enthält auch kein Geständnis«, sagte Glauwitz und reichte Noosten die eng beschriebenen Seiten. Der Assistent las sie ebenfalls durch.

»Haben Sie ein Geständnis erwartet?« fragte er, als er Glauwitz den Brief zurückgab.

Der Kommissar schüttelte den Kopf. »Das nicht, aber wenigstens seine Beteuerung, daß er sie nicht umgebracht hat«, erwiderte er.

»Er scheint von uns zu erwarten, daß wir helfen, seinen letzten Willen in die Tat umzusetzen«, sagte Noosten.

Die Sanitäter kamen mit der Trage, auf der von Kalksund bleich mit geschlossenen Augen lag, an der offenen Tür des Arbeitszimmers vorbei.

Der Arzt blieb stehen und schaute den Kommissar an. »Er hat noch eine Chance. Eine halbe Stunde später wäre alles zu spät gewesen«, meinte er und ging hinter den Sanitätern her zum Wagen.

Clüver und Alberts folgen dem Kripobeamten hinaus, während der Krankenwagen das Grundstück verließ.

»Wir können die Tür nicht so einfach offenstehen lassen«, meinte Clüver ratlos.

»Von Kalksund besitzt keine Verwandten, an die wir uns wenden könnten«, stellte Noosten fest.

»Die Balkontür muß aber hergerichtet werden, da hat Wachtmeister Clüver recht. Kommen Sie, wir sprechen mit den Nachbarn«, schlug Glauwitz vor.

Sie verließen den Bungalow. Glauwitz steckte den Schlüssel in das Schloß, den er im Haus gefunden hatte. Er blickte auf die Neugierigen, die sich inzwischen auf dem Bürgersteig versammelt hatten, und bemerkte unter ihnen einen grauhaarigen Mann, der ihm bekannt erschien. Neben dem Grauhaarigen stand eine Frau im gleichen Alter.

»Kripo Emden, Glauwitz«, sagte der Kommissar.

»Wir kennen uns doch. – Ich bin Polier und habe Ihr Haus mitgebaut«, erwiderte der Mann freundlich.

»Sie wohnen hier?« fragte Glauwitz.

»Ja, meine Frau und ich wohnen gleich da drüben. Aber gestatten Sie uns eine Frage: Hat Herr von Kalksund versucht, sich umzubringen?« fragte der Polier.

»Ja, das hat er, aber wir sind hoffentlich noch rechtzeitig gekommen. In diesem Zusammenhang haben wir eine Bitte: Wir mußten, um ihn zu retten, die Scheibe der Terrassentür zerschlagen. Können Sie veranlassen, daß ein Handwerker sie repariert und jemand aus der Nachbarschaft sich um das Haus kümmert?« fragte Glauwitz.

»Das kann ich selbst erledigen. Machen Sie sich deswegen keine Gedanken«, erwiderte der Mann.

Seine Frau nickte ernst.

»Ich schaue dann im Haus nach dem Rechten. Der Lehrer ist ein netter Mensch – wir haben nie Probleme miteinander gehabt«, sagte sie.

»Hier sind die Schlüssel«, erwiderte der Kommissar, bedankte sich und ging zum Wagen, neben dem Clüver, Alberts und Noosten schon auf ihn warteten.

Der Sparkassenangestellte Paul Rodehuis lag mit seiner Braut Erika Sinstedt auf der Liege in dem kleinen Wohnzimmer. Ein Bücherregal nahm die eine Wand für sich in Anspruch, und ein kleiner Fernseher sowie ein Tisch mit zwei Stühlen fanden gerade noch Platz an der gegenüberliegenden Seite.

Die Dachwohnung war ebenso klein wie gemütlich

und teuer, denn der Ausblick aufs Meer war begehrt und trieb die Miete in die Höhe.

In dem winzigen Vorzimmer befanden sich eine Kommode und die Küchenzeile, und die Toilette mit Dusche beanspruchte nur wenig Wohnfläche des Apartments, das die Stadtsparkasse an Rodehuis vermietet hatte.

Das auflaufende Wasser trieb Wellen gegen die Strandmauer, die sich unterhalb der Promenade brachen und ein dumpfes Dröhnen verursachten, das bis in die Dachwohnung zu hören war.

»Erika, bleib doch heute nacht hier«, sagte Paul Rodehuis leise.

Erika stand auf. »Erst mal gehe ich jetzt duschen«, erwiderte sie, lächelte Paul an und verließ das Zimmer.

Paul trat ans Fenster. Er blickte auf die Leuchten der Strandpromenade, sah die weißen Schaumränder der Brandung ...

Der Horizont war milchig grau, und davor war die Spitze der Insel Norderney in der Dämmerung gut auszumachen.

Erika Sinstedt war Leiterin der ›Bildungsstätte der Handwerkerschaft‹ und legte Wert darauf, wenn es notwendig wurde, auch nachts ansprechbar zu sein.

Sie hatten sich zum erstenmal gesehen, als Erika bei der Sparkasse ein Konto eröffnet hatte. – Das war im Frühjahr gewesen, als sie ihre Stelle angetreten hatte.

Erika kam aus Hamm, hatte dort als Stationsschwester im Krankenhaus gearbeitet. Sie hatte eine Enttäuschung hinter sich gehabt und auf der Insel einen Neuanfang gesucht. Als sie Paul getroffen hatte, war es Liebe auf den ersten Blick gewesen – und ihm war es mit ihr ähnlich gegangen.

Paul Rodehuis wandte sich vom Fenster ab, griff nach seinen Sachen und zog sich an.

»Ich mache uns einen Tee!« rief er und ging in die

kleine Pantryküche. Erika Sinstedt kam aus der Dusche, schlüpfte in die Jeans, griff nach ihrem BH, streifte ihr blaues Polohemd über und kämmte sich die schulterlangen blonden Haare, die ihr sympathisches Gesicht umrahmten.

Sie küßte Paul auf die Wange und holte das Teegeschirr aus dem Schrank.

Paul lächelte auf sie herab. Er war einen Kopf größer als sie, schlank, fast knochig, hatte schütteres blondes Haar und trug einen Schnurrbart.

»Der Tee ist gleich fertig«, sagte er.

Erika trug das Stövchen, den Sahne- und Kluntjetopf an den Tisch und zündete eine Kerze an. Draußen war es dunkel geworden, und das Dröhnen der Brecher hatte nachgelassen, denn die Flut lief ab.

Paul und Erika setzten sich an den Tisch und tranken ihren Tee.

»Ich bringe dich gleich nach Hause«, sagte Paul.

»Das ist nicht nötig«, erwiderte Erika. »Ich habe keine Angst.«

»Die Lehrerin hatte auch keine Angst«, antwortete Paul ernst.

»Hat man den Mörder eigentlich inzwischen überführt?« wollte Erika wissen.

»Hast du denn die Zeitungen nicht gelesen?« fragte Paul.

»Dazu bin ich nicht gekommen. Während meiner Pausen lese ich doch immer das ›Westfalen-Echo‹, das meine Eltern mir zuschicken«, erwiderte seine Verlobte.

Paul erhob sich und holte den ›Ostfriesischen Kurier‹ aus seiner Aktenmappe.

»Die Polizei sucht noch nach Zeugen. Das Phantombild ist schon mehrmals veröffentlicht worden. – Und außerdem hat es anscheinend eine Festnahme gegeben. Aber bitte, lies selbst!« sagte er, reichte Erika die Zeitung und setzte sich wieder an den Tisch. Erika blätterte die Seiten um – und erschrak, als sie die Phantomzeichnung bemerkte.

»Paul, den habe ich gesehen!« rief sie aufgeregt.

»Mach bloß keine Witze!« antwortete Paul ungläubig.

»Doch, ganz bestimmt! Ich bin an dem Abend, es war der Tag vor deinem Geburtstag, noch spät zu dir gekommen, erinnerst du dich? Die Chefin war von Dortmund angereist und hatte mir für den Abend frei gegeben«, sagte Erika lächelnd.

»Das war allerdings ein unvergeßlicher Abend«, gab Paul schmunzelnd zurück. »Ich habe dich nachts um zwölf Uhr zum erstenmal nackt gesehen, und seitdem bin ich dir unrettbar verfallen!«

»Ich war voll des süßen Weines«, erwiderte Erika und legte die Zeitung zur Seite. »Aber im Ernst – ich bin mir ganz sicher!«

»Und was hast du gesehen?« fragte Paul.

»Diesen Mann mit dem langen Mantel und dem Fahrradanhänger. Es war unterhalb der Dünen. Ich habe mich ein bißchen erschrocken, als ich ihn bemerkte, aber der Mann bog vor mir in den Weg ein, der zur Schutzhütte führt. Ich habe der Sache damals keine Bedeutung zugemessen, warum auch«, fügte sie hinzu.

Paul schenkte ihr Tee nach. »Dann bist du vielleicht dem Mörder begegnet«, stellte er erschrocken fest.

»Ich weiß nicht, ob er mich gesehen hat. Mein Gott!« stieß Erika hervor. Sie war blaß geworden.

»Kam es dir nicht seltsam vor, daß dieser Mann spät abends einen Fahrradanhänger in die Dünen schob?« fragte Paul.

»Nein – ich habe gedacht, es sei irgendein Camper oder ein Penner, der in den Dünen übernachten wollte«, erklärte seine Verlobte.

»Hatte er denn Gepäck dabei?« wollte Paul wissen.

Erika überlegte einen Moment. »Ich glaube schon«, antwortete sie dann. Sie blickte auf ihre Uhr, trank den Rest des Tees im Stehen. Dann blies sie das Teelicht im Stövchen aus, küßte Paul und setzte sich auf seinen Schoß.

»An deiner Seite habe ich keine Angst. Vielleicht ist es wirklich besser, wenn du mich zum Heim bringst. Es ist schon sehr dunkel«, fügte sie schaudernd hinzu.

Es gab noch eine Menge Ungereimtheiten im Mordfall Kleedorf, und der sensationelle Selbstmordversuch des Lehrers von Kalksund hatte neue Fragen aufgeworfen.

Staatsanwalt Bronzema ordnete seinen Schreibtisch und betrat dann das Vorzimmer. »Ich fahre kurz nach Emden. Sie erreichen mich bei der Kripo, falls etwas Dringendes anfällt«, sagte er zu seiner Sekretärin.

»Wann kommen Sie zurück? Es ist nur wegen der Unterschriften«, meinte die Vorzimmerdame.

»Nach der Mittagspause«, antwortete Bronzema, verließ seine Diensträume und begab sich zum Parkplatz. Es war fast November, und die Bäume hatten fast all ihr Laub abgeworfen. Doch der Tag war sonnig und nicht allzu kalt.

Der Staatsanwalt stieg in seinen Mercedes und fuhr los.

Es war zehn Uhr, als er seinen Wagen auf dem Parkplatz vor der Gracht abstellte und zum Revier hinüberging. Wenig später betrat er das Dienstzimmer der Kriminalbeamten.

Glauwitz telefonierte gerade, doch Noosten ging Bronzema entgegen und reichte ihm die Hand.

Dann rückte er einen Stuhl an den Schreibtisch seines Chefs.

»Nehmen Sie doch Platz«, bat der Assistent.

Glauwitz klemmte den Hörer mit der Schulter gegen sein Ohr und reichte dem Staatsanwalt die Hand.

»Herr Dr. Kaarster, ich bedanke mich! Alles Gute für den Patienten. – Wir werden ihn in einigen Tagen besuchen, falls es erlaubt ist«, sagte er und legte den Hörer auf die Gabel zurück.

»Von Kalksund ist über den Berg«, erklärte er. »Er liegt allerdings auf der geschlossenen Psychiatrie und steht unter Beobachtung, damit er keine Dummheiten macht.«

»Hat er die nicht bereits gemacht?« fragte Bronzema.

»Das läßt sich nur schwer beurteilen. Sein Abschiedsbrief enthält kein Geständnis«, gab Noosten zu bedenken.

»Depressionen haben ihre Tücken. Der Therapeut hat die Möglichkeit nicht ausgeschlossen, daß von Kalksund Wibke Kleedorf getötet haben kann, um sich von einem seelischen Druck zu befreien. Hinzu kommt die Eifersucht; der Student hat ihn ganz schön bloßgestellt!« warf der Kommissar ein.

»Und Kleedorf? Ist er wirklich so unschuldig, wie er behauptet?« fragte der Staatsanwalt unmutig.

»Falls wir den Selbstmord des Lehrers als ein Geständnis werten, dann ist Kleedorf nicht der Mörder«, erwiderte Glauwitz.

»Es läuft also darauf hinaus, daß von Kalksund in der Klapsmühle landet und Rolf Kleedorf uns einen Bären aufbindet«, stellte Bronzema trocken fest.

Das Telefon läutete. Glauwitz nahm den Hörer ab und meldete sich.

»Herr Kommissar? Mein Name ist Erika Sinstedt. Ich leite die ›Bildungsstätte der Handwerkerschaft‹ auf Baltrum.«

Glauwitz betätigte die Lautsprechertaste.

»Ich habe die Stelle im Frühjahr angetreten, komme gebürtig aus Hamm. Ich habe die hiesigen Zeitungen nicht gelesen, weil meine Eltern mir regelmäßig die Heimatzeitung zuschicken. Mein Verlobter machte mich auf die Phantomzeichnung aufmerksam, die Sie im ›Ostfriesischen Kurier‹ veröffentlicht haben. Ich habe den Verdächtigen gesehen, allerdings nur kurz«, erklärte die Heimleiterin. »Deswegen rufe ich Sie an.«

»Sind Sie bereit, Ihre Aussage zu Protokoll zu geben?« fragte der Kommissar.

»Selbstverständlich«, antwortete Frau Sinstedt.

Im Dienstzimmer war es plötzlich so still wie in einer leeren Kirche.

Die Beamten sahen sich hoffnungsvoll an.

»Wir können Sie gegen Kostenerstattung als Zeugin nach Emden einladen«, sagte Glauwitz.

»Unser Haus ist leider ausgebucht, ich kann im Moment schlecht Urlaub nehmen. Könnten Sie nicht vielleicht herkommen?«

Der Kommissar überlegte nicht lange.

Noosten reichte ihm den Fahrplan, und er las laut vor: »Ab Neßmersiel um halb zwei Uhr und ab Baltrum um halb sechs. – Das paßt hervorragend«, sagte er.

Die Zeugin erklärte ihm noch den Weg und legte dann auf.

»Glück muß der Mensch haben«, murmelte der Staatsanwalt.

Das Fährschiff legte um vierzehn Uhr zehn auf Baltrum an. Auf dem Kai herrschte die übliche Hektik, und Glauwitz und Noosten entfernten sich schnellen Schrittes in Richtung des Deiches. Sie folgten dem mit Steinplatten belegten Weg am ›Alten Zollhaus‹ vorbei zum Ostdorf, an den Salzwiesen entlang.

Die Herbstsonne schien, doch der Wind war frisch, und in der Luft lag der Geruch nach Salz und Fisch.

Nach einer knappen Stunde erreichten die Beamten das Denkmal, und von dort gelangten sie über einen schmalen Plattenweg zur Bildungsstätte.

Das massige Backsteingebäude lag halb versteckt in einem Dünental, gut geschützt vor dem rauhen Seewind. Kriechweiden und Krüppelkiefern trennten es von den Sandhängen der Dünen.

Junge Leute in Freizeitkleidung und dicken Jacken saßen auf den Bänken vor dem Gebäude und unterhielten sich.

Steinplatten führten zur Eingangstür. Die Beamten betraten das Heim und wurden von Kaffeeduft empfangen. In der kleinen Diele stand ein Tisch, auf dem sich Informationsmaterial türmte. An den Wänden hingen Plakate mit dem Motto der Tagung, die im Moment stattfand und bei der es um die Tradition des Handwerks ging.

Glauwitz und Noosten passierten eine Schwingtür und gelangten in einen langen Flur, von dem aus man Zugang zu den Seminarräumen hatte.

Die Beamten folgten dem Hinweisschild ›*Verwaltung*‹ und standen gleich darauf an einer Tür mit der Aufschrift ›*Büro*‹.

Glauwitz klopfte an und öffnete die Tür. Er blickte in das hübsche, von langen blonden Haaren umrahmte Gesicht einer jungen Frau, die hinter einem Schreibtisch saß. Sie erhob sich und kam ihnen entgegen. Freundlich reichte sie den beiden Männern die Hand.

»Sinstedt« sagte sie.

»Glauwitz, mein Kollege Herr Noosten«, erwiderte der Kommissar.

Erika Sinstedt lächelte. »Bei uns ist gerade Kaffeezeit. – Darf ich Sie zu einer Tasse einladen? Die können Sie nach dem langen Weg sicher gebrauchen. Mein Büro ist wohl nicht der rechte Ort für ein Gespräch«, sagte sie und wies auf die nüchternen Aktenschränke und den Computer. »Ich schlage vor, daß wir in unser Besucherzimmer hinübergehen.«

Die Beamten hatten nichts dagegen und folgten ihr. Gleich um die Ecke öffnete die junge Frau eine Tür und bat die Männer einzutreten.

Um einen mit friesischen Kacheln belegten Tisch standen drei Sessel und eine Couch, daneben eine Stehlampe. Das große Fenster gab den Blick in die Dünen frei. An den Wänden standen Regale mit Büchern und Spielen. Die Tapete war mit einem Blumenmuster bedruckt.

»Nehmen Sie bitte Platz. Ich bestelle uns schnell Kaffee«, erklärte die Heimleiterin und verließ den Raum, doch sie kam schon nach ein paar Minuten zurück.

»Der Kaffee ist gleich fertig«, sagte sie, setzte sich auf die Couch und blickte die Beamten erwartungsvoll an.

Glauwitz nahm die Phantomzeichnung aus seiner Tasche.

»Ein Zeuge beobachtete diesen Mann von dem Apartmenthaus aus, in dem das Opfer sich eingemietet hatte«, sagte er.

Frau Sinstedt blickte kurz auf die Zeichnung und nickte. In diesem Moment betrat eine Angestellte das Zimmer und deckte den Tisch. Anschließend brachte sie einen Teller mit Butterkuchen und stellte eine Warmhaltekanne daneben.

»Danke«, sagte Glauwitz, und die Angestellte verließ den Raum.

»Bitte, bedienen Sie sich«, forderte die Heimleiterin die Beamten auf.

Sie nahmen sich Kuchen, füllten Kaffee in ihre Tassen. Dann forderte der Kommissar die junge Frau auf zu berichten, was sie gesehen hatte.

»Ich hatte einen freien Abend und beschloß, meinen Verlobten zu besuchen, der am nächsten Tag Geburtstag hatte. Deshalb erinnere ich mich auch so gut an das Datum. Ich ging also durch die Dünen, es war schon dunkel, und der Mann kam mir entgegen. Mir wurde etwas mulmig, aber er bog ab, kurz bevor wir uns trafen. Ich hielt ihn für einen Penner. Auf dem Fahrradanhänger befand sich eine Tasche oder ein Rucksack«, erklärte sie.

»Und wo genau haben Sie ihn gesehen?« Glauwitz reichte ihr einen Bleistift und die Inselkarte.

»Hier, ich setze ein Kreuzchen hin«, sagte sie und gab die Karte zurück.

»Wir haben einige Fotos von Personen mitgebracht, die als Täter in Frage kommen«, meinte der Kommissar und reichte Erika Sinstedt die Bilder, die sie sich genau ansah.

»Und warum hielten Sie diese Person für einen Penner?« fragte Glauwitz und trank einen Schluck Kaffee.

Frau Sinstedt behielt die Fotos in der Hand. »Ich weiß nicht ... Vielleicht lag es an dem langen Mantel und dem Gepäck auf dem Fahrradanhänger«, sagte sie.

»Trug der Mann einen Bart, und hatte er lange oder kurze Haare?« wollte Noosten wissen.

Erika Sinstedt schloß für Sekunden die Augen.

»Nein, ich glaube, er trug keinen Bart. Allerdings habe ich sein Gesicht auch nicht richtig gesehen. Bei den Haaren bin ich mir nicht so sicher. – Er trug eine Mütze, wissen Sie, so eine mit Schirm ...«

»Ja, wir gehen davon aus, daß er eine Prinz-Heinrich-Mütze trug«, meinte Glauwitz.

»Und ging der Mann schnell oder langsam, gehetzt oder gemächlich?« fragte Noosten.

»Das kann ich nicht beurteilen. Ich habe meine Schritte verkürzt, um ihm nicht zu begegnen. Ich würde sagen, er ging nicht unbedingt langsam, schien es aber auch nicht übermäßig eilig zu haben. Es war so still, daß ich seine Schritte zu hören glaubte«, sagte sie schaudernd.

»Trug er den Mantel offen?« erkundigte sich der Kommissar.

»Nein, denn ich sah keine Schöße. Der Mann war nicht dick und nicht sehr groß. Er machte ziemlich kleine Schritte«, sagte die junge Frau. Sie trank einen Schluck Kaffee und begann mit dem Betrachten der Fotos. »Sie sagen mir nicht viel. Wenn überhaupt, dann könnte es dieser Mann gewesen sein. Der andere mit dem Bauch ist meines Erachtens zu stämmig und auch kleiner als der Unbekannte in den Dünen. Aber wie gesagt – beschwören könnte ich das nicht, es war ziemlich dunkel.«

Noosten schaute den Kommissar überrascht an. »Groß und schlank . . .«, wiederholte er.

»Über das ungefähre Alter der Person können Sie keine Aussagen machen?« fragte Glauwitz.

»Ich fürchte, nein. Aber alt war der Mann noch nicht, das habe ich an seinen Bewegungen gesehen«, sagte die Heimleiterin.

»Frau Sinstedt, wir nehmen Ihre Aussagen zu Protokoll und bitten Sie vorerst um Verschwiegenheit«, meinte Glauwitz und steckte den Inselplan und die Fotos wieder in die Tasche. »Sie haben uns sehr geholfen.«

»Herr Kommissar, wenn Sie noch Fragen haben sollten, melden Sie sich ruhig wieder.«

»Das werden wir tun, vielen Dank – auch für die gute Bewirtung«, erwiderte Glauwitz.

»Nicht der Rede wert«, sagte Erika Sinstedt und begleitete die Beamten zur Tür.

»Das Blatt hat sich also gewendet«, sagte der Staatsanwalt und führte die Beamten in sein Dienstzimmer. »Bitte nehmen Sie Platz. Sie hatten einen langen Tag, aber ich würde Sie trotzdem bitten, mir noch kurz über Ihr Gespräch zu berichten.« Er schenkte Tee ein.

»Die Zeugin machte einen absolut zuverlässigen Eindruck. Sie ist eine junge Frau, die mit beiden Beinen fest auf der Erde steht«, sagte Glauwitz.

»Ihre Glaubwürdigkeit steht außer Frage«, bestätigte Noosten.

»Dann werde ich mit dem Amtsrichter sprechen. Er wird wohl einen Haftbefehl für Herrn von Kalksund ausstellen, den wir allerdings vorläufig nicht vollstrecken können, weil der Lehrer sich noch in psychiatrischer Behandlung befindet«, sagte der Staatsanwalt.

»Die Zeugin hat den Mörder gesehen. Er war schlank und groß. Kleedorf ist eher klein und untersetzt. Ihren Aussagen zufolge steht demnach fest, daß Kleedorf nicht der Mörder gewesen sein kann«, sagte Glauwitz und nippte an seiner Tasse.

Er fühlte sich müde und ausgelaugt und spürte nichts von der gewohnten Befriedigung über einen aufgeklärten Fall. Ihn störte irgend etwas an dieser Geschichte, aber er wußte nicht, was es war.

»Herr Glauwitz, haben Sie noch Einwände?« fragte der Staatsanwalt.

»Nein, nicht direkt. Die Beweiskette ist geschlossen«, sagte Glauwitz und lehnte sich in seinem Sessel zurück.

Noosten und der Staatsanwalt steckten sich Zigaretten an und rauchten.

»Ich werde heute noch mit dem Amtsrichter sprechen«, sagte Bronzema.

Kommissar Glauwitz saß zu Hause im Sessel und fand keinen Gefallen am Fernsehprogramm.

Ihn beschäftigte noch immer der Fall Kleedorf, der mit dem Haftbefehl gegen den Oberstudienrat von Kalksund als abgeschlossen galt.

In wenigen Tagen, nach der Pressekonferenz, würde

die Öffentlichkeit in den Zeitungen über das Schicksal des Lehrers unterrichtet werden, der immer ein seltsamer Kauz gewesen war. Die Vergewaltigung seiner Geliebten im Brokatkleid der einstigen großen Künstlerin war so recht etwas für die Sensationsgier breiter Schichten.

Glauwitz trank Bier, rauchte seine Pfeife und wartete auf seine Frau, die an diesem Abend zur Probe des Kirchenchors gegangen war.

Er wunderte sich darüber, daß er im Laufe der Recherchen damit begonnen hatte, die Sympathie für das Opfer abzubauen. Irgendwie hatte Wibke Kleedorf etwas von einem Biest an sich gehabt. Sie hatte unter den Seitensprüngen ihres Mannes gelitten, aber selber von Kalksund hintergangen. Synninga hatte sie nach Baltrum zitiert, und der Grund dafür war klar gewesen.

Glauwitz fielen die Zeugenaussagen wieder ein. Die Heimleiterin hatte ausgesagt, daß die Gestalt schlank und schmal gewesen sei – Hinni Synninga dagegen hatte bei der Erstellung des Phantombildes eine Erweiterung der Schulterpartie des gesuchten Täters gewünscht.

Glauwitz schaute auf die Uhr.

Er kratzte die Asche aus der Pfeife, trank einen Schluck Bier, stand aus seinem Sessel auf und ging zum Telefon. Er wählte die Nummer der Auskunft und bekam sofort eine Verbindung. Er nannte den Namen, und die Rufnummer wurde angesagt.

Der Kommissar wählte erneut. »Synninga«, meldete sich der Student.

»Glauwitz, Kripo, entschuldigen Sie bitte die späte Störung. Ich habe nur eine Frage und fasse mich ganz kurz«, sagte der Kommissar.

»Um diese Zeit?« fragte der Student vorwurfsvoll.

»Ich kann Ihnen auch eine Vorladung schicken, wenn Ihnen das lieber ist«, antwortete Glauwitz.

»Nein, danke! Was wollen Sie von mir wissen?«

»Es geht um die Phantomzeichnung. Der Mann hatte also breite Schultern?« vergewisserte sich Glauwitz.

»Ja, das habe ich doch ausgesagt!«

»Danke, das war es schon«, erwiderte Glauwitz. »Gute Nacht!« Er legte den Hörer auf und setzte sich nachdenklich wieder in den Sessel.

Dann stopfte er sich eine Pfeife, rauchte nachdenklich und trank sein Bier. Erika Sinstedt hatte ausgesagt, der Mann habe kleine Schritte gemacht. Hubertus von Kalksund besaß Manieren und gab sich oft etwas geziert. Aber kleine Schritte? fragte sich Glauwitz befremdet.

Irgend etwas paßte an diesem Fall nicht zusammen, und er hoffte nur, daß er noch darauf kommen würde, bevor vielleicht ein Unschuldiger für Jahre hinter Gitter wanderte.

Am folgenden Nachmittag parkte der Kommissar den Wagen vor dem Hoteltrakt. Wolkenfelder zogen auf, und die Luft war empfindlich kühl. Die Ziersträucher trugen herbstlich gefärbte Blätter, und vor den Nüstern der Pferde auf der Koppel standen weiße Atemfahnen.

»Chef, eine Entschuldigung erwartet Kleedorf sicher von uns«, sagte Noosten. »Und wohl auch zu Recht.«

Sie betraten das Restaurant, das nur spärlich besucht war, und setzten sich an den Tisch, der in der Nähe des Kamins stand. Die Kellnerin trat an den Tisch. »Zwei Kännchen Ostfriesentee«, sagte Glauwitz. Er öffnete sein Pfeifenetui, entnahm ihm eine Pfeife und stopfte sie. Noosten griff nach seiner Zigarettenschachtel.

Die Kellnerin brachte den Tee und servierte ihn mit Stövchen, Sahne und Kluntje.

»Wenn Ihre Chefin im Hause ist, dann sagen Sie ihr bitte, daß wir sie sprechen möchten«, sagte Glauwitz. Er riß ein Streichholz an, zündete den Tabak an und paffte genüßlich. Dann schenkte er sich Tee ein, gab Sahne dazu und nahm einen Schluck aus der Tasse.

»Der Tee schmeckt gut«, sagte Noosten und drückte seine Kippe im Aschenbecher aus. Er sah, wie Katja Jerdjens hinter dem Kuchentresen hervortrat und auf sie zukam. Sie trug einen engen weißen Rock und eine marineblaue Bluse. Ihr Gesicht war tief gebräunt. Sie trat an den Tisch und blickte die Beamten abwartend an.

»Bitte«, sagte Glauwitz und wies auf den dritten Stuhl. Die junge Frau nahm ihm gegenüber Platz.

»Ich mag Männer, die Pfeife rauchen«, sagte sie charmant.

»Herr Kleedorf raucht Zigaretten, wie ich beobachtet habe, und zwar nicht wenige«, sagte der Kommissar.

»Rolf hat einfach zuviel um die Ohren. Da bleibt ihm keine Zeit für die Zeremonie mit den Pfeifen«, antwortete Katja Jerdjens.

»Ist er im Hause?« erkundigte sich Noosten.

»Nach der Aufhebung seiner Auslandssperre begleitet er einen Transport nach Spanien«, erwiderte die junge Frau.

»Es tut mir wirklich leid, daß wir ihn zu Unrecht verdächtigt haben«, sagte Glauwitz. »Aber wir müssen nun einmal jedem Verdacht nachgehen.« Er trank einen Schluck Tee.

»Eine Verkettung ungünstiger Umstände«, warf Noosten ein.

»Ich habe Rolf geholfen, damit fertig zu werden. Er nimmt es Ihnen nicht mehr übel«, gab die Küchenchefin zurück.

»Wann kommt Herr Kleedorf wieder? Wir möchten uns doch zumindest persönlich bei ihm entschuldigen«, erklärte Noosten.

»Der genaue Termin steht noch nicht fest, aber er

wollte nicht lange bleiben. Wenn er anruft, sage ich ihm, daß Sie hier waren. Doch das ist ja nun nicht mehr so wichtig – wo Sie den Mörder haben«, sagte sie.

Der Kommissar nickte.

»Das Motiv war Eifersucht. Uns ist bekannt, daß Frau Kleedorf ihn mit einem Schüler, der jetzt studiert, betrogen hat. Herr von Kalksund gab zu Protokoll, daß er mit Ihrer Lehrerin verlobt gewesen sei«, sagte Glauwitz.

Katja Jerdjens zog die Stirn kraus. »Das mag schon sein«, antwortete sie.

»Frau Kleedorfs Liebhaber, der Student Hinni Synninga, war anderer Meinung. Ihm verdanken wir das Phantombild«, erklärte Noosten.

Katja Jerdjens schwieg. Sie blickte sich um und winkte die Kellnerin an den Tisch. »Bring mir einen Kaffee«, sagte sie.

»Der Lehrer leugnet die Tat, was verständlich ist. Wir haben aber eine Zeugin, die ihn beobachtet hat, als er einen Fahrradanhänger in die Dünen schob. Nun, Sie kennen ja die Zusammenhänge, die Presse hat ja ausführlich genug darüber berichtet«, sagte Glauwitz und beobachtete, daß Katja das Interesse an dem Gespräch zu verlieren begann. Sie ließ den Blick durch das Restaurant schweifen. Das Mädchen brachte der Chefin den Kaffee an den Tisch und zog sich wieder zurück.

»Und ohne diese Zeugin hätten Sie Rolf unschuldig im Untersuchungsgefängnis leiden lassen«, sagte Katja Jerdjens nachdenklich und nippte an ihrer Tasse.

»Wir konnten nicht anders handeln«, erklärte der Kommissar. »Herr Kleedorf besitzt kein Alibi. Das Messer, ich meine die Mordwaffe, hätte aus Ihrem Betrieb stammen können, und die Aussage des Studenten brachte uns auf Ihren ... Chef. Ihm verdanken wir die Phantomzeichnung. Aber die Lichtverhältnisse und die Nervosität des jungen Mannes, der vergeblich auf die

Lehrerin wartete, haben ihn möglicherweise dazu verleitet, unserem Zeichner falsche Eindrücke zu vermitteln. Doch das ist jetzt alles nicht mehr wichtig!«

Die junge Frau nahm eine Zigarette aus der Packung, die Noosten ihr entgegenhielt. Der Assistent gab ihr Feuer und steckte sich ebenfalls eine Zigarette an. Die Chefin rauchte und trank einen Schluck aus ihrer Kaffeetasse.

»Und wie hat der Zeuge reagiert. – Haben Sie ihn zu dem Widerspruch befragt?« erkundigte sie sich mit ein wenig gekünsteltem Lächeln.

»Ja, das habe ich«, sagte Glauwitz. »Er hat daraufhin seine Aussage korrigiert. Wir müssen ihm zugute halten, daß er schon vorher selbst Zweifel angemeldet hatte«, fügte er hinzu und fing einen kurzen Blick seines Assistenten auf.

»Die Aussagen der Zeugin und des Zeugen decken sich ansonsten. Beiden sind eine Prinz-Heinrich-Mütze und ein langer Mantel aufgefallen«, sagte Noosten.

Glauwitz klopfte seine Pfeife am Rand des Aschenbechers aus. »Der Lehrer besitzt mehrere lange Mäntel«, sagte er.

Eine Gruppe von Gästen betrat das Restaurant, und Katja stand hastig auf. »Ich muß Sie leider verlassen«, erklärte sie, und in ihrer Stimme schwang fast so etwas wie Erleichterung mit.

»Sie kennen den Studenten nicht? Er war vor wenigen Jahren ein bekannter Boxer«, meinte der Kommissar.

Die junge Frau zuckte mit den Schultern. »Für Boxen habe ich mich nie sonderlich interessiert.« Sie bedachte den Kommissar mit einem eigenartigen Blick, den dieser nicht zu deuten wußte. »Aber ich werde Rolf fragen. Immerhin hat er ihn mit seiner Frau betrogen«, sagte sie, verließ die Beamten und ging zu den Gästen hinüber.

Glauwitz blickte nachdenklich hinter ihr her. Sie

machte auch im Rock eine gute Figur. Sie war hochgewachsen und äußerst attraktiv. Er packte die Pfeife, den Tabak und sein Pfeifenbesteck in das Etui und winkte die Kellnerin an den Tisch, um zu bezahlen.

Danach verließen die Beamten das Restaurant. Der Wind war kalt, und es sah nach Regen aus. Sie gingen zum Parkplatz und stiegen in den Wagen. Glauwitz dachte an von Kalksund, der in diesem Augenblick wahrscheinlich, mit beruhigenden Medikamenten vollgepumpt, in seinem Bett im Krankenhaus lag und von all dem Wirbel nichts ahnte.

Er zündete den Motor, fuhr los und lenkte den Wagen vom Parkplatz, während herbstliche Sturmböen durch die nackten Äste der Bäume fegten.

Von Kalksund befand sich in der Behandlung angesehener Ärzte, die seine Inhaftierung und einen möglichen Prozeß unter Hinweis auf seine schlechte Verfassung verhinderten. Der Betreiber des Reiterhofes Rolf Kleedorf machte mit groß aufgemachten Anzeigen die Öffentlichkeit in den Zeitungen darauf aufmerksam, daß er sich mit Katja Jerdjens verlobte.

Er feierte mit seinen Freunden und Geschäftspartnern in seinem Restaurant. Der Verdacht, der auf ihm gelastet hatte, war vergessen. Vergessen war auch seine ehemalige Frau, die auf Baltrum ermordet worden war.

Der Mörder war gefunden. Das Thema konnte abgehakt werden.

Der Staatsanwalt war zufrieden mit der Presse, die sich in Anbetracht des schlechten Gesundheitszustands des Oberstudienrats mit ihrer Berichterstattung zurückgehalten hatte.

Glauwitz und Noosten hatten die Akte auf Anordnung Bronzemas geschlossen.

Am Dienstag abend kam Glauwitz relativ früh vom Dienst. Nach dem Tee packte seine Frau die Saunatasche. Sie liebte wie er die Entspannung im Schwitzbad.

Glauwitz hatte am Mittwoch seinen Saunatag. »Viel Spaß«, sagte er, räumte den Tisch ab, spülte das Geschirr und entschloß sich zu einem Spaziergang am Uphuser Meer. Er stieg in seinen Wagen.

Bei seinem Rundgang kam er auch an den Wochenendhäusern vorbei und suchte nach einem kleinen Holzhäuschen.

Wibke Kleedorf hatte hier schöne und unvergeßliche Stunden mit Hinni Synninga verlebt. Glauwitz trat an den Graben der Böschung und schaute sich um. Die Margeriten waren längst verblüht. Der Bärlapp faulte am Stamm, Lampenputzer und welkes Schilf säumten den kleinen Wasserlauf.

Glauwitz trat den Heimweg an. Der Wind war kalt. Die Sonne ging unter und zauberte ein schönes Abendrot an den klaren Himmel.

Der Kommissar setzte sich im Wohnzimmer in den Sessel und schaute sich die Tagesschau an.

Danach holte er sich aus dem Kühlschrank eine Flasche Bier und rauchte eine Pfeife.

Der Staatsanwalt hatte lobende Worte gefunden, der Mordfall Wibke Kleedorf war aufgeklärt. Glauwitz wunderte sich über die innere Unzufriedenheit, die an ihm nagte. Noch lange saß er an diesem Abend da und grübelte über den Fall nach. Hatten sie etwas übersehen?

Es war die Verlobungsanzeige, die ihn irgendwie gestört hatte. Katja Jerdjens hatte ihrer Lehrerin, Frau Kleedorf, viel Ärger bereitet. Kleedorf selbst hatte nach dem Tod seiner Frau eine hohe Lebensversicherung kassiert.

Der Kommissar erinnerte sich an die kleinen Flämmchen des phosphoreszierenden Leukomalachitpulvers im Schuppen des Fuhrunternehmers auf Baltrum. Hatte Hinni Synninga, der ehemalige Boxer, mit falschen Karten gespielt?

Glauwitz verstieg sich in abenteuerliche Gedanken und war böse mit sich selbst, weil er nicht wahrhaben wollte, was als erwiesen galt.

Am Mittwoch fuhr er früh zum Dienst. Der Wind blies stürmisch aus nordwestlicher Richtung. Bleigraue Wolken trieben am Himmel, und über den Parkplatz wirbelte vom Wall herübergefegtes abgestorbenes Laub.

Glauwitz suchte das Dienstzimmer auf, stellte seine Tasche ab, holte die Akte Kleedorf aus dem Schrank und setzte sich an den Schreibtisch. Er blätterte in den Seiten herum, verharrte hin und wieder und vertiefte sich in die Inhalte einiger Berichte und Protokolle, während der Wind an den Fenstern rüttelte. Schließlich schaute er auf die Uhr, griff entschlossen zum Telefonhörer und wählte eine Nummer, die er in den Akten fand.

Geduldig horchte er in den Hörer hinein und vernahm Sekunden später die verschlafene Stimme des Studenten.

»Kripo Emden, Glauwitz«, meldete er sich.

Er hörte den raschen Atem des Studenten.

»Habe ich Sie aus dem Schlaf geholt?« fragte er freundlich.

»Ja«, antwortete Synninga. »Ich schreibe heute nachmittag eine Klausur in Statistik und hab' bis in die Nacht hinein gebüffelt! Verdammt, was wollen Sie jetzt schon wieder von mir?«

»Nur ein paar korrekte Antworten auf Fragen, die für unsere Recherchen sehr wichtig sind«, antwortete Glauwitz.

»Ein Schulfreund hat mir erzählt, daß der Mord aufgeklärt ist. Sie stören meinen Frieden, nur um irgendwelche bürokratischen Fragen zu klären?« Seine Stimme vibrierte vor Erregung.

»Regen Sie sich ab, Herr Synninga«, meinte Glauwitz beruhigend. »Von Kalksund gilt als der mutmaßliche Mörder, aber noch hat ihn der Richter nicht überführt. Beantworten Sie bitte meine Fragen, die für das Schicksal des Lehrers von großer Bedeutung sein können«, fügte der Kommissar in ernstem, aber nicht unfreundlichem Ton hinzu.

»Legen Sie los! Aber viel Zeit habe ich wirklich nicht«, antwortete Synninga.

»Hatten Sie, bevor Sie mit der Lehrerin intim wurden, eine Freundin, oder anders gefragt, ein Verhältnis mit Katja Jerdjens, die sich vor wenigen Tagen mit Herrn Kleedorf verlobt hat?« fragte der Kommissar ganz direkt.

Synninga schwieg. Es vergingen Sekunden.

»Hatten Sie, oder hatten Sie nicht?« beharrte Glauwitz.

»Ja«, murmelte Synninga schließlich.

»Und Sie bleiben bei Ihren Aussagen? Warten Sie, ich habe die Akte vor mir liegen. Sie sahen einen kräftigen Mann mit breiten Schultern, der einen Fahrradanhänger schob?«

»Ja; er trug einen langen Mantel und eine Ostfriesen-Mütze. Das haben Sie doch alles in Ihrem Protokoll«, sagte der Student gereizt.

»Hat Frau Kleedorf Ihnen eigentlich die Geschichte mit der Ratte erzählt?« fragte Glauwitz.

»Nein, davon weiß ich nichts. Katja war eine Jugendliebe, aber im Grunde hat uns nicht viel verbunden. Sie war sehr exzentrisch, wollte oft ausgehen und gierte nach Anerkennung, die ich ihr so lange bieten konnte, wie ich im Ring als Boxer Erfolg hatte. Unsere Beziehungen ebbten ab, als ich wieder eine Schule besuchte und mir auch das Geld fehlte, sie ständig auszuführen. Wir haben uns irgendwann getrennt. Aber was soll diese

Überrumpelung am frühen Morgen?« wollte Hinni Synninga wissen.

Der Kommissar ging nicht darauf ein, sondern fragte statt dessen: »Und Katja Jerdjens ist für Sie Luft, wie man so sagt?«

»Wir haben uns nichts mehr zu sagen«, antwortete Synninga nach einigen Sekunden.

»Deshalb haben Sie Katja Jerdjens auch nicht begrüßt, als wir mit Ihnen im Restaurant waren, nicht wahr? Diese Haltung scheint auf Gegenseitigkeit zu beruhen«, sagte der Kommissar.

»Unser Wiedersehen hat immerhin unter recht merkwürdigen Umständen stattgefunden«, meinte der Student einlenkend. »Das müssen Sie uns schon zugute halten.«

»Da gebe ich Ihnen sogar recht. Ich wünsche Ihnen viel Erfolg bei Ihrer Statistikklausur«, meinte Glauwitz.

»Danke. Ich gehe davon aus, daß Sie mich für den Rest des Studiums nicht mehr behelligen«, erwiderte der Student.

»Und ich hoffe, daß es dazu keine weiteren Anlässe geben wird«, sagte der Kommissar und legte den Hörer auf die Gabel zurück.

Dann stand er auf und trat ans Fenster. Nachdenklich blickte er in die Wallanlagen. Am Himmel zogen bleigraue Wolken vorbei; ein Entenpärchen flog über die Gracht. Wie schnell doch die Zeit vergeht, dachte Glauwitz und wandte sich um, als Noosten das Zimmer betrat.

»Moin«, sagte der Assistent, hängte seine Jacke auf den Bügel und setzte sich an seinen Schreibtisch.

»Chef, ich werde mich verloben. Sonja und ich wollen endlich Farbe bekennen«, sagte er, lehnte sich in seinem Stuhl zurück und strahlte den Kommissar an.

»Herzlichen Glückwunsch – das halte ich für eine gute

Entscheidung! Übrigens hat sich auch Kleedorf mit Katja Jerdjens verlobt. Doch da gibt es etwas, was mir den Schlaf raubt«, sagte Glauwitz ernst.

»Das kann ich mir gar nicht vorstellen. – Sie sind doch sonst nicht so empfindsam«, frotzelte Noosten.

»Der Schein trügt, wie so oft in unserem Gewerbe«, antwortete Glauwitz und schüttete seinem Assistenten sein Herz aus.

Staatsanwalt Bronzema saß am Schreibtisch und studierte den Posteingang. Er runzelte die Stirn, als er den Absender auf einem der Briefe sah.

»Die Presse!« murmelte er geringschätzig und legte das Schreiben einer Boulevardzeitung in den Ablagekorb, das den Besuch eines Journalisten ankündigte.

Das Telefon läutete. Bronzema nahm den Hörer ab.

»Die Kripo Emden für Sie«, sagte seine Sekretärin.

Gleich darauf meldete sich Kommissar Glauwitz. »Herr Bronzema, bei dem Versuch, den Margeritenmord noch einmal zu rekonstruieren, bin ich auf einige merkwürdige Widersprüche gestoßen und glaube, daß es sich lohnt, darüber nachzudenken«, sagte er.

Der Staatsanwalt horchte auf und blickte finster auf das bunte Foto des Kalenders, das den Fischerhafen von Greetsiel mit der Kutterflotte zeigte.

»Tragen Ihre Erkenntnisse zur Belastung von Herrn Kalksund bei?« fragte er gespannt.

»Ich denke, daß gerade in dieser Hinsicht weitere Recherchen notwendig sind«, antwortete Glauwitz.

»Werden Sie bitte konkreter«, forderte der Staatsanwalt den Kommissar auf.

»Ich hatte ein Telefonat mit Hinni Synninga. Er bestätigte seine Beobachtungen, denen wir die Phantomzeichnung verdanken. Verglichen mit den Beobachtungen der Heimleiterin gibt es aber deutliche Unterschiede in der Beschreibung des Täters, die wir bisher kaum berücksichtigt haben«, trug Glauwitz vor. »Und ich meine, dafür sogar einen Grund gefunden zu haben. Ich gebe zu, daß ich mich auf noch nicht bewiesene Zusammenhänge stütze, doch mir scheinen meine Bedenken schwerwiegend genug, darüber zu reden«, sagte der Kommissar.

»Herr Glauwitz, Sie machen mich so neugierig, daß ich mir die Zeit für einen Besuch bei Ihnen nehme. Ich fahre gleich los. Bis dann«, meinte der Staatsanwalt und legte den Hörer auf.

Auf dem Parkplatz vor dem Restaurant des Reiterhofs gab es keinen freien Platz mehr. Glauwitz lenkte den Passat am Hotel- und Restaurationstrakt vorbei und parkte vor der Reithalle.

Als er ausstieg, fröstelte er trotz des Sonnenscheins, denn der Wind war eisig. Auch Noosten klappte frierend den Kragen seiner Flanelljacke hoch. Nur Staatsanwalt Bronzema schien die Kälte nichts anhaben zu können.

Auf dem Sandplatz trabten junge Mädchen in Jeans und schlabberigen Pullovern auf ihren Pferden im Kreis.

Rolf Kleedorf kam aus der Reithalle und stutzte, als er die Beamten bemerkte. Seine Miene verriet deutlichen Mißmut.

»Was suchen Sie denn schon wieder hier?« fragte er böse. »Und warum haben Sie sich nicht angemeldet?«

Kleedorf trug Jeans und einen flotten anthrazitfarbenen Rollkragenpullover. Er hatte abgenommen, und seine Gesichtsbräune verriet, daß er sich in Spanien aufgehalten hatte.

»Eine Anmeldung wirkt förmlich und eine Vorladung bedrohlich. Wir dachten eher an ein Gespräch beim Ostfriesentee in Ihrem Restaurant«, sagte der Staatsanwalt und blickte auf die trabenden Pferde.

Kleedorf musterte die Besucher abschätzend, aber er schwieg.

»Was wollen heute all die Leute hier?« fragte Noosten und zeigte auf den Parkplatz.

»Eine Hochzeit! Braut und Bräutigam sind Reiter«, antwortete Rolf Kleedorf knapp.

»Und wie denken Sie über ein Gespräch beim Tee?« beharrte Glauwitz.

Kleedorf verzog keine Miene. »Es tut mir leid. Fahren Sie doch nach Pewsum, zum ›Burgblick‹. Dort bekommen Sie einen vorzüglichen Tee!« schlug er vor.

»Damit ist uns nicht gedient, denn wir möchten den Tee gern in Anwesenheit Ihrer Braut einnehmen«, erwiderte Bronzema.

Kleedorf zog die Augenbrauen hoch, und sein Blick verfinsterte sich. Er schaute auf den kleinen Aktenkoffer, den der Staatsanwalt lässig mit sich trug.

»Sie haben nichts dagegen, wenn ich an Ihrer ... Teerunde teilnehme?« fragte er verunsichert.

»Das müssen wir leider ablehnen. – Unsere Fragen betreffen eine ganz private Angelegenheit Ihrer Verlobten«, sagte der Staatsanwalt.

»Es besteht kein Grund zur Eifersucht«, fügte Noosten spöttisch hinzu und erntete dafür einen bösen Blick des Unternehmers.

»Katja hat den Ablauf der Hochzeit organisiert. Um diese Zeit werden Kaffee und Kuchen gereicht, das Restaurant ist belegt. Aber wir haben ein Clubzimmer, in dem unsere Feriengäste während der Saison Skat oder Schach spielen«, sagte Kleedorf. »Folgen Sie mir! Einen Tee kann ich Ihnen dort servieren lassen.« Er schritt ihnen wortlos voraus.

Die Dame am Empfang tütete gerade Prospekte ein

und schenkte den Beamten ihr gut einstudiertes Lächeln.

Das Clubzimmer lag hinter den Sanitärräumen. Die Wände waren holzvertäfelt, und in den Regalen an den Wänden wurden Spiele und Bücher aufbewahrt. Auf dem Boden lagen teure Perserteppiche, und an den Wänden hingen in Glas gerahmte Poster berühmter Pferde. »*Halla*«, las Glauwitz im Vorbeigehen.

»Nehmen Sie bitte Platz«, sagte Kleedorf und zeigte auf einige Sessel, die um den großen Tisch gruppiert waren.

»Ich bestelle den Tee und löse meine Verlobte ab.« Er verließ das Clubzimmer.

»Spiel Kleedorf den Naiven?« fragte der Staatsanwalt.

»Scheint ganz so«, erwiderte Glauwitz trocken.

Nach wenigen Minuten kam der Unternehmer zurück. Er warf eine Packung Zigaretten auf den Tisch, ging zum Regal hinüber und entnahm diesem einen Aschenbecher.

»Bitte, bedienen Sie sich. Der Tee wird gleich serviert«, sagte er und ging wieder hinaus.

Der Staatsanwalt und Noosten entnahmen der Packung Zigaretten und zündeten sie an. Eine Kellnerin erschien und brachte das Teegeschirr. »Der Tee kommt gleich«, sagte sie.

Die Beamten blickten auf, als Katja Jerdjens das Zimmer betrat. Sie trug enge weiße Jeans und einen dunkelblauen Pullover mit einem weiten Ausschnitt, der ihre gute Figur unterstrich.

Auch ihr Gesicht war tief gebräunt. Sie stellte ein Tablett auf den Tisch.

»Hausgebackener Butterkuchen. Er ist ofenfrisch«, sagte sie und verteilte mit einer Gebäckzange die Kuchenstücke auf die Teller. Sie wirkte gelöst und zufrieden. »Bitte – bedienen Sie sich!«

Die Kellnerin brachte die Stövchen, stellte sie auf den Tisch und setzte die Teekännchen ab.

»Danke«, sagte Katja, und die Bedienung verließ den Raum.

»Wir gratulieren Ihnen zur Verlobung und bedanken uns bereits jetzt für die freundliche Bewirtung«, begann der Staatsanwalt, doch dann wurde seine Miene ernst. »Ich muß allerdings hinzufügen, daß wir angereist sind, um Ihnen einige Fragen zu stellen, die im Zusammenhang mit der Ermordung von Frau Kleedorf stehen.«

Katja Jerdjens blickte die Beamten forschend an. »Doch nicht wieder die Geschichte mit der Ratte?« sagte sie mit leisem Lächeln.

Noosten riß seinen Blick von den Pferdebildern los und schaute die junge Frau an. Charmant war sie, das stand außer Frage – und ihr sympathisches Lächeln erzeugte Zweifel. Außerdem, fand der Assistent, war sie zu schön für Kleedorf. Dieser durchtrainierte ehemalige Boxer hätte an ihrer Seite eine bessere Figur abgegeben.

»Es war nicht nur die Ratte. Sie haben Frau Kleedorf auch die Fahrradreifen zerschnitten, ihre Lehrprobe gestört und sich nach ihrem Tod mit ihrem Ehemann verlobt«, sagte Glauwitz ernst.

Katja hob die Schultern, warf ihre lange blonde Haarmähne auf den Rücken und schürzte die Lippen. »Mich hat die Berufsschule eben nicht sonderlich interessiert, und Frau Kleedorf hat mich wirklich schlecht behandelt. Ihren Mann habe ich durch einen reinen Zufall kennengelernt, und uns verbindet die Liebe zu den Pferden«, erklärte die junge Frau.

»Ihre Harmonie mit Herrn Kleedorf zweifeln wir auch gar nicht an«, meinte Noosten. »Doch Sie hatten vorher ein Verhältnis mit Hinni Synninga, der es im Boxen immerhin zum Niedersachsenmeister gebracht hat. Sie liebten ihn – doch Synninga gab Ihnen den Laufpaß und begann ein Verhältnis mit Frau Kleedorf, die Ihre Lehrerin war.«

Katja lächelte ironisch. »Ich gehöre nicht zu den Frauen, die von Männern sitzengelassen werden«, gab sie vieldeutig zurück und trank einen Schluck Tee.

»Das steht außer Zweifel. Aber Sie sind uns eine Erklärung schuldig geblieben. Hatten Sie ein Verhältnis mit Hinni Synninga?« fragte der Staatsanwalt.

»Hinni war eine Episode, mehr nicht! Ich liebe Rolf. Wir wollen heiraten, und zwar so bald wie möglich«, sagte Katja trotzig.

»Herr Kleedorf stand in dem Verdacht, seine Frau ermordet zu haben«, warf der Staatsanwalt ein.

»Und dieser Verdacht hat sich sehr schnell als haltlos erwiesen«, erwiderte die junge Frau.

»Um uns vor weiteren Schnellschüssen zu bewahren, muß ich mehr über Ihr Verhältnis mit Hinni Synninga wissen«, meinte der Kommissar. »Ich zweifle Ihre Darstellung an und muß, auch wenn Ihnen das nicht paßt, noch einmal auf die Geschichte mit der Ratte zurückkommen.« Er setzte sich in seinem Sessel auf und beobachtete Katja Jerdjens bei seinen nächsten Worten ganz genau. »Sie haben Ihren ehemaligen Freund sehr geliebt. Er war dabei, sich einen Namen zu machen. Sie hegten große Träume vom sozialen Aufstieg. Ihr Freund hatte es geschafft. Er drehte seiner Familie den Rücken und entschloß sich, die Fachoberschulreife zu erwerben. Dank seines Engagements wurde er zum Lieblingsschüler von Frau Kleedorf. Zwischen der Lehrerin und Synninga entspann sich ein Liebesverhältnis, Synninga trennte sich von Ihnen. Diese Schmach haben Sie nicht verkraftet. Sie haßten Frau Kleedorf, und die tote Ratte war nur *ein* Zeichen dafür. Ihre Verlobung mit Rolf Kleedorf ist sozusagen das letzte Ziel Ihres tödlichen Hasses.«

Katja Jerdjens verschlug es die Stimme, und ihr hübsches Gesicht erstarrte zu einer Maske.

Sie schloß für einen Moment die Augen. Dann griff sie

nach der Zigarettenschachtel, entnahm ihr eine, die zwischen ihren zitternden Fingern zerbrach, machte einen neuen Versuch und bat Noosten um Feuer.

Auch er steckte sich eine Zigarette an.

Katja starrte ihn an. »Sie haben doch den Mörder! Warum quälen Sie mich?« fragte sie und kämpfte mit den Tränen. Ihre Selbstsicherheit war vollkommen verflogen.

»Um Herrn Kleedorf vor einem Schnellschuß zu bewahren«, sagte Noosten trocken. Die junge Frau warf ihm einen bösen Blick zu. Sie zog hastig an der Zigarette und drückte sie schließlich im Aschenbecher aus.

»Ja, ich war eifersüchtig«, gab sie zu. »Die Lehrerin war reich, sah gut aus und war gebildet. Sie hat mich gedemütigt, uns unaufhörlich fühlen lassen, daß sie uns verachtete. Und zu allem Überfluß hat sie auch noch Hinni den Kopf verdreht!« sagte sie voller Bitterkeit.

»Und Sie empfinden jetzt große Genugtuung darüber, daß Herr Kleedorf als Ihr Verlobter Sie verwöhnt und mit Ihnen seinen Wohlstand teilt, sogar die Lebensversicherung seiner Frau?« fragte Glauwitz provozierend.

»Sie sind widerlich«, zischte Katja empört. »Was habe ich Ihnen eigentlich getan?«

»Uns haben Sie gar nichts getan«, gab der Kommissar ernst zurück. »Aber lassen Sie uns noch einmal rekapitulieren: Ihr ehemaliger Freund, Hinni Synninga, befand sich auf Baltrum. Frau Kleedorf hatte ihn zu sich eingeladen, um mit ihm das Wochenende zu verbringen, doch sie verschwand an diesem Abend, und Synninga wartete vergeblich vor ihrem Quartier auf sie. Er beobachtete bei Anbruch der Dunkelheit einen Mann, der einen Fahrradanhänger in Richtung Dünen schob. Es war der Mörder. Er trug, wie Sie wissen, einen langen Mantel und eine Ostfriesen-Mütze«, sagte Glauwitz. »Einige Zeit später beobachtete eine Zeugin den Mörder, als er den

Fahrradanhänger, auf dem sich Gepäck befand, in die Dünen schob. Wir erstellten eine Phantomzeichnung, und Hinni Synninga, der uns dabei half, ließ sich zu einer Täuschung hinreißen, die Ihren Verlobten Rolf Kleedorf in Verdacht brachte, weil er den Täter als breitschultrig und kräftig beschrieb. Sie haben ihm in der Disco eine Szene bereitet, ihm auf der Tanzfläche in den Unterleib getreten, als er sich von Ihnen getrennt hatte. Trotzdem brachte er es nicht übers Herz, uns die Wahrheit zu sagen, weil er sich Ihnen verpflichtet fühlte.« Glauwitz blickte die junge Frau eindringlich an.

»Er hat Sie erkannt an Ihren Schritten und Ihrer Haltung. Auch die Zeugin hat Sie gesehen. Sie trugen einen langen Mantel und hatten Ihr Haar unter eine Mütze gepreßt.«

Katja Jerdjens rutschte unruhig auf ihrem Stuhl hin und her. »Sie bluffen«, sagte sie giftig.

»Herr Kleedorf ist ab Norddeich auf die Insel geflogen. Sie sind mit dem Schiff nach Baltrum gefahren. Vorher haben Sie aus der Hotelküche das Messer entwendet und den Mord geplant!« erwiderte der Kommissar.

Die junge Frau erstarrte. »Das ist doch absoluter Irrsinn, was Sie da behaupten!« zischte sie.

»Ich mache Sie darauf aufmerksam, daß wir das Gespräch mit Ihnen protokollieren«, warf Noosten ein.

»Und nun wollen Sie mich in die Enge treiben, damit der feine Oberstudienrat von Kalksund aus der Klapsmühle herauskommt!« schimpfte Katja Jerdjens, doch sie war blaß geworden.

»Sie haben den Koch und eine Angestellte gebeten, Ihre Arbeit mit zu versehen«, sagte der Staatsanwalt.

»Das sind doch Behauptungen, die Sie nicht beweisen können!« erwiderte die junge Frau verzweifelt.

»Waren Sie auf Baltrum oder nicht?!« beharrte Bronzema.

»Nein, ich war nicht auf Baltrum!« behauptete Katja erneut.

»O doch, das waren Sie. Sie haben im Stall des Fuhrunternehmers Tuittjer neben Ihrem geliebten Ossiboy die Nacht auf einem Strohlager verbracht. Ein Angestellter des Fuhrunternehmers hat Sie gesehen!« sagte Glauwitz.

Katja Jerdjens schrak zusammen. In ihrem Gesicht lag jetzt etwas Hilfloses, und sie begann zu weinen.

»Sie haben Ihre Lehrerin angerufen und sie in die Dünen gelockt. Sie haben sie mit Ihrem teuflischen Charme empfangen! Nur Wibke Kleedorf stand Ihnen noch im Wege, denn sie wäre sicher eingeschritten, wenn sie gewußt hätte, daß Sie sich an ihren Mann herangemacht hatten, um sich zu rächen und endlich jemand zu sein«, meinte der Kommissar.

»Nein! Hören Sie auf damit!« rief Katja und hielt sich die Ohren zu.

»Sie haben Frau Kleedorf in den Dünen ermordet«, fuhr Glauwitz unbarmherzig fort. »Dann haben Sie ihr die Hand abgetrennt, weil sie einen Ring trug, den Sie kannten. Hinni Synninga hatte ihn von seiner Großmutter geerbt! Jetzt ließen Sie Ihrem Haß freien Lauf. Sie haben den Fahrradanhänger von Tuittjers Hof genommen und Wibkes Leiche vom Tatort über den Ihnen bekannten Reiterweg zur Peilbarke transportiert. Dort verscharrten Sie sie im Sand und bedeckten das Grab mit Treibholz, das Sie vom Strand holten«, erklärte der Kommissar leise und sah die junge Frau abwartend an.

»Ich wollte Rolf glücklich machen«, sagte sie und brach schluchzend zusammen.

»Begleiten Sie uns bitte zu Ihrem Apartment, und packen Sie eine Tasche für die Untersuchungshaft. Wir werden Sie dem Amtsrichter vorführen«, sagte der Staatsanwalt.

Die Beamten fanden bei der Durchsuchung von Katja Jerdjens' Apartment den langen Mantel, die Ostfriesen-Mütze, in der noch einige lange Haare als Beweise gesichert werden konnten, und zusätzlich ein Schmuckstück, das, wie sich herausstellte, Hinni Synninga Frau Kleedorf irgendwann geschenkt hatte. Es handelte sich um ein kleines Doppelherzchen, das den Staatsanwalt an die Reklame eines Gesundheitstrunks erinnerte.

Katja Jerdjens konnte den Beweismitteln nur wenig entgegenhalten.

Sie gestand schließlich die grausame Tat.

ENDE

Band 19 580

Theodor J. Reisdorf

Die Tote vom Nordstrand

Originalausgabe

Kriminalrat Achtendorf will sich einmal so richtig von seiner Arbeit erholen, und eine Kur auf Norderney bietet dazu die allerbesten Vorraussetzungen: Sonne, Seeluft, weite Strände. Aber dann tauchen die beiden Leichen auf, von denen in keinem Kurprospekt die Rede war. Ein Gast des Sanatoriums ›Theresenhöhe‹ liegt – einen antiken Dolch in der Brust – tot in seinem Zimmer. Mit Lippenstift hat jemand *Love Harry* auf seine Brust geschrieben. Und wenig später findet man am Nordstrand die Leiche einer jungen Frau, die ebenfalls ermordet wurde. Mit der Erholung ist es für Achtendorf natürlich vorbei . . .

BASTEI LÜBBE

Sie erhalten diesen Band im Buchhandel, bei Ihrem Zeitschriftenhändler sowie im Bahnhofsbuchhandel.